Caroline Redmer

ZUHRAH

Caroline Redmer

ZUHRAH

TEIL 1 — ERWACHEN DES PLANETEN

1.Auflage, 2022

Inhalt

Prolog	6
Erster Akt - Zuhrah	13
Zweiter Akt – Die Geburt	14
Dritter Akt - Nicarpara	19
Vierter Akt – Der Weg nach Kalasien	24
Jiari	31
Alenja	54
Haron Buchari	59
Sterneck	66
Liam Tisdal	78
Dabo	81
Sterneck und Awaheim	97
Eric Halvar	122
Die Pasirwüste	136
Feuer im Payauwald	156
Tanah	174
Alenja und der Pa'lizir	194
Das Bündnis der zwei Inseln	212
Sterneck zieht in den Krieg	220
Zurück nach Karvag	233
Schlacht um Dornburg	236
Heimkehr	255
Wüstenwächter	266
Andragil Agadey	273
Die Reise beginnt	277
Abschied	293
Zusammenkunft	300
Gribagebirge	320
Peri	332
Nakatirya Mandogo	336
Feindliche Begegnung	338
König Gereon	364
Mika Tallum	370
Für den Planeten	377
Yara	380
Glossar und Stammbäume	396

Prolog

In den letzten fünftausend Jahren haben die Menschen ihrem Planeten Zuhrah alles abverlangt. Die Natur zehrt von ihren letzten Kraftreserven und langsam neigen sich ihre Ressourcen dem Ende. Hungersnöte, Kriege und Krankheiten sind die Folge.

Die meisten Menschen haben den Glauben an sich selbst verloren und rechnen mit dem Untergang ihrer Welt, so wie sie sie kennen. Doch Zuhrah hat einen Schutzmechanismus. Ein Immunsystem, das sie vor Zerstörung bewahren soll: die Umnakekeli, Wächter des Planeten, fähig, alle fünf Elemente zu formen.

Einst versuchten die Wächter, den Menschen Respekt vor der Natur beizubringen. Sie zeigten ihnen die Verbindung zum Planeten und dadurch die Kontrolle über die Elemente. Doch die Menschen waren unbelehrbar. Es schien als seien sie blind für alles andere außer sich selbst. So beschlossen die Wächter bereits vor über eintausend Jahren, ihre Pflicht zu erfüllen. Sie würden den Planeten beschützen, indem sie die Menschheit ausrotteten.

Geblendet von ihrer Selbstgefälligkeit begriffen die Menschen das Ausmaß der Bedrohung nicht. Damals, wie auch heute noch, kannten sie weder ihre Feinde noch verstanden sie, was diese eigentlich wollten. Niemals hätten sie jedoch erahnt, dass es die Auslöschung der menschlichen Rasse sein könnte. Und so taten sie, was sie am besten konnten: streiten.

Nachdem die Wächter des Planeten es nicht geschafft hatten, die Menschen in ihrer Unersättlichkeit zu zügeln, wagte der Planet selbst einen letzten Versuch, die Menschen Ehrfurcht zu lehren und sie so vor dem Zorn der Wächter zu bewahren. Zuhrah gab den Elementen eine Gestalt in der Hoffnung, die Menschen würden so die Schönheit und Anmut der Natur endlich erkennen.

Sie erschuf die mächtigen Götter der Elemente: den Feuerdrachen Fallinall, den Wasserdrachen Yara, den Luftgott Bayu, die Äthergöttin Antara und den Erddrachen Bregon. Doch sie erschuf auch noch einen weiteren Gott: Akar Elu, Gott des Lebens und des Waldes, dessen einzige Aufgabe es war, das Leben an sich zu beschützen.

Obwohl die Menschen ihren Planeten nicht achteten, wollte Zuhrah ihnen noch eine Chance geben, sich zu beweisen. Aber die Wächter duldeten keine Götter neben sich. Sie wollten nicht von ihrem Plan ablassen, die Menschen auszulöschen. Und da ein Wächter allein fast so stark war wie alle Götter zusammen, vernichteten sie die Gestalten der Götter ein schwerer Schlag für Zuhrah. Sie konnte es nicht ertragen, dass sich ihre Schöpfungen gegenseitig bekämpften. Was sie auch versuchte, alles schien doch immer wieder in Krieg und Vernichtung zu enden. Von Selbstzweifeln gequält, zog sie sich in die Tiefen ihres Unterbewusstseins zurück.

Ohne die Unterstützung Zuhrahs und der Götter der Elemente waren die Menschen dem Willen der Wächter schutzlos ausgeliefert. Die Wächter hatten nun endlich die Chance, ihren Plan ungehindert in die Tat umzusetzen. Es stand ihnen nichts und niemand mehr im Weg, die Menschheit ein für alle Mal auszurotten.

Doch etwas war geschehen – auch die Wächter verschwanden von der Bildfläche.

Eintausend Jahre waren die Wächter verschwunden und über die Jahrhunderte gerieten sowohl sie als auch Zuhrah selbst in Vergessenheit. Das Bewusstsein des Planeten, die Wächter sowie die Götter der Elemente wurden zu nichts weiter als überlieferten Geschichten aus einer längst vergessenen Zeit — bis heute.

Im Osten erhebt sich erneut eine Dunkelheit — die Umnakekeli sind erwacht. Sie sind die Wächter des Planeten und sie wurden erschaffen für die Erfüllung einer einzigen Aufgabe. Aber warum waren sie so lange verschwunden? Und warum erwachen sie gerade jetzt? Wollen sie die Menschen immer noch auslöschen?

Die Götter sind tot, Zuhrahs Bewusstsein verschollen und die Menschen entzweit. Ohne Hilfe und Einigkeit werden sie diesen Feind nicht besiegen können.

Kamahtanah

Awaheim
Arwarengebirge
Stork
Kidal
KAMAH
Moorwald
Tolga
Verlassener Pfad
Payavebene
Reinheim
Sterneck
Ebene der Hoffnung
Stjordal
Makola
Payawald
Dofrefjell
Goma
Bellvall
Karvag
Eisenheim
Bahkv
Al Bahar
Paa La
Shardor
Rakhar
Mawa
Taraq
Al Wasun
Dahiry
Ismail
TANAH
Wüste von Tanah
Bregalion
Modùngebirge

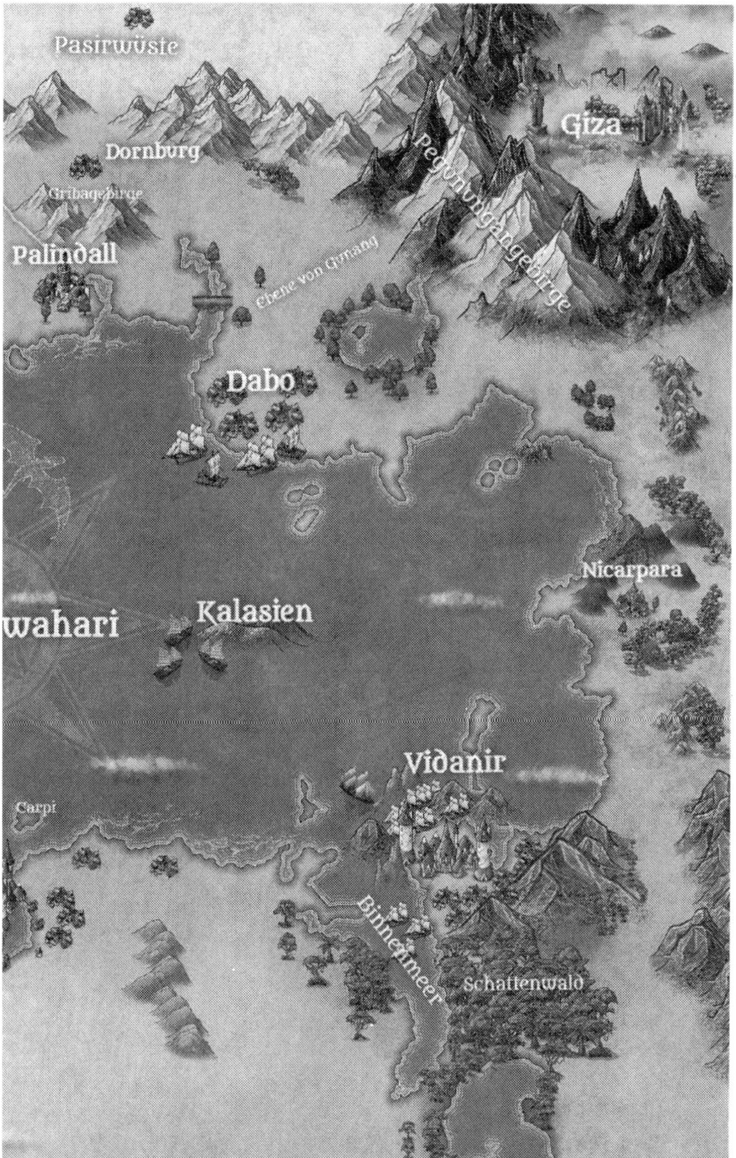
Pasirwüste
Dornburg
Gribagebirge
Palindall
Giza
Pegonungagebirge
Ebene von Gunang
Dabo
Nicarpara
wahari
Kalasien
Vidanir
Carpi
Binnenmeer
Schattenwald

Erster Akt

Zuhrah

Zuhrah öffnete die Augen. „Was ist geschehen?", flüsterte sie in die ewige Dunkelheit, die sie umgab. Als natürliches Abwehrsystem des Planeten sollten die Wächter sie eines Tages vor der größten, ihr bevorstehenden Bedrohung beschützen. Doch sie hatte die Kontrolle über die Umnakekeli verloren. „Ich sterbe", hauchte sie und erinnerte sich an einige Bruchteile. „Ich bin der Planet und ich konnte sie nicht aufhalten." Die Vergangenheit kam langsam zu ihr zurück und sie sah, wie ihre Kinder, die Götter der Elemente, fielen. Die Erinnerung durchfuhr sie wie ein Dolch und hinterließ eine brennende Wunde auf ihrer Seele. „Ich habe lange geruht – zu lange." Hilflos wägte sie ihre Optionen ab. Jedes Lebewesen zehrte von Zuhrahs Energie, der Kraft des Planeten.

„Sie lassen mir keine andere Wahl." Zuhrah konzentrierte sich auf all die Energie, in und auf sich. Sie spürte Tod und Hass, Mutlosigkeit und Verzweiflung. „Einzig die Vernichtung kann die Heilung bringen", traf sie schließlich ihre Entscheidung und machte sich bereit für ihren letzten Schachzug gegen jene zerstörerischen Wesen, die sie selbst erschaffen hatte.

Zweiter Akt

Die Geburt

Ben Tisdal lief nervös im Zimmer auf und ab. Besorgt sah er seine Frau Lara an, die mit schmerzverzerrtem Gesicht im Bett lag. Es sollte schon längst so weit sein, dachte er unruhig. Er selbst hatte bereits bei unzähligen Geburten assistiert, aber Lara lag nun schon seit fast sechzehn Stunden in den Wehen. Als Heiler wusste er ganz genau, was zu tun war. Das Allerwichtigste dabei war es, die werdende Mutter nicht aufzuregen. Bei diesem Gedanken zögerte er und lief ans Bett. Er nahm Laras Hand, lächelte sie mutmachend an und sagte sanft: „Es ist alles gut, Liebling. Die Zwei lassen sich nur etwas mehr Zeit, weil sie Angst haben, hier draußen voneinander getrennt zu werden." Er glaubte sich die Worte selbst nicht und bereute sofort, es ausgesprochen zu haben.

Lara sah ihn mit wütend glitzernden Augen an und murmelte gereizt: „Ben, du bist hier nicht der einzige Heiler im Raum. Ich weiß, dass da etwas nicht stimmt."

Auf einmal setzten die Wehen wieder ein. Diesmal so heftig, dass Lara Mühe hatte, ruhig weiter zu atmen. „Ich glaube, es ist so weit", sagte sie keuchend. Bei der nächsten Wehe wurde der Druck fast unerträglich. Sie versuchte, den Schmerz von sich weg zu atmen und presste dabei den Kopf in das schweißnasse Kopfkissen.

„Das war sein Köpfchen!", rief Ben überglücklich. „Du hast es geschafft, Lara! Er ist kerngesund!"

Der Kleine schrie sofort laut los und Lara hatte augenblicklich all die erlittenen Qualen vergessen, als sie ihren Sohn behutsam in die Arme nahm. „Leon", flüsterte sie dem Kleinen freudestrahlend ins Ohr und atmete tief durch. Denn es war ihr nicht vergönnt den Moment zu genießen, die Wehen gingen direkt weiter.

Stolz nahm Ben ihr das Kind aus den Armen und legte es sanft in das kleine, aus Holz gefertigte Babybettchen.

Es war bereits über eine halbe Stunde vergangen, seit Leon zur Welt gekommen war. Ben wusste, dass das zweite Kind bei Zwillingsgeburten innerhalb kürzester Zeit folgen musste, um eine Chance zu haben. Er merkte, dass Lara völlig erschöpft war und trotzdem kämpfte sie wie eine Löwin. Mit letzter Kraft presste sie noch einmal so stark sie konnte und da war sie endlich, ihre Tochter. Das Mädchen sollte fortan den Namen Jiari tragen.

Ben hielt das zerbrechliche Baby in den Armen, doch etwas stimmte nicht. Statt die neugeborene Jiari stolz seiner Frau zu übergeben, wandte er sich demütig von Lara ab.

„Was ist los, Ben? Gib mir meine Tochter!", forderte Lara ihn auf. Doch er nahm ihre Worte kaum wahr.

Die Kleine atmete nicht und er versuchte, ihr stehengebliebenes Herz zu reanimieren. Minutenlang versuchte er, sie wiederzubeleben, ohne Erfolg — sie war tot.

Ben blickte Lara schreckensstarr in die Augen. „Es ist nicht deine Schuld, Liebling", sagte er sofort. „Ihr Herz hat schon vor einer Weile aufgehört zu schlagen", beschwichtigte er sie so liebevoll es ihm den Umständen entsprechend möglich war. Dicke Tränen rannen aus Laras großen braunen Augen und liefen seitlich ihre Schläfen hinab. Ungläubig betrachtete sie den kleinen leblosen Körper. „Gib sie mir!“, zischte sie plötzlich.

Ben wusste nicht, wie er reagieren sollte und zögerte. Schließlich gab er nach und legte ihr das tote Kind unsicher in die Arme. Sofort umklammerte Lara das Baby und überging dabei die Tatsache, dass es nicht mehr am Leben war. Weinend drückte sie die kleine Jiari an ihre Brust und streichelte ihr über den Kopf.

Das absurde Schauspiel setzte sich einige Stunden fort, bis Lara endlich einschlief.

Den Tränen nahe und mit zittrigen Händen nahm Ben seine tote Tochter aus Laras Armen. Er wickelte sie vorsichtig in ein Tuch und lief aus dem Haus. Er stand völlig neben sich und handelte wie in Trance, doch er wollte sie im Wald beerdigen, bevor Lara wieder aufwachte.

Obwohl es Frühling war, brannte ihm die eiskalte Luft in der Lunge und ließ seinen warmen Atem dampfen. Etwas Merkwürdiges schien im Wald vor sich zu gehen. Überall raschelte es. Der Payauwald konnte bei Dunkelheit sehr gespenstisch sein, aber heute Nacht schienen sich sogar die Waldbewohner vor irgendetwas zu scheuen.

Die gewaltigen Bäume, denen man ihr hohes Alter ansah, mochten so manchen das Fürchten lehren. Nicht aber Ben. Er war in Sterneck, dem kleinen Dorf, das direkt an den Payauwald grenzte, geboren und aufgewachsen. Unbeirrt lief er tiefer in den Wald hinein bis er an einer vom Mondlicht erhellten Lichtung ankam.

Er dachte an Lara und daran wie schrecklich verstört sie war. Während er verzweifelt versuchte, seine Gedanken zu ordnen, schenkte er dem Weg vor seinen Füßen keine Beachtung und stolperte langsam vorwärts. Zu seiner Linken, bevor es wieder in den undurchdringlich dichten Wald ging, stand eine große, uralte Ulme. Ben näherte sich dem Baum. Der Boden um ihn herum war weich und vollständig von wunderschön weiß blühenden Buschwindröschen bedeckt. Er blieb stehen und entschied, dass dies der Ort sei, an dem er seine Tochter begraben würde. Ben sank auf die Knie und legte das Kind sachte zwischen zwei große Wurzelausläufer des Baumes. Alle unterdrückten Emotionen brachen aus ihm heraus. Als Heiler hatte er bereits Totgeburten erlebt, doch sein eigenes Kind auf diese Weise zu verlieren war schier unerträglich. Weinend und unfähig, sich zu bewegen, sackte er auf dem Boden zusammen.

Auf einmal wurde er von dem lauten Röhren eines Payauelchs aus seinen Gedanken gerissen. Er musste eine ganze Weile so zusammengekauert dagesessen haben. Seine Kleidung war vom aufgesogenen Tau bereits ganz nass. Gedankenleer starrte er auf den Baum und dann wieder auf das Kind. Plötzlich tönte ein entsetzliches Grollen durch die Nacht. Bens Nackenhaare stellten sich auf. Die Erde schien zu vibrieren, und ein heftiger Sturm begann an den knorrigen Ästen der alten Ulme zu reißen. Im nächsten Moment zerrte ein kräftiger Windstoß das weiße Leinentuch von seiner Tochter. Ben sprang hastig auf und wollte sich schützend auf sie werfen, als ihm die Sinnlosigkeit dessen bewusst wurde.

Er sah sie an und ein flaues Gefühl machte sich in seinem Magen breit. Er war sich sicher, dass er ihre Lider geschlossen hatte, und trotzdem blickten die großen blauen Augen, in denen der Mond sich widerspiegelte, gen Himmel. Bens Blick weitete sich und ihm stockte der Atem.

Das kann nicht sein, dachte er, wagte aber nicht, es laut auszusprechen.

„Hatschi!" Seine Tochter hatte geniest und ihre Lider hatten sich bewegt.

„Jiari!", hauchte Ben mit zittriger Stimme. Mit einem Satz war er bei ihr, nahm sie hoch und schloss sie in seine Arme. „Jiari! Wie in Zuhras Namen ist das möglich?", sagte er ungläubig, während er sich um seine Achse drehte und sich fassungslos umsah.

Dritter Akt

Nicarpara

Alejandro rannte den grasbedeckten Hügel hinab. In dem kleinen Tal jenseits der Anhöhe lag Nicarpara, das Dorf, das sie vor nur wenigen Monaten erreicht hatten. „Sie sind schon ganz nah!“, brüllte er mit angsterfüllter Stimme seiner Frau Raya entgegen. Seine Kleidung war zerfetzt und überall klebte teils schon getrocknetes dunkelrotes Blut. Die Luft war unglaublich heiß und mit jedem Atemzug brannte der vom Dorf her wehende Rauch schmerzhafter in seiner Lunge. Die andere Seite des Hügels wurde von lodernden Flammen hell erleuchtet und schreckliche Schreie niedergemetzelter Menschen durchschnitten die Luft.

Raya strich sich die langen schwarzen Haarsträhnen aus dem Gesicht. Sie dachte an die vielen Freunde, die es nicht mehr rechtzeitig aus dem Tal geschafft hatten, und umklammerte ihre kleine Tochter noch fester. Alenja war gerade mal wenige Monate alt und bereits auf der Flucht. Sie hätten sich nie gegen die Yatu auflehnen dürfen, dachte Raya. Kurz nachdem sie Nicarpara erreicht hatten, kam Alenja zur Welt. Und nun, nur wenige Wochen später, überrennen die Yatu das Dorf.

Die Yatu waren einst gewöhnliche Menschen gewesen, die sich dazu entschieden haben, sich den Wächtern anzuschließen. Die Wächter waren mächtige Wesen, erschaffen von Zuhrah selbst. Und die Wächter waren es, die diesen Menschen Unsterblichkeit verliehen und sie so zu den Yatu gemacht hatten. Zu einer beinahe unbesiegbaren Armee des

Schreckens, deren Absichten nicht ganz klar waren. Doch die Yatu, wie auch die Wächter des Planeten, hatten viele Jahrhunderte im Verborgenen gelebt. Seit der letzten Schlacht der Götter vor eintausend Jahren, hatte sie niemand mehr gesehen, und die Geschichten über die Wächter und die Yatu wurden zu einer Legende. Die Fragen, die sich Raya nun stellten waren, warum sie gerade jetzt und hier angriffen? Was wollten die Yatu hier in Nicarpara? Handelten sie aus freiem Willen, oder steckten die Wächter dahinter? Zu viele Rebellen an ein und demselben Ort mussten die Yatu angezogen haben, vergegenwärtigte Raya sich ihre Situation, als sie auf einmal abrupt aus ihren Gedanken gerissen wurde.

„Lauf weiter!“, dröhnte die jetzt schon viel nähere Stimme ihres Mannes Alejandro in ihrem Ohr. Sie hatte nicht realisiert, dass sie unbewegt zu ihrem Dorf und ihrem näherkommenden Mann starrte.

Er ist so schön, dachte sie, während sie unbewusst alle anderen Eindrücke um sich herum ausblendete. Alles war ruhig, ihre Ohren nahmen nur noch dumpf Geräusche wahr und ihre Augen waren starr auf Alejandro gerichtet. Seine schulterlangen Haare, die normalerweise im Wind wehten, lagen nun in Schweiß und Blut getränkt streng nach hinten.

Bevor sie noch mehr Zeit hatte ihn anzublicken, hatte er sie schon eingeholt, packte sie an der Schulter und sagte in etwas ruhigerem Tonfall: „Wir müssen Alenja zum Hafen bringen. Manolo hat das Dorf vor einigen Stunden verlassen und versucht, seine Familie über den Seeweg nach Kalasien zu bringen. Für uns drei wird kein Platz auf seinem Segelboot sein, aber ich bin mir sicher, er wird es uns nicht abschlagen, wenigstens Alenja mit sich zu nehmen.“

Rayas Augen weiteten sich. „Was haben wir getan?“, fragte sie mit entsetzter und vorwurfsvoller Stimme.

„Nicht wir, Liebling – die Yatu“, erwiderte Alejandro voller Hass. „Nicarpara wird fallen. Ich hoffe Manolo hat noch nicht abgelegt“, fügte er hinzu und begann, Raya mit sich zu ziehen. Zum Hafen brauchten sie nur noch wenige Minuten. Das Baby in Rayas Armen schrie und weinte laut. Je näher sie dem Hafen kamen, umso widerwilliger taten Rayas Beine das, was ihnen aufgetragen wurde. Langsam, aber immer klarer, begriff Raya, dass sie ihre Tochter vielleicht nie wiedersehen würde.

„Manolo!“, rief Alejandro laut, als sie nur noch wenige Meter vom Pier entfernt waren.

„Alejandro, Raya!“, gab eine entschlossen klingende Stimme zurück. „Ihr habt es geschafft!“, sagte Manolo erleichtert. „Wie ist die Lage?“, fragte er, die Antwort bereits erahnend. Alejandro schüttelte nur den Kopf.

„Los! Kommt zu uns an Bord! Wir gehen alle zusammen! Bei uns wird niemand zurückgelassen!“, befahl Manolos Frau, Maria, keine Widerrede duldend. Alejandro wusste, dass sie es ernst meinte. Aber selbst, wenn sie die lange Fahrt, eingepfercht wie Tiere, auf dem kleinen Boot durchstehen würden, so würde der Proviant doch nicht für alle reichen. Das Baby brauchte nicht viel, aber Maria und Manolo hatten zwei halbstarke Söhne. Der Angriff auf das Dorf war so überraschend gekommen, dass bei der hastigen Flucht kaum Zeit geblieben war auch nur das Nötigste einzupacken.

Während Manolo noch zögerte, um sich ihre Chancen auszumalen, mischte sich Raya mit starker Stimme ein: „Wir bleiben und kämpfen bis zum Ende!“ Nach einer kurzen Pause fügte sie flehend hinzu: „Aber bitte nehmt Alenja mit euch." Sie blickte liebevoll auf ihre Tochter hinab und eine Träne tropfte auf die Stirn der Kleinen. Sie wandte sich an ihren Mann und die beiden blickten sich für einen kurzen Moment, der Alejandro vorkam wie ein ganzes Leben, tief in die Augen.

Die Entscheidung war gefallen. Manolo nickte widerstrebend. Er schätzte die Situation genau gleich ein wie Alejandro. Wenn sie alle gemeinsam mit dem Boot starteten, so würden es wahrscheinlich nicht alle wieder lebend verlassen. Der Weg nach Kalasien war zwar eigentlich nicht allzu weit, allerdings war es in diesem Monat extrem windstill und wenn der Wind sich dann doch einmal zu erkennen gab, stand er für die Überfahrt nach Kalasien sehr ungünstig.

Schweigend gab er seiner Frau Maria zu verstehen, Alenja an sich zu nehmen. „Ihr wisst, wo ihr uns findet. Eure Tochter wird auf Kalasien vorerst in Sicherheit sein. Ich werde mein Möglichstes tun, die Kalesch davon zu überzeugen, dass ein Krieg unabdingbar ist", sagte er mit deutlichen Zweifeln in der Stimme.

„Das ist Zeitverschwendung, Papa!", erwiderte José, einer seiner Söhne, missbilligend. „Die Kalesch verstecken sich auf ihrer Insel und glauben, sie sind dort unantastbar!", rief er vom Boot, während er den Anker einholte. Manolo starrte Raya vorwurfsvoll und mit einem Hauch Zustimmung gegenüber dem, was sein Sohn gerade vorlaut herausgerufen hatte, an. Aber Raya wandte ihren Blick ab, hin zu Alenja in Marias Armen. Josés Worte interessierten sie nicht.

„Wir sind bereit abzulegen!", rief José vom anderen Ende des Bootes. Dann ging alles ganz schnell. Raya strich ihrer Tochter ein letztes Mal liebevoll über den Kopf und küsste sie auf die

Wange. Alejandro legte ihr behutsam ein Band um den Arm und streichelte ihr über das Gesicht. „Vergiss nie, wer du bist", hauchte er in ihr kleines Ohr. „Viel Glück euch allen", fügte er schließlich hinzu.

„Euch auch", murmelte Manolo. Sie blickten sich alle an und nickten entschlossen.

Raya und Alejandro sahen dem Segelboot mit ihrer Tochter an Bord hinterher, wie es den Hafen von Nicarpara verließ. „Sie werden es schaffen, Liebes. In Kalasien wird sie bei Rya sicher sein", flüsterte Alejandro seiner Frau ins Ohr.

Raya nickte. „Ich hoffe es."

Alejandro nahm ihre Hand und die beiden wussten ganz genau, was sie jetzt zu tun hatten – sie mussten kämpfen.

Vierter Akt

Der Weg nach Kalasien

Seit der Flucht aus Nicarpara waren bereits viele Tage vergangen. Manolo und seine Familie hatten in etwa die Hälfte des Weges nach Kalasien zurückgelegt. Der Wind stand in den vergangenen Tagen nicht zu ihren Gunsten, das Leinensegel hing schlaff am Mast. Dazu kam die grell strahlende Sonne, die unerbittlich auf sie niederbrannte.

Die Familie rationierte ihre Vorräte bereits mit Bedacht, allerdings würde es bis zu ihrer voraussichtlichen Ankunft trotzdem sehr knapp werden. Raúl, der jüngere der zwei Söhne, saß am Bug des knapp acht Meter langen Segelboots und versuchte sein Glück mit der Angel. Sein rechtes Bein ließ er dabei gemütlich über die Reling baumeln und kaute an einem ungenießbaren Stück Pökelfleisch. Seine normalerweise rabenschwarz gelockten Haare waren von der Sonne hellbraun gebleicht. Raúl war hasserfüllt, weil sie ihr Dorf verlassen mussten. Er wurde in Nicarpara geboren und es war seine Heimat. Jetzt vor den Yatu zu flüchten, fühlte sich nicht richtig an. Am liebsten wäre er geblieben und hätte gekämpft. Es ist doch sowieso nirgends mehr sicher, dachte er sich. Er wusste nicht einmal, wer von seinen Freunden es geschafft hatte zu fliehen und wer von ihnen tot war. Er sah zu seinem Bruder José. Für Raúl war klar, dass sie sich irgendwann an den Yatu rächen würden. Sie würden die größte Rebellenarmee zusammenrufen, die Kamahtanah je gesehen hatte, und die Yatu ein für alle Mal vernichten.

Diese unbeschreiblich große Angst vor den Yatu war seiner Meinung nach völlig unbegründet. Man konnte sie töten, indem man ihnen den Kopf abtrennte. Sie waren nicht stärker als Menschen nur meist bessere Kämpfer, weil sie mehr Erfahrung im Kämpfen hatten, was auch an ihrer Unsterblichkeit lag.

Von unten drang Alenjas Weinen zu ihnen. „Maria, ich glaube, sie hat Hunger", murmelte Manolo, während er das Steuer hielt und nachdenklich in den Himmel blinzelte. In der Mitte des Bootes befand sich eine überdachte, hölzerne Sitzbank. Dort saß Maria neben José.

„Es vergeht kein Tag, an dem ich nicht darüber nachdenke, ob Alejandro und Raya es geschafft haben, den Yatu zu entkommen", sagte Maria traurig. „Das arme Mädchen wird seine Eltern vielleicht nie kennenlernen."

„Mama, nur ihretwegen sind die Yatu überhaupt nach Nicarpara gekommen!", entfuhr es José in bitterem Ton. Er war davon überzeugt, dass es kein Zufall gewesen sein konnte, dass die Yatu kurz nach der Ankunft Rayas und Alejandros in Nicarpara einfielen. Er wollte gerade erneut ansetzen, als ihm Manolo streng ins Wort fiel: „Raya und Alejandro sind die tapfersten Krieger, die ich je kennengelernt habe, Junge. Rede nicht so von ihnen. Wir wissen nicht, warum die Yatu nach Nicarpara gekommen sind. Vielleicht haben sich einfach zu viele Rebellen am selben Ort zusammengerottet." Nach einer kurzen Pause fügte er schließlich hoffnungsvoll hinzu: „Wenn es jemand geschafft hat, diesen verdammten Schergen zu entkommen, dann die zwei. Sie werden uns nach Kalasien folgen und von dort die Rebellion weiter planen. Die Kalesch sind bereit in den Krieg zu ziehen, sie brauchen nur die richtige ..." Er stoppte und sein Blick blieb starr auf den Horizont gerichtet.

„Ja“, fragte Raúl, „die richtige was?“

„Sieh dort“, sagte Manolo, ohne der Frage seines Sohnes Beachtung zu schenken. Er zeigte mit dem Arm gen Nordwesten. „Ein Schiff. Und es hält direkten Kurs auf uns. Maria, geh unter Deck und halte das Baby ruhig!“, wies er seine Frau an. Sein besorgter Unterton ließ Maria auf der Stelle aufspringen und seinem Befehl Folge leisten. Raúl holte, von der angespannten Reaktion seines Vaters erschrocken, sogleich seine Angel ein.

„Du Tölpel, wirf die Angel wieder ins Wasser!“, zischte Manolo ihn sofort an und erläuterte dann seinen Plan: „Wir sind Fischer aus Dabo und unsere Ausbeute war bisher so mager, dass wir unseren gesamten Fang selbst vertilgt haben.“

José blickte seinen Vater fast schon genervt an und spottete: „Was ist los, Papa? Hat dich die viele Sonne etwa schon wirr gemacht? Das ist doch nur ein Schiff, das vermutlich selbst aus Dabo kommt. Wahrscheinlich sind es irgendwelche Händler auf dem Weg nach Nicarpara, weil sie noch nicht wissen, was dort geschehen ist.“

Die Gewässer rund um Dabo waren nicht sicher. Manolo hatte das bereits bei ihrem Aufbruch gewusst. Nicarpara lag am östlichen Ufer des Bahkuwahari – des großen Ozeans, der Kamah und Tanah voneinander trennte. Um nach Kalasien zu gelangen, das inmitten des Meeres lag, musste man, wenn man nicht genug Proviant für einen kleinen Umweg hatte, gefährlich nahe an der Piratenbucht entlangfahren. Nicht ohne Grund trugen die Gewässer diesen Namen – es wimmelte hier nur so von Gesindel und niederem Pack.

Raúl saß unverändert am Bug und alle drei Männer hielten ihren Blick dem stetig näherkommenden Schiff zugewandt, bis sie schließlich einige Details erkennen konnten.

„Verdammt", nuschelte Manolo ausatmend und er wirkte dabei so, als hätte er einen Geist gesehen. „Ich hatte es befürchtet – die Flagge sah schon von Weitem so aus, aber ich wollte es nicht glauben. Ich kenne dieses Zeichen. Es sind Piraten und ihr Anführer ist Salar Afarid." Salar Afarid war, soweit Manolo wusste, ein skrupelloser Sklavenhändler und scheute keine Gewalt.

Mindestens viermal so groß wie ihr kleines Segelboot, hatte das Piratenschiff drei Masten mit riesigen Segeln und es steuerte unbeirrt auf sie zu. In einheitlichem Rhythmus schoben die Ruderer es vorwärts und als es schließlich nahe genug war, konnte die Familie sehen, wie sich die Piraten an der Reling versammelten und ihrem nächsten Opfer entgegenlechzten.

Mit jeder Sekunde wirkte das aus dunkelbraunem Mahagoni gefertigte Schiff noch größer und bedrohlicher. Eine Flucht schien ausweglos, sie waren nun bedingungslos ihrem Schicksal überlassen. Während sich der Bug des gewaltigen Piratenschiffs seitlich immer näher an sie heranschob, herrschte auf dem kleinen, im leichten Wellengang hin und her wippenden Kutter Totenstille.

Schließlich trat der Anführer an die Reling und rief ihnen mit tiefer Stimme entgegen: „Hey, ihr da! Wohin des Weges?" Er war groß und wirkte trotz seines eher schmächtigen Körperbaus kräftig und zäh. Seine Haut war braun gebrannt und die pechschwarzen, leicht gewellten Haare fielen ihm fast bis zur Brust.

Raúl, José und Manolo sahen mit unsicherem Blick zu den Piraten hinauf.

„Wir sind Fischer aus Dabo", ergriff Manolo endlich das Wort.

„Und? Habt ihr einen guten Fang erwischt?", rief ihnen der Pirat mit einem sarkastischen Grinsen auf den Lippen zu.

„Leider nein! Seit einigen Tagen herrscht sowohl über dem Meer als auch unter dem Meer Flaute", erwiderte José, wobei er sich anstrengte, gefasst zu klingen. In Wahrheit bebte sein Körper vor Anspannung.

„Das ist seltsam", sagte Salar schon fast etwas vorwurfsvoll. Er stützte sich mit seinem rechten Ellenbogen auf einem kleinen Zierpfosten der Reling ab und legte sein Kinn auf seine Faust, um besonders nachdenklich zu wirken. „Ich habe euer Boot noch nie in Dabo gesehen", fügte er nach einer kurzen Pause, aus seiner gespielten Nachdenklichkeit gerissen, hinzu: „Aber es gefällt mir." Die Längsseite des Piratenschiffs war nun nur noch wenige Meter entfernt und Salar wies drei seiner Männer an, sich das Boot genauer anzusehen. Sogleich traten die Piraten nach vorne. Sie warfen einen hölzernen Steg von ihrer Reling zu der des kleinen Segelbootes und sprangen auf die provisorische Brücke.

Manolo sah seine Söhne an. Ihnen blieben nur wenige Augenblicke, bis die drei Piraten bei ihnen sein würden. Er dachte an Maria und Alenja unter Deck. Tausend Gedanken schossen ihm durch den Kopf.

„Nehmt was ihr wollt", sagte er kapitulierend. José hatte seine Hand auf dem Schwertgriff ruhend, doch Manolo schüttelte den Kopf. Sie sahen sich einer Übermacht konfrontiert, gegen die jedweder Widerstand zwecklos war.

Der lange dünne Pirat sprang als Erster auf ihr Deck, gefolgt von dem dicken, widerlich wirkenden Piraten, bei dessen Aufprall das ganze Boot wackelte und einem weiteren Seeräuber. In aller Seelenruhe wanderten sie über das Deck, nahmen

Gegenstände in die Hand, beäugten alles und steckten einige der Sachen in ihre Taschen. Die Familie blieb still. Manolo spürte, wie Adrenalin durch seinen Körper pumpte und ihm wurde die Ausweglosigkeit der Situation immer bewusster.

Und schließlich geschah es — der Dicke steckte den Kopf unter Deck. „Haha, ein guter Tag!", rief er höchst erfreut und mit einem breiten Grinsen auf dem fetten, von Narben übersäten Gesicht. „Salar, sie haben eine Frau und ein Baby dabei", rief er mit seiner tiefen Stimme in Richtung Piratenschiff.

Salars Lippen umspielte ein selbstgefälliges Lächeln. Als hätte er bereits geahnt, was sie finden würden.

„Tötet die Männer – nehmt die Frau und das Kind mit", befahl er ruhig und drehte sich um.

Manolo zog sein Schwert, seine Söhne taten es ihm nach. Er sprang auf den Fetten zu, holte aus und schlug das Schwert mit ganzer Kraft schräg auf den Oberkörper des Piraten. Doch dieser wehrte den Angriff mit seiner riesigen Axt ab. Der lange dünne Pirat sprang geschmeidig wie eine Katze hinter José und trennte mit einem schnellen, kräftigen Hieb dessen Kopf ab. Raúl schrie laut auf, als er mit ansehen musste, wie der Rumpf seines Bruders leblos zu Boden sackte. Diesen Moment nutzte der dritte Pirat, und rammte Raúl seinen Dolch in den Bauch. Manolo hatte es bei einem zweiten Angriff geschafft, dem Fetten die linke Hand abzutrennen. Der dicke Pirat brüllte vor Schmerz. Doch der dünne Pirat war schon zur Stelle und schnitt Manolo von hinten die Kehle durch. Mit dem Kopf schlug er auf der obersten Stufe der Treppe auf, wo er bewegungslos liegen blieb.

Maria, die alles davor Geschehene nicht hatte sehen können, hörte die gurgelnden, letzten Versuche ihres Mannes etwas zu sagen, als er auf dem Boden liegend in seinem eigenen Blut ertrank. Er hatte die Augen weit geöffnet und starrte in die Kabine, bis er schließlich aufhörte zu atmen. Maria nahm das Messer, welches neben ihr auf einem kleinen Tisch lag und stieg einige der Stufen hinauf. Voller Entsetzen musste sie nun erkennen, dass nicht nur ihr Mann, sondern auch ihre Söhne niedergemetzelt worden waren. Ihr Blick wandte sich zu dem widerlichen, dicken Piraten, der mit schmerzverzerrtem Gesicht seinen Armstumpf anstarrte. Voller Hass rammte sie ihm das Messer mit einer schnellen Bewegung in den Rücken. Daraufhin brüllte dieser sogleich noch lauter, drehte sich um und schlug ihr quer über das Gesicht. Sie taumelte zurück und stürzte einige Stufen hinunter. Maria schaffte es, sich am Geländer festzuhalten, zog sich wieder nach vorne und nutzte den Schwung. Mit aller Kraft stach sie dem langen, dünnen Piraten, der nun neben dem Dicken im Eingang zur Kajüte stand, das Messer in den Hals.

„Du verdammtes Weib!", schrie der Fette wutentbrannt und schlug ihr diesmal mit voller Wucht die Faust in ihr schmales Gesicht. Sie verlor sofort das Bewusstsein, fiel zurück und krachte mit dem Hals auf die Kante der Koje. Es knackte einmal laut und dann wurde es ruhig.

„Du Idiot!", zischte der dritte Pirat. „Salar wird toben!"

„Dieses Miststück hat Ajas getötet, er wird es verkraften", erwiderte der dicke Pirat. „Los Raza, nimm die plärrende Göre."

Der Pirat lief zu Alenja. Sie schrie und weinte laut. Er blickte auf sie hinab. „Na, hoffentlich können wir wenigstens einen ordentlichen Preis für dieses unnütze Balg erzielen", sagte er stolz auf die Ausbeute, nahm das Baby auf den Arm und sprang wieder auf die Holzbrücke.

Jiari

Das Rauschen des Flusses hatte eine unendlich beruhigende Wirkung auf Jiari. Für sie klang es nicht einfach nur wie ein monotones, nach einiger Zeit in den Ohren dröhnendes Geräusch. Vielmehr nahm sie es als eine wunderschön komponierte Melodie wahr und es erfüllte Jiaris Körper mit Ruhe und Glückseligkeit, wenn sie ihr lauschte. Manchmal saß sie stundenlang am Ufer des Payauflusses und blickte einfach nur gedankenverloren in die im Sonnenlicht glitzernde Wasserströmung. So auch heute. Sie hatte ihre Beine von sich gestreckt und ihre Finger waren in die feuchte, mit saftigem, grünem Gras bedeckte Erde gedrückt. Es war Frühling geworden und der Geruch von Pinien und blühenden Hyazinthen lag in der Luft. Auch Kräuter wie der Bärlauch, erwachten zu neuem Leben. Sie legte den Kopf in den Nacken, schloss die Augen und atmete tief ein. Eine Brise des noch etwas kühlen, nach ihrem Geschmack aber perfekten Westwindes umspielte ihr jungenhaft kurz geschnittenes, hellblondes Haar.

Ihre Eltern hatten ihr erzählt, dass ihre Geburt keine gewöhnliche gewesen sei, sondern dass sie leblos zur Welt gekommen war. Doch wie durch ein Wunder hatte der Lebenswille in ihr gesiegt und sie wachte auf. Wie durch ein Wunder, dachte sich Jiari. Sie glaubte nicht an Wunder und sie wusste, dass sie irgendwie anders war. Etwas mit ihr stimmte nicht. Sie war kränklich und litt häufig unter Kopfschmerzen. Der Wald war der einzige Ort, an dem sie Ruhe finden konnte. Hier fühlte sie sich so geborgen wie sonst nirgendwo.

Häufig dachte sie an die alten Geschichten über die Schakruna, Menschen, die die Elemente formen konnten. Manchmal versuchte sie, eine Verbindung zur Natur zu finden, und mit ihren Gedanken den Wind oder das Wasser zu kontrollieren – vergebens. Vielleicht waren es ja wirklich nur Geschichten und die Schakruna haben nie existiert.

Sie ging fast jeden Tag in den Payauwald. Entweder, um mit ihrem Zwillingsbruder Leon jagen zu gehen, mit ihrer Mutter Pilze und Heilkräuter zu sammeln oder einfach nur, um sich mit ihrem besten Freund Jack die Zeit zu vertreiben.

Jack war auch fünfzehn. Die zwei waren von klein auf ein Herz und eine Seele. Gemeinsam hatten sie mit ihren Streichen das Dorf terrorisiert. Auf Jack konnten sie sich blind verlassen. Jetzt, da sie älter waren, lag da manchmal ein anderes seltsames Gefühl in der Luft. Etwas, das Jiari nicht beschreiben konnte, aber sie mochte dieses Gefühl nicht.

Eigentlich wäre sie auch jetzt mit Jack verabredet gewesen. Sie trafen sich regelmäßig zum Sonnenaufgang am Fluss, genossen gemeinsam die Ruhe und trainierten mit Holzstöcken spielerisch den Schwertkampf. Seine Eltern arbeiteten als Schmiede und er musste sie tatkräftig bei der Arbeit unterstützen, weswegen er Jiari häufig versetzte. Immer wenn eine dringende Arbeit erledigt werden musste, hatte Jack keine andere Wahl, als bereits in der Früh seiner Berufung nachzukommen.

Wenigstens leistete Manschi ihr Gesellschaft. Er war Jacks treuer Wegbegleiter und dachte überhaupt nicht daran, Sterneck nochmal zu verlassen. Eines Tages tauchte er ausgehungert im Dorf auf und Jack stellte ihm täglich Futter vor die Türe. Zu Beginn war der Kleine wahnsinnig scheu, aber seine Liebe zu gutem Essen ließ ihn schließlich sein Misstrauen vergessen und die zwei wurden unzertrennlich.

Manschi hatte in etwa die Größe einer ausgewachsenen Katze. Seine Beinchen waren allerdings sehr kurz, weswegen er immer etwas tapsig und rund wirkte. Zusätzlich war sein grauschwarz gemustertes Fell dicht und flauschig, was ihn noch dicker aussehen ließ. Seine Pfoten waren nicht wie die eines Hundes oder einer Katze, bestehend aus Zehen und Krallen, sondern ähnelten vielmehr den Hufen einer Ziege. Wenn auch wesentlich kleiner und kürzer. Sein dicker, fluffiger Schwanz war fast so lang wie sein Köper und von seinem Kinn bis zu seinem Bauchnabel wuchs weißes Fell, was so aussah, als würde er ein Lätzchen tragen. Wenn er auf dem Hintern saß, hingen ihm seine langen Schlappohren bis zu den Schultern und auf seinem Kopf hatte er zwei kleine stumpfe Hörnchen.

Schlummernd lag er neben Jiari. Von Zeit zu Zeit zuckte sein Schwänzchen angriffslustig hin und her, was sie darauf schließen ließ, dass er in seinem Traum wohl auf der Jagd war. Bei der Vorstellung, wie der kleine Tollpatsch versuchte zu jagen, musste Jiari schmunzeln. Auf einmal hob das kleine Fellknäuel langsam und mit halb geschlossenen Augen den Kopf. Seine langen Ohren falteten sich ein wenig nach hinten, damit er besser lauschen konnte. Es dauerte aber nur eine Sekunde, bis er sein Köpfchen wieder auf die Erde sinken ließ und die runden Kulleraugen mit seinen Lidern bedeckte.

Manschi war vielleicht der Letzte seiner Art. Wie Manschi, waren viele Arten vom Aussterben bedroht. Nach der letzten großen Schlacht der Götter, veränderte sich das Klima auf dem Planeten rasant. Vor eintausend Jahren, nach dem Tod der letzten Götter, tat der Planet seinen Unmut kund, indem er die Vulkane auf Kamahtanah Feuer speien ließ. Unaufhörlich stießen sie ihre heiße Lava hervor und bedeckten den Himmel mit dunklen Wolken. Das Massensterben der Arten begann. Es hieß, dass nur noch rund fünfundsiebzig Prozent aller Arten von damals existierten. In vielen Gegenden Kamahtanahs hatte sich die Flora und Fauna bis heute nicht davon erholt. Je weiter man gen Osten ging, umso rauer wurde die Beschaffenheit der Landschaft. Riesige Sumpflandschaften und Moorwälder hatten sich immer weiter ausgebreitet.

„Jiari, da bist du ja", hörte sie die Stimme ihres Bruders Leon. Sie hatte ihn schon vor Minuten durch die Büsche rascheln hören.

Leon hatte kurzes dunkelblondes Haar und wegen seines schlaksigen Körperbaus war es für sie häufig nicht einfach, ihn ernst zu nehmen. Besonders wenn er wieder einmal versuchte, streng zu sein und ihr irgendwelche Befehle zu geben. Er spielte sich gerne als älterer Bruder auf, auch wenn er keine Stunde vor ihr geboren worden war. Leon war immer schon sehr ehrgeizig und er wollte gegen die Yatu in den Kampf ziehen, sobald er alt genug dafür war und den Umgang mit dem Schwert erlernt hatte. Sein Ziel, gegen die Yatu zu kämpfen, gab ihm den Antrieb, jeden Tag hart zu trainieren.

Die Yatu waren seelenlose Schlächter. Jiari wusste nicht viel über sie. Biologisch unsterblich, konnten sie anscheinend nur auf besondere Art und Weise getötet werden. Es kursierten Gerüchte darüber, dass man ihnen den Kopf abtrennen musste.

Es gab aber auch andere Geschichten, die sagten, man müsse ihnen das Herz durchbohren. Am besten war es wohl, sie direkt zu verbrennen. Ansonsten lief man Gefahr, dass sie sich regenerierten. Sie wusste nicht, wie die Yatu aussahen. Anscheinend wohl, wie normale Menschen. Sie wusste auch nicht, ob sie besonders hässlich, groß oder übermenschlich stark waren. Ein Mensch traf die Entscheidung ein Yatu zu werden meist aus der Motivation heraus, unsterblich zu werden. Jiari wusste auch nicht genau, wie man ein Yatu wurde. Eine Theorie, die sie kannte, war, dass man einen geliebten Menschen töten müsse und dann sich selbst, damit man als Diener des Bösen wiederauferstehen konnte.

Wie auch immer — sie wollte ihren Bruder jedenfalls auf keinen Fall dabei unterstützen, gegen diese Monster in den Kampf zu ziehen.

„Onkel Liam ist gerade angekommen! Wir wollen alle zusammensitzen und uns anhören, was er für neue Geschichten zu erzählen hat", rief ihr Leon freudig zu.

Jiari hörte Onkel Liams Geschichten oftmals nicht gerne, da sie meistens von Kriegen und Kämpfen handelten. Aber Liam war schon so viel herumgekommen, dass er auch von den schönsten Landschaften und den interessantesten Völkern berichten konnte, wenn man ihn nur danach fragte. Er war der Anführer eines Söldnerheeres, weshalb er ständig unterwegs war. Jiari freute sich jedes Mal, wenn er unbeschadet zurückkehrte. Sie seufzte tief und stand auf. Manschi öffnete verschlafen die Augen. Langsam streckte er die Vorderpfoten von sich, reckte seinen Rücken und gähnte mit herausgestreckter Zunge. Jiari folgte ihrem Bruder und gemeinsam machten sie sich auf den Weg zurück nach Sterneck.

Sie liefen am Fluss entlang und Leons Schritte wurden allmählich immer länger. Er kann es ja wirklich nicht erwarten mit Liam zu sprechen, dachte sich Jiari mit den Augen rollend, zum einen Teil genervt, zum anderen betrübt. Jedes Mal, wenn Liam in eine neue Schlacht zog, wollte Leon ihn begleiten. Noch war er zu jung, doch sie wusste, dass es eines Tages so weit sein würde und Leon sich an Liams Seite den Yatu entgegenstellen würde.

Seit dem Angriff auf Nicarpara vor fünfzehn Jahren starteten die Yatu immer neue, vereinzelte Angriffe auf kleine Dörfer und Städte Kamahtanahs. Es gab immer weniger Krieger, die sich ihnen als Söldner freiwillig in den Weg stellten. Wurde eine Stadt angegriffen, kamen ihnen nur die zu Hilfe, die es mussten – Städte, die unter dem Bündnispakt zu Loyalität aufgerufen waren.

Schließlich erreichten sie die mit kleinen Steinen gepflasterte Straße nach Sterneck. Als Jiari Liam neben dem Brunnen auf dem Marktplatz erblickte, rannte sie ihm entgegen und sprang in seine Arme. „Onkel Liam!“, rief sie aufgeregt. „Wie schön, dass du endlich wieder hier bist.“

„Hallo, meine kleine Jiari oder sollte ich besser sagen meine Große? Du bist ganz schön gewachsen seit dem letzten Mal, als wir uns gesehen haben“, sagte er liebevoll, setzte sie wieder auf dem Boden ab und strich sich seine kinnlangen, dunkelbraunen Haare aus dem Gesicht. Liam war hochgewachsen und kräftig. Man sah ihm seine Jahre als Söldner jedoch deutlich an. Narben, die offensichtlich von Klingen stammten, übersäten seine Arme. Auch sein Gesicht war nicht verschont geblieben. Eine circa drei Zentimeter lange Narbe zog sich an seiner linken Schläfe entlang.

Jiari beäugte seinen Zustand einige Sekunden, dann stellte sie erleichtert fest: „Liam, du hast ja gar keine neuen Verletzungen dazubekommen. Habt ihr die Yatu widerstandslos fertig gemacht?"

Liam lächelte, als er die Erleichterung in ihrer Stimme hörte. Zuletzt wurden er und sein knapp achthundert Mann starker Söldnertrupp von den Halvars angeheuert, der Herrscherfamilie von Karvag. Karvag war eine kleine Insel und die Bewohner stolze Krieger.

„Nein Jiari", erwiderte er lachend. „So einfach werden es uns diese Schergen wahrscheinlich niemals machen."

„Kommt, lasst uns essen! Du musst ja völlig ausgehungert sein", fiel ihm seine Schwester Lara Tisdal mit ihrer glockenhellen Stimme freudestrahlend ins Wort. „Jiari, lauf doch schnell zu den Tallums und sag Jack Bescheid. Einen knurrenden Magen mehr können wir auch noch besänftigen", fügte sie auffordernd hinzu. Manschi, der es sich bereits wieder zusammengekugelt im Gras neben zwei Rhododendron Sträuchern gemütlich gemacht hatte, stand sofort auf und lief in Richtung des Hauses der Tisdals. Jiari war sich sicher, dass der kleine Vielfraß die Bedeutung des Wortes „Essen" besser kannte, als so manch einer vermuten würde.

In Sterneck war es üblich, dass der Mann nach der Hochzeit den Nachnamen der Frau annahm. Laras Familienname war Tisdal, darum hießen sowohl ihr Bruder Liam als auch ihr Mann Ben nun Tisdal.

Sterneck lag direkt an den Ufern des Payau, eines wunderschönen, glasklaren Flusses. Der Payau entsprang den nördlich gelegenen Arwaten, einer Gebirgskette die direkt an die majestätischen Mauern Awaheims grenzte. Von Norden schlängelte er sich nach Süden und mündete schließlich im Bahkuwahari, dem großen Ozean Kamahtanahs. Im Süden Sternecks lag der hügelige Payauwald. Im Norden erstreckte sich die Payauebene, deren Graslandschaft den Payauelchen reichlich Nahrung bot. Bis sich schließlich am Horizont die mächtigen Arwaten mit ihren schneebedeckten Gipfeln auftaten.

Sterneck war ein überschaubares, gemütliches Dorf, dessen Bewohner sowohl ehrliche als auch zumeist freundliche Leute waren. Jeder, der sich dazu entschieden hatte in Sterneck zu bleiben oder zuzuziehen, wusste die Abgelegenheit des Dörfchens zu schätzen. Manche von ihnen etwas zu sehr. Es gab auch Einheimische, die in vollständiger Zurückgezogenheit lebten und nur selten den Kontakt zu anderen Menschen suchten.

Die Häuser waren klein und aus Backsteinen erbaut. Verbunden war das Dorf durch schmale Gässchen, durch die kein Ochsengespann mit einem mittelgroßen Karren gepasst hätte.

In Sterneck stand die Landwirtschaft im Mittelpunkt. In guten Erntejahren konnte sie sich komplett selbstversorgen.

Das Dorf hatte sich, seit Jiari sich erinnern konnte, kaum verändert, abgesehen von der Tatsache, dass das Klima immer trockener wurde. Einige Menschen, die noch an Zuhrah und die Götter glaubten, vermuteten, dass der Planet austrocknete, weil er im Sterben lag.

Jiari saß mit ihrer Familie und ihrem Freund Jack zu Hause am Esstisch.

„Und du Jack, wann wirst du endlich in die Schlacht ziehen?“, fragte Liam stichelnd, denn er wusste, dass Jack keinerlei Interesse daran hatte zu kämpfen. „Einen Burschen mit deiner Statur können wir immer gut gebrauchen! Und du bist ja noch nicht mal ausgewachsen!" Er hatte recht, Jack war für sein Alter sehr groß, zusätzlich waren seine Muskeln durch die tägliche harte Arbeit als Schmied bereits stark ausgeprägt. Sie zeichneten sich unter seiner braunen Haut perfekt definiert ab. Es schien kein Gramm Fett zu viel an dem jungen Mann zu sein, obwohl es Jiari so vorkam, als würde er die meiste Zeit damit zubringen, sich den Bauch vollzuschlagen. Und trotzdem hatte er noch etwas Bubenhaftes an sich, mit dem kurzen, kastanienbraunen Haar und den Grübchen, die sich auf seinen Wangen abzeichneten, wenn er lachte.

„Reichst du mir bitte die Kartoffeln, Lara?", bat er Jiaris Mutter lieb, ohne Liams Gestichel Beachtung zu schenken.

„Pah!", schnaubte Leon mit bitterem Unterton. „Unser Jack wird Sterneck niemals verlassen. Alles was ihn interessiert sind Wiesen, Wälder und die Natur. Mädchenkram eben." Jiari konnte sich ein Grinsen nicht verkneifen. Genau das war es, was sie an ihrem besten Freund so liebte. Sein sanftes Wesen und ihre gemeinsame Bewunderung für die schönen Dinge um sie herum. Die beiden erfreuten sich an jeder neuen Jahreszeit, die anbrach. Daran, wie sich die Natur neu zu erfinden schien. Ob es nun die Bäume waren, die ihre Blätter abwarfen. Die Pflanzen, die sich als zu neuem Leben erwachende Keimlinge langsam ihren Weg durch den frostigen Boden kämpften. Oder die Tiere im Wald, die ihr Leben ständig an die Jahreszeiten anpassten, sei es bei der Balz oder dem Vollfuttern vor dem verdienten Winterschlaf.

Eigentlich verstanden sich ihr Bruder Leon und Jack ganz gut. Allerdings schwang in Momenten wie diesem ein deutlicher Hauch von Eifersucht in Leons Stimme mit. Denn Onkel Liam fragte ihn nie, wann er endlich mit ihm kommen würde.

Was aber auch ganz bestimmt daran lag, dass ihre Mutter Lara ihm klar untersagt hatte, das Thema aufzubringen. Leon war, obwohl auch schon recht kräftig, Jack in Ausdauer und Schnelligkeit unterlegen.

„Liam", begann Jiaris Vater Ben mit seiner Ruhe verströmenden Stimme. „Erzähle uns von deiner Begegnung mit den Halvars. Du erwähntest vorhin, dass die Stimmung auf Karvag seltsam war. Versteh mich nicht falsch Liam, so sehr es mich auch freut, dass du unversehrt heimgekehrt bist, umso mehr beunruhigt mich deine Erzählung. Karvag soll also die erste Stadt sein, die von den Yatu angegriffen wurde und ohne eine gewalttätige Auseinandersetzung davongekommen ist?" Er hatte beide Arme auf den Tisch gestützt. Sein Kinn lehnte dabei auf seinen gefalteten Händen. Er sah Liam nachdenklich mit besorgtem, fast starrem Blick tief in die Augen.

Dieser war gerade noch munter dabei große Schlucke aus seinem Bierhumpen zu nehmen, als sich seine Miene verfinsterte und er seinen Blick zögerlich durch die Runde gleiten ließ. Er setzte den Krug langsam ab und begann wieder zu grinsen. „Nun", fing er fröhlich an, „zuerst einmal die frohe Botschaft." Er machte eine kleine Pause, um die Spannung aufzubauen. „Eric, der Sohn der Halvars, soll in zwei Jahren Nakatirya vom Stamm der Kalesch heiraten."

„Was?", entfuhr es Leon sofort ungläubig. „Die zwei sind kaum älter als ich! So früh kann man sowas doch nicht machen! Das ist verrückt!"

Die Menschen, die auf Karvag lebten, nannte man Vargalis. Seit Menschengedenken gingen die adeligen Vargalis nur eheliche Verbindungen mit den Kalesch ein, dem Stamm der Kriegerinnen von Kalasien. Kaum jemand war je einer Kalesch begegnet. Sie lebten seit langer Zeit zurückgezogen auf ihrer Insel viele Seemeilen östlich von Karvag. Prinz Eric Halvar von Karvag war der zukünftige Thronfolger der Vargalis und musste folglich eine Kalesch heiraten.

„In unserer Gegend ist das nicht gebräuchlich Leon, da hast du recht“, fing Liam an zu erklären. „In anderen Völkern Kamahtanahs jedoch ist es durchaus üblich, dass das Bündnis der Ehe schon sehr jung eingegangen wird. Hinzu kommt die besondere Tradition der Kalesch. Ihre Anführerin muss, gemäß dem kalasischen Gesetz, in jeder Schlacht präsent sein. Daher muss dafür gesorgt werden, dass sie Nachfahren hat, bevor sie zur Anführerin wird — um die Blutlinie zu wahren. Nakatirya ist so alt wie ihr, fünfzehn. Sie ist die älteste Nachfahrin von Valerya, der Anführerin der Kalesch. Sollte Valerya vorzeitig sterben, wird Nakatirya mit Beginn ihres zwanzigsten Lebensjahres zur neuen Anführerin Kalasiens werden. Bis dahin braucht auch Nakatirya einen Erben. Im besten Falle eine Erbin“, beendete er seine Geschichtsstunde.

Jiari lauschte gedankenversunken. Sie fand allein die Vorstellung heiraten zu müssen schon schrecklich und dann auch noch jemanden, den man nicht mal richtig kannte. Ohne dass sie es merkte, rümpfte sie die Nase und zog die Augenbrauen zusammen. Jack sah genau in diesem Moment zu ihr hinüber und freute sich sogleich über ihren trotzigen Gesichtsausdruck. Sein warmes, den ganzen Raum erfüllendes Lachen war ansteckend und die trübe Stimmung am Tisch lockerte sich.

„Aber, mein lieber Ben, um auf deine Ausgangsfrage zurückzukommen“, holte Liam schließlich erneut aus. „Dein Misstrauen ist nicht ungerechtfertigt. Auch ich hatte ein seltsames Gefühl bei der Sache. Erst schickten sie nach den Söldnern, mit der Begründung, dass ein Angriff der Yatu drohe. Kaum waren wir in Eisenheim, bereit für die Überfahrt nach Karvag, teilte man uns mit, dass unsere Dienste nicht mehr benötigt würden. Das ergab keinen Sinn. Also beschloss ich mit Vernon und Halid, zwei Männern aus dem Söldnertrupp, unerkannt auf die Insel zu gelangen, um herauszufinden, was dort vor sich ging." Über Bens ernste Miene huschte die Andeutung eines Grinsens. Er wusste doch ganz genau, dass Liam nicht zurückgekehrt wäre, ohne der Sache vorher auf den Grund gegangen zu sein.

„Als Händler getarnt, setzten wir mit einem Transportschiff vom Festland über. Eigentlich schien alles ganz normal, außer dass wir vielen bewaffneten Männern begegneten. Wir redeten mit einigen von ihnen, die Vernon kannte. Sie schienen verunsichert und je länger wir uns in der Stadt aufhielten, umso seltsamer wirkte die Stimmung auf uns. Es fühlte sich so an, als ob in der Stadt Krieg und Friede zugleich herrschte. Die ganze Insel schien in einen Dunst von Anspannung und Zweifel gehüllt. Die Stimmung war drückend – um nicht sogar zu sagen unangenehm. Wir erkundigten uns nach Königin Enna. Man erzählte uns, dass sie schon seit längerem kaum noch zu sehen sei. Es gab aber auch weit und breit keine Spur von einem Yatu. Nach zwei Tagen blieb uns nichts anderes übrig, als zurück nach Eisenheim zu reisen." Man sah Liam deutlich an, dass ihn das Thema bis heute beschäftigte. In Gedanken hatte er Sterneck soeben verlassen und war zurück nach Karvag gereist. Sein Geist ging alle Geschehnisse erneut durch, in der Hoffnung einen Hinweis zu entdecken, der ihm entgangen war. „Nun ja", seufzte er schließlich enttäuscht. „Jetzt freue ich mich auf ein paar ruhigere Tage. Zu den Söldnern kehre ich vorerst nicht zurück. Ich denke, es ist an der Zeit dem Söldnerleben abzuschwören. Ich werde morgen nach Goma reiten und nach meinem Schiff sehen."

Bevor Liam sich dazu entschieden hatte, als Söldner zu arbeiten, war er Fischer gewesen. Monatelang war er allein auf seinem Schiff unterwegs, weswegen er ihm den Namen Alexa gab. Ben machte sich immer lustig darüber und sagte, dass er das Schiff nur weiblich getauft hatte, damit er wenigstens eine Frau in seinem Leben ab und an streicheln durfte.

Wie auch immer, Jiari freute sich jedenfalls über Liams Bemerkung. Zum einen hieß das, dass er vorerst nicht vorhatte, wieder in den Krieg zu ziehen, und zum anderen, dass sie mit ihm hinausfahren durfte, um zu fischen.

Als sie mit Essen fertig waren, stand Jiari auf, um nach draußen zu laufen. Da Manschi auf ihrem Schoß eingeschlafen war, blieb der Schlafmütze nichts anderes übrig, als sichtlich unwillig von ihrem Schoß zu hüpfen.

Sie setzte sich auf die Stufen vor der Eingangstür und genoss es, dass die ganze Familie beisammen war. Alles fühlte sich perfekt an. Der Wind blies sanft durch die Blätter des Payauwaldes und wie nur allzu oft wurde Jiari das Gefühl nicht los, dass jemand oder etwas aus der tiefen Dunkelheit des Waldes ein Auge auf sie warf.

Jack hatte sich neben sie gesetzt und wusste ganz genau, was in Jiari vor sich ging. Denn auch ihn beschlich dieses Gefühl regelmäßig, wenn er Zeit mit ihr verbrachte – wie auch jetzt. Gemeinsam blickten sie in den Wald und fragten sich, was es wohl sein mochte, das dort lauerte.

„Kommt! Lasst uns auf den Marktplatz gehen", forderte Leon alle auf. „Heute beginnt das Zuhrah-Fest!"

Es war Frühlingsbeginn und jedes Jahr um diese Zeit, hieß ganz Sterneck den Frühling willkommen, damit er die Fruchtbarkeit mit sich bringe und ihre Saat gedeihen ließe. Es wurde getanzt, gesungen, getrunken und Ravenna, eine der ältesten Frauen im Dorf, erzählte Geschichten über die Götter und Zuhrah – den Planeten.

Es war zwar schon dunkel, jedoch wurde der Marktplatz vom Licht unzähliger Fackeln hell erleuchtet und die heiteren Stimmen der Bewohner Sternecks hallten durch die kühle Nachtluft. Jiari schnappte sich Jacks Hand und ging mit ihm zu einer kleinen Gruppe, die ausgelassen tanzte. Lange farbige Bänder in ihren Händen ließen jede ihrer Bewegungen ausdrucksstark und elegant wirken. Lara traf einige ihrer Freundinnen und begann sofort, sich mit ihnen über den neuesten Klatsch und Tratsch auszutauschen. Leon, Ben und Liam stapften zum nächstgelegenen Bierstand und gönnten sich einen Humpen der flüssigen Köstlichkeit. Jiari liebte das Zuhrah-Fest. Einmal im Jahr trafen sich alle, um ausnahmsweise nicht über irgendwelche Probleme, Abstimmungen oder sonstige wichtige Dorfentscheidungen zu debattieren, sondern um der Natur zu huldigen.

Die Zeit verging und mit fortschreitender Stunde erloschen die Fackeln. Die Menschen begannen, sich um das gewaltige Lagerfeuer in der Mitte des Platzes zu versammeln und setzten sich auf die darum herum verteilten Baumstämme.

Endlich stieß auch Ravenna zu der Gruppe. Die kleine zierliche Gestalt mit ihren langen und leicht gewellten silbernen Haaren, lief in aller Ruhe an ihrem Krückstock durch die Menge. Jiari fand, dass sie sich für ihre hundertdrei Jahre gut gehalten hatte. Besonders die Jüngeren freuten sich auf die Geschichtsstunde. Die Älteren kannten die Märchen bereits auswendig und hielten sich deshalb zurück, um den Kleinen die besten Plätze zu überlassen.

Ravenna ließ sich schwerfällig auf einem Stuhl am Feuer nieder und schlagartig wurde es ganz still in der kleinen Gemeinde. „Wie jedes Jahr“, holte sie aus, „haben wir uns alle hier versammelt, um unser aller Mutter, Zuhrah, ein Fest zu bereiten.“ Sie hielt kurz inne und setzte dann fort: „Zuhrah ist der Geist und die Seele unseres Planeten. Unsere Welt, Kamahtanah, wird durch das große Bahkuwaharimeer in Kamah, den nördlichen Teil, und in Tanah, den südlichen Teil, getrennt. Alles Leben verdanken wir ihr. Geht es Zuhrah schlecht, so leiden auch die Lebewesen auf Kamahtanah, denn wir leben von ihren Gaben.“ Ravenna lehnte auf ihrem Krückstock und sah in die Runde. Die Kinder blickten sie mit großen Augen erwartungsvoll an.

„Ich erzähle euch heute die Geschichte von Zuhrah und den Umnakekeli, die auch Wächter genannt werden. Auch erzähle ich euch von den Yatu, welche die Gefolgschaft der Umnakekeli sind, wie alles begann und dann wieder in sich zusammengefallen ist“, leitete sie ihre Geschichte ein und blickte in das knisternde Feuer. „Vor vielen tausend Jahren erschuf Zuhrah die Umnakekeli, die Wächter über Mensch und Natur. Einst waren sie uns Menschen gar nicht so unähnlich. Sie waren mit Zuhrahs unendlicher Energie geweiht. Das Besondere an der Macht der Umnakekeli war, dass sie alle fünf Elemente kontrollieren konnten: Feuer, Erde, Wasser, Luft und Äther. Wir wissen nicht, warum Zuhrah die Wächter erschaffen hat, jedoch gehen wir davon aus, dass die Umnakekeli das harmonische Zusammenleben zwischen Menschen und Natur sichern sollten. Sie wurden von den Menschen vergöttert. Ihre Aufgabe war es, darauf achtzugeben, dass wir uns nur so viel von Zuhrah nahmen, wie wir benötigten. Wir wissen nicht, wie viele Wächter es gibt, oder seit wann genau sie existieren. Wir können auch nicht mit Sicherheit sagen, warum der Planet sich dazu entschieden hat, den Umnakekeli so viel Energie zuteilwerden zu lassen, waren es doch einst Menschen wie wir. So hat sich in den überlieferten Geschichten der plausibelste Grund manifestiert: Um den Frieden zu wahren und den Planeten vor Unheil zu beschützen."

„Und was bedeutet Umnakekeli?", kam eine Frage aus dem Publikum.

„Umnakekeli bedeutet Wächter in der längst vergessenen Sprache der Luminór", antwortete Ravenna geduldig. Sie sah in die Runde und wartete, ob es noch mehr Fragen gab, dann fuhr sie fort. „Die Umnakekeli lehrten uns Menschen die Kontrolle über die Elemente, was nur durch eine sehr starke Verbundenheit mit der Natur funktionieren konnte. Mensch und Natur mussten eins werden, nur so würde sich die Natur nach dem Willen des Menschen formen lassen und er würde zu einem Schakruna werden. Die Schakruna waren Menschen, die die Elemente nach ihrem Willen formen konnten. Jeder, der es in sich hatte, ein Element zu formen, wurde Schakruna genannt. Doch ein Schakruna konnte nur ein einziges Element formen."

„Was bedeutet Schakruna?", folgte schon die nächste Frage.

„Die Schakruna ist eine uralte Pflanze. Wenn man sie verzehrt, kann sie unserem Geist die Pforte in die Zwischenwelt öffnen. Als die ersten Schakruna ihre Verbundenheit zur Natur beschrieben, schien dies ähnlich dem Zustand, den der Verzehr der Pflanze auslöste."

„Also waren die Umnakekeli die Wächter und jeder von ihnen konnte alle fünf Elemente formen. Schakruna hingegen konnten immer nur ein einziges Element formen", kam eine Zusammenfassung von einem der älteren Zuhörer.

„So kann man das sagen", stimmte Ravenna zu.

„Und warum lehrten sie uns die Verbindung zu den Elementen?", fragte Jiaris Bruder Leon skeptisch.

„Etwas, das zu einem gehört, zu dem man sich verbunden fühlt, vernichtet man nicht." Ravenna hob ihre Hand und hielt sie an das wärmende Feuer. „Zumindest war das Zuhrahs Erwartung." Ihre Miene verfinsterte sich. „Doch die Wächter wurden gierig. Die Jahre gingen dahin und je mehr Menschen ihre Verbindung zur Natur fanden, umso weniger wurden die Umnakekeli vergöttert. Über die Jahrhunderte hatten sie sich aber an die Macht gewöhnt, die ihnen zuteilgeworden war. Sie wollten den Menschen die Gabe über die Elemente nehmen, doch das gelang ihnen nicht. So harrten sie aus — Jahrhunderte lang. Während die Menschen begannen, sich gegenseitig zu bekriegen und den Planeten auszubeuten, realisierten die Umnakekeli, dass auch die Kraft der Schakruna schwand. Denn sie bezogen ihre Energie von Zuhrah. Das Leiden des Planeten beeinflusste auch die Macht der Wächter, jedoch in geringerem Ausmaß. Eigentlich war es die Aufgabe der Wächter, für ein Gleichgewicht zu sorgen. Doch sie scherten sich nicht mehr um die ihnen einst aufgetragene Aufgabe. Im Gegenteil, die Gier nach Macht löste noch etwas in ihnen aus — eine zwanghafte Angst vor dem einzigen Wesen, das ihnen gefährlich werden konnte, Zuhrah. Sie fassten den Plan, den Planeten weiter zu schwächen und so ihre eigene Existenz abzusichern. Dafür mussten sie nicht viel tun. Waren die Menschen doch bereits emsig damit beschäftigt den Planeten auszubluten.

Die Umnakekeli brannten die meisten Felder der Menschen nieder. Und doch gab es Leute, die sich ihnen anschließen wollten – die Yatu. Heute steht der Name Yatu für seelenlose Schlächter. Damals jedoch waren die Yatu nicht seelenlos. Sie waren Menschen oder Schakruna, sehr wohl mit einer Seele. Einige gehen davon aus, dass die Umnakekeli selbst kein Leben nehmen können und deshalb die Yatu brauchen, um gegen die Menschheit zu kämpfen." Sie hustete und ihr Sohn Jannek reichte ihr einen Wasserkrug.

„Die Schakruna, die durch ihre tiefe Verbindung mit der Natur den Schmerz des Planeten spüren konnten, wandten sich gegen die Yatu. Dafür wurden sie von ihnen gejagt und getötet."

Einer der kleinsten Jungen im Kreis sprang entsetzt auf und rief: „Aber Zuhrah lebt doch noch, oder Ravenna?"

Sie lächelte müde und fuhr fort: „Zuhrah musste erkennen, dass sie sich getäuscht und die Gewalt über die Umnakekeli verloren hatte. Sie gab dem menschlichen Erbe in den Wächtern die Schuld an dem Verrat an ihr. Sie verurteilte die Menschen. Trotz all unserer Intelligenz und Fähigkeiten, hatten wir doch nicht begriffen, worum es wirklich ging. Tausende Jahre nachdem sie die Umnakekeli erschaffen hatte, entschied sie sich, einen neuen Versuch zu wagen, das Gleichgewicht zu wahren. Zuhrah schuf aus sich heraus die Götter der Elemente, um ihre eigene Zerstörung abzuwenden. Jeder Gott war fortan Herr über ein Element." Sie zögerte kurz und ergänzte dann: „Besser gesagt: Sie waren das Element. Die Götter waren keine

Menschen mehr, wie es die Umnakekeli einst waren. Es waren einzigartige Wesen und kamen in unterschiedlichen Gestalten. Bayu der Windgott hatte angeblich die Gestalt eines riesigen weiß blauen Vogels. Von Antara der Äthergöttin ist keine Gestalt überliefert. Und dann gab es die mächtigen Drachengötter: Bregon, der Erddrache, Yara, der Wasserdrache sowie Fallinall, der Feuerdrache. Die Götter besaßen die vollkommene Macht über jeweils ein Element und waren Zuhrahs Kinder. Sie lebten einzig, um sie zu beschützen. Es gab auch noch den Waldgott Akar Elu. Er war streng genommen kein richtiger Gott, da er kein Element formen konnte. Er war der Gott des Lebens und des Waldes und seine Aufgabe war es, das Leben zu schützen.

Da die Umnakekeli alle fünf Elemente auf einmal kontrollieren konnten, war ein Gott für sich alleine schwächer als ein Wächter. Auch heißt es, die Götter konnten den Menschen die Kontrolle über die Elemente verwehren."

Jiari fragte, wie jedes Jahr, an dieser Stelle genauer nach: „Aber es ergibt doch keinen Sinn, dass die Götter den Menschen die Gabe verwehrten. Warum sollten sie das getan haben?"

Ravenna würde auch dieses Jahr keine passende Antwort darauf haben, also antwortete sie so ziemlich genau dasselbe, was sie immer antwortete: „Die Macht über die Elemente blieb ein Mysterium. Mit Erscheinen der Götter gab es keine Yatu mehr, die die Elemente kontrollieren konnten. Es schien, als wäre jedem, der Böses damit vorhatte, die Verbindung zur Natur verwehrt. Ich denke, Jiari, die Götter machten keinen Unterschied zwischen Yatu und Mensch. Sie nahmen die Gabe von jedem, der Zuhrah in irgendeiner Hinsicht schaden wollte.

Selbst die mächtigen Umnakekeli konnten den Yatu die Gabe nicht zurückgeben, so sehr sie es auch versuchten. Es war also eigentlich etwas Gutes. Doch in all ihren Experimenten, entdeckten die Wächter etwas anderes. Sie fanden heraus, dass sie durch die Kontrolle aller fünf Elemente die Seele eines Menschen zerstören und ihm dadurch Unsterblichkeit verleihen konnten. Vielen Menschen war die Unsterblichkeit Anreiz genug, ihre Seele zu opfern. Und so entstanden die Yatu, wie wir sie heute kennen – seelenlos. Mit den Menschen verhielt es sich anders: Manche Menschen konnten die Elemente beherrschen, andere nicht. Im Laufe der Jahre wurden es immer weniger Menschen, die die Gabe besaßen. Und so geschah es, dass wir uns gegen die Götter richteten, mit der Anschuldigung, dass sie uns die Macht verwehrten. Wir dachten, wenn wir die Götter töten, käme auch die Verbindung zur Natur zu uns zurück." Ravenna blickte traurig auf den Boden. Ihre Stimme war zittrig. „Auch die Yatu, welchen die Kontrolle über die Elemente fortan verwehrt blieb, machten Jagd auf die Götter."

Jiari spürte, wie ihr ein eiskalter Schauer den Rücken herablief. Die Geschichte fuhr ihr jedes Mal aufs Neue durch Mark und Bein. Die Götter der Elemente, die Kinder des Planeten, zu töten – einfach nur grausam.

„Warum haben die Götter den Umnakekeli die Gewalt über die Elemente nicht weggenommen, wenn die Wächter doch böse geworden sind?", kam wieder eine Frage aus der Menge.

„Auch ich habe nicht auf alles eine Antwort. Aber vermutlich haben die Wächter ihre Energie direkt von Zuhrah bekommen. Und da die Energie eines jeden Elementes durch sie hindurchfließt, waren sie mächtiger als die Götter", erklärte Ravenna. Die Kinder stellten dieselben Fragen, wie jedes Jahr.

„Aber Zuhrah hätte den Wächtern die Energie doch wieder wegnehmen können?"

„Ich weiß es nicht. Aber sie hat es nicht getan", sagte Ravenna nachdenklich.

„Wo sind die Götter jetzt, Ravenna?", fragte ein Mädchen.

Ein etwas älterer Junge antwortete: „Sie sind tot – wir und die Yatu haben sie alle getötet."

Das Mädchen fing an zu weinen und fragte schluchzend: „Alle? Wirklich alle?" Es war totenstill in der Runde. Man konnte spüren, wie sich Scham und Demut breitmachte.

Die alte Frau stampfte einmal mit ihrem Stock auf den Boden und sagte: „Vielleicht. Es gibt viele Legenden um die letzte große Schlacht der Götter. Es war eine Schlacht, die weder die Menschen noch die Yatu je vergessen sollten. Viele kämpften auf der Seite der Götter. Beide Seiten erlitten schwere Verluste und alle Götter wurden getötet."

„Es gibt Zuhrah nicht", unterbrach sie Leon, der nicht viel von den alten Märchen hielt. „Sonst hätte sie die Yatu schon längst getötet. Und so etwas wie Götter oder Wächter gibt es auch nicht. Das ist doch alles Unsinn", fügte er trotzig hinzu.

Das kleine Mädchen weinte immer noch ganz fürchterlich und ihre Mutter hatte es inzwischen auf den Arm genommen, um es zu beruhigen.

„Würde Zuhrah die Yatu töten wollen, Leon, so müsste sie jeden von uns töten. Denn jeder kann ein Yatu werden. Und keiner weiß, ob die Umnakekeli überhaupt getötet werden können", entgegnete Jiari schließlich ihrem Bruder.

„Hör auf deine Schwester, Junge. Sie hat es verstanden", hustete Ravenna, während ihr Jannek dabei half aufzustehen.

„Wo sind die Umnakekeli jetzt?", fragte der Junge.

„Der Legende nach, mein Kleiner, waren die Wächter nicht wiedergesehen seit den letzten Tagen der Götter."

„Und lebt Zuhrah noch?", wiederholte der kleine Junge seine Frage von vorhin. Ravenna nahm ihren Stock und sagte, während sie langsam den Platz verließ: „Würde Zuhrah nicht mehr leben, so würde es keiner von uns." Die Geschichtsstunde war vorbei.

Leon stand genervt auf. Er mochte es nicht, dass den Kindern schon von klein auf solche verrückten Märchen eingetrichtert wurden. „Schakruna, Götter, Wächter. Pah, dass ich nicht lache! Und wie kommt es dann, dass seit über tausend Jahren kein Schakruna mehr gesehen wurde?", fragte er, seinen Unmut kundtuend in die Leere vor sich.

Jiari sah ihn verständnisvoll an. „Die Schakruna gaben ihr Leben, um die Götter zu verteidigen. Du hast Ravenna doch gehört. Der letzte Schakruna fiel in der großen Schlacht der Götter."

Leon lächelte sie an. „Wenn du oft genug im Wald rumlungerst, schaffst du es vielleicht, eine Schakruna zu werden, Schwesterchen", erwiderte er bissig und lief davon.

Irgendwie verspürte Jiari einen Anflug von Mitleid für die Yatu. Eigentlich war es eine tragische Geschichte. Gelockt von den Umnakekeli durch das Versprechen der Unsterblichkeit sowie der Kontrolle über die Elemente. Ihrer Seelen beraubt, nun voller Hass und Zorn dazu verdammt, ohne Aufgabe und geliebte Menschen unendlich auf der Welt zu wandeln. Und mit Erscheinen der Götter, wie es heißt, konnten sie nicht einmal mehr die Elemente formen. Jiari fragte sich, was sie wohl die ganze Zeit taten – warum wurden die Yatu seit dem Untergang der Götter nicht mehr gesehen und sind dann plötzlich vor fünfzehn Jahren, nach über einem Jahrtausend des Stillhaltens in Nicarpara eingefallen? Wenn es den Umnakekeli darum ging, Zuhrah klein zu halten, war der Überfall auf Nicarpara dann nicht ein Zeichen, dass es Zuhrah besser ging? Was hatten die Umnakekeli davon, die Menschen ihrer Seele zu berauben? Und vor allem: Warum konnten die Menschen das Formen der Elemente vor der Zeit der Götter selbst erlernen und mit Erscheinen der Götter konnte es plötzlich nicht mehr jeder erlernen, sondern es musste von den Göttern gewährt werden? Das ergab alles keinen Sinn für sie. Ihr brannten all diese Fragen auf der Zunge, doch sie wusste, dass sie hier in Sterneck keine Antworten darauf finden würde.

Alenja

Alenja stand an Wills Grab. Ihr Gesicht war wie versteinert und ihre graublauen Augen hatte sie starr nach vorne gerichtet. Neben ihr stand Eva und drückte ihre Hand. Alle Mädchen aus dem Mädchenhaus, in dem Alenja groß geworden war, hatten sich auf dem Friedhof versammelt, um Will die letzte Ehre zu erweisen. Viele Leute aus der Stadt waren ebenfalls gekommen.

Will war ein viel respektierter Mann gewesen. Seit er vor sechsundfünfzig Jahren in Dabo geboren wurde, hatte er sich einiges aufgebaut. Seinen Eltern gehörten bereits zwei Tavernen und ein Gasthaus in der Stadt. Nachdem sie bei einem der vielen Piratenangriffe vor zwanzig Jahren ums Leben gekommen waren, hatte er alles übernommen und seinen Einfluss genutzt, um ein Mädchenhaus aufzubauen. Er kaufte junge Mädchen auf dem Sklavenmarkt und ermöglichte ihnen dadurch eine zumindest ansatzweise normale Kindheit.

Alenja hatte Glück gehabt. Vor fünfzehn Jahren erwarb Will sie als Baby von dem Piraten Salar Afarid. Viele der anderen jungen Frauen hatten nicht so viel Glück gehabt und gingen durch die Hölle, bevor sie zu Will kamen. Charlize war eine von diesen. Sie war die Dienstmagd eines reichen Großgrundbesitzers am Rande der Stadt gewesen. Sie sagte immer wieder: „Den Hunden erging es besser als mir. Einen Hund zu schlagen und zu demütigen machte den Herren nur halb so viel Spaß, wie ihre Bedürfnisse an mir zu stillen.“

Zu ihrem Glück wurde ihr Herr ihrer irgendwann überdrüssig und verkaufte sie für schmales Geld an den Meistbietenden. Damals war sie gerade sechzehn. Nun, drei Jahre später, stand sie schluchzend an dem Grab ihres „Retters", wie sie ihn immer nannte.

Alenja sah zu ihr hinüber und einige der Geschichten, die Charlize über ihre Zeit als Sklavin erzählt hatte, rasten ihr durch den Kopf. Ihre rechte Hand ballte sich zu einer Faust und ihre Linke drückte Evas Hand so fest, dass diese ihr einen leichten Tritt mit dem Fuß gab.

Keines der Mädchen wusste, wie es nun weitergehen sollte. Sie waren nach dem Gesetz nicht frei. Auch William war kein ganz uneigennütziger Wohltäter gewesen. Sie gehörten ihm und arbeiteten für ihn in den Tavernen und den Gästehäusern. All sein Besitz würde nun an seine Frau Bree übergehen. All sein Besitz – also auch die Mädchen.

Bree war nie ein Freund des Mädchenhauses gewesen. Ihr Interesse galt dem Profit. Seit Jahren hatte sie Will nahegelegt, mit den Mädchen viel mehr Geld machen zu können, wenn man sie andere Arbeit verrichten ließe, als Böden zu schrubben und Bier auszuschenken. Außerdem war sie immer schon eifersüchtig gewesen. Besonders weil sie wusste, dass jedes der Mädchen Will zu großer Dankbarkeit verpflichtet war. Gemein und stets bemüht, ihnen das Leben so schwer wie möglich zu machen – so dachten die Mädchen über Bree.

Da Alenja bereits seit ihrem ersten Lebensjahr bei Will lebte, war sie für ihn immer wie seine eigene Tochter gewesen. Ihm und Bree war es nicht vergönnt gewesen eigene Kinder zu bekommen, weswegen Brees Unmut sich besonders oft gegen Alenja richtete.

Alenja wusste nicht, wo sie herkam oder wer ihre Eltern waren, und es interessierte sie auch nicht. Alles was sie bei sich hatte, als Will sie dem Piraten abgekauft hatte, war ein Armband, auf dem der Name Alenja eingeritzt war.

Bree hatte ihr immer wieder erzählt, dass ihre Eltern arme Bauern gewesen wären, die sie an Piraten verkauft hätten, um sich damit die Pacht für ihr Land finanzieren zu können. Da Will diese Behauptung von Bree nie verneint hatte, glaubte Alenja, dass zumindest ein Fünkchen Wahrheit in der Geschichte lag.

Sklavenhandel war in Dabo nicht verboten. Es war eine hässliche Stadt, kalt und schmutzig. In den Straßen roch es übel nach Tierkot und fauligem Fleisch. Mord sowie Vergewaltigung standen auf der Tagesordnung. Alenja kannte zwar nichts anderes, jedoch hatte Will sie ab und an mit nach Palindall zu seinem Bruder genommen, einen Zweitagesritt von Dabo entfernt. Im Vergleich zu Palindall wirkte Dabo wie eine öde, steinerne Ruine voller Verbrechen und Elend.

Einst gehörte auch Dabo zum Königreich Awaheim, wie Palindall, Sterneck, Bellvall und Dornburg sowie die anderen Dörfer auf der Ebene der Hoffnung. Seit etwa achtzig Jahren jedoch war die Stadt fest in der Hand des niederen Gesindels. Piraten griffen die Stadt immer und immer wieder an, bis schließlich die meisten rechtschaffenen Bürger Dabos ihre Heimat aufgaben.

Weil die Stadt so nah an das Yatugebiet grenzte, griffen die Soldaten Awaheims nicht ein. Die Stadt wurde aufgegeben und die ausharrenden Menschen ihrem Schicksal überlassen. Das fehlende Einschreiten der Obrigkeiten brachte Dabo jedoch einen entscheidenden Vorteil gegenüber anderen

Städten; der Handel lief so gut wie kaum irgendwo – alles war erlaubt. Händler kamen von überall her, um mit ihrer Ware zu handeln, was nicht allzu selten Menschen waren. Zusätzlich profitierte Dabo von seiner Lage direkt an der Küste. Auf dem Seeweg war es nicht weit von Makola entfernt, dem größten Hafen des Königreichs Awaheim. Händler, die neben ihrer normalen Handelsware noch zwielichtige Dinge loswerden wollten, scheuten den Weg von Makola nach Dabo nicht.

Alenja wandte sich um und sah ein bekanntes Gesicht auf einem Grabstein fernab der großen Menschenmenge sitzen. Mit einer Flasche Schnaps in der linken Hand und dem rechten Ellenbogen an einen steinernen Engel lehnend, saß Haron Buchari. Sie kannte ihn aus dem Beschwipsten Hasen, einer von Wills Tavernen. Soweit Alenja sich zurückerinnern konnte, kannte sie Haron. Er war regelmäßig in Dabo, um Fulguriten zu verkaufen. Diese meterlangen Gesteinsglasröhren entstanden, wenn Blitze mit ihrer ganzen Gewalt in den Sandboden einschlugen. Haron war eher der Außenseitertyp. Aber er und Will waren gute Freunde gewesen. Will erzählte seinen Gästen häufig von Harons außergewöhnlicher Ware aus der Pasirwüste und bekam dafür einen Anteil von dem Gewinn ab, wenn sie denn kauften. Alenja wusste zwar nicht warum, aber irgendwie war ihr dieser immer sehr ernst gesinnte, groß gewachsene Mann sympathisch. Auch wenn sie in all den Jahren kaum mit ihm gesprochen hatte.

Nach der Zeremonie verließ der gesamte Zug langsam den Friedhof. Die Sonne schien und es regnete leicht. Am Horizont erkannte Alenja ganz schwach die Farben eines Regenbogens, der sich majestätisch über ihnen zu erkennen gab. Ihre schulterlangen, leicht gewellten schwarzen Haare wehten in der kühlen Morgenbrise. Eva und Charlize liefen neben ihr, dicht gefolgt von Vannja und Ebbie. Alle schwiegen, keine wagte es die Stille zu brechen. Keine wagte es darüber nachzudenken, was nun auf sie zukommen würde.

Haron Buchari

Haron nahm einen großen Schluck aus seiner Whiskeyflasche. „Was für ein Jammer, William ist kein übler Mann gewesen." Zwei Wochen war er unterwegs gewesen, um von der Pasirwüste, seiner Heimat, nach Dabo zu gelangen. Er hatte mal wieder ausreichend Fulguriten gesammelt, sodass sich der beschwerliche Weg nach Dabo lohnte. Es war reiner Zufall, dass er bei seiner Ankunft von Wills Tod erfuhr. Natürlich wollte er seinem Freund die letzte Ehre erweisen. Auf keinen Fall jedoch kam es für ihn in Frage, sich zu dem restlichen Pack zu stellen, wie er die meisten Einwohner Dabos nannte, auch wenn er fast jeden von ihnen schon etliche Jahre kannte. „Mörder, Diebe und Vergewaltiger. Ehrenmänner sucht man hier vergebens", nuschelte er in seinen ungepflegten Bart, während er zu der übrigen Trauergemeinde hinüberblickte. Wer sich mit Whiskey nicht auskannte, hätte vermuten können, dass es sich bei Haron um einen heruntergekommenen Landstreicher handelte. Seine ledernen, braunen Schuhe hatten ihre besten Zeiten hinter sich. Sein weites, langärmliges Leinenhemd war nicht nur knittrig, auch die Nähte lösten sich bereits an der ein oder anderen Stelle. Man konnte erahnen, dass es vor langer Zeit einmal weiß gewesen war. Nun war es jedoch eher grau und mit Flecken übersät. Ein ärmlicher Landstreicher hätte sich den Whiskey, den er trank, jedenfalls nicht leisten können. Er trank viel und gerne und es war ihm dabei nicht egal, was er trank.

Er strich sich mit der rechten Hand durch seine zotteligen, kinnlangen Haare. Dunkler Dreck hing ihm unter den Fingernägeln und man sah seinen Händen an, dass sie nicht viel Pflege erhielten. Die Hexe führt doch schon wieder etwas im Schilde, dachte er bei sich, als er Bree unter ihrem schwarzen Trauerschleier erspähte. Er hatte sie noch nie leiden können und konnte nicht verstehen, was Will an diesem Weibsbild attraktiv gefunden hatte. Ihr Charakter kann es jedenfalls nicht gewesen sein, beendete er augenrollend seinen Gedankengang. Dann kreuzte sein Blick den Alenjas. Was für eine bildhübsche junge Frau aus ihr geworden war. Er fühlte sich zugleich etwas beschämt über den Gedanken, kannte er das Mädchen doch schon seit sie noch fast ein Neugeborenes gewesen war. Wenn er Alenja sah, musste er oft an jenen Tag zurückdenken, als Will sie dem Piraten abgekauft hatte. Er wusste, dass die Piraten das Mädchen von einem Schiff gestohlen hatten. Woher das Schiff kam und was sein Ziel war, wusste er nicht. Er hatte Salar Afarid damals gefragt, aber alles was dieser ihm sagen konnte oder wollte war, dass das Schiff vermutlich in Richtung Kalasien unterwegs gewesen war.

Haron wurde aus seinen Gedanken gerissen, als sich der Trauerzug langsam in Bewegung setzte. Er blieb noch eine Weile auf dem Grabstein sitzen, bis die Dämmerung einsetzte, seine Flasche leer war und er sich schließlich langsam und träge zu Braga, seinem kräftigen braunen Wüstenhengst aufmachte. Braga scharrte mit den Hufen und schmiss den Kopf zurück, als er Haron sah. „Schon gut Junge, gleich bekommst du etwas zwischen die Zähne. Ich bringe dich in den Stall – und mich in die Taverne“, sagte er zu dem Hengst und legte seine Hand beruhigend auf dessen Nüstern.

In der Stadt angekommen, übergab Haron Braga an den Stallburschen und öffnete die Türe zum Beschwipsten Hasen.

Viele der Männer, die auch auf der Beerdigung gewesen waren, hatten sich dort eingefunden. Haron orderte einen Whiskey, stapfte nach ganz hinten durch und setzte sich an einen der großen, viereckigen Holztische.

Die Stimmung war ausgelassen und die meisten bereits stark angetrunken. Schließlich hatten sie auch schon einige Stunden damit verbracht, sich das Bier in rauen Mengen die Kehle hinabzustürzen.

„Bree!", rief Oliver mit tiefer Stimme der Frau hinter dem Tresen zu und trank einen weiteren Schluck aus seinem Krug. „Weißt du schon, wie du Wills Geschäfte weiterführen willst? Ich hätte da einige Ideen, wie du schnell und einfach viel Geld machen könntest", fügte er hinzu, wischte sich die Biertropfen, die es nicht mehr in seinen Mund geschafft hatten, aus seinem Bart und lachte höhnisch. Die Männer stimmten sogleich in sein Lachen ein.

Vannja, die neben der Hausherrin stand und eifrig ein Bier nach dem anderen zapfte, blickte erwartungsvoll zu Bree – doch diese verzog keine Miene. Das Mädchen hob fassungslos die Augenbrauen und stand regungslos da.

„Achtzig Divan wäre mir eine Nacht mit unsrem blonden Bierengel hier schon wert!", grölte Ruma so hastig, dass er sich an seinem Wein verschluckte und erstmal laut husten musste.

„Bring Haron seinen Whiskey, Kind", fuhr Bree Vannja an. Sie nahm Harons Glas und lief an den anderen Tischen vorbei. Oliver fing sie ab, packte sie am Arm und zog sie zu sich her.

„Ich sehe es schon genau vor mir, wie ich dich an deinen langen, blonden Haaren festhalte, während ich es dir von hinten besorge", flüsterte er ihr, mit nach Alkohol stinkendem Atem, ins Ohr. Und wieder huschte der Blick des Mädchens hilfesuchend zu Bree, welche sich abwandte und anfing das gewaschene Geschirr abzutrocknen. Olivers Hand war währenddessen entlang ihrer Schenkel nach oben gewandert. Sie erschrak so sehr, als sie seine Berührung in ihrem Schambereich spürte, dass sie das Whiskeyglas fallen ließ und stattdessen versuchte, sich aus dem harschen Griff des Betrunkenen loszureißen.

„Schluss jetzt, Oliver", sagte Haron ruhig, aber bestimmt. Seine Stimme strahlte solch eine Autorität aus, dass es für einen Moment still wurde. Bis Lucas, der neben Haron saß, ihn beschwichtigte: „So kommt der arme Mann heute nicht mehr zu seinem Schnaps! Lasst das Mädchen doch seiner Arbeit nachgehen. Habt ihr schon von den Gerüchten gehört, dass die Yatu sich auf den Weg nach Dabo machen?", ergänzte Lucas, um das Thema zu wechseln. Das war ihm offensichtlich gelungen. Die Stimmung schlug schlagartig um.

Haron, der bis dahin den Ellenbogen entspannt auf den Tisch gestützt und jeglichen Augenkontakt gemieden hatte, richtete seinen Blick durchdringend auf Lucas.

„Von wem hast du das, Junge?", fragte er streng mit tiefer Stimme.

„Einige der Wilden, die im Pegunungangebirge leben, kamen vor zwei Tagen in der Stadt an", schilderte Lucas.

„Na und?", unterbrach Oliver ihn betrunken. „Diese Wilden kommen doch regelmäßig nach Dabo, um sich eine ordentliche Tracht Prügel einzuholen!"

„Ja, Oliver, ich weiß", konterte Lucas. „Normalerweise kommen sie aber nicht mit ihrer ganzen Familie sowie all ihrem

Hab und Gut. Sie haben vor der Stadt ein Lager aufgeschlagen und es sieht ganz danach aus, als wollten sie nicht lange bleiben." Haron rieb sich nachdenklich den Bart und starrte ins Leere, dann stand er wortlos auf und verließ die Taverne.

„Tut mir leid, Junge. Ich hatte mich auch auf eine längere Pause gefreut", sagte er zu seinem Hengst, während er sich auf dessen Rücken schwang und ihm mit den Schenkeln zu verstehen gab, los zu galoppieren.

Es war schon Nacht und er sah die brennenden Fackeln vor den Zelten der Wilden. Es waren die Gunung, Gebirgsmenschen, die sich nicht an die Gesetze der Menschen halten wollten und darum weit abseits jeglicher Zivilisation nur unter ihresgleichen lebten. Sie waren nicht gerade die Schlausten, allerdings waren sie sehr robuste sowie energische Nahkämpfer. Für gewöhnlich kamen sie nur in sehr harten Wintern oder heißen Sommern in kleinen Gruppen nach Dabo, wenn ihre eigenen Vorräte nicht reichten und ihr Vieh verendete. Die Menschen in Dabo pflegten sich über sie lustig zu machen, wann immer sie in geringer Anzahl in die Stadt kamen. Doch war es auch eine unausgesprochene Tatsache, dass kein Bürger Dabos es wagen würde, allein in das Pegunungangebirge zu reisen. Es war das anerkannte Reich der Gunung, wenn auch nicht offiziell.

„Der Junge hatte recht", flüsterte Haron völlig überwältigt, als er sich einen Überblick verschaffte. „Es scheint, als wären sie alle hier. Bei Zuhrah, ich hatte ganz vergessen, wie viele es sind." Im Gebirge sah man sie nie alle zusammen auf einem Haufen. Hier auf der Ebene jedoch wirkte es, als erstrecke sich die Zeltlandschaft bis zum Horizont. Er stieg von Bragas

Rücken und bewegte sich langsam in Richtung des äußersten Zeltringes. Einer der Gunung hatte ihn bereits entdeckt und kam mit zwei weiteren Männern entschlossen auf Haron zu. In ihrer dicken Kleidung aus Fellen und Leder wirkten sie breit und durchaus respekteinflößend.

„Wer bist du und was willst du hier?", fragte einer von ihnen skeptisch. Haron hatte direkt Augenkontakt mit einem der anderen aufgenommen, bis dieser die Mundwinkel hochzog und ein Lächeln andeutete.

„Haron, mein Freund!", sagte der Mann freudig. Sie gingen aufeinander zu und umarmten sich.

„Joos, mein Guter. Lange ist es her. Schön dich wohlauf zu sehen", entgegnete Haron zufrieden.

„Es ist wahrhaftig lange her, vieles ist seither geschehen, vieles hat sich verändert", erwiderte Joos nachdenklich. „Und wie immer siehst du so aus, als wärst du um kein Jahr gealtert. Komm, ich bringe dich zu Thore, er wird seinen Augen nicht trauen, wenn er dich sieht!", fügte er aufgeregt hinzu, legte den Arm kumpelhaft auf Harons Schulter und sie marschierten gemeinsam los.

Joos war Thores Sohn und Thore der Anführer der Gunung. Haron kannte die Beiden schon ewig und er würde sie vielleicht sogar so etwas wie Freunde nennen. Er freute sich, siewiederzutreffen und umarmte auch Thore freundschaftlich, als sie dessen Zelt erreichten.

„Was macht ihr hier?", fragte er Thore. „Die Gunung haben das Gebirge seit über hundert Jahren nicht verlassen."

Thore sah ihn kummervoll an. „Und wir würden es auch weitere hundert Jahre nicht verlassen, wenn wir nicht dazu gezwungen wären."

„Gezwungen?“, fragte Haron sichtlich überrascht. „Wer kann die Gunung zu etwas zwingen?“, fügte er hinzu und lächelte verschmitzt.

„Die Wesen aus dem Osten.“

Harons Miene versteinerte. „Yatu?“

„Ja. Sie haben ihre Stadt Giza verlassen und marschieren durch das Pegunungangebirge nach Westen. Wir wissen nicht, wo sie hinwollen und warum sie ein ganzes Heer geschickt haben. Aber ich konnte es nicht riskieren, dass sie auf meine Leute treffen. Das hätte ein Massaker gegeben“, erklärte der Anführer der Gebirgsmenschen betroffen.

Haron strich sich nachdenklich durch den Bart. Das klang nicht gut. Ganz und gar nicht gut.

„Wo wollt ihr jetzt hingehen?“, fragte er seinen Freund. Thore zuckte mit den Achseln. „Zunächst einmal weg von hier. Wir behalten das Heer im Auge und werden dann den entgegengesetzten Weg einschlagen.“

Haron nickte. Das klang plausibel.

Die Yatu hatten Giza seit ihrem Überfall auf Nicarpara nicht verlassen. Was wollten sie hier?

Er entschied, die Nacht bei den Gunung zu verbringen, und am nächsten Tag zurück in die Pasirwüste aufzubrechen.

Sterneck

Jiari fand sich an einem seltsamen Ort wieder. Sie stand am Ufer eines Flusses. Allerdings war es nicht der Payau, dafür war dieser Fluss viel zu groß und wild. Seine Strömung schien unbezähmbar, und sie spürte seinen impulsiven, eigensinnigen Willen. Rechts und links des Flusses standen ihr unbekannte Bäume. Majestätisch gen Himmel ragend, formten sich riesige Plateaus in ihren Kronen, auf denen es sich paradiesisch aussehende Vögel in Scharen gemütlich machten. „Wo bin ich?", fragte sich Jiari. Und vor allem – wie war sie dorthin gekommen? Ihr erster Gedanke war: „Ich muss träumen." Aber alles wirkte so real. Sie versuchte, aus diesem Traum aufzuwachen, doch es gelang ihr nicht.

Als ihre Augen weiter nach oben wanderten, entdeckte sie unwirklich erscheinende, schwebende Felsen am Firmament. Wie von Magie gehalten, hingen sie in den Wolken und waren so groß, dass sie wie kleine Inseln wirkten.

Sie entschied sich, flussaufwärts zu laufen in der Hoffnung dort irgendjemanden zu finden, der ihr sagen konnte, wo genau sie war und wie sie zurück nach Sterneck gelangen konnte.

Immer wieder standen ihr massive Felswände im Weg, die der Fluss in gewaltigen Wasserfällen hinab brauste. „Bergab wäre ich genauso schnell wie du!", rief sie ihm wütend zu. Ihre Worte verhallten in dem lauten Getöse der Wassermassen als sie die steilen Felsen hochkletterte. Sie lief tagelang, sprach mit dem Fluss und dem Wald um sich herum und hatte das Gefühl verrückt zu werden. Mit jedem weiteren Sonnenaufgang wurde sie noch hungriger und erschöpfter. Bis sie sich schließlich bei Anbruch der fünften Abenddämmerung am Ufer des Flusses zusammengekugelt niederlegte.

„Wach auf, Jiari. Das ist alles nur ein Traum", sagte sie sich immer wieder. Sie wollte so lange liegenbleiben, bis sie aufwachen würde.

Ihr Blick war auf den hell leuchtenden Mond gerichtet und sie atmete die kühle, feuchte Abendluft ein. Nachdem sie mehrere Minuten in Selbstmitleid gebadet hatte, vernahm sie plötzlich ein verräterisches Rascheln aus den Büschen. Mit erhobenem Kopf schreckte sie hoch und blinzelte in die Finsternis. Eine kleine Gestalt näherte sich ihr vorsichtig. Ein laufender kleiner Busch, dachte sich Jiari verwundert und spätestens jetzt wurde ihr klar, dass sie wohl wirklich träumte. Das kleine Stück Holzrinde, so sah es für sie zumindest aus, starrte sie mit seinen riesigen schwarzen Kulleraugen an. Das Wesen war übersät mit wucherndem Moos, Blättern und Gras. Die kleinen spitzen Öhrchen zuckten angespannt, während es sich ihr langsam näherte und sich schließlich neben sie setzte.

Jiari wunderte gerade überhaupt nichts mehr. Es schien harmlos und keine Gefahr zu sein, also freute sie sich über etwas Gesellschaft und begann, mit dem Wesen zu reden. Auch wenn sie keine Antwort bekam, so fühlte sie sich wenigstens nicht ganz so einsam.

Als sie am darauffolgenden Morgen aufwachte, war sie enttäuscht, weil es verschwunden war. Sie rollte sich gerade wieder zusammen, um weiterzuschlafen, als sie plötzlich von etwas Kleinem, Hartem am Kopf getroffen wurde. „Hey, was soll das?“, rief sie und sah um sich. Auf einem Ast, einige Meter entfernt, saß das kleine Wesen. Man konnte es kaum erkennen, so gut war es getarnt.

„Da bist du ja“, sagte sie aufgeregter, als sie klingen wollte. Das Wesen hüpfte vom Baum und lief los – weiter flussaufwärts. „Halt! Warte doch! Wo willst du hin?“, rief Jiari ihm hinterher. Für einen Moment wandte es sich um, stapfte dann aber unbeirrt weiter. „Also gut, ich komme mit. Aber nur, weil ja irgendjemand auf dich aufpassen muss“, sagte Jiari widerstrebend, stand auf und folgte ihm.

Tagelang waren sie unterwegs gewesen und Jiari zehrte bereits von ihren letzten Kraftreserven. Bushu, wie sie die kleine Gestalt getauft hatte, stapfte mal neben ihr, mal hatte sie ihn auf dem Rücken. „Ich finde, dein neuer Name steht dir ganz wunderbar. Eine Mischung aus Busch und irgendwie etwas Gespenstigem“, sagte sie, über ihre Schulter nach hinten. Sie hatte ihm nicht nur einen Namen gegeben, sondern auch entschieden, dass er männlich war.

Sie war gerade dabei, eine weitere glitschige Felswand hinaufzuklettern, als sie plötzlich abrutschte, stürzte und sich beim Aufprall den Kopf an einem Stein anschlug. Als Jiari wieder zu Bewusstsein kam, fasste sie sich an den Hinterkopf. Warmes Blut lief über ihre Hand. Ihr wurde schwarz vor Augen und sie verlor erneut das Bewusstsein.

Wieder zu sich kommend, spürte Jiari, dass sie sich bewegte. So als würde sie auf dem Rücken eines Pferdes transportiert werden. Jemand hat mich gefunden, schoss es ihr durch den Kopf. Erschöpft schlief sie sofort wieder ein und erwachte erst wieder, als sie zur Ruhe gekommen war.

Sie glitt vom Rücken des Tieres und landete auf einer feuchten Wiese. In der Dunkelheit sah alles schwarz aus. Erst jetzt erkannte sie, dass es ein hell leuchtender Hirsch war, dessen Geweih aus Ästen und Blättern bestand. Er war riesig und strahlte solch eine wunderschöne und vollkommene Weisheit aus, dass ihr vor Staunen der Atem wegblieb. Der Hirsch war umgeben von einer Art grünen Aura. So etwas hatte Jiari noch nie zuvor gesehen.

„Du musst der Gott dieses Waldes sein", hauchte sie ihm zu. Wobei sie immer noch der festen Überzeugung war, dass sie träumte. Anmutig hob das Tier den Kopf und verschwand dann langsam im Wald.

Jiari sah sich um. Sie befand sich auf einer Ebene, die sich bis zum Horizont erstreckte. Sie drehte sich einmal im Kreis, in der Hoffnung Menschen oder wenigstens Anzeichen eines Dorfes erkennen zu können. Jedoch bot sich in jede Richtung das gleiche Bild. Alles was sie fernab der Ebene erkennen konnte, waren riesige Felsen. Neben ihr, auf der mit Tau bedeckten Wiese, saß plötzlich wieder das kleine, aus Pflanzen bestehende Wesen. Erwartungsvoll sah es sie mit großen schwarzen Augen an.

„Warum hat der Hirsch mich hierhergebracht, Bushu?", fragte sie den Kleinen mit leiser Stimme. Dieser blieb mit ausgestreckten Beinen einfach sitzen und schwenkte seine kleinen Füßchen ungeduldig von innen nach außen.

„Ich will nach Hause, nicht auf irgendein Feld! Wo bin ich? Was mache ich hier? Wie bin ich hierhergekommen – und überhaupt, wer oder was bist du?", sagte sie verzweifelt und mit immer lauter werdender Stimme. Sie ließ sich auf den Boden plumpsen und realisierte, dass die Ebene weniger eine

Wiese, als vielmehr ein Meer aus verdorrten Blumen war – ein trauriger Anblick.

In Anbetracht ihrer verzweifelten Situation wurde sie von ihrer Trauer übermannt. In ihrem Magen bildete sich ein Klumpen, und eine vereinzelte Träne bahnte sich einsam den Weg ihre Wange hinab, bis sie schließlich heruntertropfte und auf dem Blatt einer der verdorrten Blumen landete. All die Strapazen der letzten Tage überwältigten das Mädchen. Jiari atmete schwer ein, sie wusste nicht, was sie hier sollte, und fühlte sich einsam und verloren. Sie dachte an ihre Eltern, Leon und Jack. Könnten sie doch nur bei mir sein, dachte sie verzweifelt.

Wieder glitt ihr Blick über die vom Leben verlassenen Pflanzen. Was war hier nur geschehen? Jiari fragte sich, wie die Blumen wohl aussahen, wenn sie nicht gerade die Farbe eines verdorrten Busches hatten. Bestimmt weiß, dachte sie sich, oder rosa.

Irgendetwas in ihr regte sich. Sie wollte, dass sie leben. Sie alle sollten leben und ihre volle Schönheit entfalten. Ihre Fäuste ballten sich und ein leichter Windzug begann an ihren Haaren zu zupfen. Bis sie auf einmal etwas Helles unter sich wahrnahm. Ein Pflänzchen öffnete eine Knospe und eine Blüte erstrahlte in einem wunderschönen, blauvioletten Ton. Es war eine längliche Blüte. Die nach außen, spitz zulaufenden Blütenblätter, schienen einen Kelch zu formen. Es dauerte nicht lange, da formte sich in der Mitte der Blüte ein weißes Licht und erhellte die Umgebung. Das Licht war so hell, dass es Jiari in den Augen schmerzte. Alles um sie herum erstrahlte in einem grellen Weiß, bis sie die Helligkeit schließlich nicht mehr ertragen konnte und sich aus ihrem selbstgebauten Gefängnis befreite. Für einen kurzen Moment blitzte der große leuchtende Mond am schwarzen Himmel vor ihren Augen auf und sie spürte einen eiskalten Windzug. Ihre Lungen füllten sich mit Luft und sie hörte vertraute Stimmen.

„Jiari! Endlich! Ben, Lara, sie ist wach!", brüllte eine bekannte Stimme direkt neben ihrem Ohr. „Bei Zuhrah, Jiari, ich dachte schon, wir hätten dich verloren!", rief Jack und umarmte sie ungestüm.

Ihr Kopf pochte und ihr war eiskalt. „Jack", wimmerte sie schwach. „Musst du mir denn so ins Ohr schreien?"

„Jiari, du kannst dir gar nicht vorstellen, wie glücklich ich bin, dass du wieder bei uns bist. Du warst tagelang in Fieberträumen gefangen", erklärte Jack euphorisch.

Auch ihre Eltern sowie ihr Bruder Leon traten an ihre Seite. Sie zitterte wie verrückt und fühlte sich schrecklich eingeengt in ihrem kleinen Zimmer.

„Was ist los mit mir?", fragte sie schließlich.

„Meine kleine Jiari, seit Wochen kämpfst du gegen das Fieber und vor fünf Tagen bist du eingeschlafen und nicht mehr aufgewacht. Das wochenlange Fieber hat dich aufgefressen. Wir haben schon das Schlimmste befürchtet", erwiderte Lara völlig aufgelöst und strich ihr liebevoll über die Stirn.

„Ich fühle mich schlecht, mein Kopf tut weh, ich will mich bewegen", stöhnte Jiari.

„Du bleibst genau hier, in deinem Bett!", befahl Ben.

„Wo ist Liam?", entfuhr es Jiari. Doch dann erinnerte sie sich wieder. „Er ist schon weg, richtig?"

„Er ist schon vor knapp vier Wochen zu seinem Schiff aufgebrochen", brummte Leon und wusste genau, dass ihr das gar nicht schmecken würde.

Bevor sie anfangen konnte, sich zu beschweren, warf Ben ein:

„Wenn du dich einen Tag in deinem Bett ausruhst, darfst du in Begleitung ein wenig herumlaufen."

„Na gut", raunte Jiari sichtlich unzufrieden, zog sich die Decke über den Kopf und bat alle, sie allein zu lassen.

Ihr wurde klar, dass alles nur ein Traum gewesen war, und es überraschte sie nicht wirklich, dass all diese seltsamen Dinge nicht real gewesen waren. Aber ein Teil von ihr wünschte sich genau das – dass es nicht nur in ihrer Fantasie geschehen war. Sie konnte das Gefühl, das sie im Blumenmeer stehend empfunden hatte, nicht abschütteln. Sie war unendlich traurig, aber zugleich auch hoffnungsvoll. Hoffnung, wiederholte Jiari das Wort in Gedanken, Hoffnung worauf? Es war, als hätte sie den Blumen Energie gegeben, als hätte sie sie aus ihrem Schlaf geweckt.

Mittlerweile waren sogar schon fünf Tage vergangen und Jiari lag immer noch unverändert in ihrem Bett, als Jack zu Besuch kam.

„Ich muss hier raus", flüsterte sie Jack zu.

„Na gut", murmelte Ben, den sie überhaupt nicht gesehen hatte. „Jack, du kannst ein Stück mit ihr laufen. Aber geht nicht zu lange und nicht so weit, hörst du", fügte er streng hinzu.

Er versuchte es zu verbergen, aber die Tatsache, dass es Jiari nicht besser zu gehen schien, bereitete ihm große Sorgen. Erst war sie wochenlang nicht aufgewacht und nun schien es ihr von Tag zu Tag wieder schlechter zu gehen. Weder er noch Lara hatten eine Erklärung dafür – und sie hatten es als Heiler schon mit vielen Krankheiten zu tun gehabt.

Jiari lächelte schwach und hob schwerfällig ihren Oberkörper. Ihr Bruder Leon schwang sofort den Arm um sie und half ihr auf.

„Übernimm dich nicht Schwesterchen", mahnte er und ließ sie allein weitergehen.

Sie versuchte so unangestrengt wie möglich zu wirken. Allerdings sah man ihrem erschöpften Lächeln an, dass ihr jede noch so kleine Bewegung Mühe machte.

Jack stützte sie mit seinen kräftigen Armen und brachte sie freudestrahlend nach draußen. Die Sonne brannte auf Jiaris Haut und sie genoss es, endlich wieder die kalte, vom Regen aufgeweichte Erde unter ihren Füßen zu spüren. Je näher sie ihrem Lieblingsplatz, direkt am Payau kamen, umso schneller wurden ihre Schritte. Manschi tapste neben ihr her und versuchte, einen Schmetterling zu verfolgen. Jack war keine Armlänge weit von ihr entfernt, jederzeit bereit, sie aufzufangen falls sie stürzen sollte.

Gemeinsam ließen sie sich am Ufer auf die Wiese fallen und blickten in den Himmel.

„Ich mache mir wirklich Sorgen um dich", sagte Jack nach einer Weile des Schweigens. „Keiner scheint zu wissen was dir fehlt und es geht dir jeden Tag etwas schlechter."

Jiari blinzelte und ihre Augenlider fühlten sich bleischwer an. Sie wusste selbst nicht, warum es ihr nicht besser ging.

„Ach, Jack", hauchte sie verzweifelt. „Es fühlt sich alles so schrecklich an. So als würde mich das Leben verlassen. Und ich kann es nicht aufhalten." Sie fing an zu weinen und Jack nahm sie sogleich in die Arme. Liebevoll und schützend drückte er sie fest an seine Brust. „Ich habe solche Angst, Jack", schluchzte sie und kuschelte sich an ihn.

Sie blieben eine Weile bewegungslos sitzen, bis Jack feststellte, dass Jiari friedlich eingeschlafen war. Sanft hob er sie hoch und trug sie in den Schatten eines Baumes.

Er hatte mit Manschi mindestens zwei Stunden am Ufer des Payau gesessen, während er darauf wartete, dass Jiari wieder aufwachte, als der Kleine plötzlich mit den Ohren zuckte.

Jack legte den handgroßen Hirsch, den er in der Zeit für sie geschnitzt hatte, auf die Erde und blickte sich um. Es war bereits dunkel geworden und er konnte kaum etwas erkennen. Da sprang Manschi völlig untypisch für ihn auf alle Viere und lief in misstrauischer Verteidigungshaltung zu Jiari. Er knurrte dabei seltsam und man merkte ihm deutlich an, dass er sich dabei selber nicht ganz sicher war, ob er auf sie zu oder doch lieber ganz weit wegrennen sollte.

Jack war verwirrt, denn er konnte nichts und niemanden sehen, geschweige denn hören. Doch auf einmal sah er es auch, da war ein kleiner Schatten direkt neben ihr.

Manschi war bereits bei ihr angekommen und schwenkte von Verteidigung zu Angriff über. Aber noch während er mit einem, sogar für ihn etwas bizarr klingenden, Geräusch und erhobener Pfote zur Attacke ausholte, wurde er augenblicklich ganz zahm und machte sein altbekanntes taubenartiges Gurren. So unbemerkt wie er gekommen war, war der Schatten auch wieder verschwunden. Sofort eilte Jack zu den beiden hinüber, um zu prüfen, ob bei Jiari alles in Ordnung war.

Sie schien in Ordnung zu sein, wachte aber nicht auf, als er sich neben sie kniete und sie zaghaft schüttelte.

„Jiari, wach auf!“, rief er fast schon flehend.

„Jack, was ist los, ich bin doch wach“, erwiderte sie, doch er schien keine Reaktion darauf zu zeigen. „Jack, hör auf zu brüllen! Ich bin doch wach“, entgegnete sie ihm erneut, als er nicht aufhörte sie zu schütteln. Sie hörte seinen Herzschlag und spürte, wie das Blut durch seine Gefäße pumpte. Doch dann wurde ihr klar, dass es nicht Jacks Herzschlag war, es war der eines Vogels, der einige Bäume weiter auf einem Ast saß.

Sie spürte die Energie, die sie umgab. So viel Kraft und Leben. Alles erstrahlte in hellen Farben und Klängen. Es war wunderschön, sie wurde eins mit allem und zugleich nichts.

Sie sah Jack an. Seine warme, orangene Energie hatte eine beruhigende Wirkung auf sie, und sie fokussierte sich allein auf ihn. Nach einer Weile fühlte sie, wie ein Teil seiner Energie begann, auf sie überzugehen, wenn sie sich nur stark genug darauf konzentrierte. Es war ein wunderschönes Gefühl.

Doch dann bemerkte sie, dass Jack schwächer zu werden schien. Er taumelte zurück und stützte sich auf seinem Arm ab.

„Jack! Oh nein, das wollte ich nicht! Jack steh auf!“, rief sie entsetzt. Er hörte sie immer noch nicht und lag schwer keuchend am Boden. Tausend Gedanken schossen ihr durch den Kopf. Sie verstand weder, was hier geschah, noch was mit Jack los war, nur, dass sie vielleicht die Schuld daran trug. „Stopp!“, brüllte sie, so laut sie nur konnte. „Bitte stirb nicht“, flehte sie, doch seine Wärme strömte weiter ungebremst in ihren Körper.

Auf einmal, als hätte Jacks Energie einen eigenen Willen, veränderte sich etwas daran. Mit jedem Bisschen, das Jiari mehr in sich aufnahm, verspürte sie einen größeren Schmerz in ihrem Körper. Das warme Orange verwandelte sich zu einem kalten, seltsamen Weiß.

Sie wandte ihren Fokus von Jack ab und konzentrierte sich auf einen Baum hinter ihm. Sie musste irgendwie aufhören, Jacks Energie zu stehlen. Aber wie nur?

Der Wald hatte ihr verzweifeltes Flehen gehört und ließ es nicht unbeantwortet. Eine unheimliche, übermenschliche Kraft durchströmte ihren Körper. Sie fühlte sich so lebendig wie niemals zuvor, erfüllt von Leben und Licht. Der Wald hatte seine Lebensenergie mit ihr geteilt. Sie spürte, wie jedes Lebewesen, dessen Energie sie in sich aufgenommen hatte, ein Teil von ihr wurde. Bis sie schließlich aus ihrer Trance gerissen wurde, als Manschi ihr in den Arm biss.

„Aua!“, rief sie und sah ihn wütend an. Dann schaute sie direkt zu Jack, der mit Schweißperlen auf der Stirn, schwer atmend auf dem Rücken lag.

„Um Himmels willen, Jack! Tut mir leid! Tut mir so schrecklich leid!“, keuchte sie voller Bedauern und sprang neben ihn.

„Jiari“, flüsterte Jack schwach. „Was tut dir leid? Ich glaube, ich habe einen Kreislaufzusammenbruch. Gib mir einfach ein paar Minuten.“

Geistesabwesend stand sie bei Jack und blickte in die Dunkelheit des Waldes. Ein Schwarm winziger Glühwürmchen war aus dem Geäst aufgeschreckt worden und erhellte den Wald um sie herum. Und dann sah sie ihn. Der magisch wirkende Hirsch blickte aus den Tiefen des Waldes zu ihr. Wie auf der Ebene in ihrem Traum, war er umgeben von einer hellgrünen Aura und sein Geweih war voller Äste und Blätter.

Jiari rieb sich die Augen und als sie sie wieder öffnete war das Wesen verschwunden.

„Was war das?“, fragte Jack erstaunt.

„Hast du es auch gesehen?“

„Ich glaube schon“, antwortete er unsicher und kratzte sich am Kopf.

„Dieses Wesen ist mir in meinem Fiebertraum erschienen!“, sagte Jiari. Sie hatte schon befürchtet, es sich wieder eingebildet zu haben. Doch Jack hatte es auch gesehen, es musste also real sein.

„Was war los mit dir, Jiari? Du bist nicht aufgewacht", fragte Jack besorgt.

Energiegeladen sprang sie auf und erklärte ihm ihr Erlebnis. Dass sie sehr wohl wach gewesen sei, aber er sie nicht gehört hätte. Sie erzählte ihm von der Energie, die sie gespürt hatte, und dass sie vermutete, dass sie für seinen Schwächeanfall verantwortlich war. Und jetzt ginge es ihr so gut wie noch nie. Als hätte sich ihre Lebensenergie mit einem Schlag vollständig aufgeladen. Auch ihre Kopfschmerzen seien weg.

Jack freute sich, als er das hörte. Nichts machte ihn glücklicher, als zu sehen, dass es Jiari gut ging. Doch dann seufzte er, denn er war sich nicht sicher, ob sie Traum und Realität noch voneinander trennen konnte. Doch die Tatsache, dass dieser seltsame Hirsch hier gerade aufgetaucht war, gab ihm durchaus selber zu denken.

„Denkst du wirklich, du hast meine Energie und die des Waldes in dir aufgenommen?"

Jiari nickte unsicher. Sie wusste, wie verrückt sich das anhören musste.

„Komm, lass uns nach Hause gehen. Vielleicht ist es besser, wenn wir deinen Eltern nichts davon erzählen, sonst darfst du mit Sicherheit die nächsten Wochen nicht nochmal aus dem Haus. Aber du musst mir alles genau erzählen! Auch das, was in deinem Traum geschehen ist."

Liam Tisdal

Liam war nun schon seit einigen Wochen auf dem Wasser. Er genoss die Ruhe und Einsamkeit auf dem Ozean. Ein Dutzend Möwen begleitete ihn. Sie flogen weit oben am wolkenlosen Himmel, in der Hoffnung, etwas von seinem Beifang abzubekommen.

Eigentlich hätte Jiari ihn begleiten sollen, doch als er aufbrach lag sie bereits seit vielen Tagen in fiebrigen Träumen.

Liam hatte die Stille dazu genutzt, sich Gedanken über die Vorkommnisse auf Karvag zu machen. Es ließ ihn nicht los, wie sie davongeschickt wurden. Die Halvars waren ehrenhafte Leute. Nie würden sie ein Heer zu sich kommandieren, um es dann einfach so wegzuschicken. Das war nicht ihre Art.

Zwar hatte er sich gegen ein Leben als Söldner entschieden, jedoch fiel es ihm schwer, nicht mehr wie ein Krieger zu denken. Dafür war er zu lange der Hauptmann eines Söldnerheers gewesen. Er hatte seine Position an seinen besten Mann, Vernon, abgetreten. Er musste sich nicht länger mit solchen Problemen herumschlagen.

Eine schwache Brise strich durch sein kinnlanges Haar und er fasste unbewusst an seine Narbe auf der linken Schläfe. Die Jahre des Kämpfens hatten ihren Tribut gefordert und Liam hatte mit diesem Leben abgeschlossen. Er schüttelte sich, um die Gedanken an Karvag los zu werden. Sollen sie doch machen, dachte er sich und warf einige Brotkrumen für die Möwen ins Wasser. Wenn er ihnen beim Fressen zusah, dachte er wenigstens nicht über irgendwelche Verschwörungen nach. Es dauerte nicht lange, da kreisten seine Gedanken wieder um die kleine Insel, Karvag, mitten im Bahkuwahari. Der Angriff der Yatu auf Nicarpara vor fünfzehn Jahren hatte ganz Kamahtanah verunsichert. Jeder hatte Angst vor einem weiteren Angriff, doch keiner machte Anstalten, tatsächlich darauf zu reagieren. Ganz im Gegenteil, die Könige und Herrscher Kamahtanahs schienen jedwede Auseinandersetzung mehr denn je zu scheuen.

Liam war kein Freund der alten Geschichten, über Götter und Wächter, doch das Erscheinen der Yatu zeigte ihm, dass nicht alles erfunden sein konnte. Auch wenn sie ein ganzes Jahrtausend nicht gesehen wurden, so waren sie doch da gewesen – unbemerkt. Und wenn Liam eines wusste, dann, dass die Geschichte sich immer wiederholte.

Auf einer seiner vielen Reisen hatte er Paa La bereist, die legendäre Wasserstadt Tanahs. Dort befand sich die Tua Maktaba, die neue Bibliothek. Er hatte all die Gelehrten und Bücherwürmer gesehen und er konnte nicht verstehen, wie man sein ganzes Leben damit verbringen konnte, in der Vergangenheit zu leben – Schriften über Dinge zu lesen, die längst geschehen waren. Liam lebte stets in und für die Gegenwart. Ihn interessierte das Vergangene bis dahin nicht sehr. Doch als er eines Tages mit Vernon und einigen anderen Söldnern in einer Taverne trinken war und sie sich über die Gelehrten lustig machten, kam einer von diesen an ihren Tisch. Er fragte sie, wie sie ihre Schlachtpläne wählten, wenn sie in den Kampf zogen. Liam erklärte ihm, dass es einige Manöver gab, die sich in der Vergangenheit bewährt hatten, doch dass man immer noch seine eigene Variante daraus erschaffen musste, um den Feind zu überraschen. Liam hatte den Satz gerade beendet, da fiel ihm die Ironie dessen auf. Und auch der Gelehrte musste grinsen. Er stellte für Liam fest: „Nur wer die Vergangenheit kennt, kann die Zukunft erahnen. Wissen und Erfahrung zu haben, macht die Dinge offensichtlich. Als Soldaten habt ihr Erfahrung und Wissen im Kampf. Ich wette, ihr könnt den nächsten Zug eures Gegners sehr oft vorhersagen. Denn eigentlich sind die meisten Dinge offensichtlich, auch wenn wir sie häufig nicht wahrhaben wollen: Die Frau, deren Mann sie nicht mehr will, weil er eine Geliebte hat. Ein König, dessen Volk ihn verachtet, weil er es schlecht geführt hat. Ein Mann, der das Schwert auf seine Kehle zurasen sieht, weil er im Kampf einen falschen Schritt gemacht hat. Sie alle können ihre Zukunft erahnen, weil sie wissen, wie es anderen in dieser Situation ergangen ist. Der Mann wird die Geliebte nicht fallen lassen, das Volk wird dem König nicht verzeihen und der Feind wird das Schwert nicht bremsen. Darum lesen wir Gelehrten. Was war, wird sein, und was ist, wird gewesen sein."

Liam musste diesem Bücherwurm recht geben – zumindest ein wenig. Die meisten Dinge waren offensichtlich. Und im Moment war es für ihn offensichtlich, dass sich etwas zusammenbraute. So sehr er wollte, er konnte sein Leben als Söldner nicht einfach so hinter sich lassen. Also überlegte er, wo er am ehesten Antworten finden konnte. Und dann kam es ihm – Dabo. Er musste nach Dabo. Dort lungerte all das Gesindel Kamahtanahs herum.

Der Entschluss war gefasst, er änderte seinen Kurs und hielt fortan auf Dabo zu.

Dabo

Seit Wills Tod waren drei Wochen verstrichen. Alenja arbeitete momentan hauptsächlich in einem von Wills größten Gästehäusern. Sie und die anderen Mädchen schliefen auch dort. Bree hatte ihren Plan in die Tat umgesetzt. Und so mussten einige der Mädchen nun auch nachts arbeiten.

Ein dumpfes Poltern vor der Zimmertüre riss Alenja aus ihrem Traum. Es musste noch mitten in der Nacht sein.

„Raus mit dir, du betrunkener Rüpel!", hörte sie Charlize verzweifelt schreien. Alenja hüpfte sofort aus dem Bett und hastete auf den Flur. Sie sah einen halbnackten Oliver, der sich schwertat, gerade zu stehen. Charlize war komplett nackt, mit aufgeschlagener Wange direkt hinter ihm.

„Ich werde mich bei Bree beschweren, dass ich für mein Geld nicht das bekommen habe, was mir zusteht!", entgegnete dieser empört, die Treppe hinuntertorkelnd. Mit drohendem Blick wandte er sich noch einmal um, als er Alenja erspähte. „Ah, der Hauptgewinn!", sagte er mit großen Augen. „Hol dir schon mal Tipps von deiner Freundin, wie man es einem Mann am besten besorgt! Früher oder später wird Bree auch dich für die Männer freigeben", fügte er voll hämischer Vorfreude hinzu und fiel fast über seine eigenen Beine.

„Alenja! Geh in dein Zimmer!", zischte Charlize.

Alenja ging einen Schritt zurück und schloss ihre Türe – die

Lage hatte sich für die Mädchen zugespitzt. Sie wartete einige Minuten auf dem Boden sitzend mit dem Rücken an die Türe gelehnt, bis sie hörte, dass Charlize anfing laut zu schluchzen. Leise schlich sie sich zu ihr ins Zimmer – und da saß sie. Wie ein Häufchen Elend kauerte sie in der hintersten Ecke ihres Zimmers und weinte bitterlich. Sogleich setzte Alenja sich neben sie, legte eine frische Decke aus dem Schrank um das nackte Mädchen und umarmte es. Auch sie musste weinen. Nicht aber aus Trauer, sondern hauptsächlich aus Wut und Verzweiflung. Noch nie in ihrem Leben hatte sie sich so hilflos gefühlt.

So saßen sie schweigend beieinander, bis die Sonne aufging, und Alenja schließlich warmes Wasser und Tücher holte, um das bereits getrocknete Blut auf Charlizes Wange abzutupfen.

„Wir müssen hier weg, Charlize“, sagte sie schließlich entschieden, aber mit ruhiger Stimme, während sie ins Leere starrte. „Du weißt, es wird nur noch schlimmer werden, Charlize“, fügte sie hinzu und grub ihre Zehen angespannt in den Teppich.

Charlize blickte sie mit rotgeschwollenen Augen an. „Alenja, wir werden es nicht aus der Stadt schaffen. Und selbst wenn…“ Sie holte zittrig Luft. „Sie werden uns finden und zurückbringen. Oder jemand anderes beansprucht uns als sein Eigentum und es kommt noch schlimmer.“

„Noch schlimmer?“, entfuhr es Alenja unbeherrscht. „Charlize, es kann kaum noch schlimmer kommen! Der alten Hexe ist es doch völlig egal, was diese Schweine euch antun, solange sie ihr Geld bekommt. Ich habe für den Moment lediglich das Glück, dass sie versucht für mich einen besonders guten Preis herauszuholen.“

Sie hatten es nicht gemerkt, aber die anderen Mädchen hatten gelauscht und standen nun im Türrahmen. Eva setzte sich als erste zu ihnen. Dann kamen auch Vannja und Ebbie.

Eva sah Alenja an und nickte. „Du hast recht, Alenja. Lasst uns einen Plan schmieden, um von hier zu verschwinden. Du hast uns schon so oft davon erzählt, wie wunderschön es in Palindall ist.“ Evas Stimme klang hoffnungsvoll. „Wenn wir es bis dorthin schaffen, beschützt uns die Garde von Awaheim und niemand kann uns zurück nach Dabo bringen.“

Sie schwiegen einen Moment, bis Alenja fragte: „Was meint ihr? Entweder wir gehen gemeinsam oder wir bleiben alle hier.“ Die Mädchen sahen sich an – ihr Entschluss war gefasst. Sie mussten Dabo baldmöglichst verlassen.

In den darauffolgenden Tagen planten sie ihre Flucht sorgfältig. Welche Tageszeit, welche Transportmittel, welcher Weg. Sie versuchten, wann immer sie sich unbeobachtet fühlten, zu erkunden, wo sie am besten unbemerkt aus der Stadt schlüpfen könnten. Es war höchste Vorsicht geboten, Leute nach Wegen in Richtung Palindall zu fragen. Jeder von ihnen könnte sie bei Bree anschwärzen.

Sie alle waren Kinder Dabos, mit Ausnahme von Alenja. Da sie jedoch als Säugling in die Stadt gekommen war, kannte auch sie sich außerhalb der Mauern Dabos nicht sonderlich gut aus. Ihr einziger Vorteil gegenüber den Mädchen war, dass Will sie ab und an nach Palindall mitgenommen hatte. Nun hatte Will sich aber nicht verstecken müssen. Er war immer auf dem direkten Handelsweg zwischen Palindall und Dabo gereist. Dieser Weg war für sie zu gefährlich.

Alenja musste nun immer häufiger mit Vannja im Beschwipsten Hasen arbeiten. Sie wusste ganz genau, welche

Absicht Bree damit verfolgte. Es war eine Auktion – und sie war das Auktionsgut.

Schlimmer als der Gedanke daran, dass es jede Nacht auch sie treffen könnte, war es für sie mit anzusehen, wie Vannja in immer kürzeren Abständen mit Männern in die Gästezimmer oben im Beschwipsten Hasen gehen musste. Am liebsten wäre sie sofort mit den Mädchen davongelaufen, aber eine überstürzte Flucht konnte für sie alle den Tod bedeuten. Sie mussten nur noch ein wenig länger aushalten und dann wären sie endlich frei, da war sich Alenja ganz sicher.

Heute hatte sie ein besonders ungutes Gefühl. Während sie am Bedienen war, sah Bree die ganze Zeit merkwürdig zu ihr rüber. Sie war die abwertenden und missgünstigen Blicke von ihr gewohnt, heute jedoch war es anders. Bree hatte ein selbstgefälliges Glitzern in den Augen, als ob sie sich auf irgendetwas freuen würde.

Auch Vannja hatte es bemerkt und brachte in ihrer Pause die anderen Mädchen in die Taverne. „Wir müssen heute Nacht noch verschwinden", flüsterte sie Alenja ins Ohr, als sie an ihr vorbeilief. Alenjas Herz raste, sie wusste, dass Vannja recht hatte. Aber sie wusste auch, dass sie noch nicht bereit waren.

Haron hatte den umständlichen Weg zurück in seine Heimat die Pasirwüste gewählt, am Fuße des Pegunungangebirges entlang. Er wollte sich selbst ein Bild von der Lage verschaffen und war dafür gefährlich nah am Lager der Yatu vorbeigeritten. So viele Fragen beunruhigten seinen Geist: Warum kamen die Yatu genau jetzt? Die letzte Schlacht der Yatu in Nicarpara war bereits fünfzehn Jahre her. Damals hatten die Yatu, dank des Einschreitens Königin Illumas von Vidanir und ihrer gewaltigen Kriegsflotte, eine herbe Niederlage erlitten. Er war sich sicher, dass die Yatu in Dabo einfallen würden. Aber was wollten sie mit Dabo? Es gab schon seit Jahren keine Armee mehr, die die Stadt hätte verteidigen können oder wollen, also warum erst jetzt? Nichts ergab für Haron einen Sinn. Aber eines war ihm klar, die Yatu konnten Dabo schon in wenigen Tagen erreichen. Und sie würden alle niedermetzeln.

Plötzlich riss Haron am Zügel. Aus vollem Galopp wirbelte Braga mit einem riesigen Satz herum. Ich muss sie da rausholen, schoss der Gedanke, welcher schon seit Tagen in seinem Unterbewusstsein gedieh, durch seinen Kopf. „Heja!", brüllte er entschlossen und stieß dem Hengst die Fersen in den Bauch. „Zurück nach Dabo, Junge!"

Liam war wochenlang zur See gefahren. Er freute sich auf seine erste deftige Mahlzeit seit einer Ewigkeit, als er durch die heruntergekommenen Straßen Dabos wanderte. Er überlegte, wo er am besten Speisen und Trank, gleichzeitig aber auch Menschen finden konnte, die ihm bei seiner Suche nach Antworten helfen würden. Liam begriff immer noch nicht, warum Königin Enna damals erst einen Boten nach Hilfe aussandte, und bei Ankunft dieser erhofften Hilfe auf Karvag, dann rein gar nichts auf einen Überfall hindeutete. Es widerstrebte ihm zutiefst, dieses verdächtige Verhalten einfach hinzunehmen. Wenn auf Karvag zwielichtige Dinge im Gange waren, so würde er hier in Dabo, der Hochburg der Zwielichtigkeit, am ehesten Hinweise dazu finden.

Während er sich seinen Weg durch die Stadt bahnte, wurde ihm mal wieder bewusst, wie sehr er diesen Ort verabscheute.

Dreckig, stinkend und voller Verbrecher. Hoffentlich geht es meiner kleinen Jiari mittlerweile besser, dachte er und spürte, wie sich sein Magen bei dem Gedanken zusammenzog, denn als er sie das letzte Mal gesehen hatte, stand es nicht gut um sie. Ein Teil von ihm bereute es, gegangen zu sein. Aber er musste einfach wissen, was hinter den seltsamen Ereignissen auf Karvag steckte.

Noch während er auf der Suche nach einer geeigneten Taverne war, traute er auf einmal seinen Augen kaum. Da stand ein Mann, den er bereits auf Karvag gesehen hatte – ein Vargalis. Damals in voller Rüstung. Er war einer der vargallischen Soldaten gewesen. Jetzt war der Vargalis jedoch wie ein gewöhnlicher Habenichts gekleidet und sprach geheimnistuerisch mit einem weiteren Mann.

Liam versuchte, so unauffällig wie möglich, näher an die Männer heranzutreten, um das Gespräch zu belauschen.

„Hey du!", rief der Vargalis. Er hatte Liam bemerkt. Erkannte der Mann ihn vielleicht auch wieder? Sollte er ihm sagen, dass er ihn wiedererkannte?

Liam blieben nur wenige Sekunden, sich für eine Reaktion zu entscheiden.

Plötzlich hörte er das schnelle Getrappel eines Pferdes auf Pflasterstein. Wenige Meter von ihnen entfernt, kam ein riesiger brauner Hengst durch die Gasse galoppiert. Die Männer waren einen Moment abgelenkt und er nutzte den Moment, um sich aus dem Staub zu machen.

Haron war in Dabo angekommen. Er sprang von Bragas Rücken, band ihn an – und blieb stehen. Und jetzt, du Idiot, fragte er sich selbst. Ich kann sie nicht einfach mitnehmen und davonreiten. Verdammt, die Yatu können in wenigen Stunden in die Stadt einfallen. Er hatte das Heer auf dem Weg nach Dabo von weitem auf der Ebene von Gunang, zwischen dem Pegunungangebirge und Dabo gesehen. Sie hatten ihr Lager im Gebirge verlassen und waren bereits losmarschiert. Die Armee war nicht sonderlich groß, allerdings würde es ausreichen, um die Stadt zu vernichten. Er sammelte sich, atmete tief ein und öffnete die Türe zum Beschwipsten Hasen.

Es war bereits spät und die meisten Gäste der Taverne waren betrunken und amüsierten sich. Alenja war am ganzen Körper angespannt, als der widerliche Ruma ihr einen Klaps auf den Hintern gab. Obwohl solche Dinge ständig passierten, zuckte sie zusammen und ließ das Geschirr, das sie trug, fallen. Sogleich bückte sie sich, um die Scherben aufzuheben.

Während sie auf den Knien das Glas aufsammelte, packte Ruma sie an den Haaren und zog ihren Kopf in seinen Schoß. „Bree! Heute Nacht ist sie fällig! Ich will es diesem Weib endlich richtig besorgen!“, rief er schon fast gurrend vor Erregung, als er Alenjas Kopf fester in seinen Schoß drückte.

„Nein!“, hörte Alenja Eva verzweifelt kontern. Ruma hatte seine Hand bereits in ihre Hose geschoben und sie spürte ihn auf ihrer nackten Haut.

Eva war ihr zu Hilfe geeilt und zerrte sie unter dem Tisch hervor. Sie nahm Alenja und lief mit ihr Richtung Tresen.

Tausend Gedanken schossen Alenja durch den Kopf. Es war zu spät, aus dieser Situation kam sie nicht mehr raus. Würde sie jetzt rennen, würden ihr alle folgen.

„Sag mir, wie viel du für sie willst und ich bezahle es dir“, sagte Ruma genussvoll.

„Stell dich hinten an, Ruma!", brüllte Oliver und klagte: „Bree, du hast sie mir versprochen!"

Genau das war es, was Bree gewollt hatte. Einen Wettstreit, bei dem sich die Betrunkenen gegenseitig überboten.

„Hundert Divan!", rief Tarik, der das Spektakel von weiter hinten beobachtet hatte, schmunzelnd.

„Hundertfünfzig!", grölte Ruma direkt hinterher.

Alenja stand regungslos da. Ebbie war inzwischen durch den Eingang neben dem Tresen hereingekommen und zog an Alenjas Arm. „Komm! Schnell, wir müssen sofort hier weg!", zischte sie in ihr Ohr. Alenja war wie versteinert und doch klar im Kopf. Alles verging in Zeitlupe.

„Nein, Ebbie. Ihr müsst gehen, jetzt! Es ist keine Zeit zu verlieren. Sie sind abgelenkt. Geht!", raunte sie schließlich bestimmt und wandte sich zu den Mädchen um.

Die Männer überboten sich weiter und weiter, keiner wollte nachgeben. Brees Augen funkelten und sie lachte hämisch.

Eine Träne glitzerte in Vannjas Augen, als sie Alenja ansah und ihr letztendlich zustimmend zunickte.

Alenja ließ Evas Hand los und lief, gegen jegliche Vernunft, in die Mitte der Taverne.

„Na, wie sieht es aus mit euch, Männer. Geht einer über sechshundert Divan?", fragte Oliver selbstsicher. Alenja nahm die Worte kaum mehr als ein dumpfes Rauschen in ihrem Unterbewusstsein wahr.

Sie spürte einen harschen Griff an ihrem Arm, der sie aus ihren Gedanken riss. Oliver lachte laut und zerrte sie hinter sich her. Hoffnungslos blickte sie noch einmal zu Bree hinüber, welche ihr lediglich ein aufmunterndes Nicken entgegenbrachte. Wenigstens würden es die Mädchen schaffen, dachte sie sich und akzeptierte, was auch immer nun auf sie zukommen würde. Auf einmal öffnete sich die Türe zum Beschwipsten Hasen und Haron trat ein.

„Was geht hier vor sich?“, fragte Haron und versuchte, eine unbefangene Miene aufzusetzen. Die Männer in der Taverne lachten und grölten laut.

„Oliver hat sich gerade die hübsche, schwarzhaarige Alenja für ein Abenteuer gesichert“, antwortete Lucas mit gelangweiltem Ausdruck.

Ich darf mir jetzt nichts anmerken lassen, überlegte sich Haron, völlig mit der Situation überfordert.

„Halt!“, raunte er Bree an. „Ich wusste nicht, dass du sie bereits als Hure anbietest. Sie hat mich schon immer gereizt. Wie viel bezahlt Oliver dir für das Mädchen?“

Bree zögerte. Man sah ihr an, dass sie hin- und hergerissen war. Einerseits wollte sie mehr Geld, aber andererseits war es ihr auch wichtig, dass Alenja leidet. Bei Oliver war dies gewiss. Haron dagegen konnte sie schwer einschätzen. Dieser blickte zu Alenja.

Er hatte die richtige Entscheidung getroffen. Zwar konnte er sich immer noch nicht erklären warum dieses Mädchen es ihm so angetan hatte, aber es fühlte sich richtig an, jetzt und hier für sie da zu sein. Er musste sie beschützen.

„Haron, Junge. Halte dich da raus. Sie gehört mir für heute Nacht“, sagte Oliver und küsste Alenja mit seinen widerlichen, trockenen und stinkenden Lippen auf den Mund.

„Er bietet sechshundert Divan“, entgegnete Bree schließlich kalt.

„Gut. Ich biete siebenhundert“, erwiderte Haron.

„Achthundert!“, rief Oliver, ohne zu zögern.

„Tausend Divan, Bree. Ich biete dir tausend Divan“, entgegnete Haron auf der Stelle. Bree überlegte. Haron wurde klar, dass er auf diese Weise nur verlieren konnte. Bree würde sie mit Oliver schicken, denn sie wollte, dass das Mädchen bestraft wird, für Dinge, die sie Bree nie angetan hat.

Schluss damit, überlegte sich Haron, zog einen Beutel voller Goldstücke aus seiner Hose und warf eine Münze vor Brees Füße. Die Münze rollte einige Male im Kreis und kippte dann schließlich flach auf den Boden. Olivers Augen wurden riesig und auch Bree stand, schon fast ehrfürchtig, auf das Gold starrend, da.

„Damit sollte alles geklärt sein. Das Mädchen gehört jetzt mir“, sagte Haron, nahm das völlig verstörte Mädchen auf den Arm und lief nach draußen.

Liam, welcher indessen ebenfalls im beschwipsten Hasen saß, lachte laut: „Goldstücke mit dem Paa La'ischen Wappen mein Freund. Du hättest nicht einmal genug Divan gehabt, um auch nur ein Staubkorn, geprägt mit dem Paa La'ischen Wappen, zu bezahlen“, sagte Liam zu Oliver, klopfte ihm auf die Schulter und zog sich seinen Mantel an.

„Haron?“, fragte Alenja mit leiser Stimme, während sie in seinen Armen lag. „Was machst du hier?“

Sie erinnerte sich daran, wie ehrfürchtig Vannja in den vergangenen Wochen von ihm gesprochen hatte. Sie hatte immer wieder gesagt, dass Haron sie vor Oliver gerettet habe. Er sei keiner von diesen vulgären Rüpeln, hatte sie immer wieder betont. Und doch hat er sie gerade gekauft. Wie ein Stück Fleisch auf dem Markt, um mit ihr wer weiß was anzustellen.

„Verdammt“, nuschelte Haron in seinen Bart. „Zu langsam.“ Er zog sein Schwert und konnte gerade noch eine auf Alenjas

Bauch herabsausende Klinge abwehren. Er holte aus und stach sein Schwert mitten in die Brust des Yatu. Dieser sackte sofort zusammen. Die Straßen waren bereits geflutet mit Yatu. Sie waren überall.

„Hör mir zu, Alenja", forderte Haron sie auf. „Die Yatu sind in Dabo eingefallen, sie werden die Stadt einnehmen und alle Menschen töten. Du musst mir jetzt vertrauen."

Alenjas Augen weiteten sich bei den Worten. Sie war auf das Schlimmste eingestellt, aber damit hatte sie nicht gerechnet.

„Aber Eva, Vannja, Charly und Ebbie! Die Mädchen sind weggerannt und sind hier noch irgendwo! Haron, wir können sie nicht zurücklassen", entgegnete sie ihm trotzig.

„Bis wir sie finden, sind sie wahrscheinlich schon tot", antwortete Haron hastig, während er sich nach einem Fluchtweg umsah.

Alenjas Herz setzte aus und sie schnappte nach Luft. Empathie war noch nie Harons Stärke gewesen.

„Die Stadt ist umstellt, wir müssen zum Wasser. Versprich mir, dass du nicht versuchst wegzulaufen, wenn ich dich runterlasse", mahnte er Alenja, setzte sie ab und band Braga los. Er sah seinen Hengst vertrauensvoll an und strich ihm über den Hals. Er nahm den Sattel und das Zaumzeug ab und flüsterte ihm ins Ohr: „Lauf nach Hause mein Freund, so schnell dich deine Beine tragen können!" Er trat einen Schritt zurück und schlug ihm mit der flachen Hand so stark er konnte auf die Hinterhand. Braga wieherte, hob seine Vorderläufe leicht an, drückte sich mit seinen Hinterhufen ab und preschte davon. „Du wirst es schaffen", hoffte Haron.

Er war einen kurzen Moment abgelenkt. Ein Yatu stand hinter ihm, die Kriegsaxt zum Schlag erhoben. Haron machte gerade noch rechtzeitig einen Satz zur Seite. Fast hätte ihn die Klinge trotzdem an seiner linken Schulter gestreift, doch gerade im letzten Moment fiel die Waffe des Schurken zu Boden. Liam war aus der Taverne getreten und hatte dem Yatu den Kopf abgetrennt.

„Widerliches Pack", murmelte er zufrieden. „Kommt mit mir, ich habe ein Schiff im Hafen ankern. Zwei Kämpfer haben eine größere Chance, hier lebend rauszukommen als einer allein."

Haron und Liam sahen sich einen Moment schweigend an, dann nickte Haron. „Ihr müsst ihnen den Kopf abtrennen, sonst regenerieren sie sich nach einiger Zeit." Liam hinterfragte die Anweisung nicht und nickte. Beide gingen mit erhobenen Schwertern in Verteidigungsstellung.

Zum Meer waren es noch gut fünfzehnhundert Meter. Mit jeder Minute strömten mehr Yatu in die Stadt und der Widerstand der Menschen von Dabo wich. Es waren nicht mehr viele am Leben und die, die noch atmeten, versuchten sich zu verstecken. Ein Kampf schien aussichtslos. Schreie des Grauens hallten durch die dunklen Gassen.

„Da ist Feuer!", rief Haron laut, als er den Yatu, den er soeben erstochen hatte, zur Seite schob und seinen Blick Richtung Hafen wandte.

„Sie müssen die Schiffe angesteckt haben!", brüllte Liam blutverschmiert. Ein Dutzend Yatu näherte sich von links. Auf einmal brach einer aus der Gruppe aus und rannte mit einem in Blut getränkten Speer auf Alenja los. Haron konnte jedoch nicht reagieren, da er mit aller Kraft versuchte, mit seinem Schwert eine Axt von seinem Herzen fernzuhalten. Liam erkannte die Situation rechtzeitig, hob blitzartig den Schild eines gefallenen Yatu auf und schleuderte ihn dem anrennenden Feind an den Kopf. Dieser war auf der Stelle tot. Liams Blick löste sich von dem Toten und wanderte nach oben. Er sah in die Gruppe – und da war er. Der nicht allzu hochgewachsene Vargalis mit blondem Schopf, den er zuvor schon erkannt hatte. Unangerührt stand er inmitten der Yatu.

Noch hatte er Liam nicht entdeckt. Schnell wandte dieser seinen Blick wieder ab, in der Hoffnung, dass der Vargalis ihn nicht wiedererkennen würde.

„Beeilt euch!", rief Liam drängend. „Mein Schiff liegt am westlichen Ende des Hafens. Wenn wir Glück haben, hat das Feuer es noch nicht bis dorthin geschafft!"

Sie hatten es aus den schmalen und beengenden Gassen Dabos herausgeschafft und näherten sich den Anlegestellen.

Die gepflasterte Hafenpromenade war breit und bot wenig Schutz oder Verstecke. Die kleine Gruppe bewegte sich schnell und mit allerhöchster Wachsamkeit auf dem offenen Gelände. Alenja blickte nach rechts, sie hoffte, dass das helle Lodern des Feuers noch nicht bis zum Ende der Ankerplätze vorgerückt war.

„Schnell!", sagte sie, als sie sich gerade hinter großen Holzkisten versteckten. „Da vorne ist eine Mauer am Steg, hinter der wir Schutz suchen können." Sie zeigte auf den mit Steinen errichteten Pier. Immer wieder prasselten Pfeilgeschosse neben ihnen auf den Boden. Das Feuer verwandelte die Luft in einen die Lungen verätzenden Qualm und Liam, welcher bereits von seinen letzten Kraftreserven zu zehren schien, keuchte und hustete qualvoll.

Etwas bewegte sich auf der Mauer am Steg. Ein zierlicher Schatten musste von der anderen Seite hinaufgeklettert sein und stand nun auf dem Wall. Vannja! Alenja biss sich auf die Zunge, um nicht laut loszuschreien. Sie rüttelte an Harons Arm. „Da ist Vannja! Bitte, du musst sie da runterholen. Ich glaube, sie will springen!“, flehte sie ihn an.

Haron wusste, würde er nichts unternehmen, würde Alenja selbst losrennen. Er konnte sie auch nicht festhalten, denn er brauchte beide Hände, um sich zu verteidigen. Sein Blick glitt zu den Dächern. Dort lauerten einige Feinde, die nur darauf wartetet, dass sie ungeschützt wären. Aber ihm blieb nichts anderes übrig.

„Liam, sie werden sich auf mich konzentrieren. Nutzt die Gelegenheit und lauft, so weit ihr könnt“, sagte er und rannte los.

„Er ist völlig lebensmüde“, raunte Liam.

Haron war schnell, aber nicht schnell genug für die unzähligen Geschosse, die zischend die Luft zerteilten. Er spürte ein brennendes Stechen in seiner rechten Schulter. Er griff nach hinten und zog den Pfeil mit einem kräftigen Ruck heraus. Unter den Schmerzen gaben seine Knie kurz nach und er wäre beinahe gefallen, da erreichte er die schützende Mauer und sprang hinter sie.

„Was mache ich hier nur schon wieder“, murmelte er in seinen von Schweiß, Blut, Dreck und wer weiß was sonst noch allem, verklebten Bart.

Das Mädchen hatte ihn anrennen sehen. Völlig verängstigt blickte sie auf ihn nieder.

„Sie sind alle tot, Haron“, wimmerte sie mit einem schon fast wahnsinnigen Ausdruck in ihren Augen.

„Komm runter! Ich beschütze dich“, erwiderte Haron, so ruhig er konnte. Doch sie stand einfach nur da, wandte ihren

Blick wieder ab und starrte in das brennende Meer. „Verdammt", knurrte Haron, schob sein Schwert in die Scheide und begann die Mauer hochzuklettern. Plötzlich hörte er das Zischen eines Pfeiles und einen dumpfen Aufprall.

„Nein!", hörte er Alenjas Stimme verzweifelt schreien. Vannja taumelte nach hinten, er sprang auf den Boden und fing das Mädchen auf. Ein Geschoss hatte sie mitten ins Herz getroffen.

Sie starrte ihn an. „Haron – mein Retter", sagte sie. „Sie haben alle getötet. Beschütze Alenja", hauchte sie mit ihrem letzten Atemzug, dann wurden ihre Augen leer. Vannja war tot.

Es war nicht die Zeit, die Toten zu betrauern. Er schloss ihr die Augen, legte sie auf den Boden, stand auf und griff nach seinem Schwert. Liam war von vier Yatu umringt. Sie mussten durch Alenjas Schrei auf sie aufmerksam geworden sein. Sofort rannte er zurück zu den beiden, doch schon ging Liam zu Boden und einer der Feinde holte mit seiner Doppelaxt aus, um auf Alenja einzuschlagen. Haron brüllte laut los und rannte noch schneller. Er nahm sein Schwert wie einen Dolch hoch in die Luft und warf es mit ganzer Kraft auf den Körper des Yatu. Mit einem weiteren Satz war Haron bei ihnen, schnitt dem nächsten Yatu mit seinem Messer die Kehle durch und griff nach Liams Hand. „Los mein Freund, wir müssen weiter!", drängte er, während er dem dritten Yatu das Schwert durch den Kopf stieß.

„Wir haben es fast geschafft", keuchte Liam. „Seht, die Schiffe dort brennen noch nicht." Alenja war ohnmächtig geworden. Haron nahm sie auf den Arm und sie rannten los.

Alenja blickte auf einmal in die dunkelbraunen Augen eines Mannes mit blutverschmiertem Gesicht. Es roch nach Feuer und sie hörte Schreie. Eine Frau mit langem schwarzem Zopf und hellbrauner Haut stand neben ihnen. Sie fühlte sich geborgen an seiner warmen Brust. Er schien besorgt zu sein, doch Alenja verstand nicht warum. Seine Lippen bewegten sich: „Vergiss nie, wer du bist." Bei diesen Worten riss sie die Augen auf und fand sich in Harons Armen wieder. Irgendwie hatte er Ähnlichkeit mit dem Mann aus ihrem Traum, dachte sie sich. Aber es war nicht Haron gewesen, der sie gehalten hatte.

Sie hatten Liams Schiff erreicht und die Männer machten sich sofort daran, abzulegen.

„Haron, was hat Vannja zu dir gesagt? Haben die anderen es aus der Stadt geschafft?", fragte sie erwartungsvoll. Haron ignorierte sie und arbeitete emsig weiter daran, das Schiff Fahrt aufnehmen zu lassen. Er stand mit dem Rücken zu ihr und sie sah die blutende Wunde an seinem Rücken. Einer der Pfeile hatte ihn getroffen, realisierte sie. Doch Haron ließ sich nichts anmerken, als empfände er keinen Schmerz.

Sie wusste, dass er sie gehört hatte. Keine Antwort bedeutete, dass die anderen Mädchen tot waren.

„Ich bringe euch nach Makola, von dort könnt ihr weiterreisen", sagte Liam, den Blick auf Harons Schwert gerichtet. Es war eine wertvolle, antike Klinge. In das Eisen waren Runen eingraviert. Irgendwie kamen ihm die Symbole bekannt vor. „Hey Haron!", rief er. „Was bedeuten die Zeichen?", fragte er auf das Schwert zeigend. Haron sah für einen kurzen Moment zu Liam herüber und arbeitete dann schweigend weiter.

Sie hatten es geschafft – das Schiff verließ den Hafen und das verhieß Freiheit. Doch Alenja fragte sich, ob es wirklich ihre Freiheit war, wo auch immer sie nun hinreisen würde.

Sterneck und Awaheim

Seit Jiaris wundersamer Heilung im Wald waren einige Wochen vergangen und sie hatte Jack alles erzählt. Ihren Fiebertraum und von dem seltsamen Ort, an dem sie sich die vielen Wochen ihrer Bewusstlosigkeit aufgehalten hatte. Sie berichtete ihm, wie real ihr alles vorgekommen war. Begeistert beschrieb sie ihm auch das merkwürdige, lebendige Gestrüpp – Bushu und den magischen Hirsch. Sie erzählte von dem Meer toter Blumen, die so aussahen, als wären sie bereits seit Jahrtausenden verdorrt und doch nicht zu Staub zerfallen. Wie sie durch das grelle Licht auf einmal in die Realität zurückgeholt wurde und sich in ihrem Bett wiederfand. Sie erklärte ihm, dass sie die Energie nicht nur fühlen, sondern auch sehen, ja sogar kontrollieren konnte.

Jack lauschte aufmerksam. Immer wieder kamen neue Details hinzu und er lächelte jedes Mal, wenn sie zu dem Teil kam, in dem sie die Energie kontrollieren konnte. Sie wusste, dass er ihr nicht glaubte, und das war in Ordnung. Sie glaubte sich ja selbst kaum. Trotzdem versuchte sie fortan jeden Tag aufs Neue das Band zum Wald und all seinen Bewohnern, die sie gespürt hatte, zu erweitern.

Mit jeder weiteren Woche, die verstrich, fühlte sie sich mit allen Wesen um sich herum mehr verbunden. War es am Anfang nur ihre direkte Umgebung, die sie wahrnahm, so reichte das Gefühl der Zusammengehörigkeit heute schon bis jenseits des Payauwaldes. Ab und an gelang es ihr mit viel

Anstrengung, die Energie eines einzelnen Wesens zu lokalisieren. So auch heute.

Sie und Jack waren mitten im Payauwald, um Bärlauch zu sammeln. Auf einmal packte sie Jacks Hand und zog ihn hinter sich her. Dieser war über Jiaris seltsame Anwandlungen nicht mehr erstaunt, also folgte er ihr widerstandslos.

„Jack, er stirbt", flüsterte sie, während sie bereits mehrere Minuten tiefer in den Wald geeilt waren.

„Wer st…", Jack hielt mitten im Wort inne, als Jiari abrupt anhielt. Vor ihnen lag ein tödlich verwundeter Waldhase. Jiari kniete sich nieder und legte ihre Hand auf seinen blutenden Bauch. Der Hase japste noch ein letztes Mal nach Luft und erschlaffte schließlich leblos.

Jack sah sie ungläubig an. „Woher wusstest du das?", stammelte er, nachdem er seine Sprache wiedergefunden hatte.

„Ich war bei ihm, als der Wolf ihn angegriffen hat", entgegnete Jiari, als ihr klar wurde, wie lächerlich sie sich anhören musste. „Jack, bitte, du musst mir glauben. Etwas ist mit mir geschehen und ich kann es selbst nicht erklären."

Nicht auf das surreale Ereignis eingehend, polterte Jack laut los: „Wolf? Du sagst ein Wolf hat den Hasen gerissen? Das Rudel treibt sich hier rum und du führst uns genau zu ihnen?"

Jiari stand langsam auf, sah sich um, sah zu Jack und setzte eine schuldbewusste Miene auf. Darüber hatte sie natürlich nicht nachgedacht. Payauwölfe waren nicht gerade für ihre sanfte Art bekannt, zudem wurden sie größer als normale Wölfe. Ihre Schulterhöhe konnte fast einen Meter messen und manche wurden um die zwei Meter lang.

Rechts von ihnen raschelte etwas in den Büschen. Jack zuckte zusammen und sein wütender Blick traf Jiaris reumütig funkelnde Augen. Ganz langsam griff er nach einem Stock, der auf dem Boden lag.

„Wirklich Jack?“, raunte Jiari sarkastisch. „Damit könntest du nicht mal Manschi etwas anhaben.“

Jacks Blick wurde noch wütender.

Ein riesiger schwarzer Payauwolf trat aus dem Dickicht hervor und fletschte die Zähne. Seine Schnauze war kürzer und dicker als die aller anderen heimischen Wölfe Kamahtanahs. Das bedeutete eine wesentlich stärkere Bisskraft. Einmal in ihren Fängen, war es fast unmöglich wieder zu entkommen.

Langsam wichen Jack und Jiari zurück. Als jedoch zwei weitere Wölfe folgten, schien die Situation ausweglos.

Jack griff nach Jiaris Hand und flüsterte ihr ins Ohr: „Renn, ich halte sie auf, so lange ich kann.“

Erschrocken sah sie ihn an, zögerte einen Moment und sprang mit einem Satz nach vorne. „Geht weg!“, rief sie. „Ihr könnt uns nichts tun.“ Entschlossen starrte sie dem großen Wolf direkt in seine bernsteinfarbenen Augen. Sie hörte seinen Herzschlag und spürte sein Wesen unter seinem dichten dunklen Fell. Seine Energie war rot und flackerte heftig. Jeder Muskel in ihrem Körper war angespannt und Adrenalin schoss ihr durch die Adern. Der Wolf knurrte und biss wild in die Luft. Da wurde ihr klar; durch Trotz würde hier und heute keiner gewinnen.

Ihr Blick wurde sanft und mit einer Kopfbewegung deutete sie auf den toten Hasen. Sie versuchte sich darauf zu konzentrieren, den Geist des Wolfes zu besänftigen. „Nimm deine Beute und geh“, forderte sie ihn auf. Das Tier trat einen Schritt nach vorne und Jiari spürte, wie seine riesigen Augen sie durchbohrten. Bitte nimm einfach den Hasen und verschwinde, dachte sie flehend.

Schließlich hob der Wolf den Kopf, hörte auf zu knurren, nahm den Hasen auf und verschwand mit einem riesigen Sprung im Wald. Die anderen zwei taten es ihm gleich.

Langsam atmete Jiari aus. Sie wagte es nicht, Jacks wütenden Blick zu kreuzen. Schweigend, sich immer wieder umsehend, liefen sie Richtung Sterneck zurück.

„Warum hat er uns nicht angegriffen?", brach Jack das Schweigen. Jiaris Blick sagte mehr als tausend Worte. „Du bist verrückt Jiari, weißt du das?", rief Jack schließlich lachend und erleichtert, umarmte sie und hob sie hoch in die Luft. „Jiari die Wolfbändigerin!", rief er, überglücklich, noch am Leben zu sein. „Du bist eine Tierbändiger Schakruna!"

„Sei nicht albern, sowas gibt es nicht", murmelte Jiari. „Was stimmt nur nicht mit mir, Jack?"

Einige Tage später war Jiari bei Jack zu Hause. Er hatte den ganzen Tag in der Waffenschmiede seiner Eltern arbeiten müssen. Sie war gerne bei den Tallums. Mika und Aron, Jacks Eltern, waren sehr gastfreundliche Leute und für Jiari wie ihre zweiten Eltern. Mika buk leidenschaftlich gern Kuchen für ihre Männer. Jiaris Mutter dagegen, hielt als Heilerin nicht viel von Süßkram, wie sie es nannte, weswegen Jiari es umso mehr genoss, sich bei den Tallums mit Kuchen vollzustopfen.

Mit vollgeschlagenem Bauch lagen sie auf der Wiese vor dem Haus der Tallums und planten Jacks morgigen freien Tag. Jiari wollte unbedingt zu früher Morgenstunde in den Süden reiten und die Payauelche auf der weiten Ebene vor dem Arwatengebirge beobachten.

„Ja, das können wir machen", grinste Jack. „Wenn wir das noch mit einer kleinen Jagd verbinden, müssen wir uns schon keine Gedanken über das Abendessen machen."

Jiari seufzte, sie ging nicht gerne jagen, wusste aber, dass es der Lauf der Dinge war. So legte sie wenigstens großen Wert darauf, dass das Tier ohne Schmerzen und Qualen getötet wurde. Entgegen einer weitverbreiteten Auffassung war der Kopf ein unsicheres Ziel. Zu klein, um sicherstellen zu können, auch wirklich das Gehirn zu treffen. Die kleinste Kopfbewegung reichte aus, um das Tier versehentlich an einer anderen Stelle zu treffen. Zum Beispiel konnte es geschehen, dass man ihm den Kiefer verletzte oder es nur streifte. Beide Varianten würden einen langsamen und qualvollen Tod herbeiführen. Jiari schoss deshalb auf die Brust des Tieres. Und zwar genau zwischen Oberarmknochen und Schulterblatt. Diese Stelle war bei einem Elch bedeutend größer als der Kopf. So ein Treffer zerstörte Herz, Lunge und die großen Schlagadern dieses Bereiches, das Tier war in aller Regel nach wenigen Sekunden tot. Trotzdem jagte sie nicht gerne.

Sie sah Jack an. Er lag lang ausgestreckt, die Arme hinter dem Kopf verschränkt, da und blickte in den Himmel.

„Ich war heute bei den Ställen", sagte er beiläufig. „Leon scheint es wirklich ernst zu meinen mit seinem Training. Ich frage mich, was wäre, wenn die Yatu wirklich irgendwann in Sterneck einfielen."

Jiari ergriff Jacks Hand und flüsterte: „Dann stehen wir zusammen und bekämpfen sie." Bei diesen Worten überkam sie ein warmes Gefühl von Geborgenheit.

Jack blickte zu ihr rüber. „Es gibt keinen Menschen auf der Welt, der mir wichtiger ist als du, Jiari. Ich hoffe, das weißt du."

Jiaris Wangen färbten sich rot und mit einem Satz war sie aufgesprungen. „Also ich gehe dann mal, bis morgen, Jack", stammelte sie etwas unbeholfen und eilte davon.

Es war schon spät und Jiari saß zu Hause im Wohnzimmer. Ihre Mutter wusch das schmutzige Geschirr ab, ihr Vater blätterte gedankenverloren in einem seiner vielen Bücher über die Kunst des Heilens. Er versuchte immer noch zu verstehen, welche Krankheit Jiari so lange heimgesucht hatte. Ben hatte Angst, dass sie irgendwann zurückkommen könnte und dieses Mal wollte er vorbereitet sein.

„Ben, kannst du bitte unseren Sohn holen? Es ist schon dunkel draußen. Er hat nicht mit uns gegessen, so kann er uns wenigstens jetzt noch ein wenig Gesellschaft leisten", sagte Lara etwas genervt. Leon verbrachte jede freie Sekunde damit, den Schwertkampf und seinen Körper zu trainieren. Er wollte unbedingt bereit sein mit Onkel Liam mitzugehen, wenn dieser das nächste Mal in Sterneck vorbeikam.

Ben war so vertieft, dass er seine Frau nicht hörte.

„Ben!", wiederholte sie laut. „Hörst du schlecht? Geh und hol Leon."

„Was?", antwortete Ben verwirrt und blickte auf. „Ja. Ja, ich gehe ihn gleich holen, Liebling." Nach einer kurzen Pause fügte er hinzu: „Jiari, kannst du bitte loslaufen und deinen Bruder holen?" Lara rollte mit den Augen, während sie einen Teller abtrocknete. Jiari hopste vom Stuhl und lief hinaus.

Sie schlenderte zu den Ställen. Es war nur ein kurzer Fußmarsch von zu Hause. Leon hatte sich bei den Ställen einige Säcke mit Stroh gefüllte und sie so aufgebaut, dass er gegen sie treten und schlagen konnte.

Auf ihrem Spaziergang genoss Jiari die Nachtruhe. Das Rascheln, das sie aus dem Wald vernahm, ignorierte sie. Es war zur Gewohnheit geworden, dass sie Dinge hörte, die ihr noch vor einigen Wochen seltsam vorgekommen wären, heute aber einfach von ihr hingenommen wurden.

Als sie die Ställe erreichte, grüßte sie ihren Bruder, der oberkörperfrei und schweißgebadet mit dem schweren Schwert immer wieder auf einen der Strohsäcke einschlug. Er war zutiefst konzentriert und atmete schwer.

Als er sie sah, hielt er inne. „Komm her", forderte er sie auf. Sie ging zu ihm und er gab ihr das Schwert in die Hand. Der Griff war ganz warm.

Das Gewicht zog Jiaris Arm sofort Richtung Boden und Leon lachte laut: „Hah, Schwesterchen!", belustigte er sich. „Du solltest mit mir trainieren", sagte er. „Ich will ja nicht, dass du völlig hilflos dastehst, wenn die Yatu irgendwann über Sterneck herfallen und ich nicht gerade zur Stelle bin, um dich zu beschützen."

Jiari erwiderte nichts. Normalerweise würde sie ihm sofort widersprechen, ihm sagen, dass die Yatu nicht kommen würden und all seine Befürchtungen grundlos wären. Aber ihr war gerade nicht danach. Sie gab ihm das Schwert zurück und zuckte mit den Schultern. „Komm jetzt, Mama ist schon ganz traurig, weil sie dich kaum noch zu Gesicht bekommt."

Augenrollend streifte Leon sein Hemd über und sie liefen los.

„Denkst du wirklich, dass Liam dich mitnehmen wird, wenn er das nächste Mal loszieht?", fragte sie ihn skeptisch.

„Na, ich hoffe doch!", antwortete Leon hoffnungsvoll. „Und selbst wenn er mich nicht mitnimmt, dann finde ich eben die

Rebellen und schließe mich ihnen an!", fügte er entschlossen hinzu. „Der Krieg wird kommen, Jiari", sagte er mit sanfterer Stimme. „Nur weil in Sterneck noch alles in Ordnung ist, heißt das nicht, dass es überall so ist. Die Yatu kommen von Osten. Es gibt kaum eine Stadt, die westlicher liegt als Sterneck."

„Aber keiner weiß, wo die Rebellen sich aufhalten, Leon. Du kennst kaum eine andere Stadt als Sterneck. Und Kamahtanah ist groß. Wie willst du sie finden? Und was weißt du denn schon über sie? Die Rebellen haben die Yatu in den letzten Jahren, meines Wissens nach, nicht angegriffen. Eher verstecken sie sich vor den Yatu. Wenn du mich fragst, sind es einfach nur Aufständische, die sich keinem König unterwerfen wollen", meinte Jiari.

Leon verwies auf die vielen Gerüchte um die Rebellen. Es gab unterschiedliche Spekulationen. Als die Yatu vor einigen Jahren in Nicarpara eingefallen waren, geschah dies vermutlich, weil sich dort eine Gruppe von Rebellen zusammengerottet hatte und einen Angriff auf die Yatu plante. Rebellen, die den Angriff überlebt hatten, mussten dortgeblieben oder weitergezogen sein.

„Und was machen sie in ihrem Versteck? Was ist der Sinn dieser Gemeinschaft? Ich verstehe nicht ganz, warum man sie Rebellen nennt, wenn sie doch eigentlich gar nichts tun, außer sich bedeckt zu halten", kritisierte Jiari die vagen Vermutungen, die sie über diese Menschen hatten.

„Das ist mir alles egal. Ich weiß nur, dass die Rebellen bereit sind, gegen die Yatu zu kämpfen. Und das reicht mir", erwiderte Leon stur und machte klar, dass die Konversation für ihn beendet war. Jiari schüttelte den Kopf und hüllte sich in Schweigen.

„Ich bin wirklich ratlos, Lara", sagte Ben etwas verdrossen, während er das nächste Buch in seinen Händen hielt und zurückgelehnt auf einem Stuhl saß. „Ich weiß nicht, wie viele Bücher ich in den letzten Monaten durchgeblättert habe und in keinem von ihnen konnte ich einen Hinweis auf Jiaris Krankheit entdecken."

„Ben", holte Lara aus, „wir wussten schon immer, dass unsere Kleine etwas Besonderes ist. Ein Geschenk der Götter. Sie haben sie nicht ohne Grund zu uns zurückgebracht. Sie werden sie uns jetzt nicht ohne Grund wieder wegnehmen." Ben hatte sie noch nie von Göttern oder dergleichen sprechen hören und war deshalb etwas verwundert. Sie verließ das Zimmer und kam wenige Minuten später mit einem Stapel eingestaubter Bücher zurück, die so aussahen, als stammten sie aus einem anderen Zeitalter. „Vielleicht suchst du nicht in den richtigen Schriften", sagte Lara.

Ben lachte und zweifelte daran, ob sie das wirklich ernst meinte. Doch Laras Gesichtsausdruck blieb ernst. Er setzte sich gerade hin und hörte auf zu lachen.

„Das sind die Bücher deines Urururgroßvaters, richtig? Was war noch sein Name?"

„Rendall", erwiderte Lara. Den Familiengeschichten nach, hatte Rendall immer behauptet, die versteckte Insel der geheimnisvollen Luminór bereist zu haben. Die Bücher hatte er angeblich aus der Tua Maktaba, der großen Bibliothek der Luminór.

Die Luminór waren Wesen aus Legenden. Seit hunderten von Jahren hatte sie niemand mehr zu Gesicht bekommen und jeder beschrieb ihre Erscheinung anders. Angeblich wohnten sie auf einer schwebenden Insel irgendwo auf dem

Bahkuwahari, wohin sie sich nach der letzten großen Schlacht der Götter zurückgezogen hatten.

„Aber Schatz, wir haben diese Bücher bereits als Kinder durchgestöbert", sagte Ben zögerlich. „Sie sind in einer Schrift geschrieben, die niemand versteht. Angeblich Luminór. Wir können uns lediglich die Bilder darin ansehen, wie wir es früher getan haben."

„Möglicherweise haben wir sie nie mit der richtigen Intention durchgesehen", entgegnete seine Frau ernst.

Ben atmete tief aus. „Nun gut, einen Versuch ist es wert", sagte er und öffnete einen der Wälzer.

„Tut mir leid, dass ich es nicht zum Essen geschafft habe, Mama", sagte Leon reumütig, als er seine Mutter mit einem Kuss auf die Wange begrüßte. „Ich habe die Zeit vergessen", entschuldigte er sich.

„Schon gut mein Schatz, setz dich. Wir haben dir noch etwas übriggelassen", erwiderte Lara gutmütig.

Gemeinsam setzten sie sich an den Tisch und Leon erzählte von seinem Tag. Er berichtete, dass Jack ihn bei den Ställen besucht hatte und dass er zugeben musste, dass Jack ein Naturtalent mit dem Schwert war. Man sah ihm an, dass ihm diese Worte nicht leicht von den Lippen gingen. Er fügte auch direkt hinzu, dass Jack, als Sohn eines Waffenschmiedes, natürlich den Vorteil hatte, dass er mit Schwertern aufgewachsen war und dass sie jede neu geschmiedete Waffe zunächst testeten, bevor sie sie verkauften.

Jiari sah neugierig zu ihrem Vater. Die Bücher hatte sie noch nie gesehen. Während Ben die Seiten durchblätterte, hatte etwas ihre Aufmerksamkeit erregt.

„Geh nochmal zurück, Papa", forderte sie ihn auf. Er sah verdutzt auf und gab ihr das Buch. Jiari schlug zielstrebig einige Seiten zurück, bis sie schließlich fand, was sie gerade nur kurz aus dem Augenwinkel wahrgenommen hatte.

Die Überschrift lautete: Die heilige Blume des Lebens. Die Zeichen auf der Seite ergaben einen Sinn für sie. Warum konnte sie diese Schrift lesen? Konnte das ein Zufall sein?

Die Seite enthielt nicht nur Schrift, sondern auch ein gemaltes Bild einer Pflanze. Darunter stand geschrieben:

ળબીલ્ડ ડાલયા ઝી હીડું

Abbild der Dahlia Suzi Hidup, kurzum Suzilia.

Sie schluckte und war wie versteinert. Es war die Blume aus ihrem Traum.

Ohne es zu merken, hatte sie die Worte laut vorgelesen. Ihre Eltern sahen sie überrascht an. „Suzilia. Was soll das denn sein?", fragte ihr Vater. „Hast du dir das gerade ausgedacht?"

Jiari zögerte kurz, wollte dann aber erklären, dass sie es wirklich lesen konnte. Doch sie wurde unterbrochen. Lara blickte auf. Jemand stapfte die Treppen zum Eingang hinauf. Plötzlich öffnete sich die Haustüre. Es war Onkel Liam.

„Die Yatu haben Dabo eingenommen. Der Krieg hat begonnen."

Liam berichtete von den Geschehnissen in Dabo. Auch erzählte er von dem Vargalis, den er bereits auf Karvag gesehen hatte und der jetzt inmitten einer Bande von Yatu gestanden war.

„Warum sind sie in Dabo eingefallen Liam?", fragte Leon schockiert über die Nachricht.

„Ich vermute, dass sie rekrutieren“, antwortete Liam und sah Ben an.

„Das würde heißen, dass sie sich vorbereiten“, entgegnete Ben nachdenklich. Es war die freie Entscheidung eines jeden Menschen, sich den Yatu anzuschließen.

„Jemand muss nach Awaheim reiten und den König warnen“, fügte Ben nach einer kurzen Pause hinzu.

„Diese Aufgabe werde ich persönlich übernehmen“, sagte Liam. „Ich reite gleich morgen weiter.“

Leon stand sofort auf und verkündete entschlossen, dass er mitkommen würde. Während Liam still dasaß, tat Lara direkt ihren Unmut kund. Jedoch war ihr Sohn nicht von der Idee abzubringen. „Darüber sprechen wir morgen nochmal“, sagte sie streng.

„Es ist schon spät. Wenn du morgen in aller Frühe loswillst, solltest du jetzt schlafen, Liam“, reagierte Lara auf die offensichtliche Erschöpfung ihres Bruders.

Liam berichtete noch einige Zeit darüber, wie Dabo überrannt wurde, wie er nur knapp mit dem Leben davongekommen war und wie der beste und waghalsigste Kämpfer aller Zeiten, Haron, an seiner Seite kämpfte. Dann gingen sie schlafen.

Noch vor Anbruch der Dämmerung machte Liam sich auf den Weg zu den Ställen. Sein Hengst Latios stand fertig gesattelt und aufgezäumt an der Wassertränke. Immer wenn Liam weg war und ihn nicht mitnahm, durfte Jiari ihn reiten. Eigentlich wollte sie heute auf Liams Hengst zur Ebene, nun musste sie sich eben Bilo, Jacks Pferd, mit Jack teilen.

Auch Leon war bereits an den Ställen, er hatte eine eigene Stute, Lugia.

„Hallo Liam!", grüßte Jiari ihren Onkel. „Wir begleiten euch noch ein wenig. Wir wollen jagen gehen." Liam nickte, dankte ihr dafür, dass sie sein Pferd fertig gemacht hatte und stieg auf.

Jack ritt mit Bilo an sie heran, nahm ihre Hand und zog sie hinter sich auf den Rücken seines Pferdes.

Sie dachten, sie hätten sich unbemerkt aus dem Haus geschlichen, doch Lara stand plötzlich vor ihnen. Sie hatte Brote mitgebracht, die sie ihnen gab. „Pass auf meinen Sohn auf, Liam", murrte sie ihm schlechtgelaunt zu. Dieser grinste nur und trieb Latios an, loszulaufen.

„Bis heute Abend, Mama", sagte Jiari. „Nimmst du bitte Manschi mit zurück? Er versucht sonst nur wieder, uns hinterherzulaufen und macht dann irgendwann unterwegs schlapp." Der Kleine bekam von der Aufbruchsstimmung nichts mit. Er lag zusammengerollt im Heu und knabberte an einer Möhre.

„Mach dir keine Sorgen", fügte Leon zum Abschied hinzu, gab seiner Mutter einen Kuss, stieg ebenfalls auf und sie traten ihren Weg nach Awahcim an.

Liam spekulierte darüber, was die Yatu wohl im Schilde führten. „Man hätte es wissen müssen", sagte er. „Die Herrscher Kamahtanahs haben sich auf dem Frieden ausgeruht. Während sich die Yatu vorbereitet haben, haben die Menschen nichts getan."

Leon wollte von Liam wissen, wo die Yatu als nächstes einfallen würden. „Entweder sie greifen Nicarpara im Südosten an oder marschieren weiter in den Westen, Richtung Palindall und Dornburg", murmelte dieser gedankenverloren, während sie in gemütlichem Tempo voranritten.

„Liam", fragte Jiari, sich fest an Jack klammernd. „Die Yatu haben doch keine Chance, wenn sich alle zusammentun, oder?"

Für einen Moment herrschte Schweigen, dann erwiderte Liam zögerlich, mehr zu sich selbst als zur Gruppe sprechend: „Ja – wenn sich alle zusammentun."

Jack genoss es, Jiaris Arme um seinen Körper zu spüren. Er hatte letzte Nacht viel darüber nachgedacht, was ihm und ihr gestern im Wald widerfahren war. Egal wie er die Situation drehte und wendete, er konnte es nicht durch Logik erklären. War etwa alles, was sie ihm erzählt hatte, wahr? Jack kannte die Geschichten und Märchen aus alten Zeiten nur allzu gut. Über Schakruna, die die Macht besaßen, Elemente nach ihrem Willen zu formen. Von magischen Wesen, die einst den Menschen in großen Schlachten gegen die Yatu zur Seite standen. Jack dachte immer, das seien alles nur Sagen, oder konnte es sein, dass Jiari wirklich die Fähigkeiten einer Schakruna besaß? Nein, ließ er den Gedanken direkt wieder fallen. Energie zu sehen, sich in kleine Hasen transferieren zu können und mit Wölfen zu kommunizieren war kein Formen von Elementen. Aber was hatte es dann zu bedeuten?

Die kleine Gruppe erreichte schließlich die Payauebene, wo sich ihre Wege trennten. Jack und Jiari blieben zurück, um das Abendessen zu erlegen. Liam und Leon setzten ihren Weg nach Awaheim fort, der noch mehrere Tage dauern würde.

Leon hatte unendlich viele Fragen an Liam, die er aber zurückhielt. Jetzt, wo Liam ihn endlich mitgenommen hatte, wollte er ihn auf keinen Fall nerven.

So ritten sie stundenlang schweigend nebeneinanderher, bis Liam die Stille brach: „Lara und ich waren früher gar nicht so viel anders als du und Jiari es heute seid. Lara wollte immer Heilerin werden. Sie beschäftigte sich mit der Natur und war viel im Wald, um die unterschiedlichsten Kräuter zu sammeln. Ich dagegen wollte immer losziehen und die Welt erkunden. Deshalb wurde ich Fischer. Ich konnte mit der Alexa die Welt bereisen und gleichzeitig Geld verdienen, indem ich unterwegs ein paar Fische fing."

Die Payauebene zog sich ewig dahin. Ab und an waren auf ihrer linken Seite noch kleine Baumgruppen zu sehen – Ausläufer des Waldes.

Liam erzählte Leon von seiner Zeit als Fischer. Viele Dinge wusste Leon bereits, einige andere jedoch hörte er zum ersten Mal, und immer wieder staunte er, wie viel sein Onkel schon herumgekommen war. Am meisten schwärmte Liam von seiner Zeit in Paa La.

Sie waren schon den zweiten Tag unterwegs. Die Dämmerung war bereits angebrochen und Liam zog das Tempo an. Auf dem Teil der Ebene, den sie nun überqueren mussten, wuchsen keine Bäume mehr. Nichts als Gras, in welche Richtung man auch sah. Es gab also auch kein Brennholz, um ein vor angriffslustigen Tieren schützendes Feuer zu entfachen. Darum wollte Liam unbedingt noch vor Anbruch der Nacht den Moorwald erreichen. Dieser trennte die Payauebene vom Arwatengebirge und war zum Glück nicht allzu groß. Es war nicht der angenehmste Weg nach Awaheim, aber der schnellste. Den unkompliziertesten Teil hatten sie geschafft. Am nächsten Tag würden sie den Moorwald hinter sich lassen, den Fluss überqueren und den Fuß des Gebirges erreichen.

Als sie die ersten Bäume des Moorwaldes erreicht hatten, machten sie ein wärmendes Feuer und freuten sich über Laras Brote.

„Weißt du, Leon", begann Liam. „Verstehe mich nicht falsch, aber manchmal denke ich, dass du deine Zeit besser für Dinge nutzen solltest, die dir Spaß machen", sagte er und nahm einen weiteren Bissen.

„Den Schwertkampf zu trainieren, macht mir Spaß, Onkel", erwiderte Leon, wie aus der Pistole geschossen.

„Jaja ich weiß, aber ich meine auch Dinge wie…", er zögerte. „Mädchen und Freunde. Es wird noch früh genug ernst für dich werden. Und glaube mir, nach deiner ersten Schlacht wird nichts mehr so sein, wie es war." Liam wurde nachdenklicher. „Wenn du erst einmal mit ansehen musst, wie deine Kameraden erbarmungslos niedergemetzelt werden und du nichts dagegen ausrichten kannst, weil du damit beschäftigt bist, selbst zu überleben, dann wird dir bewusst werden, wie sinnlos das Kämpfen ist. Ich frage mich einfach manchmal, woher dein tiefer Drang die Yatu zu bekämpfen rührt."

„Aber Liam, was redest du denn da", warf Leon verwirrt ein. „Du bekämpfst die Yatu doch selbst, seit sie vor sechzehn Jahren Nicarpara überfallen haben." Er sah seinen Onkel fragend an und war sich sicher, dass seine Mutter Lara, hinter diesem Einwand steckte.

Liam wirkte auf einmal traurig und demütig. „Sie gaben mir auch einen Grund, sie zu hassen. Sie nahmen mir meine große Liebe – Reena."

Leon blickte verwundert auf. Diesen Namen hatte er noch nie zuvor gehört. Warum hatte Liam noch nie von ihr erzählt?

Sein Onkel schmunzelte. „Na komm, gehen wir schlafen,

bevor du deine tausend Fragen auf mich einprasseln lässt. Wir haben noch den ganzen Weg dafür Zeit."

Am nächsten Morgen ritten sie mit den ersten Sonnenstrahlen los.

„Wer ist Reena?", konnte Leon sich schließlich nicht mehr zurückhalten. Liam begann bereitwillig zu erzählen. Er hatte Reena kennengelernt, als er noch sehr jung und auf einem seiner ersten Abenteuer unterwegs gewesen war. Da er schon immer die sagenumwobene Wasserstadt kennenlernen und mit eigenen Augen auskundschaften wollte, war er nach Paa La gesegelt. Die Stadt lag auf der anderen Seite des Bahkuwahari, also im südlichen Teil Kamahtanahs. Der größte Teil der Stadt war auf Wasser errichtet. Die Menschen in Paa La nutzten die Kraft des flüssigen Elements zur Fortbewegung. Es gab Wasserstraßen, auf denen sie mit kleinen Schiffen oder Booten fuhren. Auch innerhalb der Stadt gab es gewaltige Wasserfälle, welche jedem Neuankömmling den Atem raubten. Man sagt, dass die Luminór den Menschen geholfen haben, diese prächtige Stadt zu errichten.

Reena und er lernten sich dort kennen und lieben. Sie war schon immer ein Freigeist und verbrachte viel Zeit damit, sich in der Baru Maktaba, der neuen Bibliothek, Wissen aus längst vergessenen Zeiten anzueignen. „Hier in Kamah glauben die meisten Leute nicht mehr daran, dass Luminór je existiert haben. In Tanah, besonders in Paa La, ist das anders. Reena war irgendwann besessen von dem Gedanken, dass sich irgendwo auf dem Bahkuwahari die vergessene Insel der Luminór versteckt. Ich gab ihrem Willen nach und gemeinsam segelten wir immer und immer wieder los, um die Luminór zu finden. Natürlich haben wir nichts gefunden. Reena begann sich mehr und mehr mit Gleichgesinnten zu treffen. Menschen, die daran glaubten, dass da noch mehr sei – dass es irgendwo noch Götter gab und auch Luminór – Menschen, die auch als die Rebellen bekannt sind. Und schließlich entschied ich mich, für eine Weile zurück nach Sterneck zu gehen, um meine Familie zu besuchen.“ Liam hielt plötzlich inne. Er stoppte seinen riesigen Hengst und sah auf das Moor vor ihnen. Es war schon eine ganze Weile her, dass er nach Awaheim geritten war und so ganz konnte er sich an den Weg nicht mehr erinnern. Aber er war sich eigentlich sicher, dass hier, genau an dieser Stelle, immer die ersten Wachposten des Königreichs postiert gewesen waren. „Hm, wahrscheinlich irre ich mich“, grummelte er in seinen Bart und erzählte weiter.

Bevor er Paa La verließ, hatte er Reena angefleht mit ihm zu kommen. Doch sie wollte nicht. Und als er ein knappes Jahr später zurückkam, war sie fort. Ihre Schwester erzählte ihm, dass sie mit den Rebellen nach Nicarpara gegangen war, weil sie sich dort neue Antworten versprachen. Dies war nur wenige Wochen vor dem Überfall der Yatu gewesen. „Sie kam nie wieder zurück. Die Yatu haben sie getötet.“ Liam war abgelenkt, achtete nicht auf den Weg und schon war Latios mit seiner linken Vorderhand in das Moor gerutscht. Durch sein Gewicht sank sein Huf sofort in die weiche Erde am Grund des nur knapp einen halben Meter hohen Gewässers. „Verdammt!“, rief er, stieg ab und half Latios, sich wieder zu befreien.

„Wir sollten zu Fuß weitergehen und die Pferde führen, Onkel“, sagte Leon und sprang von Lugias Rücken.

Leon fragte Liam, warum die Yatu in Nicarpara eingefallen waren. Schließlich hatte man die Yatu so lange nicht mehr gesehen und dann plötzlich, so weit weg von ihrer Festung Giza, weit östlich des Pegunungangebirges, griffen sie nach so vielen Jahren wieder an.

„Reena hat immer prophezeit, dass dies passieren würde. Sie hatte viel über die alte Welt gelesen und wusste Dinge, die ich bis heute nicht verstehe. Sie sagte, dass Zuhrah, unser Planet, bei der letzten Schlacht ihre letzte Energie gegeben habe. Die Rebellen versuchen herauszufinden, wie man Zuhrah heilen kann. Sie sagen, dass wenn der Planet seine Kraft zurückerlangt, so würden wir auch wieder Schakruna sein können. Reena vermutete, dass Zuhrah eine Gefahr für die Umnakekeli darstellt. Sie mahnte immer wieder, dass je mehr sich der Planet von den vergangenen Strapazen erholen würde, umso wahrscheinlicher würde es, dass die Yatu im Auftrag der Umnakekeli erneut angreifen würden. Auch begann sie immer verbohrter darauf zu pochen, dass wir die Yatu angreifen sollten. Doch kein Herrscher würde dies je tun. Keiner würde sich alleine der Übermacht der Yatu entgegenstellen."

„Sie hatte recht, Liam!", meinte Leon motiviert. „Also nicht damit, dass der Planet lebt", nuschelte er und setzte dann fort. „Wir sollten die Yatu gemeinsam angreifen! Warum können sich nicht alle Menschen zusammentun und ihnen ein für alle Mal ein Ende bereiten?", fragte Leon verständnislos. „Was weißt du alles über die Rebellen, Onkel? Ihre Grundsätze scheinen mir richtig zu sein."

„In den Gründervätern des Rebellenordens fließt das Blut der letzten Schakruna. Ich weiß nicht viel über sie. Sie leben wohl in vollständigem Einklang mit der Natur und warten auf die Rückkehr der Götter und Zuhrah. Manche berichten sogar davon, dass es auch heute noch Schakruna unter ihnen gibt."

Sie hatten mittlerweile den Moorwald durchquert und waren über die Brücke über den Payaufluss geritten. Mit jeder Stunde, die sie Awaheim näherkamen, wurde das vor ihnen liegende Gebirge respekteinflößender.

Sie ritten an einem verlassenen Wachposten vorbei, der so aussah, als wäre schon eine ganze Weile kein Soldat mehr dort gewesen. Einige der Holzbretter hatten sich bereits gelöst. Leon war noch nie in Awaheim gewesen, aber er dachte sich, dass die ersten Bauten ganz schön verkommen für eine Königsstadt aussahen.

Die folgende Nacht verbrachten sie in Stork, einem kleinen Dorf in den Arwaten, und erreichten nach fast sieben Tagen endlich ihr Ziel.

Sie hatten es geschafft – die mächtige Felsfestung Awaheim, die Stadt der Könige Kamahs, lag vor ihnen. Sie standen vor einer über vierzig Meter hohen, massiven Felswand. Sowohl nach rechts als auch nach links schienen sich ihre Ausläufe schier ins Unendliche zu erstrecken. Doch hier, direkt vor ihnen, war ein gewaltiges Tor. Knapp zwanzig Meter breit, kennzeichnete es unverkennbar den Eingang nach Awaheim. Leon fühlte sich winzig und verloren im Angesicht dieser gigantischen Naturgewalt.

Sie stiegen von ihren Pferden und passierten die schwere Pforte. Die Stadt war teils in den Berg gebaut, teils erstreckte sie sich oberhalb der Felsen. Man musste sich mühselig einen Weg durch die unteren Ringe der Stadt bahnen, um nach oben zu gelangen. Leon war beeindruckt, wie viele der Häuser direkt in den Stein gebaut waren. Er konnte es sich nicht vorstellen, wie Menschen dazu in der Lage sein konnten, solch architektonische Meisterwerke zu vollbringen.

Ihr Ziel war der prächtige Königspalast, der sich ganz oben auf dem Gebirgskamm befand. Dort wollte Liam König Gereon und dessen Frau, Königin Anastasia, von den Geschehnissen in Dabo berichten.

Sie führten ihre Pferde durch die immer steiler ansteigenden Gassen. Leon war überzeugt, dass der König, ohne zu zögern in den Kampf gegen die Yatu ziehen würde.

„Die Bündnisse sind schwach, Leon. Zum Königreich Awaheim gehören nur noch Palindall, Dornburg, Sterneck, Bellvall sowie die Dörfer auf der Ebene der Hoffnung. Auf Karvag gehen seltsame Dinge vor sich. Die Kalesch von Kalasien haben sich seit Jahrhunderten nicht mehr in Angelegenheiten außerhalb ihrer Insel eingemischt. Was die Wüstenstämme der Pasirwüste treiben, weiß kein Mensch. Auf der anderen Seite des Bahkuwahari haben wir dann noch Paa La, Vidanir und Al Bahar. Paa La wird sich nicht einmischen. Al Bahar ist verräterisch. Königin Illuma von Vidanir würde vielleicht noch etwas auf die alte Allianz geben, aber das reicht nicht. Und seien wir mal ehrlich Leon, in Sterneck gibt es kaum kriegsfähige Kämpfer. Nicht viel anders verhält es sich in Dornburg. Es ist zwar kein so kleines Dorf wie Sterneck, aber mehr als fünfhundert Krieger könnten sie auch nicht beisteuern. Bellvall hat gute Krieger – harte Krieger. Aber die Insel ist weit entfernt und sie müssten erstmal auf Schiffen übersetzen. In Palindall findet man wohl noch die meisten kampftauglichen Männer und Eisenheim würde sich eher auf die Seite der Yatu schlagen. Das Königreich befindet sich in einer zerbrechlichen Lage“, belehrte ihn sein Onkel. „Auch muss ich vorsichtig sein, was ich über Karvag erzähle. Adolphus von Karvag, Ennas Ehemann, ist König Gereons Bruder. Sie stehen zwar in keinem guten

Verhältnis zueinander, allerdings muss man das Schicksal ja nicht herausfordern."

Inzwischen hatten sie den gewaltigen Vorplatz des Palastes erreicht. Eine riesige Drachenstatue thronte inmitten des Platzes. Der König und die Königin waren gerade noch in einer anderen Unterredung, weswegen Liam und Leon einige Zeit warten mussten. Leon nutzte die Zeit und sah sich um. Sofort lief er neugierig zu der Statue und las die Gravur laut vor: „Hier ruht Bregon – Erdgott." Fragend sah er Liam an, der nur gleichgültig mit den Schultern zuckte.

Nachdem sie endlich vorgerufen wurden und ihre Waffen bei der Palastwache abgegeben hatten, betraten sie die Thronhalle. Ganz am Ende saß der König neben seiner Frau. Einer der Wachtmänner kündigte Liam und Leon laut mit ihren Namen, ihrem Heimatdorf und ihrem Anliegen an, und verstummte dann wieder.

Sie liefen einige Meter nach vorne, bis Liam schließlich stehen blieb und sich verneigte. „Heil König Gereon, heil unserer Königin." Auch Leon verbeugte sich. Allerdings blieb er stumm, denn Liam hatte ihm das Sprechen untersagt.

Der König sah älter aus, als Leon ihn sich vorgestellt hatte. Seine kurzen Haare waren bereits etwas angegraut, wie auch sein kurzgeschnittener Bart. Seine Krone war golden. In der Mitte war ein nach oben und unten langgezogenes rautenförmiges Emblem mit einem Drachen darauf abgebildet – das Symbol des Königs. Es stand für Bregon, den Erddrachen.

„Tretet näher, Liam und Leon Tisdal", befahl der König. Langsam näherten sie sich dem Thron. „Ich kenne Euer Gesicht, Liam Tisdal, nicht jedoch Euren Namen", sagte Gereon zu Liam und sah ihn dabei eindringlich an.

„Ich war unter Euren Soldaten, als ihr vor einigen Jahren ausgerückt wart, um Palindall vor einem möglichen Überfall Dabos zu verteidigen", antwortete Liam.

Der König nickte anerkennend: „Die Yatu haben also Dabo überfallen, sagt ihr?"

Liam begann, von dem Überfall zu erzählen. Er teilte seine Besorgnis über die jüngsten Ereignisse und versuchte, die Reaktion des Königs in dessen Gesicht zu lesen.

Die wunderschöne Königin Anastasia saß erhaben und ehrfurchtgebietend auf ihrem Thron. Sie trug eine schmale, goldene Krone mit einem kleinen blauen Saphir in der Mitte verziert. Ihre langen blonden Haare waren leicht gewellt und auf einmal wandte sie ihre hellblauen Augen zu Leon. Ihr strenger Blick verwandelte sich in ein warmes Lächeln, als sie seine Unsicherheit bemerkte. Leon spürte, wie sich sein Gesicht rot färbte. Verlegen richtete er seine Aufmerksamkeit wieder auf den König.

„Ich verstehe Eure Verunsicherung, Liam. Und ich danke Euch vielmals dafür, dass Ihr den Weg auf Euch genommen habt, um mir davon zu berichten. Aber so sagt mir nun, was Ihr von mir wollt? Ihr seid nicht nur als Bote gekommen, sehe ich das richtig, Soldat?", fragte Gereon, die Antwort bereits ahnend.

„Ihr habt recht, mein König", entgegnete Liam und senkte den Kopf für einen Moment. Dann sah er dem König fest in die Augen und fuhr fort: „Wir müssen ihnen Einhalt gebieten. Dabo war ihr erster, aber nicht ihr letzter Schlag."

Ein schmales Lächeln formte sich auf den Lippen des Königs. „Warum sollten sie mein Königreich angreifen – nach über tausend Jahren des Friedens? Dabo ist kein Verlust. Die Yatu haben mir einen Gefallen damit getan, die Stadt zu säubern. Ich werde meine Männer nicht in den Krieg gegen dieses seelenlose Pack schicken. Wir wissen nicht einmal, wie viele Yatu sich hinter den Mauern Gizas befinden."

„Eure Majestät, Ihr könntet die Rebellen um Hilfe bitten. Ihre Streitmacht dürfte heute um die zweitausend Krieger umfassen", entgegnete Liam fast schon flehend.

Anastasias Augen blitzen auf. „Keiner kennt den genauen Aufenthaltsort der Rebellen. Alles was wir wissen ist, dass sie sich auf Tanah verstecken. Und wer sagt uns, dass sie für uns kämpfen würden?", sagte die Königin mit ruhigem Tonfall. Leon begann zu verstehen, was sein Onkel bereits versucht hatte, ihm zu erklären. Der König würde nicht in den Krieg ziehen. Ihre Reise war umsonst gewesen.

Liam resignierte, er hatte befürchtet, dass Gereon nicht das Ganze sehen würde. Nicht erkennen würde, dass sie alle dem Untergang geweiht wären, würden sie nicht bald vereint gegen die Yatu marschieren.

„Falls Ihr es Euch anders überlegt, mein König, so wisst Ihr, wo Ihr mich findet. Ich bin mir sicher, Euer Gold würde reichen, das Söldnerheer für Euch kämpfen zu lassen."

Der König nickte und sie verließen den Thronsaal. Immerhin versprach Gereon, die Lage im Auge zu behalten und bei Bedarf sein Heer Richtung Palindall marschieren zu lassen. Da Palindall zum Königreich gehörte, war er verpflichtet, es mit all seiner Kraft zu verteidigen.

„Lass den Kopf nicht hängen, Leon", sagte Liam aufmunternd, während sie über den großen Platz schritten. „Unser Besuch war nicht umsonst. Der König wird sich nun wenigstens

mit der Situation auseinandersetzen. Er wird sich vorbereiten."
Liam bestieg sein Pferd und sah Richtung Osten, dann fügte er zweifelnd hinzu: „Auf was auch immer uns bevorsteht."

Eric Halvar

Eric, komm zu mir mein Liebling“, flüsterte Enna schwach. „Wo ist dein Großvater? Wo sind die Söldner?“, fragte sie ihren Sohn.

Königin Enna Halvar von Karvag hatte ihr Bett schon lange nicht mehr verlassen. Nicht nur ihr Körper war krank und gebrechlich, auch ihr Geist war in alten Zeiten gefangen, und sie konnte nicht mehr unterscheiden zwischen dem was war und dem was ist.

Die Halvars waren ein uraltes Herrschergeschlecht der Insel Karvag, wo sie über die Vargalis herrschten, die Bewohner Karvags. Königin Enna, als einzige Nachkommin König Hakons, war seit dessen Tod rechtmäßige Thronfolgerin.

„Mutter“, holte Eric ruhig aus und strich ihr liebevoll über ihr langes, leichtgewelltes, hellblondes bis fast schon gräuliches Haar. „Großvater ist schon lange tot. Soll ich Vater rufen lassen?“ Doch bevor Enna antworten konnte, schien sie wieder abwesend zu sein und starrte ins Leere.

Normalerweise verheirateten sich die männlichen Nachkommen der Halvars mit den Führerinnen der Kalesch, den Kriegerinnen, die auf Kalasien lebten. Die Insel Kalasien wurde ausschließlich von Frauen besiedelt. Männliche Nachkommen wurden fortgegeben.

Für Außenstehende mochte das grausam und gefühlskalt wirken, doch es war Teil der kalasischen Tradition.

Da seine Mutter Enna jedoch die einzige Nachfahrin von

König Hakon und dessen Frau Tay Mandogo, Anführerin der Kalesch, war, sollte sie einen Mann aus einem anderen Adelsgeschlecht wählen. Sie heiratete Adolphus von Awaheim, den drittgeborenen Sohn der Königsfamilie.

Karvag war eine Vulkaninsel, südlich des Hafens Goma – dem größten Händlerhafen des Königreichs Awaheim. Gerade mal 40000 Menschen lebten auf Karvag. Von Süden nach Norden umfasste die Insel etwa einhundert Kilometer.

Von der Ferne sah Karvag wie eine öde Steininsel aus. Geschützt von gewaltigen Felsen, befand sich im Inneren jedoch eine immergrüne, fruchtbare Landschaft. Die ganze Insel hatte die Form eines gewaltigen Vulkankraters, in dessen Inneren sich tatsächlich ein Vulkan befand – der Vallsund. Saftige Wiesen für das Vieh und riesige Birken überwucherten die Insel. Ein wunderschöner, glasklarer See hatte sich in einer Vertiefung gebildet und nordöstlich davon lag der Palast der Halvars. Die Klippen zur Küste hin waren teilweise über dreihundert Meter hoch und nur für erfahrene Kletterer bezwingbar. Lediglich im Westen waren die Felsen etwas weniger schroff, weshalb sich hier der Hafen befand.

Vom Inselinneren führte eine sehr steil verlaufende, im Felsen angelegte Serpentinenstraße hinauf, der Abstieg jedoch war angenehmer. Die Felsen zur Meeresseite waren im Lauf der Jahrhunderte abgerutscht und ermöglichten einen gleichmäßigen Abstieg.

Karvag war eine wahrhaft prächtige Insel, welche die Vargalis bis zum Tod verteidigen würden. Kein Angreifer hatte es je geschafft, Karvag einzunehmen. Weswegen die Vargalis ein sehr stolzes Volk waren und sich ungerne in Dinge außerhalb ihrer Insel einmischten.

„Eric“, beschwerte sich seine kleine Schwester Hanna. „Benji und Sam ärgern mich schon wieder!“

Die neunjährige Hanna war die jüngste der vier Geschwister. Ihre Haare waren so hell, dass sie im Sommer von der Sonne weiß geblichen wurden. Sie zog sich gerne luftige Kleider an, welche allerdings immer nach wenigen Tagen schon kaputt waren. Hanna liebte es, draußen herumzutoben und dabei nahm sie keine Rücksicht auf Verluste.

Erics zwei Brüder waren Zwillinge und drei Jahre jünger als er. Auch wenn Sam der Ältere war, so konnte man jetzt schon erahnen, dass Benji wohl mal der Größere von beiden werden würde.

Eines Tages würde Eric König von Karvag sein. Er musste die Bürde tragen und er hasste es, daran zu denken. Schon in wenigen Monaten sollte er Nakatirya vom Stamm der Kalesch heiraten. Um das Geschlecht zu wahren, wie es sein Vater, König Adolphus, zu sagen pflegt. Eric hatte Nakatirya schon seit Jahren nicht mehr gesehen. Als sie jünger waren, hatte Enna ihre Großcousine öfters auf Kalasien besucht und Eric mitgenommen. Er fand damals schon, dass Nakatirya eine äußerst ruppige Umgangsform hatte und sehr zickig war. Er hoffte, dass sich das mit dem Alter etwas gelegt hatte, denn als sie klein waren, scheute sie nicht davor zurück, ihn zu verprügeln.

„Komm her, Hanna, setz dich ein wenig zu Mutter. Ich gehe Vater suchen.“ Er tätschelte seiner Schwester den Kopf, hob sie auf das Bett und verließ das Zimmer.

Er machte sich große Sorgen um seine Mutter. Schon lange schien es, als würde der Lebenshauch sie verlassen. Für sie stand immer Karvag und sein Volk im Mittelpunkt. Sein Vater hatte immer versucht, die Macht und den Einfluss Karvags auszuweiten. Enna hatte das nie zugelassen. Eric war ein Fürsprecher davon, Allianzen mit anderen Völkern einzugehen und die Insel etwas aus ihrer Zurückgezogenheit zu führen. Allerdings wusste er, dass sein Vater bereits Gespräche mit Eisenheim führte und Eisenheim war für Betrug und Verrat bekannt. Wäre seine Mutter noch bei Sinnen, so würden diese Gespräche unverzüglich beendet. Generell war er mit dem Vorgehen seines Vaters in letzter Zeit nicht einverstanden. Ständig hatte Eric das Gefühl, dass er etwas zu verbergen hatte. Adolphus und er hatten noch nie das allerbeste Verhältnis zueinander gehabt. Der König mochte es nicht, kritisiert zu werden und Enna hatte keine Gelegenheit ausgelassen, genau dies zu tun. Wodurch sie in seine Missgunst geraten war. Eric stand stets auf der Seite seiner Mutter und verteidigte ihre Position, wofür auch er die abweisende Haltung seines Vaters zu spüren bekam.

Adolphus hatte sich nie viel aus seinen Kindern gemacht und auch Enna schien nie seine große Liebe geworden zu sein. Eric respektierte das, musste doch auch er bald in eine arrangierte Ehe einwilligen. Was er jedoch nicht respektieren konnte, war, dass sein Vater seine Mutter schlecht behandelte oder gar schlecht vor anderen über sie sprach. Deshalb war er des Öfteren mit dem König aneinandergeraten, denn er scheute die Auseinandersetzung mit Adolphus nicht.

Die meisten Entscheidungen des Königs konnte er nicht gutheißen. Immer hatte er das Gefühl, dass es Adolphus am allermeisten um sein eigenes Wohl ging und nicht um das der Vargalis.

Seine Geschwister waren noch jung und beschäftigten sich nicht wirklich mit den königlichen Pflichten. Eric beneidete sie oft um ihre Freiheiten. Darum, dass all der Unfug, den sie trieben, geduldet wurde. Er – der Thronfolger, hätte sich das nie erlauben können.

Eric betrat den Königssaal. Ein Soldat der Garde von Eisenheim stand vor König Adolphus und sprach mit ihm. Als der König Eric erblickte, hob er die Hand und der Mann verstummte.

Zögerlich näherte Eric sich und betrachtete den Mann von oben bis unten. Schließlich wandte er sich an den König. „Vater", sagte er und gab dem Soldaten zu verstehen, das Weite zu suchen. Eigentlich wollte er seinem Vater sagen, dass Enna sich über einen Besuch von ihm freuen würde, doch er konnte die Worte nicht mehr zurückhalten. Als der Mann den Saal verlassen hatte, fuhr er seinen Vater an: „Was hast du in letzter Zeit so viel mit den Botschaftern von Eisenheim zu tun?" Zugleich realisierte er, wie sich der Ausdruck auf Adolphus' Gesicht verhärtete. „Vater, ich bitte dich, so lass es mich doch wissen, wenn wir Probleme haben! Ist Karvag in Gefahr? Mutter sprach von Söldnern." Adolphus nahm einen Schluck aus seinem goldenen Weinkelch und betrachtete Eric interessiert.

„Sohn", begann er und fuhr sich mit der Hand durch seinen hellbraunen Spitzbart, der die gleiche Farbe hatte wie seine kurzen Haare. „In wenigen Wochen schon wirst du vermählt und unser Bündnis mit den Kalesch erneuert", sagte er, nachdem er seinen Kelch auf die breite, steinerne Lehne des Thrones gestellt hatte. „Ich weiß, dass du deine Pflichten als zukünftiger Herrscher über Karvag sehr ernst nimmst." Er atmete tief ein. „Aber noch bin ich der König." Eric hasste es, wenn sein Vater so redete. Noch mehr hasste er die Gesellschaft, in der sich der König in letzter Zeit immer öfter aufhielt.

Gekränkt von der abweisenden Haltung seines Vaters, machte er auf der Stelle kehrt und stapfte wütend nach draußen.

Er wünschte sich, er könnte mit seiner Mutter sprechen. Enna wusste immer, was zu tun war. Sie war der liebevollste, gelassenste und zugleich furchteinflößendste Mensch, den Eric kannte. Er wusste, dass etwas auf Karvag nicht stimmte, aber sein Vater wollte nicht mit ihm darüber sprechen. Und noch war Eric nicht in der Position, ihn dazu zwingen zu können.

Seiner Mutter ging es täglich schlechter. Ihr Ende war nahe und das Schlimmste war, dass er nicht wusste, wovor er mehr Angst hatte: Davor seine Mutter zu verlieren oder sich mit seinem Vater, als alleinherrschendem König, konfrontiert zu sehen.

Auf direktem Weg ging er zu Fillipp, dem obersten Leibgardisten seiner Mutter. „Fillipp!", rief er, noch einige Meter von ihm entfernt. „Ist es wahr? Hat meine Mutter nach Söldnern verlangt? Und lüg mich nicht an!"

„Eric, mein Prinz", antwortete Fillipp etwas verdattert, mit gespielt überraschter Miene.

„Antworte mir Fillipp!"

„Wovon redet ihr mein Prinz?", entgegnete der Soldat. Eric wusste, dass er lügt. Fillipp mochte ein guter Kämpfer sein, aber kein guter Lügner. Eric konnte ihm seine Lüge kaum verübeln, stand er nun hin- und hergerissen zwischen Enna und Adolphus.

Fillipp war vielleicht nicht der Schlauste, aber er hatte begriffen, dass es klüger war, die Loyalität dem König zu schwören, als an den Werten einer dahinscheidenden Königin festzuhalten. Fillipp hatte seinen Eltern schon gedient, als Eric noch ein kleiner Junge war. In all der Zeit in den Diensten der Halvars hatte er gelernt, sich aus den Angelegenheiten und Zwisten der Familie ganz und gar rauszuhalten. Die Antworten, die er zu finden hoffte, musste Eric anderswo als auf Karvag suchen. Doch er brauchte einen Anhaltspunkt. Die Soldaten würden jedenfalls nicht mit ihm sprechen, dafür hatte sein Vater bereits gesorgt.

Eric kochte vor Wut. Er rieb sich angestrengt mit den Händen über das Gesicht. „Fein. Wo sind meine Geschwister?“, fragte er Fillipp gereizt.

„Die kleine Prinzessin ist mit ihrem Haustier in den königlichen Garten gelaufen und die Prinzen treiben wahrscheinlich wieder die Mägde in der Küche in den Wahnsinn.“

Er lief nach draußen und fand seine Schwester in einem der zahlreichen Blumenbeete des wundervoll angelegten Gartens. Die meisten der Beete waren ruiniert und komplett umgegraben. Als er ihr näher kam streckte Sungura, das Haustier seiner Schwester, das Köpfchen aus der Erde und grub sich ihren Weg in die Freiheit. Sie schnappte neben sich und schluckte genüsslich eine Blume herunter.

Eric musste schmunzeln, sagte dann aber streng: „Hanna, du musst Sun besser erziehen. Der königliche Garten kann es mit einer Accula nicht aufnehmen.“

Sungura war eine Accula. Accula waren geheimnisvolle und sehr scheue Wesen, die man nur sehr selten zu Gesicht bekam. Manche nannten sie die Tiergeister. Ihre Gestalt war gewöhnungsbedürftig. Ihr Körperbau ähnelte dem eines Hasen, auch Kopfform und Ohren waren denen eines Hasen sehr ähnlich. Doch ihre Klauen waren lang und scharf. Sie hatten einen

Schwanz, der bis zu einem Meter lang werden konnte. Und das absurdeste an ihnen – sie hatten Flügel mit der Spannweite eines Adlers. Es war sehr wenig über die Accula bekannt. Wenn man von Sunguras Verhalten ausging, konnte man zumindest sagen, dass sie gerne Gärten umgruben, Blumen aßen und die Hälfte ihres Tages in der Luft verbrachten.

Als Sun vor einigen Jahren auf Hannas Fenstersims auftauchte und die zwei unzertrennlich wurden, wollten seine Eltern das Tier wegbringen, da sie Hanna des Öfteren mit den Krallen verletzte. Das Resultat war eine mehrtägige Suchaktion nach Hanna. Sie war mit Sungura weggerannt und versteckte sich in den Bergen. Die dünnen Narben auf ihrem Arm waren seither nur noch zahlreicher geworden, aber es war ihnen nichts anderes übriggeblieben, als Sun in die Familie aufzunehmen.

„Ach komm her, meine Kleine." Er hob sie auf seine Schultern. „Ich brauche deine Hilfe", sagte er. Hanna freute sich und war aufgeregt. Immer wenn ihr großer Bruder sie zu einer Missetat anstachelte, bekam er auch den Ärger danach. Ihre Beine schlugen ungeduldig gegen seine Brust. „Freu dich nicht zu früh. Du musst dem Feind Informationen entlocken." So nannten sie die Soldaten und Bediensteten ihrer Eltern immer, wenn sie etwas im Schilde führten.

„Welche Informationen brauchst du?", hörte er Benji. Er und Sam standen hinter ihnen und waren noch damit beschäftigt sich Sun vom Hals zu halten. Die Accula beschützte Hanna gewissenhaft vor ihren zwei raufwütigen Brüdern. Benji und Sam hatten beide dunkle Haare. Sams Haare waren kurz geschnitten und fast schwarz, während Benji eher braune Haare hatte und sie lang trug. Benjis Haare waren zudem etwas gewellt und er hatte sie an der ein oder anderen Stelle frech mit Lederbändern zusammengewickelt.

„Ich muss wissen, was Mutter meinte, als sie mich nach den Söldnern gefragt hat“, sagte Eric mit tiefer, ernstklingender Stimme.

„Mutter redet oft wirres Zeug“, sagte Benji und kehrte Sun, die ihn gerade ins Bein gebissen hatte, mit dem Fuß zur Seite und sah Hanna dabei unschuldig an. „Warum fragst du Papa nicht einfach?“, fuhr er fort.

„Vater schließt mich aus seinen Plänen aus. Ich glaube er möchte nicht, dass wir wissen, was er vorhat“, erklärte Eric. „Wir müssen den dümmlichsten Soldaten auf Karvag finden und ihn dazu bringen, dass er uns erzählt, wo sich das nächstgelegene Söldnerheer aufhält.“

Sam kicherte und man sah, wie sich etwas in dem Kopf des kleinen Tunichtgut zusammenbraute. Benji grinste ebenfalls verschmitzt. Die zwei schienen einfach immer ganz genau zu wissen, was der andere dachte.

Eric sah die zwei erwartungsvoll mit fragender Miene an. „Und? Wer schwebt euch vor?“

„Das ist einfach“, sagte Benji schließlich geheimnistuerisch, als wolle er für die Antwort eine Belohnung haben.

„Adrian!“, platzte es Sam heraus. „Er ist am Hafen stationiert. Er ist wirklich sehr leicht reinzulegen. Neulich haben wir die Küche ausgeräubert“, begann Sam zu erzählen. „Wir haben alles mitgenommen, was wir tragen konnten. Dessert, Pastete, Kuchen. Als wir vor der Magd geflüchtet sind, haben wir einen der Hähnchenschlegel an seiner Rüstung angebracht und der arme Tölpel dachte, wir würden ihm was Gutes tun!“ Die zwei Chaoten lachten sich kaputt.

Eric rollte mit den Augen, seinen Geschwistern zu verstehen gebend, dass ihre Taten nicht prinzenhaft waren. „Also gut. Ich verlasse mich auf euch. Wenn ihr sagt, Adrian ist eine knackbare Nuss, dann lasst es uns dort zuerst versuchen."

Nachdem sie gemeinsam einen Plan ausgeheckt hatten, marschierten Hanna, Benji und Sam zum Hafen Karvags. Eric blieb zurück.

Ihr Weg führte sie über die große Wiese am See entlang, bis zur Hafenstrasse. Dort begann ihr Aufstieg. Sam fluchte noch etwas, dass sie sich Pferde hätten nehmen sollen.

Endlich hatten sie es auf den Gebirgskamm geschafft. Der Abstieg auf Meeresseite war ein Kinderspiel.

Die drei Chaoten fackelten nicht lange, starteten eine heftige Rauferei vor den Soldaten, die den Hafen bewachten und brüllten sich unüberhörbar laut an: „Wenn ich König bin, lasse ich dich von den Soldaten einsperren!", blökte Sam zu Benji. Die Soldaten lachten.

„Ich lasse euch beide einsperren!", kreischte Hanna mit ihrer süßen Stimme. Die Soldaten applaudierten der Prinzessin lachend.

„Hört, hört!", rief ihr einer zu.

„Du wirst hier nie was zu sagen haben", ätzten Benji und Sam direkt.

Hanna wandte sich an die Gruppe Soldaten, in der auch Adrian stand. „Welche ist die stärkste und nächste Söldnerarmee hier? Ich muss es wissen, damit ich sie meinen Brüdern auf den Hals hetzen kann."

Adrian, der den zwei Prinzen mehrere Besenhiebe von der Köchin verdankte, antwortete sogleich: „Die einzige Söldnerarmee in der Nähe, Prinzessin, bewegt sich ständig zwischen

Eisenheim und Palindall. Meistens lässt König Gereon von ihnen kleine Streitigkeiten niederschlagen. Ich habe aber gehört, dass auch sie sich mittlerweile aufgelöst haben, aufgrund von Arbeitsmangel. Würde ich sie suchen, dann würde ich wahrscheinlich in Tanah beginnen. Die Kriege zwischen den Stämmen um Al Bahar sind eine sichere Wette." Wieder lachte er laut auf.

„Danke!", rief Hanna und rannte davon. Ihre Brüder taten es ihr gleich. Sie hatten ihre Mission erfolgreich beendet.

Eric saß in seinem Zimmer und betrachtete den königlichen Garten aus dem Fenster. Er war mit sehr viel Liebe zum Detail angelegt und von kleinen Wegen durchzogen. Hier gab es riesige Bäume, einen Teich, mehrere Sitzgelegenheiten und die Statue von Lars. Die alten Geschichten besagen, dass Lars Halvar ein mächtiger Feuerschakruna gewesen sei und das Leben auf Karvag überhaupt erst ermöglicht habe. Einst besänftigte er angeblich den Vulkan, indem er der heißen Lava für immer die Hitze nahm. Mit der linken Hand wies die Statue nach Südwesten, auf den Vallsund, während die Rechte über dem Herz ruhte.

Neben dem großen Platz vor dem Palast stand eine goldene Schale, in der das ewige Feuer brannte. Es war angeblich das Feuer des Feuergottes, Fallinall, und es durfte niemals erlöschen. Manchmal fragte sich Eric, was an den alten Geschichten dran war. In letzter Zeit war es unüberhörbar, dass es tief im Inneren des Vulkans noch immer brodelte.

Schließlich kamen seine Geschwister zurück. Es war mittlerweile Abend geworden. „Wir wissen wo die Söldner sind, Eric!" Sie erzählten ihm, was sie erfahren hatten.

„Gehst du jetzt weg, Eric?“, fragte Hanna neugierig.
„Ich muss Antworten finden“, sagte er.
„Wir kommen mit dir!“, warf Benji mit Nachdruck ein.
„Ich fühle mich geschmeichelt, Jungs“, scherzte Eric. „Aber ihr müsst hierbleiben und auf Hanna aufpassen. Außerdem müsst ihr Vater beruhigen, wenn er merkt, dass ich weg bin.“ Sam grinste bei der Vorstellung, wie viel Ärger Eric wohl dafür bekommen würde. Auch Benjis Gesicht überzog ein verschmitztes Grinsen und er nickte, wohlwissend was Sam gerade dachte.
„Ich verspreche, dass ich bald wieder da bin“, gelobte Eric.
„Das musst du auch!“, rief Hanna. „In vier Monaten ist deine Hochzeit. Und wir alle hier wissen, wie die Kalesch zu Leuten stehen, die nicht das machen, was sie wollen.“ Sie sah traurig aus. Auch Hanna hatte schon Begegnungen mit den Kalesch gehabt. Aber sie spielte nicht gerne mit ihnen. Sie waren ihr zu raufboldig und forsch. Was eigentlich mit zwei Brüdern wie Benji und Sam kaum vorstellbar war.
Es klopfte an der Türe.
„Herein!“, rief Eric. Es war Königin Ennas Dienstmagd.
„Es ist die Königin mein Prinz – sie ist dem Tode nahe“, stammelte sie hilflos.
„Ist der Medicus bei ihr?“ Eric rang um Fassung. Die Magd nickte. „Schickt nach dem König!“, befahl er ihr sofort.
Die vier Geschwister liefen umgehend zu ihrer Mutter.
Hanna setzte sich auf den Boden und drückte Sun ganz feste an sich.
Ennas Augen waren unverändert, starr an die Decke gerichtet. Als sie ihre Kinder bemerkte, bewegten sich ihre Pupillen langsam nach rechts und sie sah sie an.

„Komm zu mir, Eric", sagte sie mit kaum hörbarer Stimme. Eric lehnte sich vor und hielt sein Ohr dicht an ihre Lippen. Er hörte ihren schwachen Atem. Ihr Herz schlug langsam und ihre Haut war ganz kalt.

Da ergriff sie sein Handgelenk und drückte zu. „Er ist nicht dein Vater", flüsterte sie für die anderen unhörbar in sein Ohr. Eric zuckte zusammen und wich zurück. Doch ihre Hand hielt ihn immer noch fest umklammert. „Folge ihm nicht in die Verdammnis", sagte sie mit letzter Kraft.

Im selben Moment betrat Adolphus die Kammer.

Die Luft entwich ihren Lungen ein letztes Mal. „Vertraue auf dein Herz, du kennst den richtigen Weg in die Freiheit." Ihre Pupillen wandten sich wieder starr nach vorne und ihr Blick erlosch – die Königin war tot.

Erschrocken sah Eric erst seine Geschwister an, prüfend, ob sie etwas gehört hatten. Dann sah er zu seinem Vater, der sogleich an die Seite der Königin eilte. Trauer erfüllte den großen Raum. Hanna weinte bitterlich, Sam wischte sich mit dem Handrücken eine Träne aus dem Gesicht. Eric taumelte rückwärts und fiel dabei fast über Hanna. „Tut mir leid Hanna — tut mir leid", stotterte er kreidebleich und eilte hastig nach draußen.

Es schien, dass alles woran er geglaubt hatte, mit seiner Mutter gestorben war. Er war verwirrt und wütend. Wie meinte sie das? Nicht sein Vater? All die offenen Fragen, mit denen sie ihn zurückließ. Er konnte keinen klaren Gedanken fassen. Folge ihm nicht in die Verdammnis? Was meinte sie damit? Hatte Adolphus doch etwas vor, von dem Eric nichts wusste? Oder war seine Mutter einfach nur verwirrt gewesen? Eric musste die Söldner finden. Nur so konnte er herausfinden, ob

Königin Enna nach ihnen gesandt hatte. Dann würde er wissen, ob sie bei Sinnen war, oder nicht.

Er rannte zu den Ställen, wo er sich geistesabwesend mit einem Messer seine schläfenlangen, blonden Haare ganz kurz schnitt, ein Pferd sattelte und aufsprang.

Sam erschien in der Stalltüre und versperrte ihm den Weg.

„Geh weg, Sam!", rief er ungehalten. „Ich muss gehen!" Sam sah ihn vorwurfsvoll an. Sie brauchten ihren großen Bruder, jetzt da ihre Mutter tot war. Eric hasste es, seine Geschwister im Stich zu lassen, doch er musste hier weg. „Sam!", rief er erneut. Sein Bruder machte einen Schritt zur Seite und gab ihm den Weg frei. „Ich komme bald wieder, ich verspreche es euch!", sagte Eric und verschwand im strömenden Regen.

Die Pasirwüste

Es waren nun schon sechs Monate vergangen, seit Alenja mit Haron in die Pasirwüste gegangen war. Vom Hafen Makola waren sie über die Seestraße an Palindall und dem Gribagebirge vorbei nach Dornburg gewandert. Nördlich von Dornburg tat sich die gewaltige Wüste auf und drohte alles zu verschlingen, was es wagte, sie zu betreten.

Haron wollte mit ihr nach Kidal, dem Dorf, in dem er lebte. Mit ihrem lebensfeindlichen Habitat mochte die Pasirwüste für einen Außenstehenden unbewohnbar wirken. Sand, wohin man auch blickte. Für diejenigen, die wussten wie man die Wüste zu nehmen hatte, war sie der perfekte Rückzugsort.

Kidal war ein kleines Dorf auf einer von Felsen geschützten Ebene mit lediglich dreihundertachtzig Einwohnern. Im Westen konnte man die Umrisse der östlichen Ausläufer des Arwatengebirges erahnen. Die Hütten bestanden teils aus gestampftem Lehm, teils aus stabilem Stein. Manche waren ganz einfach aus Palmenfasern oder Tierhäuten errichtet. Stein und Lehm hatten den Vorteil, dass sie tagsüber die Wärme speichern konnten, um sie nachts, wenn es besonders in den Wintermonaten bitterkalt wurde, wieder abzugeben. Außer Kidal gab es noch andere Wüstendörfer: Uriah, Sidon, Tocawa und Mowata. Sicherlich gab es auch noch andere, aber diese waren Alenja zumindest bekannt. Seit ihrer Ankunft ernährte sie sich hauptsächlich von Aschebrot, getrockneten Datteln, Couscous und Ziegenmilch – wie alle anderen auch. Ab und an gab es auch Kamelmilch. Ihre Beziehung zu Haron war seltsam. Er redete nicht viel mit ihr und manchmal beschlich sie das Gefühl, dass er es sogar bereute, sie aus Dabo mitgenommen zu haben. Sie hatte so viele Fragen an ihn gerichtet. Zum Beispiel warum er sie mitgenommen hatte oder wie er an so viel Paa La'isches Gold gekommen war. Doch Haron beschränkte die Kommunikation mit ihr auf ein Minimum. Alenja hoffte darauf, dass Zeit Besserung bringen würde.

In Dabo hatte sie genau gesehen, wie Harons Schulter von einem Pfeil durchbohrt wurde. Das Blut und das Loch in seinem Hemd waren unübersehbar gewesen. Liam hatte ihm noch auf dem Schiff angeboten, seine Wunde zu verarzten, doch Haron hatte abgelehnt. Es war seltsam, denn so lange sie auf dem Schiff gewesen waren, hatte Haron offensichtlich unter der Verletzung gelitten. Nachdem Liam die beiden im Hafen Makola abgesetzt hatte und sie nur noch zu zweit waren, schien es, als wäre plötzlich alles verheilt und Haron zeigte keinerlei Probleme mehr beim Bewegen seines Armes.

Eigentlich konnte Alenja sich nicht beschweren. Man ließ sie in Ruhe und sie war frei zu tun und zu lassen, was sie wollte. Trotzdem ging es ihr überhaupt nicht gut. Die schrecklichen Ereignisse in Dabo ließen sie nicht los und mittlerweile hatte sie die Hoffnung aufgegeben, je wieder eine Nacht durchschlafen zu können. Der Moment, in dem Vannjas Herz von dem Pfeil durchbohrt wurde und ihr lebloser Körper von der Mauer fiel, holte sie immer wieder ein. Auch träumte sie regelmäßig von den schlimmen Dingen, die wohl den anderen Mädchen widerfahren waren. Sie sah ihre blutverschmierten Gesichter vor sich, wie sie qualvoll um Hilfe schrien, kurz bevor sie wie

Tiere abgeschlachtet wurden. Schweißgebadet wachte sie dann nachts auf und wagte es sich nicht, die Augen erneut zu schließen. Sie war froh, dass seit einiger Zeit wenigstens Aki, ein kleines Waisenmädchen, bei ihr im Zimmer schlief und sie nicht mehr alleine war. Aki war zwar noch nicht lange bei ihnen, trotzdem hatte sie den Quälgeist bereits so sehr in ihr Herz geschlossen, als wäre sie ihre Schwester. Die Kleine war erst zwölf Jahre alt und ihre Geschichte war ebenfalls tragisch.

Kurz nach Alenjas Ankunft in Kidal rannte ein kleiner, völlig aufgedrehter Pasirfuchs durch das Dorf. Pasirfüchse waren etwa einen halben Meter lang und zwanzig Zentimeter hoch. Sie hatten helles Fell und riesige flauschige Ohren, die zur Seite abstanden.

Orientierungslos verletzte er sich selbst bei dem Versuch, den Menschen auszuweichen. Und doch war er in das Dorf gekommen. Dabei waren Pasirfüchse eigentlich nachtaktiv sowie äußerst scheu. Die Hunde waren ihm nachgejagt und er rettete sich in Alenjas Hütte. Seine Augen waren weit aufgerissen und sein kleiner Brustkorb hob und senkte sich im Sekundentakt. Sie saß auf dem Boden und war gerade dabei gewesen, einen Flechtkorb zu bauen, als der Kleine sie zu Tode erschreckte. Wie angewurzelt blieb er vor ihr stehen und blickte immer wieder hinter sich, als wolle er ihr etwas sagen. Vorsichtig stand sie auf und brachte zunächst die bellenden Hunde zum Schweigen. Dann hob sie einen kleinen toten Vogel, den die Katze ihr vor die Türe gelegt hatte, auf und bot sie dem Fuchs als Friedensgeschenk an.

Er verspeiste den Vogel und schlich vorsichtig nach draußen. Er wandte sich zu ihr um und wartete darauf, dass sie ihm folgte. Immer wenn Alenja stehenblieb, blieb auch der Kleine stehen. So folgte sie ihm mindestens zwei Stunden, immer weiter nach Norden, tiefer in die Wüste hinein. Und da lag sie, die kleine Aki – halbtot. Daneben ihre Eltern, für die jede Hilfe zu spät kam. Sie mussten von einem Sandsturm überrascht worden sein. Aki konnte den Sturm nur überleben, weil ihre Mutter sich schützend über sie gelegt und ihr so Raum zum Atmen geschaffen hatte. Alenja brachte Aki nach Kidal und pflegte sie gesund. Fenn, so nannte sie den Pasirfuchs, war in der ganzen Zeit nicht von Akis Seite gewichen. Aki scherzte heute noch oft darüber, dass er seine Schuld zurückgezahlt hatte. Denn einst hatte sie den kleinen Racker gerettet. Seine Mutter war kurz nach seiner Geburt gestorben und sie nahm ihn mit sich, um ihn groß zu ziehen.

Fenns riesige Ohren waren halb so lang wie sein ganzer Körper. Alenja, die sich gerade vorstellte, wie groß seine Ohren wohl wären, wenn er die Größe eines Wolfes hätte, musste kichern. Pasirfüchsen wurden mystische Kräfte nachgesagt und anscheinend konnten sie so groß wie ein Pferd werden, was für Alenja momentan aber unvorstellbar war. Das spitze schwarze Näschen und die riesigen, runden Kulleraugen ließen ihn aussehen wie ein Unschuldslamm. Wobei genau das Gegenteil der Fall war. Fenn war frech und ungezogen, woran Aki nicht ganz unschuldig war. Wenn er schlief, konnte er fast seinen ganzen Körper mit seinem riesigen flauschigen Schwanz überdecken.

Alenja hatte noch nie die Bekanntschaft mit einem Pasirfuchs machen dürfen und genoss es umso mehr, ihn mit seiner aufgeweckten Art um sich zu haben.

Alenja und Aki verbrachten jeden Tag zusammen. Sie halfen sich gegenseitig, mit ihren Problemen klarzukommen. Der Verlust ihrer Eltern nagte immer noch stärker an dem

Waisenmädchen, als es manchmal zugeben wollte. Während Aki sich die Zeit gerne damit vertrieb, im Dorf Schabernack und Unfug zu treiben, verbrachte Alenja immer mehr Zeit mit Ciquala – dem Schamanen in Kidal. Der alte Mann hatte bemerkt, wie sie rastlos in der Kälte vor ihrer Hütte saß und schließlich waren sie ins Gespräch gekommen. Alenja erzählte ihm ihre Geschichte, und dass sie seitdem von Alpträumen geplagt wurde. Sie erzählte ihm auch, dass sie nicht wusste, woher sie kam, und dass sie irgendwann als Baby auf dem Sklavenmarkt von Will gekauft worden war. Ciquala war der Meinung, dass sie ihrem Geist Ruhe geben müsse. Dies könne sie durch Meditation und Ablenkung erreichen. Also meditierte Alenja mehrere Stunden jeden Tag und bat Haron, sie zu trainieren, damit sie sich in Zukunft selbst verteidigen konnte. Haron lehnte ab.

Abgesehen von Aki und Ciquala hatte sie noch einen weiteren neuen Freund gefunden — Enopay. Wie sie war auch er siebzehn. In Kidal geboren und aufgewachsen, kannte Enopay fast alle Leute im Dorf und wusste sowohl über die schönen als auch über die gefährlichen Dinge in der Wüste bestens Bescheid. Auch er war oft zu später Stunde noch wach und nachdem er sie mehrere Nächte beobachtet hatte, war er schließlich auf sie zugegangen. Zunächst begegnete Alenja ihm noch mit Zurückhaltung. Nach mehreren Wochen des nächtlichen Treffens jedoch begann sie, sich ihm langsam zu öffnen. Sie erzählte ihm von ihrer Vergangenheit und darüber, wie hilflos sie sich fühlte.

Enopay hatte nicht lange gefackelt und ihr einen Bogen gegeben. „Hier, es ist eine leise Waffe. Damit wecken wir niemanden auf.“ Das war nun auch schon wieder einige Wochen her.

Fast nächtlich hatten sie trainiert und Enopay war für sie mittlerweile mehr als nur ein guter Freund geworden. Er war immer für sie da und hatte ihr alles über das Klima und die Natur hier in der Pasirwüste beigebracht. Zudem sah er, zumindest ihrem Geschmack nach, mit seinen kurzen schwarzen Haaren und seiner dunkelbraunen Haut unheimlich gut aus. Nur Aki und der alte Schamane Ciquala wussten, dass die zwei so viel Zeit miteinander verbrachten.

Auch letzte Nacht hatten sie wieder gemeinsam trainiert und Alenja war erst vor wenigen Stunden völlig erschöpft ins Bett gefallen, als sie unsanft aus dem Schlaf gerissen wurde. „Alenja, wach auf!", fiepste Aki aufgeregt. „Haron sucht dich."

Alenja blinzelte durch ihr zusammengekniffenes rechtes Auge. Die hellen, das Zimmer flutenden, Sonnenstrahlen bestätigten sie allerdings darin, dass dies keine gute Idee war. „Geh weg Aki!", stöhnte sie mit knarziger Stimme und zog sich das dünne blaue Bettlaken, das sie als Decke benutzte, über den Kopf. Es dauerte jedoch nur wenige Sekunden, bis das Knirschen schwerer Schritte auf dem nachgebenden Sand vor der Türe zu hören war.

„Alenja!", raunte eine tiefe, kräftige Stimme – es war Haron. Der unverkennbar mürrische Tonfall verriet ihn sofort.

„In gewohnt guter Laune", murmelte Alenja leise, rollte mit den Augen und schob die Decke langsam beiseite.

„Steh auf, Mädchen! Ab heute trainierst du mit Enopay." Haron warf ihr einen ernsten Blick zu. Etwas darin sagte ihr, dass er sich Sorgen zu machen schien.

„Aki!", rief er. „Wo steckt diese kleine Nervensäge schon wieder?", grummelte er in seinen Bart, während er wieder zurück nach draußen stapfte.

„Du kannst rauskommen, er ist weg“, sagte Alenja gähnend und streckte sich. Aki schob sich auf dem Rücken liegend unter dem Bett hervor. Fenn lag, mit angelegten Ohren, auf ihrem Bauch.

„Enopay. Soso“, sagte Aki mit einem riesigen Grinsen auf ihrem verschmitzten, von Sommersprossen übersäten Gesicht. Ihre schulterlangen, hellbraunen Haare hatte sie meistens zu zwei frechen Zöpfchen rechts und links zusammengebunden.

Alenja ging erst gar nicht auf Akis herausfordernde Bemerkung ein. Viel mehr freute sie sich darüber, dass Haron sich endlich dazu durchgerungen hatte, sie trainieren zu lassen.

Aki war schon zu ihr auf das Bett gesprungen und flocht Alenjas lange schwarze Haare zu einem Zopf nach hinten.

„Damit du auch gut aussiehst, wenn du dich mit Enopay triffst“, raunte Aki. „Ich habe ihn heute Morgen schon gesehen, wie er mit Kimi und Soyala am Brunnen geflirtet hat“, fügte sie stichelnd hinzu. Alenja atmete genervt aus und stand auf. Beim Hinauslaufen ertappte sie sich dabei, wie sie einen prüfenden Blick in den Spiegel warf, woraufhin Aki kicherte: „Du siehst wunderschön aus, Alenja! Und Enopay ist sowieso schon in dich verliebt.“ Alenja spürte, wie ihre Wangen warm wurden. Sie versuchte angestrengt lässig zu wirken und lief, Aki ignorierend, nach draußen. Nun durfte sie offiziell mit Enopay trainieren. Sie konnten also noch mehr Zeit miteinander verbringen und alle durften es mitbekommen.

Auf seinem Kamel sitzend, wartete er vor ihrer Hütte. Er reichte ihr seine Hand, um ihr beim Aufsteigen zu helfen. „Ab heute trainieren wir den Schwertkampf“, merkte er mit einem breiten Grinsen auf dem Gesicht an und zog Alenja nach oben. Er trug ein langärmeliges, dunkelblaues Hemd und eine luftige, schwarze Hose. Um seine Taille lag ein brauner Gürtel, an dem sein Schwerthalter angebracht war. Seine ledernen, braunen Schuhe reichten über die Knöchel, und seinen Bogen trug er auf dem Rücken mit sich. Enopay war nicht besonders groß, aber Alenja hatte noch nie jemanden so schnell rennen sehen wie ihn.

Der Kleidungsstil in Kidal war für Alenja, die es gewohnt war in kurze, viel Haut entblößende Kleider gesteckt zu werden, gewöhnungsbedürftig. Die meisten Kidaler trugen weite Gewänder aus dickem Stoff. Weit, damit die Luft darunter kühlen konnte. Dick, damit die Sonne die Haut nicht durch den Stoff hindurch verbrennen konnte.

Es war Anfang des Jahres und das Klima war tagsüber sehr mild. Nachts dagegen wurde es bitterkalt. Alenja trug eine weiße, enganliegende Stoffhose sowie ein enges, langärmliges braunes Hemd. Der im Wind flatternde Stoff störte sie, wenn sie versuchte, sich mit Pfeil und Bogen auf ein Ziel zu konzentrieren. Und es war so gut wie jeden Tag windig. Enopay hatte ihr immer wieder gesagt, dass sie sich an die luftige Kleidung gewöhnen müsse. Im Sommer würde es für anliegende Kleidung zu heiß werden. Alenja hatte zwar noch keinen Sommer in der Pasirwüste erlebt, aus Erzählungen wusste sie aber, dass sich die heißen Monate des Jahres immer mehr zu einem Überlebenskampf entwickelten. Immer weniger Wasser fiel vom Himmel zurück auf den Boden. Das Klima veränderte sich von Jahr zu Jahr rasanter. Ciquala machte dafür das Vorstoßen der Yatu verantwortlich. Die meisten Menschen Kamahtanahs wussten noch nicht einmal, dass die Yatu jüngst ihr Gebiet östlich der Wüste immer häufiger verließen und überall Späher platziert hatten.

Eigentlich hätten sie auch direkt in Kidal trainieren können. Jetzt, da Enopay den amtlichen Auftrag von Haron bekommen hatte. Trotzdem steuerte er sein Kamel aus dem Dorf hinaus Richtung Oase. Alenja sah den neidischen Blick von Soyala mit Genugtuung. Vor ihrer Ankunft in Kidal hatte sich zwischen Soyala und Enopay eine kleine Romanze entwickelt. Bereits kurz nachdem die heimlichen, nächtlichen Trainingseinheiten mit Alenja begonnen hatten, ließ er Soyala jedoch links liegen und hatte nur noch Augen für Alenja.

Sie verließen das geschützte Dorf und betraten die unendlichen Weiten der Pasirwüste. In welche Richtung man auch blickte, sah die Wüste schrecklich eintönig aus – nichts als Sand. Ab und an ragte hier und dort ein Felsen oder ein ausgedörrtes Gestrüpp aus dem Boden.

Die Oase war nicht weit von Kidal. Mit einem Kamel dauerte es etwas länger als eine Stunde. Ihre Vorboten konnte man schon von weitem erkennen. Hochwachsende Dattelpalmen durchbrachen die Sanddecke.

Die monoton verlaufende Sandebene war nun von unzähligen kleinen Fußabdrücken bedeckt. Es war ein wunderschöner Ort – unwirklich wirkend in dieser lebensfeindlichen Umgebung.

Geschützt von Steinen, im Schatten zahlreicher Palmen und Büsche lag der Haya. Ein glasklarer blauer See, in dem sich das Sonnenlicht in tausend funkelnde Diamanten brach. Das Wasser des Haya war das Lebenselixier für unzählige Tiere und natürlich die Menschen. Große Eidechsen genossen die wärmenden Strahlen der Sonne und tummelten sich zuhauf auf den Felsen. Im Palmendach wimmelte es von Flakis. Kleine Wesen, die von Palme zu Palme segeln konnten, da ihre

Extremitäten mit Häuten verbunden waren. Ihr Fell war sandgelb und grün gemustert, sodass sie sich sowohl im Geäst als auch auf dem Boden vor Räubern verstecken konnten.

Im Sommer trocknete der See fast vollständig aus. Enopay hatte Alenja erzählt, dass er im vergangenen Jahr so wenig Wasser führte, dass sogar die unterschiedlichen Wüstenstämme begannen, sich deswegen gegenseitig anzufeinden.

Sie stiegen ab und Enopay band sein Kamel an eine umgekippte Palme, die den letzten Wüstensturm nicht überstanden hatte. „Also, Alenja, fühlst du dich bereit für dein erstes Training mit mir?", fragte er sie mit einem verschmitzten Grinsen.

Alenja lachte und schlug ihm zaghaft mit der flachen Hand auf den Rücken. „Komm schon, du Blödmann, wir haben nicht den ganzen Tag Zeit!" Sie streckte ihre Hand nach Enopays Schwert aus. Immer noch grinsend schüttelte dieser den Kopf und fasste in seinen Köcher, den er auf dem Rücken trug. Zwischen den vielen Pfeilen waren zwei Holzstäbe versteckt.

„Die reichen uns erst einmal."

„Wirklich, Enopay?", rief Alenja enttäuscht und genervt zugleich. „Ich dachte, jetzt, da es offiziell ist, könnten wir endlich mit echten Waffen trainieren?"

„Na gut, komm her. Ich zeige dir, wie man den Schwertgriff richtig hält. Kämpfen werden wir aber vorerst noch mit den Hölzern", lenkte er großzügig ein.

Alenja nahm das Schwert. Der Griff war kalt und als das Gewicht ihren Arm leicht nach unten zog, fiel ihr wieder ein, dass sie Enopays Hausaufgaben vernachlässigt hatte.

„Alenja?", kam sofort der vorwurfsvolle Einwand von ihm. „Du hast dein Armtraining in den letzten Wochen nicht ernst genommen." Alenja rollte mit den Augen.

Ehe Enopay fortfahren konnte wurde sein Kamel plötzlich unruhig. Die zwei sahen sich verunsichert um.

„Hmm." Enopay runzelte die Stirn. „Wahrscheinlich sind es Löwen. Nimm deinen Bogen, Alenja und mach dich bereit."

Etwas bewegte sich am anderen Ufer des Haya. Etwa hundert Meter Luftlinie von ihnen entfernt tauchte ein Wesen auf, das Alenja noch nie zuvor gesehen hatte. Der Körper war von graugrünen Schuppen bedeckt. Alenjas Augen wanderten zum Kopf des circa drei Meter langen Tieres. Hals und Kopfende sahen aus wie bei einer Eidechse, allerdings besaß das Tier einen riesigen Schnabel sowie einige Federn zwischen Kopf und Hals. Auch der Schwanz ähnelte dem eines riesigen Leguans. Lang und immer dünner werdend. Alenja erschrak und griff instinktiv nach Enopays Hand. Das Wesen sah träge zu ihnen hinüber und senkte dann seinen kräftigen Hals, um zu trinken.

„Ein Pa'lizir", schluckte Enopay, woraufhin Alenja ihn fragend ansah. „Es gibt kaum noch welche von ihnen. Sie würden eher sterben, als sich zähmen zu lassen. Bei dem Versuch, sie gefügig zu machen, wurden fast alle getötet."

„Das ist ja grausam! Schau, er ist verletzt! Wir müssen ihm helfen, Enopay!", rief Alenja, als sie die offene, heftig blutende Wunde an seinem Hinterbein sah und lief los.

Enopay griff nach ihrem Arm und zog sie harsch zurück. „Nein! Sie sind gefährlich. Ihr Speichel ist tödlich. Wenn sie dich beißen, stirbst du einen langsamen, qualvollen Tod."

„Aber er wird sterben, wenn wir nichts unternehmen", entgegnete Alenja frustriert.

Enopay hielt ihr den Stock hin. „Das ist der Lauf des Lebens, Alenja. Komm, lass uns anfangen."

Widerwillig nahm Alenja die Waffe entgegen und sie begannen mit dem Training.

Nach einigen schweißtreibenden Übungen mit den Holzstöcken machten sie eine kleine Pause und suchten sich ein schattiges Plätzchen.

„Denkst du manchmal über deine Eltern nach?", fragte Enopay und Alenja nickte. „Glaubst du, dass sie dich wirklich an Piraten verkauft haben?"

„Denkst du, ich bin ein schlechter Mensch?", antwortete Alenja mit einer Gegenfrage.

„Was? Nein! Das glaube ich natürlich nicht!", erwiderte Enopay empört. „Im Gegenteil. Du bist ein ganz wundervoller Mensch", sagte er und griff liebevoll nach ihrer Hand.

„Was für Eltern geben denn ihr Kind an Piraten? Ein Teil von ihnen lebt in mir weiter. Wenn sie wirklich so furchtbar waren, wie kann ich es dann nicht sein?", zweifelte Alenja.

„Also glaubst du es nicht? Dass sie dich weggegeben haben, meine ich." Alenja schüttelte den Kopf. „Und denkst du, dass sie noch am Leben sind?" Auf diese Frage zuckte sie mit den Schultern. Wie sollte sie das wissen können.

„Hätten sie dann nicht nach mir gesucht?", fragte sie stattdessen.

Enopay sah, wie ihr diese Unterhaltung zusetzte und legte ihr schließlich das Schwert in die Hand. „So musst du das Schwert halten," er stand dicht hinter ihr und legte seine Hand auf ihre.

Alenja hörte seinen Atem. Seine Haare kitzelten sie an der Wange und sie spürte ein merkwürdiges Kribbeln im Bauch. Langsam drehte sie den Kopf zu ihm nach hinten und Enopays Hand wanderte vom Schwertgriff zu ihrer Taille. Vorsichtig schob er sie unter ihr Hemd und berührte ihre weiche Haut. Alenja schloss die Augen und wartete darauf, dass er sie küsste. Der Moment war perfekt, sie waren ganz allein. Eine leichte Brise strich ihr durchs Gesicht und nur das Gezwitscher der kleinen Palmtauben, die die Oase zu ihrer Heimat gemacht hatten, war zu hören. Und doch bildete Alenja sich auf einmal ein, ein Rascheln in dem Gebüsch neben ihnen zu vernehmen. Bevor Enopays Lippen sie berührten, öffnete sie die Augen und wandte sich um. Der Busch bewegte sich unnormal und ihre Miene verdüsterte sich. Schlagartig befreite sie sich aus Enopays Griff und stapfte zu dem kichernden Strauch.

„Aki!", rief sie wütend und streckte ihre Hand in das Geäst. Fenn sprang ihr frech in die Arme. Das lange Fell seines flauschigen Schwanzes klebte ihr sofort im Mund. „Fenn, geh runter von mir!" Sie schmiss den kleinen Fuchs vor sich auf den Boden. Enopay lachte laut auf. Alenjas erboster Blick wurde wieder etwas freundlicher und belehrend sagte sie: „Aki, du sollst uns nicht allein folgen. Es ist nicht ungefährlich hier, das weißt du doch."

Aki schälte sich aus den Zweigen heraus und Alenja zupfte ihr noch einige Blätter aus den Haaren.

„Ich wollte nicht schon wieder Körbe flechten", schmollte Aki.

Fenn hatte sich ein Plätzchen im Schatten gesucht, sich zusammengerollt und war eingeschlafen. Pasirfüchse waren nachtaktive Tiere. Doch Aki schleppte den Kleinen überall mit hin und er ließ sie auch nicht allein weit weglaufen. Er schien es selbst im Schlaf zu spüren, wenn sie sich von ihm entfernte.

Aki blinzelte verschmitzt zu Alenja hinauf, rannte los und sprang zu einer Kugel zusammengerollt in den erfrischenden

See. Alenja hielt sich kopfschüttelnd die flache Hand vors Gesicht, während Enopay nicht zögerte, sich das dunkelblaue Hemd vom Körper streifte, seinen Gürtel sowie Köcher ablegte und es Aki gleichtat. Mit einer Ausnahme – er zog Alenja mit sich in das kalte Wasser. Die drei lachten und spritzen sich gegenseitig Wasser ins Gesicht. Enopay nahm Aki auf seine Schultern und zusammen griffen sie Alenja an. Sie schwamm etwas weg von den zwei Raufwütigen und entdeckte am anderen Ufer wieder den Pa'lizir, der sich im Schatten liegend seine Wunden leckte. Er blickte auf und sah sie an. Sie spürte eine seltsame Verbindung zu dem Tier und es schüttelte sie.

„Komm, Alenja, wir gehen nach Hause", sagte Enopay, der bemerkt hatte, dass sie das wilde Tier schon wieder eingehend musterte.

Es widerstrebte ihr gänzlich, es hilflos seinem Schicksal zu überlassen. Die Löwen würden es früher oder später entdecken und das wäre sein Ende. Aber Enopay würde sie nicht in die Nähe des Pa'lizir lassen. Für den Moment war sie chancenlos. Sie ließen sich noch eine Weile im Halbschatten trocknen und traten dann den Heimweg nach Kidal an.

Später am Nachmittag ging Alenja zu ihrer täglichen Meditation mit Ciquala. Er saß mit geschlossenen Augen im Schneidersitz vor seinem Zelt.

Der alte Schamane Kidals war hoch angesehen. Obwohl er ein dunkelbraunes Hemd sowie eine dunkelbraune lange Hose trug, wirkte seine Haut noch dunkler. Seine langen grauen Haare reichten ihm bis über die Brust.

„Hallo Alenja", murmelte er, als sie näherkam, ohne die Augen zu öffnen und forderte sie auf: „Setz dich zu mir." Alenja setzte sich ihm gegenüber, ebenfalls im Schneidersitz und schloss die Augen. Sie atmete tief ein und versuchte, sich zu entspannen, aber der Pa'lizir ging ihr nicht mehr aus dem Kopf. Ungeduldig öffnete sie die Augen und sah zu Ciquala, dann schloss sie sie schnell wieder. Sie wollte nicht, dass ihm auffiel, dass ihre Gedanken ganz woanders waren.

„Hör auf, deine Zehenspitzen zu bewegen", grummelte der Schamane. Es war ihr gar nicht aufgefallen, dass sie ihre Zehen hastig hin und her bewegte. Sich ertappt fühlend, setzte sie sich sogleich kerzengerade hin und versuchte, ganz ruhig zu sein. Nach einigen Minuten atmete Ciquala schließlich schwer aus und sah Alenja an. „Du kannst deine Augen aufmachen. Ich weiß, dass du nicht bei der Sache bist", sagte er ruhig und doch hörte Alenja einen leicht vorwurfsvollen Tonfall heraus.

„Enopay und ich haben heute einen Pa'lizir an der Oase gesehen", platzte es sofort aus ihr heraus. Ciquala reagierte nicht, er sah sie unbeeindruckt an. „Was sind das für Wesen, Ciquala? Sie sehen aus, wie eine Mischung aus Drache, Echse und Adler", fragte Alenja, überzeugt davon, dass er mehr über diese Tiere wusste.

„Nun", holte er aus, „wenn Enopay dabei war, dann hat er dir sicherlich bereits erzählt, dass es kaum noch welche von ihnen gibt." Er machte eine kurze Pause und sah sie mit scharfem Blick an. „Und dass man sich besser von ihnen fernhält."

Verlegen zog Alenja die Augenbrauen hoch und wich seinem Blick aus. „Die Pa'lizir", fuhr er fort „sie sind vermutlich schon länger hier als die ersten Menschen. Vor tausenden von Jahren, als die Tiere noch deutlich größer waren als heutzutage, so heißt es einer Sage nach, hatte ein gewaltiger Adler versucht, eine riesige Echse zu fressen. Die Echse war zu groß für seinen Bauch und hat sich durch ihn durchgefressen. Der

Schnabel und das Kopfgefieder des Adlers wuchsen der Echse an. Der Körper blieb der der Echse."

Alenja musste schmunzeln. Der alte Schamane hatte immer die besten Geschichten auf Lager.

„Warum wollten die Menschen sie unbedingt reiten? Warum haben sie die Tiere eher getötet, als zu akzeptieren, dass man sie nicht reiten kann?", fragte Alenja neugierig. Fenn kam um die Ecke geschlichen und legte sich auf Ciqualas Schoß.

„Die Pa'lizir waren die Fortbewegungsmittel der einstigen Schakruna der Pasirwüste. Seit es keine Schakruna mehr gibt, existiert ein unausgesprochener Pakt zwischen den Wüstenstämmen: Wer es schaffen würde, einen von ihnen zu zähmen, gar zu reiten, besäße die Macht, alle Stämme der Wüste zu regieren."

Alenjas Augen wurden riesig groß. „Schakruna?", fragte sie ungläubig. „Das sind doch alles nur Geschichten."

„Sind sie das?", entgegnete Ciquala. „Es gab früher sogar Schakrunaschulen. Dort wurde den Menschen geholfen, ihre Verbindung zum Planeten zu finden. In der Baru Maktaba, der neuen Bibliothek auf Paa La, sind die Schulen in Schriften niedergelegt. Die ältesten Schriften zu den Schakruna jedoch findet man nur in der Tua Maktaba, welche sich auf der Insel der Luminór befindet."

Alenja kam aus dem Staunen gar nicht mehr heraus. Glaubte der Alte das wirklich oder erlaubte er sich einen Spaß mit ihr?

„Und wie formt man die Elemente?", fragte sie ihn frech.

Wieder seufzte er. „Das versuche ich dir seit Wochen näherzubringen, Kind. Du musst eins mit der Natur werden. Als Schakruna verändert man nicht die Natur um sich herum, sondern man verändert sich selbst." Jetzt war Alenja sich sicher, dass er ihr das nur erzählte, um sie konzentrierter und motivierter zur Meditation zu bringen. Sie atmete enttäuscht aus, ließ die Schultern hängen und rollte mit den Augen.

Es war schon dämmrig und Alenja stand auf. „Bis morgen Ciquala, ich muss noch ein paar Dinge für Haron erledigen“, sagte sie und lief los.

„Der Pa'lizir wird versuchen, dich zu töten, wenn du ihm die Gelegenheit dazu gibst“, murmelte Ciquala beiläufig, mit wieder geschlossenen Augen und atmete tief ein. Sie stockte kurz, wusste aber auch nicht was sie darauf erwidern sollte.

Sie ging zu Enopays Hütte, vor der er gerade trainierte.

„Hey, Alenja! Schon zurück von deiner Meditation mit Ciquala?“, sagte Enopay sein Training unterbrechend.

„Ja, ich musste da weg. Er hat wieder angefangen wirres Zeug zu faseln.“

„Na, das ist ja nichts Neues“, lachte Enopay. „Was gab es denn diesmal für Geschichten?“

„Wir haben über den Pa'lizir gesprochen. Er hat mir von den Schakruna und Schakrunaschulen erzählt.“ Sie machte eine kurze Pause. „Glaubst du an die alten Geschichten?“

„Weißt du Alenja, nur weil wir die Dinge nicht mehr sehen können, weil sie nicht mehr existieren, heißt das noch lange nicht, dass es sie auch nie gegeben hat. Die Schakruna tauchen in allen Teilen Kamahtanahs in Büchern auf. Sie sind Teil aller großen Geschichten. Ich denke, es hat sie gegeben.“

„Aber dann verstehe ich nicht, wieso die Pa'lizir nicht heilig sind? Die Schakruna werden immer als übermenschliche Retter dargestellt. Diese mächtigen Adlerechsen waren ihre Tiere. Sollten sie dann nicht auch einen besonderen Platz in unserem Leben haben?“

Enopay legte schließlich sein Schwert nieder und setzte sich zu Alenja. „Wo du herkommst, Dabo, waren die Menschen dort egoistisch und brutal?"

„Ja, die meisten."

„Siehst du. Und genau so ist es überall. Ciquala hatte mir einst erzählt, dass nicht nur die Yatu Jagd auf die Schakruna gemacht haben, sondern dass auch normale Menschen, wie du und ich sie jagten. Sei es nun aus Neid oder Furcht gewesen." Er sah sie ernst an. „Die Pa'lizir leben seit einem Jahrtausend in Furcht vor den Menschen. Sie fürchten sich vor uns und das kann man ihnen auch nicht verübeln. Vor dir wird er auch nicht Halt machen", sagte er mahnend.

Traurig kuschelte Alenja sich an ihn. Das Wesen ging ihr aber die ganze Nacht nicht mehr aus dem Kopf.

Am nächsten Morgen bewaffnete sie sich mit einem toten Huhn sowie ihrem Bogen, lieh sich Harons Hengst aus und ritt zur Oase. Sie liebte den Hengst und für Haron war es in Ordnung, wenn sie ihn ritt. Er war der Meinung, dass sich das Pferd seinen Reiter selbst aussuchen würde. Bei Braga hatte er damit recht. Er ließ niemanden, außer Haron und Alenja auf sich reiten. Als sie nach ihrer Flucht aus Dabo mit Haron von Makola nach Kidal gelaufen war, kam ihnen Braga auf Höhe des Gribagebirges zwischen Palindall und Dornburg entgegen. Die Verbindung, die Haron zu dem Tier hatte, war völlig unnatürlich. Für sie war Braga in all der Zeit, in der sie mit Haron allein gewesen war, eine seelische Stütze geworden. Sie redete zu ihm, sie streichelte ihn, sie behandelte ihn, als wäre er ein Mensch. Bevor sie Enopay und Aki gehabt hatte, war der Hengst ihr einziger Freund in Kidal gewesen, abgesehen von Haron natürlich, der immer gut zu ihr war.

Schließlich erreichte sie die Oase und stieg von Bragas Rücken. Sie musste ihn nicht anbinden, er würde niemals wegrennen.

Sie legte das tote Huhn einige Meter entfernt auf den Boden, setzte sich an das Ufer des Haya und wartete – und wartete.

Nach einiger Zeit tauchte der Pa'lizir tatsächlich auf und näherte sich mit Bedacht. Er erreichte sein Futter, schnappte sich das Huhn mit dem Schnabel und verschlang es gierig. Dann sah er auf und fixierte Alenja. Bis jetzt war sie davon ausgegangen, dass er viel zu scheu sei, um sich ihr zu nähern, doch plötzlich machte er einen gewaltigen Satz und landete nur wenige Meter von ihr entfernt. Ihr Herz raste. Seine riesigen schwarzen Pupillen waren umrandet von einer dünnen, hellgelben, fast schon weißen Linie, die zu flackern schien, bevor sie in die bernsteingelbe Iris überging. Furchteinflößend dachte Alenja und erschauerte. Er stand ganz still da und sah sie an. Sie konnte gar nicht anders, als in seine atemberaubenden Augen zu starren.

Auf einmal verformte sich das Gelbe in seinen Augen und sie sah Flammen. Alenja erkannte Menschen, die wegrannten, und eine Frau, die ein Baby in den Armen hielt. Und plötzlich erschien ein Zeichen in seinen Augen. Zwei aneinander liegende Angelhaken. Einer war nach oben gebogen, der andere lag unter ihm und war nach unten gebogen. In der Ausrundung waren kleine Kreise, die aussahen wie Monde. An der Außenseite der Haken liefen Wassertropfen entlang. Es kam Alenja vertraut vor, doch sie konnte sich nicht daran erinnern, das Zeichen schon mal gesehen zu haben. Dann wandte der Pa'lizir seinen Kopf wieder von ihr ab und verschwand geräuschlos im Gebüsch. Alenja blieb fassungslos zurück.

Was war das denn? Hatte das Tier sie vielleicht gebissen und das waren die ersten Anzeichen der Vergiftung? Halluzinationen und ein Gefühl von Schwindel? Braga lief auf sie zu und gab ein brummiges Wiehern von sich.

„Schon gut Junge, lass uns hier verschwinden", flüsterte Alenja und sprang auf seinen Rücken.

Feuer im Payauwald

Vor einem halben Jahr war Onkel Liam mit Leon bei König Gereon gewesen. Eigentlich hatte Liam nach seiner Rückkehr von Karvag angekündigt, viel Zeit auf seinem Schiff Alexa verbringen zu wollen, allerdings wirkte er die letzten Monate rastlos und nachdenklich. Er hatte eine kleine Kampfschule in Sterneck eröffnet, in der er die Knaben das Kämpfen lehrte.

Zudem hatte sie die Kunde über den Tod Königin Ennas vor ein paar Wochen erreicht. Für das Dorf war dies eine belanglose Nachricht. Liam schien seither aber noch angespannter zu sein.

Der Frühling hatte Kamah erreicht – Jiaris Lieblingsjahreszeit. Wieder einmal konnte man beobachten, wie der Wald zu neuem Leben erwachte. Ein Blütenmeer von weißen Buschwindröschen breitete sich unaufhaltsam aus. Von weitem betrachtet wirkte es so, als läge Schnee auf dem bis vor Kurzem noch langweilig braungrün belaubten Waldboden. Aber auch Märzenbecher und der hohle, weiß und lila blühende Lerchensporn nutzten die kräftige Frühjahrssonne. Schon bald würden die hochragenden Bäume durch ihr neu entfaltetes Blätterdach die Kraft gebenden Sonnenstrahlen abfangen.

Dieses Jahr würden die vielen Waldblumen etwas mehr Zeit haben, bevor das Laub der Bäume seine volle Dichte erreichen würde. Es hatte kaum geregnet in den letzten Monaten, die Vegetation kam nur träge in Frühlingsstimmung.

Über die Wintermonate war Jiari wochenlang in ihrem Zimmer gesessen und hatte ein Buch nach dem anderen verschlungen. Sie wusste zwar nicht warum, aber sie konnte die alten Schriften entziffern — sie konnte Luminór lesen. Als sie ihrem Vater die Seite über die Suzilia vorgelesen hatte, dachte Ben, dass sie sich einen Spaß mit ihm erlaubt hatte. Es dauerte Tage, bis sie ihn davon überzeugt hatte, dass sie es wirklich lesen konnte. Und auch nur deshalb, weil sie ihm etwas vorgelesen hatte, das sie gar nicht hätte wissen können. Etwas, das auch er in noch keinem Buch gelesen hatte, Laras Opa aber schon mal in Geschichten erwähnt hatte – die Stadt Giza und wie sie entstanden war.

Giza, heute Hochburg der Yatu, war einst die Heimat der Umnakekeli. Das Land, heute tot und fruchtlos, war damals grün, friedlich und den Beschreibungen Glauben schenkend, der wohl schönste Ort Kamahtanahs. Die Stadt wurde von riesigen Statuen, Abbilder der Umnakekeli, bewacht. Kein Lebewesen durfte dort getötet werden.

Doch all dies waren Informationen, die durch die alten Sagen überliefert wurden und niemandem mehr neu waren. Keiner wusste genau, warum die Umnakekeli begannen, den Planeten durch Feuer zu zerstören. Auch in den alten Schriften konnte Jiari keine Antwort darauf finden. Für sie war allerdings klar, dass es sich um einen selbstsüchtigen, machtgierigen Akt handelte.

In den Geschichten der Dorfältesten, Ravenna, wurde immer erwähnt, dass die Umnakekeli den Planeten schwächen wollten. Doch Jiari konnte rein gar nichts darüber in den Schriften der Luminór finden. Mit keinem Wort wurde erwähnt, dass die Umnakekeli den Planeten angriffen. Im Gegenteil, sie konnte nichts über deren Beweggründe finden. Ein Satz, der ihr aber immer wieder aufgefallen war, lautete: Um den Planeten vor Unheil zu bewahren. Aber warum sollten sie Feuer legen, um Zuhrah zu beschützen?

In den Büchern der Luminór fand sie neue Informationen. Als die Wächter herausgefunden hatten, dass sie durch die Macht über alle fünf Elemente die Seele eines Menschen unwiderruflich zerstören konnten, wagte Zuhrah einen verzweifelten Versuch, den Wächtern ihre Energie zu entziehen. Es schien, als wollte sie die Umnakekeli ausschalten. Und genau hier lag das entscheidende Ereignis. Die Götter der Elemente griffen Giza an. Mit vereinter Macht wollten sie den Umnakekeli ihre Lebensenergie rauben.

So stand in einem der vielen Bücher, dass sogar Zuhrah selbst versuchte, den Wächtern ihre Energie zu entziehen. Erfolglos. Giza wurde vernichtet und viele starben. Die Götter und Zuhrah hatten es selbst mit vereinter Macht nicht geschafft, den Wächtern ihre Kraft zu nehmen.

Jiari war entsetzt. Wie sollten die Umnakekeli dann jemals aufgehalten werden?

Weiter stand geschrieben, dass sich mit diesem Tag viele weitere Menschen den Wächtern anschlossen. Bis dahin waren die meisten ihrer Anhänger verzweifelte Menschen, die keine Verbindung zur Natur finden konnten und darauf hofften, dass die Umnakekeli irgendwann wieder in der Lage sein würden, es ihnen beizubringen.

Nach diesem Ereignis jedoch waren die Menschen verärgert. Sie waren wütend auf die Götter und auf Zuhrah. Wie konnte sie sich einmischen? Wie war so etwas möglich? Die Menschen bekamen Angst vor der Macht des Planeten. Würde Zuhrah auch sie vernichten, wenn sie ihrer überdrüssig würde? Aus Angst vor Zuhrah und den Göttern begannen viele Menschen, die Götter zu jagen. In ihren Augen waren sie nichts anderes als Untertanen Zuhrahs. Und Zuhrah könnte die Götter jederzeit auch gegen die verbleibenden Schakruna oder die Menschen einsetzen, würde es ihr danach belieben.

Die Yatu jagten nun also die Götter und sie machten auch nicht Halt vor den Schakruna, die die Götter beschützten. Die Schakruna schafften es schließlich, einige Herrscher davon zu überzeugen, dass die Umnakekeli eine Gefahr darstellten, und so verbündeten sich einige Völker gegen die Wächter und die Yatu. Dies führte zur letzten großen Schlacht der Götter.

In den Geschichten der alten Ravenna hieß es, dass die Umnakekeli den Planeten schwächen wollten, um ihre eigene Existenz abzusichern. In den Büchern der Luminór schienen die Umnakekeli deutlich weniger selbstsüchtig und zerstörerisch als in den Geschichten, die Jiari kannte. Sie begann daran zu zweifeln, dass die Umnakekeli Zuhrah aus Angst schwächen wollten. Sie zweifelte sogar daran, dass sie Zuhrah überhaupt schwächen wollten.

So gerne hätte sie sich mit jemandem darüber ausgetauscht, der mehr wusste als sie. Aber so jemanden gab es in Sterneck leider nicht.

Die Leute im Dorf hielten Jiari für verrückt. Sie machte kein Geheimnis daraus, dass sie die alten Schriften lesen konnte. Da es außer ihr aber niemand sonst in Sterneck zu entziffern wusste, konnte auch keiner sagen, ob sie sich die Dinge nicht einfach nur ausdachte.

Leider waren es nicht besonders viele Bücher, die Laras Urahn Rendall im Laufe seines Lebens gesammelt hatte. Die meisten handelten von der alten Kunst des Heilens, da auch er ein Heiler gewesen war, oder enthielten Geschichten über den Städtebau. Auch über die seltsame Blume aus ihrem Traum hatte sie nicht viel herausfinden können. Außer, dass der einzige Ort, an dem sie wuchs, Naofalladil war. Naofalladil, diesen Namen hörte man heutzutage nicht mehr. Es war der wahre Name der vergessenen Insel der Luminór. Warum genau sie von dieser Blume geträumt hatte, wusste sie jedoch immer noch nicht. Sie hatte alle Bücher gelesen und sich auch oft mit Ravenna unterhalten. Sie hatte gehofft, dass ihr die alte Frau wenigstens einige der Fragen, die ihr so auf der Seele brannten, beantworten könnte: Warum gaben die Götter nur manchen die Gabe? Warum kam die Fähigkeit nach der Vernichtung der Götter nicht zurück? Warum kommen die Yatu jetzt wieder aus ihrer neuerrichteten Festung Giza? Aber auch Ravenna konnte ihren Wissensdurst nicht stillen.

Ihr Missmut war Jack nicht entgangen. „Du hast die Suzilia gesehen, Jiari. Vielleicht findest du die Antworten in dir selbst. Du hast eine merkwürdige Verbindung zu allem um dich herum, soviel wissen wir schon mal – also, dass du eine seltsame Person bist“, hatte er sie lachend dazu ermutigt, sich mehr auf sich selbst und nicht auf anderes zu konzentrieren.

Jiari war so froh, dass sie Jack hatte. Er war immer lebensfroh und leichtfüßig. Auch wenn die Laune aller anderen Dorfbewohner, inklusive ihrer Eltern, mehr und mehr durch eine Unruhe überschattet war, fand Jack immer wieder den richtigen Spruch, um Jiari daran zu erinnern, dass alles gut war. Obgleich sie wusste, dass etwas mit ihr noch nicht stimmte. Sie erzählte es niemandem, dass sie regelmäßig heftig pochende

Kopfschmerzen sowie Schwächeanfälle bekam. Sie wollte nicht, dass ihre Eltern sich noch mehr Sorgen machten, als sie es sowieso schon taten.

Jiari lag mit geschlossenen Augen an ihrer Lieblingsstelle am Payaufluss und transferierte ihr Bewusstsein in die unterschiedlichsten Waldbewohner, wie sie es bereits mit dem Waldhasen getan hatte. Dank diesem Training konnte sie es immer besser kontrollieren.

Die Biber waren aktiv geworden. Die dicken Dammbauer hatten drei Jungtiere zur Welt gebracht und waren nun emsig damit beschäftigt, die immer hungrigen Mäuler zu stopfen. Jiari spürte ihre Nervosität. Der Payau führte dieses Jahr, aufgrund der regenarmen Monate, besonders wenig Wasser. Familie Biber musste sich also außerordentlich anstrengen, um ihren Damm stark genug zu bauen und sich so vor Feinden zu schützen. Bei solch geringem Wasserstand hatten diese ein leichtes Spiel in ihren Bau vorzudringen.

Sie ließ ihren Geist weiterwandern. Sie roch den feuchten Waldboden. Die Wildschweinmutter war mit ihren neun Frischlingen auf Nahrungssuche.

Jiari atmete tief ein und der Duft des lila blühenden Fliederbaumes neben ihr erfüllte ihre Nase. Das monotone Surren der unzähligen Bienen, die sich an seinem Nektar labten, brummte in ihrem Schädel.

Wieder sandte sie ihren Geist aus. Wind strich über ihr Fell. Sie hatte ihren Geist in eine Ricke transferiert und stand mit erhobenem Kopf wachsam lauschend auf einer Böschung. Sie hielt Wache, während ihr erst wenige Tage altes Kitz zaghaft die unteren, herzförmigen Blätter einer gewaltigen Linde abzupfte. Jiaris Geist wanderte umher und sah alles.

Es wurde dunkel. Der Jungfuchs lag zusammengekugelt in seiner Höhle. Er wartete auf den Einbruch der Dämmerung, um auf Beutezug zu gehen.

Sie hörte, dass Jack sich näherte. Sie wartete, bis er ganz nah war, und sprang mit einem lauten „Wuaah“ auf. Jack erschreckte sich so sehr, dass er rückwärts in einen Brennesselbusch fiel.

„Aaah!“, rief er wütend. „Willst du mich umbringen?“ Schon war Manschi auf seinen Bauch gehopst und biss mit weit aufgerissenem Maul lustvoll in die Brennesselblätter. Beide mussten bei dem Anblick sofort laut und herzhaft lachen.

„Was machst du denn schon wieder hier?“, fragte Jack mit gespielter Gelassenheit. Er versuchte, den vorwurfsvollen Ton zu unterdrücken. „Deine Mutter kam zu mir in die Schmiede. Du hast dich mal wieder nicht beim Mittagessen blicken lassen“, vollendete er schließlich doch noch tadelnd, während er sich an Bein und Rücken gleichzeitig kratzte. „Das Essen war wirklich lecker.“ Er machte eine kurze Pause, kratze sich mit der linken Hand an der rechten Schulter, mit der rechten Hand an den linken Rippen und mit den Zähnen biss er sich in die linke Schulter. Jiari konnte gar nicht mehr aufhören zu lachen. Die Brennesseln hatten ihn überall erwischt. „Jaja, freu du dich nur“, sagte er sarkastisch und fügte beiläufig hinzu: „Liam will wieder Söldner werden und die Söldner aus Tanah zurück nach Kamah holen, damit sie die Yatu bekämpfen und nicht irgendwelche belanglosen Machtkämpfe zwischen den Stämmen Al Bahars unterstützen.“

Jiari hörte sofort auf zu lachen.

„Ja, so ging es mir auch, als er damit anfing“, antwortete Jack auf ihre Reaktion.

Seine Haut, die unter der kurzen Hose und dem kurzen Hemd hervorlugte, war schon voller roter Kratzer. Er legte sich neben sie und packte einen Beutel voller Essen aus. „Deshalb bin ich eigentlich gekommen", grinste er und gab ihr seine Beute. „Ich wollte nicht, dass du hier draußen verhungerst. Ich muss auch schon gleich wieder zurück. Bei uns ist so viel los wie noch nie. Seit Liams Rückkehr und seiner Kunde über den Vorstoß der Yatu in Dabo möchte plötzlich jeder einzelne Bewohner Sternecks ein Schwert geschmiedet haben. Na ja, mir soll es recht sein, dann haben wir bald genug Geld, um zusammen nach Paa La, in die Baru Maktaba zu reisen", sagte er.

Immer sah er in allem das Positive. Er blinzelte Jiari zu und legte seine Hand auf ihre. Jiari saß mittlerweile aufrecht da und verspeiste die Rosmarinkartoffeln, die er mitgebracht hatte.

„Ich denke", schmatzte sie, „nächstes Jahr, sollten wir genug Geld beisammenhaben." Jiari verdiente gutes Geld damit, Trüffel und andere seltene Kräuter im Wald ausfindig zu machen und auf dem Markt zu verkaufen.

Fern von ihnen raschelte es laut. Ein großer Vogelschwarm war aufgescheucht worden und sah wie eine riesige schwarze Wolke aus. Manschi kroch ängstlich zwischen die Beiden und versuchte, sich zu verstecken, was allerdings mit seinem Bauchumfang unmöglich war. Jiari wandte sich sofort um und lauschte angestrengt.

„Was ist?", fragte Jack neugierig. „Siehst du etwas?"

Jiari schloss die Augen und versuchte, ruhig ein- und auszuatmen. Sie spürte verängstigte Geister. Zu viele auf einmal, als dass es ein Zufall sein konnte. Sie wollte dem Ganzen auf den Grund gehen, also transferierte sie ihren Geist so weit nach Süden, wie sie konnte.

Sie war eine kleine Spitzmaus. Panisch flitzte sie über den Boden, so schnell sie ihre kurzen Beinchen tragen konnten. Sie roch Rauch. Erschrocken zog sie ihren Geist zurück.

„Lauf nach Sterneck zurück, Jack, und warne die anderen. Es brennt irgendwo", befahl sie bestimmend. „Ich komme gleich nach", fügte sie schnell und beruhigend hinzu, bevor er etwas erwidern konnte. „Es ist sicher nichts Schlimmes. Ein kleines Feuer, das sich schnell von allein ausbrennen wird. Ein paar Buben haben vermutlich im trockenen Laub gezündelt. Aber ich möchte nachsehen."

Jack runzelte die Stirn. „Also gut", entgegnete er sichtlich unzufrieden und schürzte die Lippen. „Aber sobald es näherkommt, machst du dich aus dem Staub, versprochen?"

„Versprochen", antwortete Jiari mit einem warmen Lächeln. Jack stand auf, gab ihr einen liebevollen Kuss auf die Stirn und machte sich auf den Weg zurück zum Dorf.

Unruhe durchströmte den Wald. Jiari spürte, wie der Boden unter ihr bebte. Sie schaffte es nicht, sich richtig zu konzentrieren und konnte nur die Energie in ihrer unmittelbaren Nähe wahrnehmen.

Mist, dachte sie sich, immer wenn es drauf ankommt, funktioniert es natürlich nicht. Also entschied sie, weiter in den Wald hineinzulaufen. Bis zum Abendessen waren es noch fünf Stunden, sie hatte also noch etwas Zeit.

Langsam bahnte sie sich ihren Weg durch das Unterholz, weiter Richtung Süden. Nach einer Weile konnte sie den Rauch selbst riechen. Das Feuer konnte nicht mehr allzu weit entfernt sein. Der ganze Wald war in Aufruhr. Nagetiere huschten durch das Laub, Vogelscharen sammelten sich am Himmel, ein

Eichhörnchen hangelte sich von Baum zu Baum. Und alle liefen in die gleiche Richtung – nach Norden. „Hm", grummelte Jiari. „Seltsam. Na ja, allzu viele Möglichkeiten haben sie ja nicht." Östlich verlief der Payau in Schlangenlinien, den die wenigsten Tiere überqueren konnten. Nach Süden schnitt ihnen wohl das Feuer den Weg ab. Und nach Westen würden sie irgendwann am Gebirge vor den westlichen Stränden des Bahkuwahari scheitern.

Der Rauch wurde dichter. Jiari rannte einen Berg hinauf, um sich eine bessere Sicht zu verschaffen. „Bei Zuhrah!" Jiari erstarrte, als ihr die Katastrophe bewusst wurde. Sie stand auf einer lichten Bergspitze, die ihr einen guten Blick Richtung Eisenheim bot. Unzählige Hektar des Waldes waren den Flammen bereits zum Opfer gefallen. „Kein Wunder, dass ihr euch alle nach Norden retten wollt", sagte sie und half einem kleinen Igel über einen umgestürzten Baum. Noch nie hatte sie solch ein großes Feuer gesehen. Es breitete sich mit zunehmender Geschwindigkeit aus. Der Rauch müsste mittlerweile auch Sterneck erreicht haben, dachte sie sich. Sie konnte nichts anderes tun, als der Feuersbrunst zuzusehen. Wieder konzentrierte sie sich und sandte ihren Geist mitten in die Flammenhölle. Das war keine gute Idee gewesen. Sie schrie laut auf, ihr ganzer Körper stand in Flammen. Sie roch verbranntes Fleisch – ihr Fleisch. Nein, es war eine junge Schleiereule, die noch nicht gut genug fliegen konnte und es nicht mehr rechtzeitig geschafft hatte. Entsetzt zog Jiari ihren Geist zurück und schlug sich mit der flachen Hand eifrig auf die Arme, als wolle sie das Feuer löschen. Sie keuchte schwer, stützte die Hände auf die leicht gebeugten Beine und überlegte, was sie tun könnte.

Sie spürte all das Leid der verendenden Tiere und Pflanzen. Eine riesige, weit über dreißig Meter hohe und dreihundert Jahre alte Ulme zerbarst mit einem gewaltigen Knacken und krachte zu Boden. Überall grollte und knisterte es laut. Sie hörte das verzweifelte Röhren einer Hirschkuh. Jiari begann erst vorsichtig, dann immer schneller werdend, den Gebirgsgipfel auf der anderen Seite hinabzuklettern, um der Hirschkuh zu helfen. Das Kitz hatte vor lauter Panik nicht auf den Weg geachtet und war in eine Grube gestürzt, aus der es nun nicht mehr herauskam. Die tödliche Walze kam immer näher und Jiari rannte direkt darauf zu. Sie spürte die Hitze auf ihrem Gesicht. In wenigen Minuten würden die ersten Flammen nach ihr züngeln. Ohne zu zögern sprang sie zu dem Kitz in die Mulde und drückte, so stark sie konnte, gegen die Hinterläufe des Tieres. Der beißende Rauch brannte bereits in ihrer Lunge. Geschafft! Das Tier war frei und rannte mit seiner Mutter panisch davon. Erschöpft kletterte auch Jiari wieder nach oben. Doch der Schmerz aller im Feuer verendender Lebewesen war zu viel für sie. Ihr wurde schwarz vor Augen und benommen kippte sie auf den weichen Waldboden.

Es war hoffnungslos, sie konnte die Energie nicht kontrollieren. Sie hatte keine Gewalt darüber, was sie spürte und was sie ausblendete. Schmerzverkrampft lag sie zusammengekauert am Boden und schloss die Augen.

Sie verlor das Bewusstsein und fand sich an einem anderen Ort wieder. Alles um sie herum war dunkel und kalt. Sie schwebte in einem unendlichen Meer. Jiari war unter Wasser. Orientierungslos glitt sie durch die Dunkelheit und sah in der Ferne einen kleinen Fisch. Als sie näherkam, erkannte sie, dass es ein Hai war. Er wirkte winzig – oder war sie so riesig? Jiari spürte einen stechenden Schmerz in der Brust. Sie sah nach oben an die Oberfläche. Zitternde Flammen und die Schatten mächtiger Schiffe drückte von oben auf sie nieder. Das Atmen fiel ihr schwerer. Das Wasser um sie herum färbte sich rot. Ein Mann fiel in die Wellen und sank mit weit aufgerissenen Augen neben ihr auf den Grund. Sie hatte noch nie so viel Leid in den Augen eines Menschen gesehen.

Und dann sah sie eine kleine Gestalt. Nein, das kann doch nicht sein, dachte Jiari, während auch sie bewegungsunfähig auf den Grund des Meeres sank. „Bushu!"

Der Kleine war von einem der Schiffe ins Wasser gesprungen und schwamm auf sie zu. Es fühlte sich an, als würde sie eins mit dem Wasser werden und den sterbenden Körper, in dem sie gefangen war, verlassen. Ein brennender Schiffsmast stürzte krachend auf die Wasseroberfläche. Verschwommen erkannte sie eine gewaltige Drachenfratze im flackernden Feuer. Der Drache brannte – nein, er war das Feuer. Kurz darauf stürzte der riesige weiße Drache ins Wasser.

Plötzlich erinnerte Jiari sich daran, dass auch sie in Lebensgefahr schwebte. Sie musste dringend aus dem brennenden Wald fliehen. Sie schaffte es, ihr Bewusstsein zurückzuerlangen und wachte auf. Ruß bedeckte ihren Körper. Die Luft war voll glühender Partikel, die durch den Wind weitergetragen wurden. Dieser verfluchte Wind, dachte sie sich und schob sich langsam auf die wackeligen Beine. „Bayu!", schrie sie den Namen des Luftgottes heraus. „Wenn du hier bist, dann bitte hör auf, das Feuer weiterzutragen!" Sie erhoffte sich nichts. Das Feuer hatte sie fast eingeholt. Die Hitze war unerträglich und sie konnte kaum atmen. „Verdammt, ich muss hier weg", sagte sie zu sich selbst und rannte so schnell sie ihre Beine tragen konnten. Das Feuer breitete sich mit rasender Geschwindigkeit aus, und es kam von allen Seiten. „Ich bin nicht schnell genug", dachte sie verzweifelt, mit pochendem Herzen.

Auf einmal erspähte sie eine Payauwölfin nicht weit von ihr. Ihre Welpen waren noch zu langsam, um der Walze zu entrinnen. Sie wollte ihre Kleinen aber nicht aufgeben. Eher würde sie sterben, als ihren Nachwuchs im Stich zu lassen. Jiari rannte im dichten Geäst neben ihr her. Eines ihrer Jungtiere trug die Wölfin bereits in ihrem riesigen Maul, ein anderes verlor deutlich an Boden. Die Wölfin zögerte und wartete auf den Nachzügler. Jiari dachte keine Sekunde nach, drehte um, schnappte sich den kleinen, bereits angesengten Welpen und rannte weiter. Die Wölfin machte auf dem Absatz kehrt, rannte auf Jiari zu und blieb kurz vor ihr stehen.

„Komm schon", wimmerte Jiari kläglich. „Ich will dir doch nur helfen!" Forschend sah die Wölfin sie mit großen, bernsteinfarbenen Augen an. Ihr Fell war weiß und wurde gen Rücken immer dunkler, bis es auf Schulterhöhe schließlich fast schwarz war. Jiari streckte den Arm aus, während sie mit dem anderen Arm den völlig erschöpften Welpen fest an sich drückte. Vorsichtig kam das Tier mit seiner schwarzen Nase näher und schnüffelte an Jiaris Hand. Erleichtert atmete Jiari auf. Die Wölfin würde sie nicht angreifen. Jiari schnappte sich alle Welpen und stieg auf den Rücken der riesigen Payauwölfin. Gemeinsam flogen sie durch den Wald und ließen die alles in sich verschlingende Feuerwalze hinter sich.

Sie hatten es geschafft. Der Wind hatte nachgelassen. Erschöpft legte Jiari sich auf die Erde und japste nach Luft — und da spürte sie es: Ein dicker Wassertropfen fiel ihr auf den Arm und brachte ihre helle Haut unter all dem Dreck und Ruß zum Vorschein. Sie blinzelte angestrengt und mit brennenden Augen zum Himmel. Dichte Wolken zogen auf und verdunkelten den Horizont. Wenige Minuten später prasselte das Wasser nur so in Strömen auf sie nieder.

Jiari erholte sich noch einige Zeit, rappelte sich dann aber auf, um zurück ins Dorf zu gehen. Die anderen hatten sich sicher schon Sorgen um sie gemacht.

Entkräftet schleppte Jiari sich Richtung Marktplatz.

Endlich kam Leon auf seiner Stute angaloppiert und sprang zu ihr auf den Boden. „Jiari!", rief er. „Bist du in Ordnung? Ich bin sofort in den Wald geritten und habe nach dir gesucht. Komm her, ich hab dich." Er packte sie in eine Decke und hob sie auf den Rücken seiner Stute.

„Ich habe Schiffe wegsegeln sehen. Ich glaube, jemand hat das Feuer mit Absicht gelegt", sagte Jiari mit schwacher Stimme. Sie hatte keine Schiffe gesehen. Aber sie hatte dunkle Energie vom Hafen her gespürt. Bisher hatte sie aber niemandem außer Jack von ihren Fähigkeiten erzählt. Leon würde es auch niemals glauben.

„Du kannst den Hafen von hier aus gar nicht sehen", erwiderte Leon ungläubig und drückte seine völlig unterkühlte Schwester wärmend an sich. „Einige der Bewohner haben gestern aber auffällige Gestalten am Hafen beobachtet." Er hielt inne, als wolle er noch etwas sagen, blieb aber still.

Auch Liam trat wenig später auf seinem Hengst Latios aus dem Unterholz und ritt, überglücklich, Jiari wohlauf zu sehen, zu den beiden rüber.

„Dass du wohl endlich damit aufhörst uns allen ständig einen Schrecken einzujagen, du kleiner Tunichtgut!", tadelte er.

„Der Schaden ist enorm. Wir haben Glück gehabt, dass der Regen kam. Hätte das Feuer unsere Erntefelder erreicht wären wir im Winter verloren. Was hast du überhaupt so nah am Feuer gemacht? Warum bist du nicht weggerannt?"

Ihr fiel keine plausible Antwort ein, die Liam befriedigen würde. „Ich bin dort eingeschlafen und zu spät wieder aufgewacht."

Ungläubig runzelte Liam die Stirn. „Und wie hast du es geschafft, dann so schnell vor dem Feuer zu fliehen?"

Auch hierauf wusste Jiari keine Antwort, also wechselte sie das Thema. Vorwurfsvoll sagte sie, leiser als sie beabsichtigt hatte, da ihr die Kraft fehlte: „Ich weiß, dass du vor hast nach Tanah zu gehen, Onkel." Liam blickte stumm nach vorne.

„Und ich werde mit ihm gehen", pflichtete Leon ihm bei.

Sie hatte bereits damit gerechnet, die Worte jetzt aber ausgesprochen zu hören, war furchtbar. Sie sah zu ihrem Bruder und ihr Griff um seinen Arm wurde fester.

„Wir werden die Söldner aus Tanah zurück nach Kamah leiten. Wir brauchen jede Hilfe, die wir bekommen können", schaltete sich Liam schließlich ein. „Sie werden mir folgen. Ich verfüge über das Gold König Gereons von Awaheim." Neugierig sah Jiari ihren Onkel an.

„Nach der Botschaft über den Tod Königin Ennas von Karvag, erhielt ich Kunde aus Awaheim, in der König Gereon mir auftrug, mich mit meinen Söldnern bereit zu halten. Die Leute werden langsam unruhig. Und dieses Feuer heute zeigt schon wieder, dass wir unseren Feind unterschätzen. Hätte es nicht aus heiterem Himmel plötzlich angefangen zu regnen – wer weiß, was mit Sterneck passiert wäre, wenn das Feuer sich auf die Ebene ausgebreitet hätte", fügte er kopfschüttelnd hinzu.

„Und das Königreich braucht unsere Ernte, jetzt da es immer weniger regnet."

Liam, Jiari und Leon erreichten den Stadtkern, wo sich ein Großteil der Bewohner Sternecks versammelt hatte, um sich auf den Ernstfall vorzubereiten. Als Lara ihre zwei Kinder auf Leons Pferd erblickte, brach sie erleichtert in Tränen aus, lief zu ihnen und streckte ihre Arme zu ihnen nach oben.

Jiari sah sich um. Sie suchte Jack. Doch sie konnten ihn in dem Menschengemenge nicht ausmachen. Auf einmal bemerkte sie, wie sehr ihre Kehle vor Durst brannte. „Wasser", stammelte sie. Leon half ihr von Lugias Rücken und sie schöpfte sich einige Hände voll aus dem Dorfbrunnen. Als sie aufblickte, sah sie, wie Jack abseits an einer Hauswand lehnte. Er sah sie traurig und enttäuscht an.

„Wir müssen in den Krieg ziehen! Das waren bestimmt die Yatu! Oder Eisenheim!", rief Sven, einer der Dorfbewohner.

Ein Murmeln ging durch die Menge. Viele stimmten ihm lautstark zu, andere wehrten die Idee vehement ab. „Unser Königreich hat allein keine Chance gegen die Armee der Yatu!"

„Liam wird losziehen und eine Söldnerarmee mitbringen!", bekräftigte Sven entschlossen, während er Liam Mut machend zunickte.

„Glaubst du Dummkopf wirklich, dass uns achthundert weitere Männer zum Sieg verhelfen?", fiel ihm Guiseppa, die Frau des Hufschmieds schnippisch ins Wort. Eine hitzige Diskussion entbrannte unter den Bewohnern Sternecks.

Jiaris Augen suchten wieder nach Jack, doch er war fort.

„Dann müssen wir die Rebellen finden und ihnen sagen, dass immer mehr Menschen bereit sind, sich ihnen anzuschließen", hörte sie schließlich ihren Bruder sagen. Viele der Leute rollten bei dieser Bemerkung nur missbilligend mit den Augen und Jiari entschied sich, die Diskussion zu verlassen und nach Jack zu suchen.

Bei den Ställen angekommen, hörte sie endlich seine Stimme. „Du hättest sterben können, Jiari. Diesmal bist du mit deiner Sorge um die Tiere zu weit gegangen", sagte er hart und kompromisslos. Er saß auf einem Heuballen und kaute an den Fingernägeln. Das tat er immer, wenn ihm etwas nicht passte oder er nervös war. Reumütig trat Jiari näher.

„Weißt du, ich habe gedacht, dass du tot bist. Ich habe Liam gesagt, dass du in den Wald gelaufen bist und sie dich finden müssen." Sie hatte ihn noch nie so aufgewühlt gesehen. Sein Hengst Bilo war seit einigen Wochen verletzt. Zum Glück dachte sich Jiari, sonst hätte Jack auch noch sein Leben riskiert und wäre in den Wald gejagt.

„Ach, Jack", entgegnete Jiari schuldbewusst, wegen ihrer Gedankenlosigkeit. Sie kniete sich vor ihn auf den Boden und nahm seine Hände.

Wieder holte er aus: „Ich habe darüber nachgedacht, was ich mache, wenn du nicht zurückkommst – wenn du dieses Mal einfach kein Glück hast. Ich weiß nicht, wie ich ohne dich leben soll. Du bist mir das Wichtigste in meinem Leben und..." Jiari unterbrach ihn, erhob sich ein Stück und presste ihre Lippen auf seine. Jacks Augen weiteten sich erst, dann schloss er sie, legte seine Arme um sie und sie küssten sich zärtlich.

Langsam zog Jiari ihren Kopf ein Stück zurück. „Es tut mir leid, Jack. Ich kann einfach nicht anders. Ich habe die Panik der Tiere gespürt. Eigentlich wollte ich nur nachsehen, was vor sich geht. Aber dann war ein kleines Rehkitz in einer Grube gefangen. Ich wollte ihm nur schnell helfen, als..."

„Rehkitz?“, unterbrach er sie. Liebevoll streichelte er ihr schwer ausatmend über den Kopf. „Na, dann komm, setz dich zu mir und erzähl mir alles ganz genau. Aber bitte nicht wieder irgendwelche Märchen über Geisterhirsche, auf denen du geritten bist.“

Tanah

Eric hatte es geschafft, Karvag unbemerkt zu verlassen. Verwirrt von den letzten Worten seiner Mutter und mit unbestimmtem Ziel, war er zum Hafen geeilt und losgesegelt. Jetzt lehnte er am Bug des Schiffes, welches er aus der Flotte gewählt hatte. Es war eines der kleineren Schiffe. Die Bugverzierung war ein Drachenkopf, mit weit aufgerissenem Maul und riesigen Hörnern auf dem Kopf sowie Hörnern um den Hals herum. Ein Abbild des Feuerdrachen Fallinall, dem Zeichen der Vargalis.

Die Segel entblößten das Familienemblem der Halvars: Ein langer, gebogener Drachenhals, der einen furchteinflößenden Drachenkopf mit aufgesperrtem Maul trug. Ein Schwert schien den Drachen vom Kopf bis zum Ende des Halses zu durchbohren. Oberhalb des Drachenkopfes war rechts und links das Zeichen für Feuer, und unterhalb, das Zeichen für Asche auf Luminór abgebildet. Endlich, dachte Eric, als er am dritten Tag nach seinem Aufbruch aus Karvag den Hafen Al Bahars erspähte. Er hasste sich dafür, seine Geschwister im Stich gelassen zu haben. Aber seine Mutter hätte gewollt, dass er einen anderen Weg einschlägt. Sonst hätte sie ihm nicht ihr lange gehütetes Geheimnis anvertraut.

Da war er also – der Hafen von Al Bahar. Eric war mit seiner Mutter und seinen Geschwistern schon öfters hier gewesen, auf dem großen Gewürzmarkt Al Bahars. Die gesamte Stadt war von einer gewaltigen Mauer umringt und das hatte auch einen guten Grund; die fünf Stämme, die um Al Bahar herum lebten, wurden es niemals müde, sich zu bekriegen. Al Bahar, mit der Königsfamilie Agadey, war der einzige Grund, warum sich diese barbarischen Völker noch nicht gegenseitig ausgelöscht hatten. Die Agadeys wahrten den Frieden in diesem Teil Tanahs.

Geschickt manövrierte Eric sein Schiff an einen der Anleger und machte die Taue fest. Die Händler hatten ihre Stände entlang der Stadtmauer aufgebaut und Menschen wuselten zu hunderten auf dem breit angelegten, steinernen Pier. Hier gab es alles: Waffen, Gewänder sowie Verköstigungen aller Art. Aber auch Pferde und Sklaven konnte man erwerben. Die Stände waren aus einfachem Holz gefertigt und mit weißen Leinentüchern bedeckt, um der unerbittlich brennenden Sonne Einhalt zu gebieten.

„Prinz Eric!", hörte er eine vertraute Stimme rufen.

Er drehte sich um und erwiderte mit einem Lächeln: „Basim! Schön dich zu sehen!"

Basim Haaleh war ein Freund seiner Mutter. Er verkaufte bereits seit Jahren Gewürze auf dem Markt und Königin Enna war stets eine seiner besten Kundinnen gewesen. Die Königin hatte den Markt von Al Bahar geliebt. Leider hatte sie nie viel Zeit dafür gehabt. Wenn sie den Weg nach Al Bahar jedoch auf sich nahm, dann hatte es sich immer richtig gelohnt.

Auf Tanah sprach man vereinzelt Dongól, eine Sprache welcher Eric kaum mächtig war. Aber zum Glück beherrschte Basim die Sprache Kamahs, wenn auch mit Akzent.

„Ihr seid schon wieder etwas gewachsen, Prinz Eric", sagte Basim gewohnt charmant. „Wo ist Eure Mutter? Und wo ist die bezaubernde Prinzessin Hanna?" Er sah sich suchend um.

„Königin Enna ist – sie ist tot", antwortete Eric mit düsterer Miene und gesenktem Kopf.

„Das ist ja schrecklich!", erwiderte Basim entsetzt und nahm Erics Hand. „Wie...", noch bevor er seine Frage vollenden konnte, antwortete Eric. „Sie ist friedlich eingeschlafen – vor drei Tagen ist es geschehen."

„Das tut mir furchtbar leid, Eric. Kann ich irgendetwas für Euch tun? Ich stehe selbstverständlich zu Euren Diensten!", sagte Basim entschlossen. Er war nicht von allzu großer Statur und dazu auch noch ziemlich dick, wodurch er insgesamt etwas rundlich wirkte. Erics Gesichtsausdruck weichte auf. „Ihr müsst ja völlig erschöpft sein, seid Ihr etwa den ganzen Weg alleine gesegelt?", fragte der Händler. Eric nickte. „Ich werde Euch ein Zimmer im Sandross vorbereiten lassen."

„Sehr gerne, Basim", stimmte Eric ihm dankend zu. Immer, wenn sie in Al Bahar waren, hatten sie im Sandross residiert.

Basim Haaleh drehte sich um und wollte gerade los eilen, da hielt ihn Eric am Arm fest. „Warte. Ich bin hier, weil ich jemanden suche."

Basim sah ihn mit großen Augen an. „Ja?"

„Ich suche eine Söldnerarmee, die vor nicht allzu langer Zeit aus Kamah hierhergekommen sein muss."

Basim rieb sich nachdenklich seinen kurzen, schwarzen Ziegenbart und rückte seinen Turban gerade. „Söldnerarmee sagt Ihr?"

„Ja genau. Es müssen so um die dreihundert bis achthundert Mann sein", erklärte Eric.

Man konnte sehen, wie es in Basims Kopf arbeitete. Auf einmal drehte er sich um und sah zu dem Pferdehändler einige Meter weiter. Ein dunkelhäutiger, großer dünner Mann. „Ja mein Herr, die sind hier durchgekommen. Sie haben ihm da drüben all seine Pferde abgekauft und sind dann weitergezogen. Vielleicht weiß er, wo sie hinwollten." Er lief zu dem Pferdehändler.

„Haleeh, mein Bester!", rief dieser spöttisch, als er Basim sah.

„Dario", erwiderte Basim mit gespielter Freundlichkeit. „Du weißt nicht zufällig, wohin das Söldnerheer, das dir deine Tiere abgekauft hat, gezogen ist?"

Der Pferdehändler grinste hämisch. Basim wandte sich wieder zu Eric und runzelte die Stirn.

„Klar", dachte sich Eric. „Nichts in Al Bahar ist umsonst." Er holte einige Taler aus seiner Hosentasche.

Der Pferdehändler streckte seine flache Hand aus und bewegte die Fingerspitzen zu sich. Damit deutete er an, dass die Information mehr kosten würde. Eric schnaubte und holte noch mehr Taler hervor.

„Die Taraq planen einen Angriff auf die Sharadin von Shardor. Das Heer wollte nach Taraq", gab der Händler schließlich preis und sackte zufrieden das Geld ein.

Taraq und Shardor waren zwei der benachbarten fünf Stämme. Eric griff erneut in die Tasche und holte deutlich mehr Geld hervor.

„Hier, dafür nehme ich sie mit." Eric zeigte auf eine kräftige braune Stute.

Der Pferdehändler lachte erfreut und stimmte dem Handel sofort zu: „Sie gehört Euch – Prinz Eric Halvar von Karvag", antwortete er und machte eine verbeugende Geste.

Im Augenwinkel erkannte Eric einen Schatten, der davonhuschte. Doch als er sich zur Seite drehte, um genauer hinschauen zu können, war die Gestalt bereits verschwunden.

Eric nahm seine frisch erworbene Stute und machte sich auf zu seinem Nachtquartier.

Er passierte das Hafentor zum Inneren der Stadt.

Wer dachte die Mauer, welche die Stadt vor Eindringlingen am Hafen schützte, sei beeindruckend, der mochte erst recht staunen, wenn er die Mauer sah, die die Stadt auf der Landseite umgab. Dort waren die Steine dreimal so hoch erbaut wie auf der Seeseite. Eric schätzte die Höhe auf gut acht Mann hoch. Und das nicht ohne Grund. Verlasse nie die schützenden Mauern Al Bahars, erinnerte sich Eric an die mahnenden Worte seiner Mutter. Er musste zugeben, dass er etwas aufgeregt war. Zwar war er schon oft in Al Bahar gewesen, niemals zuvor hatte er aber das als sehr gefährlich geltende Umland bereist.

Die Vielfalt und Schönheit Al Bahars raubte Eric auch heute noch den Atem. Die gelbgoldenen Lehmbauten waren voller Verzierungen und Ornamenten. Die Straßen waren steingepflastert, aber über und über mit gelbem Sand bedeckt. Überall wuchsen Büsche von Zwergpalmen und weit über den Dächern konnte man die großen, grünen Blätter meterhoher Dattelpalmen sehen. Die meisten Behausungen waren flach, einige hatten Kuppeldächer. Hier und da ragte ein Turm aus dem Dächermeer hervor.

Die Hauptstraßen waren sehr breit angelegt. Sobald man sich jedoch in Seitengassen begab, wurde der Durchgang eng und der Geruch übler. Fast alle Wohnungen hatten ihren Eingang in den Seitenstraßen und diejenigen, die nicht an das Kanalisationssystem angeschlossen waren, entleerten ihren Nachttopf ganz einfach vor der Türe.

Eric hielt sich die Hand vor das Gesicht, als ihm der widerliche Geruch in die Nase stieg. Er war froh, dass er dank des

Pferdehändlers so schnell herausgefunden hatte, dass sich die Söldner in Taraq aufhielten. Hatte er sich doch bereits auf eine lange Nacht eingestellt, in der er von einem Wirtshaus zum anderen ziehen würde, um Leute zu befragen. Jetzt freute er sich auf ein Bett und einen langen, erholsamen Schlaf, bevor er sich im Morgengrauen auf nach Taraq machen wollte.

Die Zeit lief gegen ihn. In wenigen Wochen sollte die Hochzeit mit Nakatirya stattfinden. Bis dahin wollte er auf jeden Fall zurück auf Karvag sein. Die Kalesch würden es ihm nicht verzeihen, wenn er die Hochzeit verpassen würde.

Im Sandross angekommen, legte er erschöpft von der anstrengenden Reise seine Rüstung ab, als es an der Türe klopfte.

„Herein!", rief er unsicher. Ein Mann in edler Uniform aus goldenem und weinrotem Stoff stand mit zwei leicht bekleideten Frauen vor seinem Gemach.

„Eine Aufmerksamkeit der Königsfamilie, Agadey. Sie drücken ihr tiefstes Bedauern zum Verlust Eurer Mutter aus", sagte der Mann mit monotoner Stimme und trat einen Schritt zur Seite. Die zwei Frauen, in dünne gelbe und blaue Seidentücher gehüllt, tänzelten leichtfüßig an Eric heran. Dessen Wangen wurden auf der Stelle blutrot. Die dünnen Tücher hätte man genauso gut weglassen können, dachte er sich. Der Stoff war transparent, sodass die hellen Brüste mit den etwas dunkleren Brustwarzen darunter hervor schimmerten.

„Ähm", stammelte Eric leicht verdutzt, nicht wissend, wie er reagieren sollte.

„Für die Huren ist bezahlt. Tut mit ihnen was Ihr wollt. Oder auch nicht", sagte der Mann in gleichgültigem Tonfall und schnipste mit den Fingern. Ein weiterer Mann trat an seine Seite. Er hatte vermutlich schon die ganze Zeit hinter ihm gestanden, allerdings war seine Haut so pechschwarz, dass er Eric im Schatten des Ganges nicht aufgefallen war.

„Das ist Mahan", begann der Mann erneut. „Die Königsfamilie möchte Euch einen Leibgardisten für die Dauer Eures Aufenthaltes zur Seite stellen. Solltet Ihr die Stadt verlassen, so tut dies nicht ohne Mahan. Auch für ihn ist bezahlt." Er machte eine verbeugende Geste mit dem Kopf und ging.

Eric war völlig perplex. Eines der Mädchen hatte sich währenddessen auf den großen Sessel im Eck gesetzt und ihre Beine so weit auseinandergespreizt, dass ihr gesamter Schambereich entblößt wurde. Beschämt wandte Eric seinen Blick sofort von ihr ab. Das andere Mädchen war vor ihm auf die Knie gegangen und machte sich an seiner Hose zu schaffen. Rasch trat Eric einen Schritt zurück und sah hilfesuchend zu Mahan.

Eine üble Erscheinung, dachte er sich. Der schwarze Mann war mit einem langen Krummsäbel bewaffnet. In seinem breiten Gürtel hatte er zudem noch ein Langmesser. Es steckte in einer aus dunklem Leder gefertigten Messerhülle. Er trug einen dunkelgrünen Turban und hatte ein orangegoldenes Tuch um Hals und Hinterkopf gebunden. Seine Augen waren genauso pechschwarz wie die Haut und er war deutlich größer und breiter als Eric. Eine dicke Narbe, die von seinem linken Nasenflügel bis fast zu seinem Mundwinkel verlief, ließ ihn noch furchteinflößender aussehen.

„Mahan", unterbrach Eric schließlich die unangenehme Stille. „Das ist also Euer Name?"

„Ja, mein Herr", antwortete Mahan.

Eric goss sich etwas Wein in einen Kelch. „Ich möchte im Morgengrauen nach Taraq aufbrechen. Habt Ihr ein Pferd?", fragte er den Riesen.

„Ja, mein Herr“, antwortete dieser sogleich. Etwas einsilbig, der Gute, dachte sich Eric, als sich plötzlich ein warmes, angenehmes Gefühl in ihm breit machte.

„Noch etwas, mein Herr?“, fragte Mahan.

Eric schüttelte den Kopf. „Nein, das ist alles.“

„Gut, bis morgen“, erwiderte Mahan und schloss die Türe zu Erics Zimmer. Dieser stand mittlerweile mit nacktem Oberkörper da. Wie hatten sie es nur so schnell geschafft, ihn auszuziehen, fragte er sich. Das warme Gefühl rührte daher, dass eine der Frauen ihre Hand in seine Hose gesteckt hatte und sich an ihm zu schaffen machte. Die andere hatte die blauen Seidentücher abgestreift und kniete auf allen Vieren kichernd auf dem Bett. Eric nahm einen tiefen Schluck Rotwein. Er musste zugeben, dass ihm der Anblick ihres nackten Hinterteils durchaus gut gefiel. Er zögerte einen Moment, nahm dann aber die Decke und warf sie über die nackte Frau.

Die andere Frau hatte, wie er fand, einen traurigen Gesichtsausdruck. Sie streifte ihr Gewand langsam ab und stand nun nackt vor ihm. Langsam lief auch sie zum Bett. Eine riesige Narbe verunstaltete ihren Rücken.

„Was ist mit dir geschehen?“, fragte er vorsichtig. Doch er bekam keine Antwort. Sie sprachen wahrscheinlich nur Dongól, also würde er nur schwer mit ihnen kommunizieren können.

„Wie lautet dein Name?“ Er wollte noch nicht aufgeben. „Ich heiße Eric.“

Sie sah ihn mit großen traurigen Augen an und seufzte schließlich: „Eva.“

Das war alles, was er für den restlichen Abend aus ihr herausbekommen sollte.

Als Eric am nächsten Morgen aufwachte, lagen die zwei Frauen unbekleidet neben ihm im Bett. Hastig hob er, an sich selbst zweifelnd, die Decke hoch und atmete erleichtert aus. Er hatte noch eine Hose an. Es hätte gegen seine Ehre und seinen Stolz verstoßen, mit Frauen gegen Geld Verkehr zu haben.

Er richtete sich auf, legte seine Rüstung an und öffnete die Türe des Zimmers, wo er Mahan vorfand. Ob er überhaupt geschlafen hatte?

„Guten Morgen, Mahan. Dann wollen wir mal los", sagte er, mit deutlichem Unbehagen in der Stimme. Der schwarze Mann nickte und sie brachen auf.

Eric war wirklich froh, dass er einen Führer zur Seite gestellt bekommen hatte. Er würde den Weg nach Taraq allein nicht finden. Mahan hatte ihm einen dunklen Umhang gegeben, damit er nicht so auffallen würde.

„Wir werden einen Tag reiten, bevor wir Taraq erreichen, mein Herr", sagte Mahan, nachdem sie aufgestiegen waren.

„Du kannst mich ruhig Eric nennen. Wir werden ja nun eine Weile zusammen unterwegs sein, da können wir auf so Förmlichkeiten verzichten", meinte Eric kumpelhaft, in der Hoffnung, dass dies die Spannung etwas lockern würde. Mahan sah zu ihm rüber, antwortete aber nicht.

Sie hatten das Haupttor erreicht und verließen die Stadt. Eric schluckte schwer, als er so weit sein Auge reichte lediglich eine gelbe, öde Sandwüste erkennen konnte. Es erschien unwirklich, dass hinter den Mauern dieser pompösen Stadt nichts als Sand war.

„Ich habe gehört", fing Eric an, nachdem sie bereits einige Stunden schweigend nebeneinanderher geritten waren, „dass die Streitigkeiten unter den Stämmen dieses Jahr besonders aggressiv sind? Wie kommt's?"

Ohne seinen Blick vom Horizont zu lösen, antwortete Mahan: „Ja, mein Herr – ich meine, Eric. Es war ein regenarmer Winter und der Sommer wird bald da sein. Die Stämme kämpfen um Nahrung und Wasser. Viele werden sterben, ob im Kampf oder an Hunger ist ihnen dabei egal."

Eric konnte sich das kaum vorstellen. Auf Karvag ging es ihnen so gut. Nie musste jemand Hunger leiden oder hatte keinen Zugang zu frischem Wasser. Vielleicht war es gar nicht so verkehrt, sich vom Rest Kamahtanahs abzuschotten, dachte er.

In weiter Ferne erkannte Eric die Umrisse eines Gebirges sowie von Hütten.

„Das ist Shardor", sagte Mahan. Sie würden zwischen Al Wasun und Shardor, durch die Doharánberge reiten müssen, um nach Taraq zu gelangen.

„Warum reiten wir nicht direkt durch Shardor hindurch Mahan?", fragte Eric skeptisch.

Sie hatten den Eingang in das kleine Gebirge erreicht. Mahan hielt seinen Krummsäbel fest und antwortete fast schon belehrend: „Weil wir auf diesem Weg am wahrscheinlichsten lebend in Taraq ankommen."

Eric wollte nicht weiter nachfragen. Er wusste, dass die Sharadin gefährliche Kämpfer waren, allerdings wusste er nicht, dass sie auch mordlustige und kaltblütige Killer waren.

Mahan schien angespannt. Seine Augen wanderten unaufhörlich durch das Gebirge. Zu ihrer Rechten löste sich auf einmal eine kleine Steinlawine einige Meter über ihnen.

„Bleib hinter mir!", rief Mahan und wirbelte mit seinem Pferd vor Eric herum. Erics Herz raste. Hastig blickte er um sich. Staub wirbelte wenige Meter vor ihnen auf, ein Pfeil verfehlte seinen Hals nur um Millimeter und aus der Staubwolke rannten drei Menschen entschlossen mit erhobenen Schwertern auf sie zu.

Eric ergriff sein Schwert und machte sich bereit. Mahan stieß seinem Pferd die Fersen in den Bauch und preschte den Angreifern entgegen. Ehe Eric sich versah, lagen zwei der Banditen bewegungslos am Boden. Unglaublich. Der Riese hatte ihnen mit Leichtigkeit den Schädel eingeschlagen. Der dritte Angreifer taumelte. Mahan stieg von seinem Pferd und lief auf ihn zu.

Der Räuber nahm seine Kapuze ab und zum Vorschein kam eine Frau, kaum älter als Eric. So viel Wut und Verzweiflung erfüllte ihre Augen. Mahan holte zum finalen Schlag aus.

„Halt!", rief Eric. „Töte sie nicht, Mahan!" Der Riese hielt inne. Die Frau nutzte die Unentschlossenheit, warf eine Handvoll Staub und Steine in Mahans Gesicht und rannte davon.

„Hmm", grummelte er sich den Dreck aus den Augen reibend. „In Tanah wird Barmherzigkeit Euer sicheres Ende herbeiführen, Eric, Prinz von Karvag", murmelte er und stieg wieder auf sein Pferd.

„Gefangene werden hier also nicht gemacht", flüsterte Eric, unhörbar für den schwarzen Riesen und augenrollend in seinen Umhang. Er hatte Mitleid mit den Angreifern. Waren es doch nur verzweifelte Menschen, denen nichts anderes übrig blieb, als zu stehlen.

Am Abend erreichten sie Taraq. Die Stadt war etwas kleiner als Shardor, trotzdem lebten hier gut fünftausend Menschen. Zwei Männer schleiften einen Pferdekadaver über den Weg. Eric spürte, wie ihn ein Hauch von Ekel überkam. Man konnte die Zelte der Söldner am Rande der Stadt erkennen. Es dämmerte bereits und das Lager wurde durch Fackeln erleuchtet, als sie es schließlich erreichten.

„Ihr solltet Euch besser nicht mit Eurem vollen Namen vorstellen", mahnte Mahan zur Vorsicht.

Eric pflichtete ihm bei: „Gut. Ich werde mich unters Volk mischen und versuchen, die Informationen zu bekommen, wegen derer ich gekommen bin."

Sie banden ihre Tiere bei einer anderen Gruppe von Pferden an, in der Hoffnung, dass sie niemand stehlen würde.

Überall aus dem Zeltdorf hörte man schallendes Gelächter und das dumpfe Klirren aneinanderstoßender Bierhumpen.

Eric fand den Weinschenk der Söldner und organisierte zwei Rotweinhumpen. Einen für sich und einen für Mahan, dieser lehnte jedoch ab. Also gesellte er sich zu einer Runde trinkender Männer und schenkte das Getränk einem von ihnen.

„Hey Junge, vielen Dank!" Der Mann hob den Humpen und sie stießen an. „Setz dich zu uns. Ich habe dich hier noch nie gesehen."

„Mein Name ist Eric. Ich komme aus Palindall und möchte mich euch Söldnern anschließen", log Eric etwas unbeholfen.

„So?", fragte der Mann und beäugte Eric von oben bis unten. „Und wer ist dein großer schwarzer Begleiter?" Er deutete mit dem Kopf zu Mahan, der sich keinen Zentimeter rührte.

„Das ist Mahan. Auch er möchte sich euch anschließen", übernahm Eric das Antworten schließlich für seinen schweigenden Leibwächter.

„Ha! Na, das ist doch mal eine Bereicherung für unsere Truppe! Mahan, du siehst unzerstörbar aus!" Er lachte laut. „Ich bin Bando. Das sind Trill, Kuntzi, Gallandór und Huriol."

Sie tranken mehrere Stunden mit den Männern und Eric stellte viele Fragen. Zum Beispiel wo sie waren, bevor sie nach Taraq kamen. Bando erzählte ihm, dass sie aus Kamah hergereist waren, um ihr Geld mit den Stammeskriegen zu verdienen. Die Königsfamilie Agadey bezahlte sehr großzügig. Allerdings hatte sich die Armee in Eisenheim gespalten. Viele der Söldner wollten lieber in Kamah bleiben und auf den Ansturm der Yatu warten, während sich andere wiederum dazu entschieden, nach Tanah zu reisen.

Viele in dieser Gegend Tanahs trachteten nach dem Leben der Königsfamilie. Sie wahrten zwar den Frieden in und um Al Bahar, doch zu welchem Preis? Hunderte Menschen verhungerten außerhalb der Mauern, weil die Verpflegung kaum noch für die Stadt selbst ausreichte. Immer mehr Arak, so hießen die Aufständischen auf Dongól, rotteten sich zusammen. Darum waren die Söldner hier. Taraq wollte zwar Shardor angreifen, doch würde die Nahrung früher oder später auch dort zur Neige gehen, was einen Angriff auf die Hauptstadt Al Bahar unabdingbar machte. Würde es zu einem Krieg kommen, hätte die Armee der Agadeys kaum eine Chance. Da sie keine Verbündeten auf Kamahtanah hatten, mussten sie auf bezahlte Schwerter zurückgreifen.

„Und warum wart ihr in Eisenheim?", fragte Eric endlich. Diese Frage brannte ihm seit Stunden auf der Zunge.

Die Männer zuckten mit den Schultern und Huriol antwortete: „Es war seltsam. Unser damaliger Anführer sagte uns, dass wir auf Karvag gebraucht werden. Dass die Yatu dort einfallen werden."

„Ja", lachte Gallandór. „Bei dem Wort Yatu sind erst mal einige der Kämpfer weggelaufen – Idioten."

„Wir hätten die Yatu abgefertigt", sagte Bando. „Doch wenige Tage vor der geplanten Überfahrt nach Karvag gab der Anführer Entwarnung und wir waren unsere Arbeit los."

„Wo ist der Anführer?", fragte Eric.

„Der Anführer ist zurück nach Hause gegangen. Er wollte sich zur Ruhe setzen. Wir haben jetzt einen neuen Anführer – Vernon", entgegnete Huriol.

Trill und Kuntzi waren bereits so betrunken, dass sie im Sitzen eingeschlafen waren.

„Muss ich nicht zu ihm, wenn ich euch beitreten möchte, um mich ihm vorzustellen?", versuchte Eric die Konversation schließlich in seine gewünschte Richtung zu lenken.

„Das ist eine ausgezeichnete Idee!", warf Gallandór ein. „Wenn wir sagen, dass wir euch zwei aufgetan haben, bekommen wir vielleicht auch noch ein Lob. Sein Zelt ist nicht weit von hier, kommt!"

Sie liefen los und innerhalb weniger Minuten erreichten sie eine weitere Gruppe grölender und trinkender Männer. Halbnackte Frauen saßen auf ihren Schößen. Eric hörte das Stöhnen weiblicher und männlicher Stimmen aus einigen Zelten.

Ein Mann mit langen schwarzen Haaren und einem langen Bart sah zu ihnen hinüber. „Bando, Huriol, Gallandór! Wen bringt ihr da mit euch?" Eric stellte sich und Mahan vor.

„Frischlinge", knirschte einer der Männer, packte die Frau, die auf seinem Schoß saß mit beiden Händen an der Hüfte, stellte sie hin, gab ihr einen Klaps auf den Hintern und trug sie in ein Zelt. Die Männer lachten laut.

„Ich bin Vernon. Ihr seid höchst willkommen." Eric manövrierte die Unterhaltung wieder geschickt bis zu dem Punkt, an dem er nach Karvag fragte.

Vernon rieb sich den Bart: „Das war in der Tat merkwürdig", sagte er und strich sich mit seinen Händen angestrengt durch sein Gesicht. „Die Königin, Königin Enna, hatte einen Botschafter zu uns gesandt und nach uns verlangt. Die Yatu seien wohl kurz davor die Stadt anzugreifen. Ich habe Karvag noch nie von innen gesehen, also dachten Liam, der damalige Anführer und ich, dass wir diesen Kampf nicht abschlagen können." Vernon lachte, während er sich zurückversetzte.

„Der Bote", warf Eric ein. „Erinnert Ihr Euch noch an seinen Namen?"

Vernon schaute etwas verdutzt, antwortete aber trotzdem: „Hmm, lasst mich überlegen. Sein Name war irgendwas mit Fuß…Hallfuss oder sowas." Sofort wusste Eric, wen er meinte: Rick Hafuss. Ein treuer Diener seiner Mutter. Er hatte Rick seither nicht mehr gesehen. Sein Vater hatte ihm gesagt, dass er ihn nach Awaheim geschickt habe, um wichtige Angelegenheiten mit König Gereon zu besprechen. Eric zweifelte jetzt aber an dem Wahrheitsgehalt dieser Worte. Er runzelte die Stirn.

„Wie auch immer", fuhr Vernon fort. „Kurz darauf kam ein weiterer Bote, der die ganze Nummer abgeblasen hat. Und jetzt sind wir hier." Er hob seinen Humpen und die Männer stießen lachend an.

Eric sah sich um. Neben einem der Zelte hatte eine Gestalt in langen braunen Lumpen auf dem Boden gesessen, doch nun war sie verschwunden. Sie war Eric schon die ganze Zeit aufgefallen. Seltsam dachte er sich.

Eric war verwirrt. Seine Mutter ließ Söldner rufen, Adolphus orderte sie wieder ab. Hatte seine Mutter sich den Angriff der Yatu etwa nur eingebildet? Er hatte auch keine Yatu oder Schiffe der Yatu gesehen. Woher sollte sie gewusst haben, dass die Yatu angreifen? Warum hatte Adolphus ihm aber dann nicht die Wahrheit erzählt, dass Enna sich das eingebildet hatte und er die Söldner abkommandieren musste? Hatte sein Vater ihn angelogen? Mein Vater, wiederholte Eric den Gedanken betrübt. Seine ganze Welt war auf den Kopf gestellt worden.

Auf einmal tat es einen Schlag, als ob ein Meteorit neben ihnen eingeschlagen wäre und wenige Meter neben Eric erhob sich eine Staubwolke. Die Männer sprangen auf und zogen ihre Schwerter. Mahan trat sofort an Erics Seite, die Hand auf seinem Krummsäbel ruhend.

Ehrfürchtig legte Mahan langsam seinen Säbel auf den Boden und flüsterte: „Rhawa."

„Was ist das?", fragte einer der Männer überrascht.

Mahan streckte den Arm schützend aus, als wolle er die Männer fernhalten.

Eric blickte an dem großen Berg vorbei und sah sie – Sun. Er lachte erleichtert: „Das ist doch nur eine Accula! Komm her Sun." Sun stand zögerlich da und sah mit ihrem kleinen Köpfchen um sich. „Komm her, die tun dir nichts." Sie machte einen riesigen Satz und landete in Erics Armen.

Mahan drehte sich ungläubig und mit großen Augen zu Eric um. „Unglaublich", sagte er, immer noch mit gedämpfter Stimme. „Ein Tiergeist. Sie existieren wirklich."

Eric blickte Sun an. „Was machst du denn hier?" Er fand einen kleinen Brief um ihren Hals gebunden. „Also gut Männer, wir werden dann mal schlafen gehen", sagte er und sie verließen die sprachlose Runde hastig.

„Das ist dein Haustier?", rief ihnen einer hinterher.

„Na ja, Haustier kann man sie nicht nennen. Sie macht was sie will, kommt und geht, wann sie will. Wahrscheinlich sieht sie eher mich als ihr Haustier." Lachend lief er mit Sun auf der Schulter zu seinem Zelt, bevor jemand den Brief um ihren Hals entdecken konnte.

„Schnellster Bote des Planeten", sagte er völlig begeistert davon, dass Sun so etwas konnte und kratzte sich am Kopf.

„Ich wusste nicht, dass es sie wirklich gibt. Ich kenne ihre Beschreibung nur aus Legenden", sagte der sonst so schweigsame Mahan mit seiner unvergleichbar tiefen Stimme.

Eric lachte ihn an: „Ja, sie sind sehr scheu und halten sich normalerweise von Menschen fern. Sungura gehört eigentlich meiner Schwester." Eric freute sich darüber, dass Mahan endlich mit ihm kommunizierte. „Du glaubst also an Tiergeister?", fragte Eric und spielte damit auf Mahans Reaktion von vorhin an.

„Natürlich. Ich glaube nicht an die Kraft der Götter. Ich glaube an Magie", antwortete der Schwarze.

Eric nickte, nahm den Brief von Suns Hals und öffnete ihn:

„Hallo Bruderherz, ich weiß zwar nicht, warum du so plötzlich wegmusstest, aber ich bin mir sicher, dass du einen wichtigen Grund dafür gehabt hast. Vater ist schrecklich wütend auf dich. Wir vermissen dich sehr. Die Beerdigung von Mutter ist in zwei Tagen. Kannst du da bitte wieder da sein? Füttere Sun ein paar der lila Kaktusblüten, ja? Du weißt, dass sie die liebt.

Bitte komm bald wieder zurück! Hanna."

Eric schmunzelte und war aber zugleich auch bedrückt. Er würde ihr antworten müssen, dass er es nicht rechtzeitig zur Beerdigung schaffen würde. Dass Adolphus vor Wut kochte, konnte Eric sich sehr gut vorstellen. Ob er wohl ahnt, dass ich nicht sein Sohn bin, fragte er sich.

„Hey, Mahan! Kannst du nochmal losgehen und etwas Futter für Sun besorgen? So lila Kaktusblüten, ja? Also wenn es dir nichts ausmacht." Mahan zögerte. Er sollte Eric nicht aus den Augen lassen. Aber etwas Futter für den Tiergeist zu holen konnte nicht schaden. Er wäre nur wenige Minuten weg.

„Ich gehe gleich los. Bleib bei deinem Zelt", antwortete Mahan und machte sich sogleich auf die Suche nach Futter für den kleinen Tiergeist.

Eric setzte sich erschöpft auf die Liege und kraulte die Accula unter dem Kinn. Sun gurrte und schmiegte den Kopf an seine Brust. Auf einmal ging das Gurren in ein Fauchen über. Jemand schob die Leinen des Zelteingangs zur Seite.

„Mahan, bist du es?", fragte Eric und griff nach seinem Schwert. Doch es war nicht Mahan, es war die Gestalt in langem braunem Gewand, die ihm vorhin schon aufgefallen war. Sie nahm die Kapuze ab und lächelte Eric an. Es war eine Frau. Ihre rechte Gesichtshälfte war durch eine hässliche Brandnarbe gezeichnet.

„Ich weiß, wer du bist – Eric Halvar, Prinz von Karvag", sagte die Frau mit sanfter Stimme.

Eric war nicht sonderlich überrascht, wussten doch mit Sicherheit einige der Leute hier, wer er wirklich war.

„So?", entgegnete er.

„Ihr seid ein Prinz Karvags. Anstatt Eure Zeit hier mit belanglosen Scharmützeln der Söldner zu verschwenden, solltet Ihr Euch und Eure Leute auf die bevorstehenden Schlachten gegen den wahren Feind, die Yatu, vorbereiten", warf sie ihm vor und sah ihn forschend an. „Ihr seid von zu Hause fortgelaufen", sagte sie schließlich, als könne sie seine Gedanken lesen. Sie schien überrascht und war für einen Moment sprachlos. Ihre Augen wanderten zu Sun.

„Wer weiß denn, ob die Yatu überhaupt angreifen werden?", fragte Eric. Ihn nervte die arrogante Art der Frau.

Sie wandte sich ab und sagte nach einer kurzen Pause: „Auf Kamah ist eine Bedrohung für sie erwacht. Die Wächter werden nicht ruhen, ehe diese beseitigt ist."

Eric saß schweigend da. Meint sie etwa die Wächter Zuhrahs? Die ist doch irre, dachte er sich. „Wer seid Ihr? Was interessiert es Euch, was ich mache?", fragte er genervt.

„Kommt mit mir und schließt euch den Rebellen an", sagte die Frau hastig.

„Ich kann mich nicht den Rebellen anschließen. Ich muss zurück nach Karvag, zu meiner Familie", erwiderte Eric. Er hörte Schritte von draußen. Das muss Mahan sein, überlegte Eric. Schnell warf die Frau ihre Kapuze wieder über und verließ das Zelt. Eric folgte ihr.

Sie stieg auf ein großes, weißes Pferd und sah noch einmal ernst auf ihn hinunter: „Wenn Ihr es Euch doch anders überlegt, Prinz, so findet Ihr die Rebellen in der Freiheit." Fast lautlos flog sie durch die Dunkelheit über den Sandteppich davon.

In Erics Magen bildete sich ein Klumpen. Die letzten Worte seiner Mutter, über die er in den letzten Tagen so viel nachgedacht hatte, kamen ihm sofort zurück in Erinnerung. Folge ihm nicht in die Verdammnis. Vertraue auf dein Herz, du kennst den richtigen Weg in die Freiheit. Die Freiheit.

Konnte es sein, dass sich sein leiblicher Vater bei den Rebellen aufhielt? War es das, was seine Mutter ihm damit sagen wollte?

„Wer war das?“, fragte Mahan, der die Gestalt davonreiten gesehen hatte.

„Ich weiß es nicht“, antwortete Eric abwesend. Dann sah er Mahan an. „Weißt du, wo die Rebellen sind?“

Eric hörte weiteres Hufgetrappel näherkommen. Zwei Männer zu Pferd näherten sich dem Camp. Leon und Liam hatten die Söldner erreicht.

Alenja und der Pa'lizir

Es war Sommer geworden und die Pasirwüste glich einem Friedhof. Wohin man auch ritt, sah man Tierkadaver. Der Winter war so trocken gewesen, dass sogar der See in der Oase vollständig ausgetrocknet war. Auch der Brunnen in Kidal war erschöpft, obwohl sie noch viel tiefer gegraben hatten, um Grundwasser zu erreichen. Ständig begannen sie, neue Löcher auszuheben, in der Hoffnung auf eine neue Wasserader zu stoßen.

Alenja war mit Aki in die Oase geritten. Die noch vor wenigen Wochen saftig grünen Blätter der Palmen und Büsche hingen nun dürr und braun herunter. Die Wüste schien den Lebenswillen zu verlieren. Der von Fliegen übersäte Kadaver einer toten Löwin lag im zurückgebliebenen Krater des Sees.

Sie saßen im Schatten einer verdorrten Schirmakazie. Fenn lag vor ihnen und schlief tief und fest. Kaum zu glauben, wie groß er in den letzten Monaten geworden war, dachte sich Alenja, während sie den großen Fellberg vor sich betrachtete. Er war so süß gewesen. Sie erinnerte sich daran, als sie sich vorgestellt hatte, wie groß seine Ohren wohl wären, hätte er die Größe eines Wolfes. Nun, mittlerweile war er fast so groß wie ein Wolf. Und seine Ohren waren gigantisch. Ihm wuchs eine lange Mähne auf dem Kopf und auch seine Krallen wurden immer länger. Sein flauschiger Schwanz war aber immer noch in etwa genauso groß wie er selbst und er bedeckte sich damit, wenn er ein Nickerchen hielt.

Fenn hatte den Kopf in Akis Schoß liegen und sie kraulte ihn liebevoll. „Ich kann nicht glauben, dass sie ihn wegschicken wollen", fauchte Aki eingeschnappt. Alenja schwieg. Die Bewohner Kidals betrachteten Fenn als eine Bedrohung. Aki hatte es versäumt, ihn zu erziehen.

Als er noch klein war, konnte man ihn einfach zur Seite schieben, wenn er etwas anstellte. Heute ging das nicht mehr so leicht. Er könnte einem Menschen leicht den Arm abbeißen. Sie wollten ihn nicht mehr im Dorf haben. Sie sagten, dass sie sich um ihre Kinder sorgten. Aber sie hatten einfach nur Angst vor ihm. Dabei war er so ein liebevoller Gigant. Glaubte man Ciquala, war er immer noch nicht vollständig ausgewachsen.

Es raschelte neben ihnen und der Pa'lizir trat an sie heran. „Hey, da bist du ja!", flüsterte Alenja und warf ihm ein Huhn vor die Füße. Er schnappte es mit dem Schnabel, warf es in die Luft und verzehrte es. Sie brachte ihm regelmäßig Wasser sowie das ein oder andere Hühnchen zur Oase. Seine Verletzungen waren fast verheilt und bald würde er wieder selbstständig für sich sorgen können.

Er war ihr gegenüber zutraulicher geworden, aber immer noch sehr zurückhaltend. Sie spürte eine seltsame Verbundenheit zu dem Tier. Manchmal hatte sie das Gefühl, er könne in ihre Seele blicken und wüsste mehr über sie als sie selbst.

„Vielleicht laufe ich mit Fenn einfach davon", sagte Aki beleidigt. „Hier will uns doch sowieso niemand haben."

„Ach, Aki! Das ist doch Unsinn! Haron ist froh, dass du bei uns bist. Und du weißt, dass ich mit dir gehen müsste, wenn du wirklich abhauen würdest", widersprach ihr Alenja direkt. „Du gehörst hierher – zu uns. Genauso wie Fenn. Die Leute beruhigen sich schon wieder."

Aki zupfte nachdenklich an Fenns Fell. „Und wenn sie sich nicht beruhigen? Kommst du dann wirklich mit uns?"

„Natürlich. Wir gehen zusammen."

Aki umarmte Alenja. „Ich bin wirklich froh, dass du mich damals in der Wüste gefunden hast und nicht irgendjemand anderes!"

Sie saßen eine Weile schweigend beisammen, bis Aki erneut anfing: „Was meinst du, was es mit dem Pa'lizir auf sich hat?"

„Ich weiß nicht. Ciquala hat merkwürdige Geschichten über die Pa'lizir erzählt. Aber ich glaube, das war alles nur Blödsinn."

„Er hat gesagt, dass die Schakruna auf ihnen geritten seien", sagte Aki und fügte schmunzelnd hinzu: „Vielleicht bist du ja eine Schakruna und er mag dich deshalb!"

„Du bist ein Quatschkopf, Aki!", antwortete Alenja lachend. „Aber er ist ohne Frage ein ganz besonderes Wesen."

Die Dämmerung brach an und sie sprang erschrocken auf: „Was? So spät schon? Oh nein, Ciquala wird mich wieder mit Schweigen strafen, wenn ich zu spät komme."

In Windeseile machten sie sich auf zum Dorf, wo der alte Schamane bereits im Meditationssitz vor seiner Hütte auf sie wartete. „Tut mir leid!", sagte sie schuldbewusst und setzte sich zu ihm.

Sie meditierte sehr gerne. Zum einen half es ihr, eine innere Ruhe zu finden, zum anderen konnte sie so die Ereignisse in Dabo zeitweise ausblenden und ihren Geist von Ängsten und Sorgen befreien. Das Zeichen, das sie in den Augen des Pa'lizir gesehen hatte, bekam während ihrer Meditationen eine immer dominantere Rolle, als wolle ihr Unterbewusstsein sie an etwas erinnern. Nach nur wenigen Minuten hörte sie das Stapfen näherkommender Schritte. Unverkennbar – das war Haron. „Alenja!" rief er, noch einige Meter entfernt. Ciquala hasste es, wenn jemand seine Meditation unterbrach. Er öffnete die Augen und warf Haron einen strengen Blick zu.

„Komm Mädchen, wir..." Haron stockte kurz und sah erstaunt auf das Zeichen im Sand vor Alenjas Füßen. Dann blickte er stirnrunzelnd wieder zu Ciquala.

Ruhig und mit einer unterschwelligen Selbstgefälligkeit sagte der Alte, bevor er die Augen wieder schloss: „Das Zeichen der Kalesch."

„Ja, das sehe ich auch, Ciquala", knurrte Haron.

„Kalesch?", fragte Alenja neugierig. Zwar hatte der Pa'lizir ihr das Zeichen gezeigt und sie hatte es unterbewusst in den Sand gemalt, allerdings wusste sie nicht, wofür es stand.

„Die Kriegerinnen von Kalasien", antwortete Ciquala, mit geschlossenen Augen.

„Du musst es in Dabo irgendwo gesehen haben. Komm jetzt", fuhr Haron mit seiner eigentlichen Intention fort. „Einige Dorfbewohner machen sich auf, neue Wasseradern zu finden. Es ist wohl ein aussichtsloses Unterfangen, aber ich denke, du und Aki tätet gut daran, Wohlwollen zu zeigen und zu helfen."

„Ich habe dieses Zeichen nicht in Dabo gesehen, Haron", warf Alenja dickköpfig ein. So leicht würde sie nicht nachgeben.

Haron legte sich genervt eine Hand auf sein Gesicht, seufzte und fragte desinteressiert: „Und wo hast du dieses Zeichen gesehen, Alenja?"

„In..." Sie zögerte. Er wird mich für bekloppt halten. Egal, dachte sie und beendete den Satz. „... den Augen des Pa'lizir."

Keiner sagte etwas. Ciqualas Lippen umspielte ein Lächeln. „Ich sehe es seitdem ständig. Überall ist Feuer. Da ist ein Mann und ich sehe in seine Augen. Er legt mir ein Armband um. Darauf steht mein Name neben dem Zeichen." Sie machte eine kurze Pause. „Und dann ist alles vorbei."

Für einen kurzen Moment zog Haron die Augenbrauen zusammen. Er würde es nicht zugeben, aber Alenja war sich sicher, dass er kurz darüber nachgedacht hatte.

„Wie auch immer, geh Aki suchen und kommt zum großen Platz. Und Alenja – trödle nicht herum", fügte er scharf hinzu und stapfte davon.

Alenja rollte mit den Augen und sah zu Ciquala. „Er hört mir einfach nicht zu. Ich bin ihm völlig egal", sagte sie gekränkt.

„Du wirst deinen Weg finden, Alenja, und Haron wird ihn mit dir gehen – bis ans Ende." Alenja schnaubte ungläubig. Der Schamane sah sie ernst an: „Er weiß es noch nicht, aber wir stehen am Wendepunkt unseres Zeitalters."

Oh je, jetzt redet er wieder wirres Zeug, dachte sich Alenja, stand auf, kratzte sich schelmisch am Kopf und sagte: „Hm, ja vielleicht. Ich gehe jetzt mal Aki suchen, damit Haron nicht wütend wird."

„Suche nicht das Wasser Alenja, suche nach dir selbst und du findest es von ganz allein — du bist das Wasser."

Alenja drehte sich noch einmal zu ihm um, doch Ciquala hatte seine Augen schon wieder geschlossen.

Dass er auch immer so komisches Zeug reden muss, dachte sie sich und machte sich auf den Weg.

Wie erwartet fand sie Aki in ihrer Hütte. Sie lag an Fenn gekuschelt auf dem Boden und hielt ein Spätmittagsschläfchen.

Alenja räusperte sich und beide öffneten verschlafen die Augen. Sie berichtete von der neuen Aufgabe und Aki freute sich. „Au ja! Nach Wasser graben! Komm Fenn, wir dürfen ganz viel buddeln!“ Alenja rollte mit den Augen und sie liefen los.

Eine zwölf Mann starke Gruppe hatte sich auf dem Platz versammelt. Enopay war auch unter ihnen. Als er Alenja erblickte lief er sofort zu ihr, legte seinen Arm um sie und gab ihr einen Kuss auf die Wange.

Genervt warf ihnen Haron einen Blick zu. „Aki, Alenja, ihr geht mit der Gruppe nach Westen. Enopay, du begleitest die Gruppe nach Osten“, befahl er. Ich hasse es, wie er um sie herumtänzelt, dachte sich Haron, zugleich verblüfft von seinem eigenen Eingeständnis. Enopay hatte so viel Respekt vor Haron, dass er ihn niemals in Frage stellen würde.

„Bis später, Alenja“, flüsterte er ihr liebevoll ins Ohr und machte sich auf gen Osten.

Normalerweise war es gar nicht so schwer, in der Wüste Wasser zu finden. Man musste nach Vögeln oder Insekten suchen, Tierspuren folgen, Pflanzen finden und besonders in Schluchten und Tälern Ausschau halten. Nun war es dieses Jahr aber so unglaublich trocken geworden, dass alles nichts mehr half. Sie würden auf jede noch so kleine Spur reagieren und dann auf gut Glück graben müssen. In der Mittagssonne wäre eine solche Anstrengung undenkbar, weswegen sie auf die Dämmerung gewartet hatten.

Sie waren schon mindestens zwei Stunden unterwegs und mittlerweile nahe dem Gebirge, welches die Pasirwüste vom Rest Kamahs abschottete. Haron hoffte, dass wenigstens noch etwas Wasser aus dem Gebirge herabgelaufen war. Die

Männer waren froh, dass sie Fenn in ihrer Gruppe hatten. Es war eine seiner Spezialitäten, rasend schnell Löcher in den Sand zu graben.

Alenja saß etwas abseits auf einem Stein und war in Gedanken versunken. Sie versuchte so sehr, sich an die Gesichter ihrer wahren Eltern zu erinnern. Sie erinnerte sich an Ciqualas Worte: „Werde eins mit dem Planeten. Versuche nicht das Offensichtliche zu sehen. Du musst dich selbst bändigen." Sie atmete schwer aus. Ciquala hat recht, ich sollte es vergessen. Mir geht es hier so gut wie noch nie, überlegte sie dankbar und sah zu Aki, die lachend neben Fenn den Sand wegbuddelte. Dann sah sie zu Haron, der im Sand saß und an seiner Whiskeyflasche nippte. Hätte er mich nicht gerettet, wäre ich in Dabo gestorben. Ich muss ihm verzeihen, dass er die anderen nicht retten konnte. Es war nicht seine Schuld. Traurig, aber auch etwas erleichtert, legte sie sich in den Sand, schloss die Augen und versuchte, den Planeten zu spüren.

Was stimmt nur nicht mit diesem Mädchen, überlegte sich Haron, während er sich über den Bart strich. Ich habe das Zeichen in den Augen des Pa'lizir gesehen, äffte er Alenja in seinen Gedanken nach. Er blickte zu ihr rüber. Etwas an ihr war anders – einzigartig. Ciquala sieht es auch, überlegte er weiter, nahm einen Schluck aus der Flasche und wischte sich mit dem Arm über den Mund. Es ist die Energie, die von diesem Mädchen ausgeht. Ich habe so etwas noch nie zuvor gespürt. Er stockte in seinem Gedankengang. Denn er war sich gar nicht so sicher, ob er so etwas noch nie gespürt hatte. Es kam ihm so vertraut vor. „Aber ich erinnere mich nicht", brummte er missmutig, wischte sich mit beiden Händen über das Gesicht und schüttelte den Kopf, als wolle er seine Gedanken loswerden. Er sah zu Aki und Fenn, die wie zwei Verrückte im Sand buddelten und musste lachen. Wenigstens hatten diese beiden Spaß bei der Suche nach der Nadel im Heuhaufen.

Alenja lag gedankenleer da. Sie hörte das laute Graben von Fenn, die Stimmen der Männer, den Wind – aber da war noch etwas. Ein Rauschen. Es war ganz schwach.

Langsam stand sie auf und blickte um sich.

„Scht!“, rief sie zu den anderen rüber.

„Was ist los? Hast du etwas gehört? Menschen? Löwen?“, fragte Haron alarmiert und legte seine Hand auf den Schwertgriff. Alenja antwortete nicht. Zielstrebig lief sie los. Sie spürte etwas Seltsames in ihrem Körper, es wurde kalt und ihre Haut fühlte sich so an, als würde sie pulsieren.

„Alenja?“, rief Haron ungeduldig. Er knurrte laut und befahl: „Grabt woanders!“

„Nein“, sagte Alenja plötzlich, so als hätte sie eine Eingebung gehabt. „Grabt genau…“ Sie lief noch einige Meter und zeigte auf den Boden, „…hier.“

Aki und Fenn kamen sofort zu ihr gelaufen und begannen damit, den Sand zur Seite zu schaufeln.

Haron verdrehte die Augen, wischte sich seine ungepflegten dunkelblonden Haare aus dem Gesicht und setzte zu einem weiteren Schluck an. Nach wenigen Minuten wurde aus dem eintönigen Kratzen von Fenns Krallen im Sand ein Geräusch, das nach Matsch klang. Die Männer liefen zu ihnen.

„Das kann doch nicht wahr sein!“, rief einer von ihnen ungläubig.

„Wasser!“, schrien die Männer lauthals lachend und freudig. Fenn schnappte mit seinem Maul in die kleine Pfütze, Aki rieb ihm den Schlamm in sein Fell, Alenja lachte und konnte selbst kaum glauben, dass sie Wasser gefunden hatte.

Haron blieb auf seinem Stein sitzen und sah Alenja an. Sie spürte seinen Blick im Nacken und drehte sich zu ihm um. Seine Augen wichen nicht zurück und so starrten sie sich einige Sekunden an, bevor Alenja schließlich den Kopf wieder Fenn zuwandte.

„Was für ein unglaublicher Glückstreffer, Alenja", sagte einer der Männer und klopfte ihr zufrieden auf die Schulter.

Haron sah Alenja an. Glückstreffer, fragte er sich ungläubig.

„Woher hast du das gewusst?", rief ein anderer Dorfbewohner zu ihr rüber. Haron warf ihr sofort einen warnenden Blick zu. Sag jetzt bloß nichts falsches Alenja, dachte er und riss sich zusammen, dass er ihr nicht direkt den Mund zuhielt.

„Nur ein Glückstreffer! Wie ihr schon gesagt habt", antwortete Alenja schließlich. Sie hatte Harons mahnenden Blick verstanden.

„Nächstes Mal kommst du wieder mit! Wir können mehr von solchen Glückstreffern gebrauchen!", sagte ein anderer. Die Männer füllten ihre Wasserbehälter und die Gruppe machte sich auf den Rückweg zum Dorf.

„Ich habe das Wasser gespürt, Haron. Es war kein Glückstreffer", sagte Alenja leise zu Haron, als sie nebeneinander zum Dorf zurückliefen.

„Das habe ich mir schon gedacht", antwortete er. „Du darfst es niemandem sagen, hörst du!" Er ließ seinen Blick über die Gruppe gleiten. Einige der Männer sahen zu ihnen hinüber und tuschelten. „Verdammt", murmelte er. „Wir werden es nicht ewig geheim halten können."

„Warum darf ich es niemandem sagen?“, fragte sie etwas verwirrt.

„Wenn du das Wasser wirklich spüren kannst, dann ist es nicht sicher für dich – nirgendwo. Je länger wir es verheimlichen können, umso besser“, murrte Haron. Er packte Alenja an der Schulter. „Alenja, versprich mir, dass du mit niemandem darüber sprichst!“

Alenja zuckte kurz zusammen. Sein Griff war fest und seine Augen waren voller Sorge. So kannte sie ihn überhaupt nicht. Stumm nickte sie und befreite sich aus seinem Griff.

Zurück im Dorf wurde die ganze Nacht durchgefeiert. Das Wasser sollte für einige Wochen ausreichen, um das Vieh und die Menschen in Kidal am Leben zu erhalten. Alenja wurde gefeiert wie eine Königin. Und auch Fenn hatte es durch seine unermüdlichen Buddelarbeiten geschafft, wieder die Gunst der Dorfbewohner zu erlangen. Es wurde gelacht, getrunken und gesungen. Alenja lag in Enopays Armen. Sie war glücklich, fühlte sich gut und war sich sicher, dass sie für immer hierbleiben wollte.

Am nächsten Tag war Alenja auf Braga wieder in die Oase geritten, um dem Pa'lizir Futter zu bringen. Nach vollendeter Fütterung saßen sie gemeinsam am Krater des Sees und genossen die Ruhe. Auf einmal weiteten sich die halb geschlossenen Augen des Tieres. Es stand auf und verschwand im Gebüsch. Kaum ist das Futter weg, hast du also etwas Besseres vor, dachte sich Alenja und erhob sich ebenfalls.

„Na gut“, sagte sie und lief auf Braga zu. „Dann machen wir uns auch mal auf den Heimweg.“ Nervös warf Braga den Kopf in die Luft. Alenja sah sich um. „Oh nein!“, fluchte sie. Das Löwenrudel hatte sich angepirscht. Vorsichtig lief sie näher an

Braga heran. Doch in dem Moment sprang eine Löwin auf Braga zu. Dem Hengst blieb nichts anderes übrig, als davonzugaloppieren. Alenja stand ganz still. Sie suchte nach einer Fluchtmöglichkeit. Die Löwin verfolgte Braga nur kurz und kehrte dann wieder um.

Da war eine Palme keine drei Meter von Alenja entfernt. Die Löwinnen holten zum Angriff aus. Alenja zögerte keinen Augenblick, sprintete zu der Pflanze und kletterte wie ein Äffchen den Stamm hinauf. Um Haaresbreite hätte die Pranke einer der Großkatzen sie noch erwischt.

Alenja klammerte sich unter Einsatz aller Kräfte an der Palme fest. Die Tiere schlichen um sie herum, darauf wartend, dass sie irgendwann nach unten kommen müsste.

Braga näherte sich vorsichtig, niemals würde er sie zurücklassen.

„Geh weg!", rief ihm Alenja zu. „Renn nach Hause!" Das Rudel würde ihn töten, wenn er nicht gehen würde.

Zwei der Löwinnen nahmen ihn ins Visier und schon rannten sie auf ihn zu. Doch sie waren chancenlos gegen die Schnelligkeit des Hengstes. Wieder und wieder versuchte er, an Alenja heranzukommen und die Löwinnen durch Steigen und drohendes Wiehern zu vertreiben – erfolglos.

Alenja hatte kaum noch Kraft, sich festzuhalten. Braga kam gefährlich nahe an die Löwinnen heran. Mit wild schlagendem Kopf provozierte er sie regelrecht. Wieder griffen sie ihn an – diesmal vereint.

Wenn ich jetzt runtergehe, bekommen sie mich trotzdem, dachte Alenja. Sie wollte die Gelegenheit nutzen, doch sie wusste nicht, wohin sie flüchten sollte. Panisch blickte sie um sich und sah den Pa'lizir aus dem Gebüsch treten.

Er rannte unter die Palme und blickte zu Alenja hinauf. „Jetzt oder nie." Sie ließ sich los und plumpste auf seinen Rücken. Die Löwinnen ließen von Braga ab und machten wieder Jagd auf Alenja. Der Pa'lizir setzte sich in Bewegung. Mit bedrohlich aufgerissenem Schnabel rannte er in einem Bogen an den Löwinnen vorbei. Braga war nicht mehr zu sehen.

Alenja versuchte, sich an der schuppigen Haut des Tieres festzuhalten. Sie legte sich ganz flach auf seinen Rücken und schob ihre Arme um seinen Hals. Die Löwinnen jagten ihnen hinterher, doch der Pa'lizir schien schneller zu sein als sie. Hoffentlich hält er dieses Tempo lange genug durch, dachte sie sich und versuchte, nicht herunterzufallen.

Haron saß mit ein paar anderen Männern des Dorfes an einem schattigen Plätzchen. Sie diskutierten über die Bedrohung aus dem Osten. Die Vernichtung Dabos durch die Yatu war nun schon ein knappes Jahr her und keiner wusste so recht, wo die Yatu als nächstes hinziehen würden und, viel wichtiger, wer sich ihnen noch in den Weg stellen würde. Jedoch war die einstimmige Meinung, dass sie in der Pasirwüste vor ihnen sicher sein würden.

Haron hielt sich bedeckt und dachte über die Geschehnisse des letzten Tages nach, als er plötzlich seinen Hengst Braga, mit Sattel, aber ohne Reiter, angaloppieren sah. Da der Hengst außer ihm und Alenja niemanden auf seinem Rücken duldete und auch die Länge der Steigbügel zu Alenja passte, stand er stirnrunzelnd auf und lief zu seinem Tier. „Wo hast du Alenja gelassen, Junge?" Er sah sich um und entdeckte Aki.

„Sie wollte in die Oase", verriet Aki ihm auch etwas besorgt. Haron gab einen kurzen, wütenden Laut von sich. Dieses dumme Mädchen! Was hat sie jetzt schon wieder gemacht, dachte er sich wütend und voller Sorge, sprang auf Braga und galoppierte los. „Hoffentlich bin ich nicht zu spät." Tausend Gedanken rasten ihm durch den Kopf: Wie Alenja von Männern eines benachbarten Dorfes angegriffen wurde. Wie sie von einem Tier angegriffen wurde. Wie dieser Pa'lizir sie gebissen hat. Auf einmal sah er eine große, echsenähnliche Gestalt in rasendem Tempo auf ihn zu kommen. Knapp dahinter, viele kleinere Gestalten.

„Das kann nicht sein." Haron kniff die Augen zusammen, um besser sehen zu können.

„Lauf Haron! Das Rudel ist hinter mir her!", schrie Alenja hysterisch und zischte auf dem Pa'lizir an ihm vorbei. Harons Mund stand offen. „So viel habe ich doch noch gar nicht getrunken", zweifelte er an sich selbst. Es blieb keine Zeit, um weiter nachzudenken. Sie durften die Löwinnen nicht in das Dorf leiten. Er riss Braga herum und galoppierte hinter Alenja her.

„Alenja!", rief er ihr zu, als er näherkam. „Wo willst du hin? Wir dürfen nicht zum Dorf!"

„Das weiß ich doch auch! Aber ich kann nicht lenken!", schrie Alenja zurück.

Haron atmete vor Wut kochend tief ein und aus. „Natürlich kann sie nicht lenken", grummelte er mit tiefem Sarkasmus in sich hinein. Er drehte sich um und zählte sieben Löwinnen. Sie kamen dem Dorf immer näher. Oh nein, das gibt Ärger, dachte er sich, die Situation akzeptierend. Doch dann drehte der Pa'lizir nach Osten ab. Braga hatte deutlich mehr Kondition als die Löwinnen. Sie könnten sie also leicht abhängen, wenn sie einfach noch eine Weile durchhalten würden.

„Gut gemacht!", rief er Alenja zu.

„Ich habe überhaupt nichts gemacht", schrie sie ihn an. Sie hatte Besseres zu tun, als zu versuchen, zu lenken – sie versuchte, nicht runterzufallen.

Wenige Minuten später ließen die Löwinnen von ihnen ab und fielen zurück.

Auch der Pa'lizir mäßigte sein Tempo, bis er schließlich stehen blieb und Alenja von seinem Rücken sprang.

Haron stieg ebenfalls von seinem Hengst und lief zu Alenja: „Schnell! Geh weg von ihm!", rief er ihr zu, während er sein Schwert zog.

„Haron, nein! Er hat mich gerettet!", rief Alenja zurück und blieb stehen. „Ohne ihn hätten mich die Löwinnen getötet", erklärte sie, in der Hoffnung, ihn zur Vernunft zu bringen. Haron zögerte.

Der Pa'lizir lief an Alenjas Seite. Er stand jetzt direkt neben ihr, als wolle er sie verteidigen. Haron musterte das Tier prüfend. Noch nie hatte er einen Pa'lizir aus solcher Nähe gesehen. Langsam schob er sein Schwert zurück in die Scheide und trat noch einige Schritte näher an Alenja heran. Auch der Pa'lizir näherte sich ihm langsam.

„Haron, er will mich nur beschützen", flehte Alenja. Das Tier neigte den Kopf zur Seite und Haron konnte seine angsteinflößenden Augen sehen. Die Iris war nicht weiß, wie bei einem Menschen, sondern gelb wie ein Bernstein. Und die riesige, schwarze Pupille schien von einem Feuerkreis eingeschlossen zu sein. Haron konnte nicht anders, als dem Tier tief in die Augen zu starren. Auf einmal fing er an zu husten und hatte sichtliche Probleme zu atmen.

„Was ist los, Haron?", fragte Alenja besorgt. Doch er konnte nicht antworten. Keuchend fiel er auf die Knie und stützte sich auf seinen Händen ab. „Haron!“, rief Alenja und rannte zu ihm. Sie bückte sich und versuchte, ihm zu helfen, aber sie wusste nicht, was los war. Braga scharrte unruhig mit den Hufen und machte Drohgebärden in Richtung des Pa'lizir.

Schließlich sah Alenja zu dem Tier. „Hör auf! Du tust ihm weh!“ schrie sie den Pa'lizir an. Dieser wich sofort einige Meter zurück und blieb dann wieder stehen.

„Haron?“, wandte sie sich wieder dem hustenden Elend zu. „Schau ihm nicht in die Augen. Er kann dir Dinge zeigen, aber es ist nicht real!“ Sie rüttelte ihn und schließlich beruhigte sich seine Atmung wieder.

Harons Augen waren weit aufgerissen.

„Was ist es? Was hat er dir gezeigt?“, fragte sie angespannt. Doch sie verstand, dass er nicht in der Lage war, ihr jetzt eine Antwort darauf zu geben.

So saßen sie einige Minuten nebeneinander. Schließlich erkundigte sich Alenja besorgt: „Geht es dir wieder besser?“ Haron nickte stumm. Er sah zu dem Pa'lizir rüber, welcher sich mittlerweile niedergelegt hatte und mit seinem Schnabel zwischen seinen Schuppen nach Ungeziefer pickte.

„Ich sollte ihm den Kopf abschlagen“, brummte er und sah Alenja an. „Er hat dich also vor den Löwinnen gerettet?“

„Ja, Haron, das hat er“, antwortete sie trocken. „Und du wirst ihm nicht den Kopf abschlagen“, fügte sie schnell hinzu.

Die Andeutung eines Grinsens huschte über Harons Lippen. „Also gut. Du solltest ihn aber nicht mit ins Dorf bringen – zumindest vorerst“, sagte er, stand auf und reichte Alenja die Hand, um ihr beim Aufstehen zu helfen.

Sie ritten gemeinsam auf Braga zum Dorf zurück. Der Pa'lizir folgte ihnen. Alle Anstalten, die Alenja machte, um ihn fortzuschicken, zeigten keine Wirkung. Haron seufzte tief. „War ja klar."

So ritten sie in einer unangenehmen Stille im Schritttempo dahin, bis Alenja sich endlich dazu durchrang und das Schweigen brach. „Glaubst du mir jetzt, dass er mir Dinge gezeigt hat? Dinge, die real scheinen. Ich weiß nicht, was er tut, aber es fühlt sich so an, als könne er den Geist zurück in die Vergangenheit transferieren. Als wäre man wirklich an dem Ort, den er einem zeigt."

Haron antwortete nicht. Der Pa'lizir hatte ihm seinen Tod gezeigt — er war ertrunken.

Wieder setzte Alenja an. „Wir haben nie über die Ereignisse in Dabo gesprochen. Immer wenn ich dich etwas frage, weichst du mir aus. Ich will nur, dass du weißt, wie dankbar ich dir dafür bin, dass du mich an diesem Tag in Dabo gerettet hast, Haron. Du bist auf deine ganz eigene Weise der ehrenwerteste Mensch, den ich je kennengelernt habe." Haron schwieg.

„Weißt du denn, warum die Yatu Dabo angegriffen haben?", fragte sie ihn.

„Sie suchen etwas", antwortet er knapp.

„Sie suchen etwas? Ja, aber was suchen sie denn? Warum gibt man ihnen nicht einfach, wonach sie suchen?"

Haron lächelte, Alenja konnte aber sein Gesicht nicht sehen, da sie hinter ihm saß.

„Die Yatu dienen den Umnakekeli. Die Umnakekeli führen seit über tausend Jahren ihren persönlichen Kriegszug gegen den Planeten – Zuhrah. Sie haben Angst, dass Zuhrah sie eines Tages vernichten wird. Nach der letzten großen Schlacht der Götter wurde es still um sie. Bis sie vor siebzehn Jahren Nicarpara überfallen haben und dann vor einem Jahr Dabo", erzählte er bereitwillig und fügte noch hinzu. „Das sind allerdings alles nur Geschichten. Keiner weiß so recht, was davon stimmt und was nicht."

„Ja, aber woher weißt du dann, dass sie etwas suchen?", fragte sie, zu ihrer Ausgangsfrage zurückkehrend.

„Ich weiß es nicht mit Sicherheit. Aber ich habe so ein Gefühl", antwortete er.

„Warum töten die Menschen nicht einfach die Yatu und bereiten dem allen ein Ende?", fragte Alenja.

„Die Menschen sind schwach, Alenja. Sie waren es schon immer und sind es in den letzten Jahrhunderten nur noch mehr geworden. Du hast den Abschaum in Dabo doch selbst erlebt. Sie folgen ihren niedersten Instinkten, haben keine Ehre mehr und scheren sich nicht darum, wie es anderen, außer ihnen selbst geht. Es gibt auf Kamahtanah heute so viele Könige und selbsternannte Herrscher wie Flöhe in Fenns Fell. Und kein einziger von ihnen besitzt auch nur einen Funken Weitsichtigkeit, sodass es nie gelingen wird, gemeinsam gegen die Yatu vorzugehen. Doch allein wird jeder von ihnen unterliegen. Die Yatu zu besiegen wäre nur der Anfang. Die Umnakekeli sind der wahre Feind", beendete Haron seinen Satz, rechtzeitig zu ihrem Eintreffen in Kidal.

Einige Dorfbewohner fingen an zu schreien und liefen davon. Andere versuchten sie zu warnen, dass ein Pa'lizir hinter ihnen läuft und wieder andere zogen ihre Waffen. Alenja sprang sofort von Braga, lief zu dem Pa'lizir und stieg auf seinen Rücken. „Hört auf! Er tut euch nichts!", rief sie verzweifelt, doch es half nichts.

Ciquala trat vor und die Dorfbewohner machten ihm Platz: „Was soll der Tumult?", fragte er mit seiner tiefen, autoritären

Stimme. Die Leute redeten alle durcheinander. Als er Alenja sah, blieb er stehen. Erwartungsvoll blickten ihn die anderen an. Doch der alte Schamane lächelte nur, hob seinen Stab in die Höhe und sagte mit untergebenem Tonfall: „Pachu'a", was in der Sprache der Menschen der Pasirwüste so viel hieß wie gefiederte Wasserschlange. „Ihr werdet dem Tier nichts tun. Sonst werden die Götter uns bestrafen", sagte er und stampfte mit seinem Stab auf den Boden.

Haron lief kopfschüttelnd zu ihm. „Sie hat ein Händchen dafür, mich in Schwierigkeiten zu bringen, weißt du", sagte er zu dem Alten.

Ciquala stand da und betrachtete Alenja, wie sie auf dem Tier saß. Dann wandte er sich Haron zu: „Du weißt, was sie ist, Haron", sagte er zufrieden und mit einem Hauch Aufregung in seiner Stimme.

Haron wirkte nervös und unentschlossen: „Das ist unmöglich, Ciquala", entgegnete er schließlich mit einer untypischen Unsicherheit in seiner Stimme, seinen Blick starr auf den Schamanen gerichtet. Der Alte meinte es ernst. Und plötzlich war da ein Ausdruck purer Furcht in Harons Augen. „Sie werden es wissen", begann er und sah Ciquala hilfesuchend an. „Sie werden sie töten."

Der alte Schamane beugte sich vor, packte Haron fest am Arm und zog ihn an sich heran: „Und du wirst sie beschützen", sagte er, mit solch einer Entschlossenheit in den Augen, dass Haron Gänsehaut bekam.

Das Bündnis der zwei Inseln

Nakatirya Mandogo stand am Bug ihres dreimastigen Segelschiffes und betrachtete Karvag, während sie der Insel näherkamen. Die dreieckförmigen Segel spannten im Westwind und das größte Segel in der Mitte trug das Zeichen der Kalesch. Die Sonne war bereits am Untergehen und färbte den Horizont blutrot.

Da wartet es also – mein Schicksal, dachte sich die stolze Kriegerin und fuhr sich mit der Hand durch ihr langes, gewelltes, schwarzes Haar. Sie blickte auf zu Wind, ihrem Falken, der über ihnen seine Kreise zog. Er war ihr treuer Wegbegleiter.

Nakatirya trug eine typische Rüstung der Kalesch. Die Brust war mit kalasischem Stahl gepanzert, etwas dunkler als Gold aber härter als Diamant. Diese Art von Stahl gab es nur auf Kalasien. Die Panzerung ging an den Seiten hoch bis zu den Schultern. Allerdings bot sie immer noch einen tiefen Einblick in ihr üppiges Dekolleté.

Kalasischen Frauen war es sehr wichtig, Weiblichkeit zu verkörpern. Auf dem Brustpanzer war das Zeichen der Kalesch verarbeitet. Die Arme waren durch Leder geschützt und auch ihre Hose war aus dickem, enganliegendem Leder, für Pfeile schwer zu durchdringen. Auf ihrem Rücken trug sie einen mächtigen Langbogen, der voller Verzierungen und Ornamente war.

Sie war ihrer Mutter, Valerya, wie aus dem Gesicht geschnitten. Auch Rya, was die Kurzform für Valerya war, hatte lange schwarze Haare, welche sie heute allerdings elegant geflochten hatte. Auch sie trug einen Brustpanzer aus kalasischem Stahl, demselben Material, aus dem auch ihr verschnörkelter Kopfschmuck gefertigt war. Der Panzer war in ein enganliegendes, beiges Kleid eingearbeitet, das bis zum Boden wallte und unten etwas weiter wurde. Sie verkörperte pure Anmut, und ihre atemberaubende Schönheit war bis in die hintersten Ecken Kamahtanahs ein Mythos. Valerya war wahrlich eine Anführerin, der ihre Gefolgschaft bis in den Tod folgen würde.

Die Kalesch waren einst dafür bekannt gewesen, sich waghalsig in die großen Schlachten Kamahtanahs zu stürzen. Heute war dies anders. Warum sollten sie für ein Ideal sterben, das niemanden mehr interessierte? Ihrer Meinung nach waren Ruhm und Ehre für die restlichen Menschen des Planeten in weite Ferne gerückt. Es ging um den Selbsterhalt. Und den konnten und würden sie sich für immer auf Kalasien sichern.

Für Nakatirya waren die Bräuche ihres Volkes das aller wichtigste. Stolz, Ehre und Tradition, das waren die Dinge für die eine Kalesch lebte und denen sie unterworfen war. Sie wollte die Hochzeit schnell hinter sich bringen, Nachfahren zeugen und bereit sein für die kommenden Schlachten. Schon von klein auf lernten die Kalesch die Kunst des Krieges und kaum einer konnte ihnen darin das Wasser reichen. Männer waren auf der Insel verboten. Die Frauen auf Kalasien durften sich ausschließlich mit bewiesenen Kriegern fortpflanzen. Wurde dieses Gebot nicht eingehalten, so musste der Säugling kurz nach der Geburt auf dem Sklavenmarkt in Tanah verkauft werden, oder Schlimmeres.

Sie war nun fast achtzehn Jahre alt. Mit zwanzig würde sie rechtmäßige Anführerin der Kalesch werden. Sie würde nur ihre Mutter, Valerya, in einem Kampf besiegen müssen. Doch das sah Nakatirya kaum als Herausforderung. Ihre Mutter war in die Jahre gekommen und konnte nicht mehr mit ihr mithalten. Deshalb gab es ja schließlich auch dieses Gesetz.

Die einzige Hürde war es, noch einen Nachkommen in die Welt zu setzen. Solange es keine neue Erbin gab, durfte die Linie der Mandogos nicht riskiert werden und Nakatirya würde niemals einen Anspruch auf die Führerschaft haben.

Der Stammbaum der Mandogos war kompliziert und reichte viele Generationen zurück. Es war nicht unüblich, dass es innerhalb der Familie Scharmützel um die Führerschaft der Kalesch gab. So wurde auch Nakatiryas Oma, Narya Mandogo, zur Anführerin. Narya hatte zwei Töchter. Die eine war Valerya, Nakatiryas Mutter. Die andere war Taykaraya, Nakatiryas Tante, die Verräterin. Nakatiryas Erzeuger wurde durch ein Kampfturnier auf Leben und Tod auserwählt. Die stärksten Kämpfer Karvags waren aufgerufen worden, ihre Kräfte zu messen und der Gewinner war ihr Vater geworden, den sie jedoch nie kennengelernt hatte.

Da war sie nun also – endlich, so kurz davor, ihr Ziel zu erreichen. Eigentlich wäre sie bereits seit über fünf Monaten mit Eric vermählt gewesen, doch dann musste ausgerechnet letztes Jahr Königin Enna sterben. Nakatirya war rasend vor Wut gewesen, als die Nachricht über die Vertagung der Hochzeit bei ihnen eintraf. Aber das zählte nun alles nicht mehr für sie. Schon morgen würde sie einen Nachkommen zeugen können.

Der Vermählung wurde nicht nur auf Kalasien entgegengefiebert. Normalerweise wurde der männliche Nachkomme Karvags mit der weiblichen Anführerin Kalasiens vermählt. Endlich würden wieder ein Halvar und eine Mandogo den

Bund der Ehe eingehen. Es war immer etwas anderes, wenn die Anführerin der Kalesch sich nicht mit einem Halvar von Karvag verheiratete. Aber da Königin Enna nun mal die einzige Nachfahrin von König Hakon und Königin Tay gewesen war, war ihr nichts anderes übriggeblieben, als einen Außenseiter zu nehmen. Doch die Verbindung der zwei Atolle war dadurch geschwächt – ganz klar. Das Bündnis von Nakatirya und Eric sollte die Gemeinschaft der Inseln wieder stärken.

Mit einer Flotte von vier Schiffen erreichten sie den Hafen von Karvag. Das vorderste Schiff beherbergte sie selbst, ihre Mutter sowie die Leibwächterinnen. Nakatiryas Leibwächterinnen, Bary und Lyare, waren zugleich auch ihre besten Freundinnen. Sie waren alle drei gleich alt und hatten zusammen die harte Trainingsschule auf Kalasien durchlaufen.

Das letzte Mal, dass Nakatirya Eric gesehen hatte, war schon Jahre her gewesen. Was für ein Schwächling, dachte sie, während sie sich zurückerinnerte. Andererseits hatte sie auch viele gute Dinge über ihn gehört. Er sei äußerst attraktiv, groß und kräftig gebaut und soll schmeichelnde, kinnlange, blonde Haare haben. Anscheinend waren die Mädchen auf Karvag reihenweise hinter ihm her. Aber das war ihr alles egal, solange er kämpfen konnte und einen guten Körperbau hatte. Schließlich wollte sie keine Schwächlinge gebären. Ich werde es früh genug herausfinden, ändern kann ich es sowieso nicht mehr, stellte sie fest.

Ihr Schiff legte an und ein gebührendes Empfangskomitee erwartete sie bereits. In edle Gewänder geworfene Dienstmägde, in festliche Rüstungen gekleidete Soldaten sowie die Kinder der Königsfamilie; Hanna, Benji und Sam. Nakatirya ließ ihren Blick durch die Menge gleiten. Sie konnte weder

König Adolphus noch Prinz Eric unter ihnen entdecken. Ihre Faust ballte sich vor Empörung. „Wie kann er es wagen", sagte sie laut genug, dass ihre Leibwächterinnen und ihre Mutter, Valerya, es hören konnten, aber leise genug, dass es keiner der Vargalis hörte. Rya warf ihr einen strengen Blick zu, sich zurückzuhalten – er wirkte.

Benji hatte genau gesehen, wie Nakatiryas Augen den Hafen abgesucht hatten: „Oh, oh, das gibt Ärger", sagte er mit kaum hörbarer Stimme zu seinen Geschwistern.

Sogleich lief Sam, als Ältester der anwesenden Drei, auf die Frauen zu und machte eine etwas holprig wirkende, verbeugende Geste: „Willkommen auf Karvag. Euer Besuch ehrt uns zutiefst. Wir hoffen, Ihr hattet einen angenehmen Seeweg." Er merkte, dass sie ihm nicht wirklich zuhörten.

Rya lächelte müde und antwortete mit ihrer wohltuend angenehmen Stimme, die kaum zu einer Kriegerin gehören mochte: „Hallo Sam. Es freut mich sehr, euch drei in so kurzer Zeit ein zweites Mal zu sehen. Wenn auch die letzte Begegnung aus keinem schönen Anlass stattfand", bevor sie wieder ernst wurde und fortfuhr: „Der König und der Prinz erwarten uns im Palast, wie ich annehme?"

„Ja, das ist richtig. Wir bringen Euch sofort zu ihm, äh ihnen", antwortete Sam und der Zug machte sich auf zum Thronsaal.

„Du Dummkopf", sagte Benji zu Sam und gab ihm mit dem Ellenbogen einen Stoß in die Rippen. „Du hättest dich fast verplappert."

„Was machen wir denn jetzt?", fragte Hanna ganz besorgt.

„Gar nichts machen wir!", zischte Sam. „Vater hätte es ihnen sagen sollen, bevor sie extra hier hergesegelt sind. Ich lege mich auf keinen Fall mit Rya an!" Ein unangenehmes Schweigen begleitete die Gruppe den restlichen Weg über. Doch schließlich erreichten sie den Palast. Sam öffnete die Pforte und erneut ballten sich Nakatiryas Hände zu Fäusten. Entgegen ihrer Erwartung eines festlich dekorierten Thronsaales, saß da Adolphus – allein. In einem leeren Saal.

„Willkommen, Valerya!", rief der König mit tiefer, hallender Stimme, erhob sich aus seinem Sitz und lief auf sie zu. „Willkommen, Nakatirya, Ihr seht so bezaubernd aus wie immer", fuhr er fort und küsste erst Ryas, dann Nakatiryas Hand.

„Wo ist Prinz Eric?", platzte es schließlich aus Nakatirya heraus.

Adolphus biss sich auf die Lippe und wandte sich um. Langsam lief er zu seinem Thronsitz zurück und antwortete: „Nun" Er machte eine kurze Pause, ehe er fortfuhr. „Es ist so", begann er, „der Prinz wird es nicht zur Hochzeit schaffen."

„Was?", entfuhr es Nakatirya. Ihre Mutter schob den Arm vor ihren Körper, um sie zur Ruhe zu mahnen. Wutentbrannt senkte Nakatirya ihren Blick und hielt sich mit all ihrer Willensstärke zurück.

Adolphus sah Nakatirya missbilligend an und vollendete seine Erklärung: „Prinz Eric befindet sich auf einer strategisch notwendigen Mission und hat es nicht rechtzeitig zurückgeschafft." Für eine Minute herrschte Ruhe im Saal. „Trotzdem halten wir selbstverständlich weiterhin an unserer Abmachung fest, dass Eric mit Nakatirya den Bund der Ehe eingehen soll", fügte der König schließlich hinzu.

„Und wann wird das sein, Adolphus?", fragte Rya ausdruckslos. Es war weniger eine Frage als eher eine spöttische Anmerkung.

„Ich kann nicht mit Gewissheit sagen, wann der Prinz nach Karvag zurückkehren wird“, antwortete Adolphus.

Nakatirya konnte sich nicht mehr zurückhalten und platzte los: „Ich kann es nicht fassen! Dieser kleine Schwächling! Ich hätte es wissen müssen. Er war schon immer feige und jämmerlich. Er hat den Tod verdient!“ Sie holte kurz Luft und wandte ihren Blick zu ihrer Mutter Rya. Diese verzog keine Miene und sagte auch nichts, stattdessen nickte sie nur kurz zustimmend. Nakatirya machte auf dem Absatz kehrt und verließ den Thronsaal, ihre Leibwächterinnen im Gefolge.

Kurz darauf wandte sich auch Valerya um und strebte zur Pforte des prächtigen Saales. Kurz vor dem Ausgang blieb sie stehen und drehte sich noch ein letztes Mal zu Adolphus um. „Du weißt, was das heißt – unser Bündnis ist damit hinfällig. Unserer Tradition nach muss meine Tochter deinen Sohn nun töten, um ihre Ehre wiederherzustellen. Hältst du sie davon ab, gleicht deine Tat einer Kriegserklärung an Kalasien. Bedenke deine nächste Handlung also gut – König“, sagte sie in eiskaltem, gefühlslosem Tonfall und verließ den Palast.

Nakatirya machte mit ihren Leibwächterinnen das Schiff zum Ablegen bereit, als auch ihre Mutter mit dem Rest ihrer Gefolgschaft den Hafen erreichte.

„Mutter, ich werde ihn finden und töten. Das verspreche ich dir!“, sagte sie entschlossen. Ihr Körper bebte vor Wut.

„Ich weiß“, antwortete ihre Mutter schon fast flüsternd. „Du kannst erst nach Kalasien zurückkehren, wenn du ihn ehrenhaft getötet hast. So will es das Gesetz“, sagte Valerya ernst.

Die kleine Hanna kam auf einem Pferd angaloppiert. Das Tier war viel zu groß für sie, wodurch sie noch kleiner und gebrechlicher wirkte. „Halt!“, rief sie und ritt an das Schiff heran.

„Bitte tut meinem Bruder nichts! Er will Euch ganz bestimmt heiraten! Irgendetwas hält ihn auf, aber er meint es doch nicht böse", versuchte sie die Situation zu kontrollieren. Doch Nakatirya beachtete sie überhaupt nicht und das Schiff segelte los. Hanna fing lauthals an zu schluchzen. Dicke Tränen kullerten ihre Wangen hinunter. „Sie wird ihn niemals finden!", schrie sie Rya voller Verzweiflung an. „Eure Gesetze sind bescheuert!" Sie wendete ihr Pferd und ritt weinend davon. Im Wegreiten drehte sie sich nochmal um und sagte mit hasserfüllten Augen, die etwas Gespenstisches an sich hatten: „Ich hoffe, Eric tötet sie!" Sungura näherte sich und flog dicht an Hannas Seite.

Rya lächelte, während sie Hanna hinterher sah. „Sie hätte eine gute Kalesch abgegeben," sagte sie, ein wenig beeindruckt von der wütenden kleinen Vargalis.

Eric hatte also seine Hochzeit verpasst und Nakatirya, die zukünftige Anführerin der Kalesch, in ihrer Ehre gekränkt. Die kalasischen Gesetze waren für diese Situation klar definiert und ließen keinen Interpretationsspielraum. Um einen neuen Partner auserwählen zu können, musste sie ihn töten.

Seine Entscheidung, in Tanah zu bleiben, sollte schwere Folgen für Eric haben.

Sterneck zieht in den Krieg

Seit dem Feuer im Payauwald war noch kein Jahr vergangen. Dieses Feuer war ein massiver Angriff auf das Königreich Awaheim gewesen, denn es hätte die gesamten Erntebestände der Region vernichten können.

Zwar war es nicht bewiesen, dennoch gingen die Menschen fest davon aus, dass es sich um einen Angriff der Yatu gehandelt hatte. Liam war wenige Monate nach dem Feuer mit Leon losgezogen, die Söldner aus Tanah zurück nach Kamah zu führen. Er hoffte darauf, dass König Gereon früher oder später einsehen würde, dass ihm keine andere Wahl blieb, als gegen die Yatu in den Krieg zu ziehen.

Gestern hatte nun endlich ein Bote König Gereons Sterneck erreicht und alle Kampffähigen dazu aufgerufen, mit der königlichen Armee nach Dornburg zu reiten – in den unausweichlichen Krieg gegen die Yatu. Er berichtete davon, dass Dornburg ein Angriff durch die Yatu kurz bevorstünde. In sechs Tagen würde die Armee von Awaheim losreiten und jeder Kämpfer, der seine Familie verteidigen wolle, solle östlich von Stork dazu stoßen. Seitdem war das ganze Dorf in hellem Aufruhr. Man wusste immer noch nicht, was die Yatu wollten und warum sie angriffen. Ein schwer greifbarer Feind, den man nur aus Geschichten kannte. Was auch immer vor tausend Jahren geschehen war, es war in Vergessenheit geraten. Liam war ihnen zwar in Dabo begegnet, damit war er in Sterneck allerdings der Einzige, der mit diesen Wesen je Kontakt gehabt hatte. Deshalb war es für die meisten schwierig zu glauben, dass Sterneck gefährdet war. Viele waren der Meinung, dass die anderen doch den Kampf führen sollten, wenn sie wollten! Andere wiederum waren bereit, in den Krieg zu ziehen. „Ihr habt doch gesehen, wie schnell es geht! Sie haben einfach den Wald in Brand gesteckt! Wer sagt uns, dass sie nächstes Mal nicht Sterneck anzünden!"

Heute sollten sich alle auf dem Marktplatz treffen, um zu entscheiden, wer alles kämpfen würde.

Jiari interessierte das alles herzlich wenig. Obwohl der Brand nun schon einige Monate her war, erholte sich der Wald nur sehr langsam von der überwältigenden Zerstörung durch das Feuer. Der Fluss führte immer noch viel zu wenig Wasser und der Regen wollte einfach nicht kommen. All dieser sinnlose Schmerz und Tod machte sie traurig. Seit Leon mit Liam zu den Söldnern nach Tanah aufgebrochen war, hatte Jiari sich zurückgezogen. Unter ständigen Kopfschmerzen leidend, fühlte sie sich kraftlos. Manchmal kam es ihr so vor, als wäre da etwas in ihrem Kopf, das versuchte, sich durch ihren Schädel heraus zu graben.

Jack war immer an ihrer Seite. Er ließ Jiari nicht mehr aus den Augen, da er jeden Tag mit einer neuen Dummheit von ihr rechnete. Immer noch machte er sich, wie auch Jiaris Eltern, Sorgen um ihren körperlichen Zustand. Ihre grünen Augen schienen den Glanz zu verlieren und an manchen Tagen wirkte sie apathisch, als wäre sie irgendwo anders. Jiari sonderte sich immer mehr von allen ab und verbrachte den Großteil ihrer Zeit alleine im Payauwald oder auf der Payauebene.

Auch Jack konnte nicht immer für sie da sein. Seit seine Mutter hochschwanger war, musste er noch viel mehr in der

Schmiede seiner Eltern arbeiten. Er hatte Jiari angefleht, dass sie sich einfach etwas von seiner Energie nehmen sollte. Letztes Mal hatte das ja auch funktioniert und ihr war es so viel besser danach gegangen. Doch sie weigerte sich vehement. Ihre Antwort war: Wie könne sie darüber entscheiden, welche Energie ihr zustand und welche nicht. In Wahrheit hatte sie Angst davor. Angst, es nicht stoppen zu können. Sie hatte sich eingestanden, dass sie keine Kontrolle über ihre Fähigkeiten besaß und wollte sie daher nur äußerst vorsichtig einsetzen.

Jiari und Jack standen etwas außerhalb der debattierenden Meute auf dem Marktplatz. Manschi saß vor ihnen und kaute auf irgendetwas herum. Jack blickte zu Jiari und bemerkte, dass sie schon wieder in Gedanken versunken war. Ihr Gesicht war ausdruckslos und sie starrte ins Leere. Er nahm ihre Hand und drückte sie zärtlich. Langsam entzog sie sich seinem Griff und stand regungslos da.

Jack schaute zu Manschi runter. Um Jiari aufzumuntern, sagte er belustigt: „Schau mal, was der Kleine da gemopst hat – eine ganze Schweinshaxe!“ Lachend sah er wieder auf, um ihre Reaktion nicht zu verpassen.

Jiari lächelte nur müde und antwortete ungerührt: „Er hat sie von Alex gestohlen.“

Woher wusste sie das nur, fragte sich Jack. Seit dem Feuer hatte Jiari sich schreckliche Vorwürfe gemacht, dass sie all den Tieren nicht hatte helfen können. Der Wald hatte sie mit seiner Energie gerettet, als sie dem Tode nahe gewesen war und jetzt hatte sie den Wald nicht retten können. Stundenlang saß sie nun einfach nur da. Sie wollte nicht darüber sprechen, warum sie das tat oder was genau es war, das sie versuchte, zu erreichen. Aber Jack war sich sicher, dass sie nach Antworten suchte. Er war sich sicher, dass sie Dinge sah und spürte, die weit über seine Vorstellungskraft hinausgingen. Ab und an erzählte sie von dem, was sie in ihrem Unterbewusstsein erlebt hatte. Meistens waren es schlimme Sachen, von Tod und Leid.

Manchmal wünschte er sich die alte Jiari zurück – bevor sie das Fieber bekommen hatte, bevor sie anfing Dinge anders zu sehen – komplizierter zu sehen.

„Jiari!", hörte sie Jack ihren Namen laut sagen. Sie wandte sich zur Seite und sah ihn an. „Jiari! Hörst du mir überhaupt zu?", fragte Jack sie aufgebracht. „Sie wollen Boten nach Tanah senden, um Liam und dem Söldnerheer die Dringlichkeit der Situation zu verdeutlichen und ihren Weg hierher zu beschleunigen!"

Teilnahmslos blickte Jiari wieder auf den Marktplatz. „Das ist nicht nötig, sie sind schon ganz nah", antwortete sie schließlich.

Ihr Vater Ben hatte sie gehört und wandte sich an sie: „Bist du dir sicher? Wo sind sie?"

„Sie haben bereits vor einigen Tagen mit den Schiffen in Makola angelegt. Morgen werden sie hier sein."

Die Dorfbewohner hielten Jiari schon lange für sonderbar und sie versuchte auch nicht, sie von etwas anderem zu überzeugen. Jiari hätte die Männer unmöglich mit den Schiffen anlegen sehen können und doch gab sie vor, zu wissen, wann sie hier sein würden.

„Schicken wir einen Boten!", rief einer der Männer. „Wir können uns nicht auf diese absonderlichen Behauptungen von ihr verlassen!" Die anderen stimmten ihm zu und so ritt ein Bote los, die Söldner zu alarmieren.

Jiari hatte ihre Fähigkeiten vor den Dorfleuten so gut sie konnte verborgen gehalten. Aber manchmal rutschten ihr Kommentare wie dieser heraus, worauf die Menschen dann nicht viel gaben.

Sie verließ den Platz. Das alles interessierte sie nicht. Sie lief an den Rand des Dorfes, legte sich in die Wiese und blickte zum Himmel – Jack folgte ihr.

„Hast du nicht etwas Besseres vor?“, fragte sie ihn.

„Nein“, antwortete Jack und zog die Schultern hoch. Er hatte Manschi samt Haxe auf dem Arm, da er Mitleid mit ihm bekommen hatte, als dieser versuchte, die große Haxe hinter sich herzuziehen und gleichzeitig noch Schritt zu halten. Er setzte das Fellknäuel auf den Boden und legte sich neben Jiari.

„Jack“, fing sie erneut an. „Versprich mir, dass du bei mir bleibst.“

„Warum sollte ich nicht bei dir bleiben?“, fragte er, als wäre es selbstverständlich, dass er jede Sekunde, die er freischaufeln konnte, bei ihr verbrachte. Und das, obwohl sie ihn in letzter Zeit immer abweisender behandelte.

Jiari nahm seine Hand und blickte zu ihm rüber. Für einen kurzen Moment erkannte er wieder dieses Funkeln in ihren Augen. „Ich meine nicht jetzt“, sagte sie. „Versprich mir, dass egal was in zwei Tagen geschehen wird, du bei mir bleibst.“

„Ich verspreche es dir“, antwortete Jack gutmütig.

Er sah, wie ihr eine Träne die Wange herablief, als sie flüsterte: „Ich habe das Gefühl, als würde ich mich verlieren. Als wäre ich jemand anderes – und gleichzeitig niemand. Ich kann es dir einfach nicht beschreiben.“

„Und das musst du auch nicht. Ich werde immer für dich da sein, egal was passiert und ich werde dich niemals allein lassen. Das verspreche ich dir." Sie sah ihn an und nickte dankend. Manschi hatte seinen Kampf mit der Haxe siegreich beendet und schob sich schwer atmend unter ihre Arme. „Außerdem gehen wir doch sowieso bald nach Paa La", sagte Jack grinsend. „Dann sind wir weg von all dem und du kannst auf andere Gedanken kommen." Er sah zu ihr hinüber und bemerkte, dass sie eingedöst war.

Auf einmal hörte er ein seltsames Geräusch unter ihr. Als würde etwas unter ihrem Rücken rascheln. Und dann sah er es – eine Pflanze wuchs an ihrem Körper entlang. Erst nur eine, aber dann wurden es immer mehr. Sie wuchsen ihren Hals und ihren Kopf entlang. Manschi stand auf, knurrte und biss in eine der lianenartigen Schlingen. Jack war wie versteinert. Er wusste nicht, wie er reagieren sollte. Er blickte um sich und entdeckte eine kleine Gestalt auf einem Baum.

Plötzlich hörten die Pflanze auf zu wachsen, verdorrten und zerfielen zu Staub. Jack traute seinen Augen nicht. Er rüttelte Jiari, um sie aufzuwecken.

„Jack", sagte sie verschlafen. „Das war so ein guter Schlaf, warum weckst du mich? Ich fühle mich so erholt." Jack sah wieder zu dem Baum, auf dem er die Gestalt gesehen hatte, doch da war nichts mehr.

Jiari sah an sich herunter und entdeckte die Staubreste. Verdutzt wischte sie den Schmutz von sich. „Hast du etwa versucht, mich einzugraben, während ich geschlafen habe?", fragte sie ihn neckisch.

Jack biss sich auf die Zunge. Er wollte ihr sagen, was gerade geschehen war, doch er wollte nicht, dass sie sich wieder schlecht fühlte, also lachte er nur: „Ja, Manschi hat im Dreck gespielt und ist dann auf deinen Bauch geklettert", sagte er und kratzte sich am Kopf, immer noch an seinem Verstand zweifelnd.

„Alles in Ordnung mit dir?“, fragte sie ihn. „Du siehst etwas verwirrt aus.“

„Alles in Ordnung, Jiari“, antwortete er. „Komm, lass uns zurück gehen. Es ist schon spät.“

Am nächsten Tag lag Jiari noch im Bett, als sie das Getrappel hunderter Pferde hörte.

Ihre Mutter klopfte an ihre Türe und öffnete sie langsam. „Liam und Leon sind gekommen. Möchtest du bald aufstehen und sie begrüßen?“

Jiari sprang sofort aus dem Bett. „Ich bin gleich unten!“

Die Söldnerarmee hatte Sterneck erreicht, genau wie sie es prophezeit hatte.

Sie rannte die Treppe hinunter und fiel Leon um den Hals: „Da bist du ja endlich wieder, Bruderherz!“, rief sie und drückte ihn fest an sich.

Leon lachte: „Aber nicht für lange! Morgen reiten wir weiter, um uns König Gereon anzuschließen.“ Sogleich ließ sie von ihm ab und sah ihn vorwurfsvoll an.

Lara trat einen Schritt vor. „Leon, du musst nicht mit ihnen gehen. Bitte überlege es dir noch einmal.“

„Du scherzt wohl! Mein ganzes Leben wollte ich mit Liam in die Schlacht ziehen und jetzt ist es endlich so weit! Natürlich gehe ich mit!“, antwortete er, ohne jeden Zweifel in der Stimme. Lara sah hilfesuchend zu Ben, doch dieser seufzte nur und blickte zu Liam.

„Lara, wir haben fast fünfhundert Männer dabei, die sich entschieden haben, mit uns zu kommen. Weniger als erhofft, aber genug, um einen Unterschied zu machen. Der König hat endlich eingesehen, dass die Yatu weiter vorstoßen werden, wenn ihnen niemand Einhalt gebietet. Was schlägst du vor? Sollen wir alle Menschen in Dornburg sterben lassen oder sich den Yatu anschließen lassen? Wir können uns nicht vor ihnen verstecken", entgegnete er seiner Schwester ernst.

Stille erfüllte für einen Moment den Raum, bis Lara traurig einwarf: „Ihr wisst nicht einmal, wie vielen Yatu ihr euch entgegenstellen müsst. Ich will nicht mitansehen, wie ihr euer Leben sinnlos wegwerft!"

Ben, der bis dahin eine Armlänge hinter seiner Frau gestanden hatte, lief einen Schritt vor, legte seine Hand auf ihre Schulter und sagte: „Lara, wir sind Heiler. Wir sollten mit ihnen gehen." Jiari zog die Augenbrauen hoch und stand fassungslos da. Auch Jack, der an Jiaris Seite stand, trat einen Schritt vor und wollte etwas sagen. Sogleich griff Jiari nach seiner Hand und warf ihm einen flehenden Blick zu. Jack zögerte einen Moment.

Ben lächelte Jiari an und sagte, bevor Jack reagieren konnte: „Das ist nicht nötig, Jack. Dein Vater wird schon mit uns gehen. Ich habe gestern mit ihm gesprochen. Du wirst hierbleiben. Denn im schlimmsten Fall braucht deine Mutter jemanden, der bei der Geburt deines Geschwisterchens für sie da ist." Jiari merkte, wie ihr bei diesen Worten eine ganze Felswand von der Brust fiel. Erleichtert atmete sie aus, drückte seine Hand fest und zog ihn zu sich zurück.

„Mein Vater wird mit euch gehen?", fragte Jack ungläubig. Ben nickte. Jack machte augenblicklich auf dem Absatz kehrt und verließ das Haus der Tisdals. Jiari wollte ihm hinterher, doch Liam hielt sie am Arm fest. „Lass ihn gehen."

„Kommt, setzen wir uns. Es gibt eine Menge zu besprechen, zu planen und zu packen", befahl Ben.

Jiari wusste nicht, wie ihr geschah. Sie fühlte sich, als hätte man ihr den Boden unter den Füßen weggezogen. Ihre ganze Familie würde gegen die Yatu in den Krieg ziehen. Jene Monster, gegen die kaum noch jemand zu kämpfen wagte.

Lara saß ihr gegenüber. Sie lehnte sich vor und streichelte liebevoll über Jiaris Arm. „Mach dir keine Sorgen. Wir werden außerhalb der Schlacht in einem Lazarett sein und die Verwundeten pflegen. Uns wird nichts geschehen", versicherte sie ihrer Tochter in ruhigem Ton.

„Da viele der Männer zu Fuß unterwegs sind, brauchen wir fünf Tage von hier bis zum Arwatengebirge östlich von Stork", sagte Leon.

„Wir haben bereits einen Reiter geschickt, der dem König mitteilen soll, auf uns zu warten", fügte Liam hinzu.

„Hmm", Ben rieb sich das Kinn. „Von dort brauchen wir nochmal fast fünf Tage bis Dornburg. Ein anstrengender Weg für die Männer."

Jiari konnte es nicht fassen, dass sie nun alle gemeinsam hier saßen und planten, gegen die Yatu in den Krieg zu ziehen. Das war Wahnsinn! Hatten sie denn alle den Verstand verloren?

Lara richtete erneut das Wort an sie: „Jiari, du bleibst bei den Tallums. Mika wird schon bald ihr Kind gebären und du wirst ihr dabei helfen."

Was soll dieses ruhige Getue, fragte Jiari sich wütend. Es fiel ihr schwer, die Fassung zu bewahren. „Ich brauche frische Luft", sagte sie und stand auf.

Aufgebracht stürmte sie nach draußen und rannte zu Ravennas Haus.

„Ravenna!", rief sie und klopfte ungestüm an die Eingangstüre.

Jannek, Ravennas Sohn, öffnete nach kurzer Zeit. „Hallo Jiari. Was ist denn los?", fragte er, überrascht sie so aufgeregt zu sehen.

„Ich will mit Ravenna sprechen!", forderte Jiari.

„Du weißt, dass es ihr nicht gut geht. Ihre Kräfte verlassen sie immer mehr", entgegnete ihr Jannek.

„Sie wollen gegen die Yatu in den Kampf ziehen, Jannek! Das ist Selbstmord! Deine Mutter ist die einzige, auf die sie vielleicht noch hören! Ich muss sofort zu ihr!", drängte sie ihn. Er ging einen Schritt zur Seite und Jiari betrat die Hütte.

Die alte Frau lag ausgemergelt in ihrem Bett. Jiari erschrak bei dem Anblick. Das letzte Mal, dass sie Ravenna gesehen hatte, war schon mindestens drei Wochen her gewesen. Eigentlich gar nicht so viel Zeit, aber für die Dorfälteste schienen seitdem Jahre vergangen zu sein. Jiari spürte die Energie der Alten schwinden.

Langsam näherte sie sich dem Bett. „Ravenna?", fragte sie leise. Die Greisin öffnete die Augen und schielte zu Jiari rüber. „Ravenna, du musst sie aufhalten!", sagte Jiari verzweifelt.

„Jiari", antwortete Ravenna schwach und mit gebrechlicher Stimme. Sie fing sofort an zu husten. Jannek warf Jiari einen vorwurfsvollen Blick zu. „Ich kann sie nicht aufhalten", fuhr die Alte schließlich fort. „Niemand kann das. Du musst auf Zuhrah vertrauen. Sie wird sie beschützen."

„Das ist doch Unsinn!", tat Jiari ihren Unmut kund. „Zuhrah interessiert das alles überhaupt nicht! Es war ihr auch egal, dass der Payauwald gebrannt hat. Dass so viele Tiere und Pflanzen ihr Leben gegeben haben, für einen sinnlosen Brand, der von den Yatu entfacht wurde! Selbst die Götter konnten nicht gegen die Umnakekeli gewinnen, wie sollen wir es dann? Es bringt nichts, die Yatu zu bekämpfen, wenn wir am Ende nichts gegen die Umnakekeli ausrichten können! Die verdammten Yatu sind doch nur ein Symptom! Das Geschwür sind die Wächter, die sich in ihrer Festung verstecken!", sagte sie entmutigt. „Und wir wissen weder, ob es sie wirklich gibt, noch wissen wir, wie sie aussehen!" Jiari hatte sich in Rage geredet und hielt ihre Verzweiflung nicht mehr zurück.

„Jiari, du darfst dich niemals deiner Wut und Hilflosigkeit hingeben. Zuhrah sorgt für das Gleichgewicht. Und jeder von uns trägt seinen Teil dazu bei – ob er es weiß oder nicht. Der Planet hat schon längst einen neuen Plan, um seinen Selbsterhalt zu sichern, glaube mir. Nur weil wir ihn nicht kennen, dürfen wir nicht die Hoffnung verlieren", sagte Ravenna.

Hoffnung, wiederholte Jiari in Gedanken. In ihren Fieberträumen hatte sie dieses Gefühl auch schon verspürt. Gleichgewicht – wo Licht ist, ist auch Schatten, wo Gutes ist, ist auch Böses. Aber warum Gleichgewicht? Warum nicht einfach nur Gutes? Warum musste es zu allem einen Gegenpol geben?

„Vergiss nicht, dass es die Menschen sind, die sich dazu entscheiden, sich den Umnakekeli zu unterwerfen und ihre Seele zu opfern. Auch die Menschen jagten die Götter. Es waren also auch Menschen, die den Wald angesteckt haben. Denkst du nicht, dass es auch fair ist, wenn es Menschen sind, die gegen die Yatu kämpfen?", versuchte Ravenna Jiari zu belehren. „Wer sonst sollte deiner Meinung nach diesen Krieg führen? Die Tiere? Die Bäume?" Jiari saß kleinlaut neben ihr und sagte kein Wort. „Es ist unser Planet. Und ich finde es ist an der Zeit, dass wir dafür einstehen", beendete Ravenna ihre Belehrung.

Jiari seufzte. Die alte Frau legte ihre eiskalte Hand auf Jiaris und sah sie an. „Alles was passiert, passiert nicht ohne Grund. Und jetzt gehe und verbringe den letzten Abend mit deiner Familie und nicht mit Trübsal blasen."

Jiari nickte und dankte der Alten für ihre wie immer weisen Worte, auch wenn es nicht das war, was sie hören wollte.

Nachdenklich lief sie zur Türe. „Ich bringe dir morgen ein paar Heilkräuter vorbei, die ihr das Atmen erleichtern werden, Jannek."

„Danke, Jiari", sagte er und drehte sich um. Nach wenigen Sekunden wandte er sich nochmal zu ihr. „Jiari, warte. Weißt du, als ich noch klein war, hat mir meine Mutter eine Fabel erzählt. Ich habe das Gefühl, sie passt hier und jetzt ganz gut: Stell dir vor, du wärst ein Eichhörnchen. Und du müsstest die Krone eines Baumes erreichen, weil es nur dort Nahrung für dich gibt. Der Baum hat hunderte unterschiedlicher Äste, die alle nach oben führen. Manche sind dünner und darum riskanter zu nehmen. Andere scheinen robuster, sind aber dafür vielleicht einfacher für Feinde zu attackieren. Ob du den richtigen Ast gewählt hast, weißt du erst, wenn du es bis oben geschafft hast, ohne abzustürzen oder gefressen zu werden. Und selbst dann weißt du nicht, ob es nicht auch einen besseren Weg gegeben hätte. Ja, ich weiß, es ist vielleicht eine etwas seltsame Fabel, aber ich glaube, die Pointe soll sowas sein wie: Keiner kann wissen, ob der Weg, den er geht, die Entscheidungen, die er trifft, die Richtigen sind. Keine Entscheidung zu treffen und stehen zu bleiben jedoch bedeutet den sicheren Tod."

Jiari sah ihn verdutzt an. Irgendetwas stimmt nicht so ganz mit ihm, dachte sie sich, bedankte sich bei ihm für seine Worte und machte sich auf den Weg, zurück nach Hause.

Am nächsten Morgen war es so weit. Diejenigen, die mit nach Dornburg gehen würden, hatten sich vor dem Dorf auf der Payauebene versammelt.

Lara gab Jiari einen Kuss auf die Stirn. „Ich liebe dich mein Schatz. Wir sind bald wieder zurück!“, sagte sie und stieg auf Lugia, Leons Stute. Leon würde zu Fuß marschieren.

„Mach dir keine Sorgen, Schwesterchen“, sagte Leon. „Die Armee König Gereons ist gewaltig. Wir werden die Yatu überrennen!“

Zornig sah Jiari ihren Bruder an. „Wärst du nicht so ein sturer Esel, Leon, dann würde nur Liam in den Krieg ziehen. Vergiss das nicht, wenn dich das Elend auf dem Schlachtfeld einholt!“, sagte sie mit bitterem Tonfall und wandte sich von ihrem Bruder ab.

„Pass mir gut auf meine Tochter auf, Jack“, sagte Ben und klopfte Jack auf die Schulter. Jacks Vater Aron lief zu seiner schwangeren Frau Mika, küsste sie und fuhr ihr ein letztes Mal durch ihre kinnlangen, dunkelbraunen Haare. Mika war in Tränen aufgelöst und schluchzte ganz fürchterlich. Auch Jiari hatte Mühe, die Fassung zu bewahren, als das Heer aufbrach. Sie sah ihnen noch hinterher, bis sie am Horizont verschwanden und selbst dann hielt sie noch an der warmen Energie ihrer Eltern fest, bis sie vor Erschöpfung auf der Wiese einschlief.

Zurück nach Karvag

Eric Halvar hatte die letzten Monate bei den Söldnern verbracht und war fast zeitgleich mit ihnen aus Tanah aufgebrochen. Nur wollte er nicht wie sie nach Kamah. Sein Weg sollte ihn stattdessen zurück nach Karvag führen.

Nachdem Leon und Liam bei den Söldnern angekommen waren und über den Vormarsch der Yatu-Armee berichtet hatten, musste er einfach zurück nach Karvag, um sein Volk auf den Krieg vorzubereiten. Er wollte die Vargalis in den Krieg gegen die Yatu führen, gemeinsam mit seinem Onkel, König Gereon. Er war sich sicher, Adolphus würde die Hilfsgesuche seines Bruders Gereon nicht länger ignorieren.

Eric war klar, dass er in Schwierigkeiten steckte – er hatte die Hochzeit mit Nakatirya verpasst. Da er sich mit den Bräuchen der Kalesch auskannte, wusste er, dass Nakatirya ihn nun töten musste, um ihre Ehre wieder herzustellen.

Ich kann das sicher wieder hinbiegen, dachte er sich, sein Schiff Richtung Karvag segelnd. Nakatirya wird verstehen, warum ich die Hochzeit verpasst habe. Ich muss es ihr nur alles in Ruhe erklären, er stockte bei dem Gedanken. Die Tatsache, dass Adolphus nicht sein Vater war, durfte niemand erfahren – niemand. Hmm. Ich kann es ihr erst erklären, wenn ich mir sicher bin, dass ich ihr vertrauen kann. Wirklich vertrauen kann ich ihr allerdings erst, wenn sie meine Frau ist. Und das wird sie mit Sicherheit nicht werden, solange sie nicht versteht, warum ich die Hochzeit verpasst habe. Sein Kopf explodierte fast. Mist. Ich muss mir etwas anderes überlegen.

Adolphus durfte niemals herausfinden, dass Eric seinen wahren Vater bei den Rebellen vermutete. Überhaupt durfte er nicht erfahren, dass Eric nicht sein leiblicher Sohn war. Die letzten Worte der seltsamen Frau ließen ihn nicht mehr los, waren sie doch so ähnlich wie die seiner Mutter. „Wenn Ihr es Euch doch anders überlegt, Prinz, so findet Ihr die Rebellen in der Freiheit." Er hatte sich daraufhin auf die Suche nach „der Freiheit" gemacht. Er hatte die Söldner befragt, er hatte Einheimische gefragt, er war mit Mahan noch weiter ins Landesinnere gereist. Doch keiner hatte ihm helfen können. So sehr bereute er nun seine Entscheidung, diese geheimnisvolle Frau im Lager der Söldner abgewiesen zu haben. Wäre er doch nur mit ihr gegangen, als sie ihn dazu aufgefordert hatte, mit ihr zu den Rebellen zu gehen. Aber jetzt musste er mit seiner Entscheidung leben. Eric wollte sich seinem Schicksal auf Karvag stellen. Er wollte nicht länger davonlaufen. Doch es sollte alles ganz anders kommen.

Am Horizont konnte Eric bereits die Silhouette von Karvag erkennen. Er hielt Backbord auf den Hafen im Westen zu. Etwas stimmte nicht. Die vargallische Flotte schien Karvag verlassen zu haben. Normalerweise lagen im Hafen Karvags über dreißig Galeeren. Er nahm Tempo aus seiner Fahrt.

„Natürlich! Sie sind bereits aufgebrochen!"

Plötzlich entdeckte er die kleine Sun am Himmel. Sie flog auf ihn zu und landete schließlich neben ihm.

„Sun!", rief er freudig und streckte seine Arme aus, sodass sie darauf springen konnte. Sie hatte sich in den letzten Monaten als der zuverlässigste Bote der Welt bewiesen. Hanna hatte ihm über Sun auch die Kunde über Nakatiryas Verstimmung zukommen lassen.

„Du kommst genau richtig“, sagte er und ging unter Deck. Er nahm ein Blatt und einen Stift:

„Liebste Hanna, ich werde der Flotte nach Dornburg folgen und gleich nach der Schlacht zu euch zurückkehren. Passt auf euch auf! In Liebe, dein Eric.“

Er band den Zettel um Suns Hals, streichelte die kleine Accula nochmal, schickte sie fort und änderte dann die Richtung. Er hielt nun auf den Hafen von Makola zu.

Wenn er sich beeilte, konnte er in zwei Tagen dort sein, um sich der Armee Karvags anzuschließen.

Schlacht um Dornburg

Fünf Tage nach ihrem Aufbruch aus Sterneck hätten die kampffähigen Männer die Armee König Gereons am Arwatengebirge treffen sollen. Ihre kleine Armee bestand aus den zweihundert Männern, die sich freiwillig in Sterneck gemeldet hatten sowie den fünfhundert Söldnern.

Die Dorfbewohner aus Sterneck hatten es nicht rechtzeitig zum Treffpunkt geschafft. Fünf Tage waren einfach zu knapp bemessen, um es zu Fuß von Sterneck zum Arwatengebirge zu schaffen. Sie hatten die unteren Ausläufer des Arwatengebirges östlich von Stork erreicht, doch außer ihnen war niemand mehr dort. So zogen sie direkt weiter nach Dornburg, um dort auf die restlichen Soldaten zu treffen.

In der Abenddämmerung des neunten Tages seit ihrem Auszug aus Sterneck, erreichten sie Dornburg. Die meisten Häuser waren verlassen und diejenigen Bewohner, die sich dazu entschieden hatten, zu bleiben, sahen so aus, als wären sie darauf vorbereitet, zu sterben. Oder waren es vielleicht solche, die vor hatten sich den Yatu anzuschließen, fragte sich Leon. Die Atmosphäre in der ganzen Stadt war schauerlich.

Ben und Lara waren nicht die einzigen Heiler, die in die Schlacht gezogen waren. König Gereon hatte offensichtlich auch einige Heilkundige aus Awaheim mitgebracht. Sie hatten südlich der Stadt bereits ein Lazarett errichtet. Der König schien zuversichtlich, dass es dort nicht zu Kämpfen kommen würde, sonst hätte er nicht gerade hier das Lazarett errichtet. Auch im Falle eines Rückzuges sollte der Süden lange genug gehalten werden, dass alle Heiler und Verwundeten fliehen konnten.

„Liam!“, rief Ben seinem Schwager zu. Liam stoppte seinen Hengst Latios und wandte sich zu Ben um. Seine kinnlangen, dunkelbraunen Haare wehten im Wind. „Hier werden sich unsere Wege trennen“, rief Ben ihm zu.

Lara sprang von Lugias Rücken und lief an Leons Seite. Sie hatte Tränen in den Augen und ihr ganzer Körper zitterte. „Du kannst immer noch hier bei uns bleiben“, flüsterte sie ihm ins Ohr, während sie seinen Kopf an ihre Wange presste. Auch Ben war abgestiegen.

Leon befreite sich aus dem Griff seiner Mutter und umarmte seinen Vater. „Wir sehen uns bald wieder“, sagte er so erwachsen, wie Ben ihn noch nie zuvor hatte reden hören.

„Ich bin stolz auf dich, mein Sohn. Und ich bin es immer gewesen“, sagte er zu Leon und nickte ihm aufmunternd zu.

„Liam!“, rief Lara verzweifelt schluchzend. „Wehe, wenn du ihn mir nicht wieder lebend zurückbringst!“

„Mach dir keine Sorgen, Schwester. Mehr Angst als vor dir habe ich vor deiner Tochter, wenn ich ihr ihren Bruder nicht heil wiederbringe.“

Und so umarmten sie sich schweren Herzens, mit ihren Gedanken bereits bei dem, was kommen mochte.

Während Lara und Ben zurückblieben, ritt die Gruppe der Krieger weiter Richtung Osten. Direkt neben ihnen im Norden verlief das Arwatengebirge, eine atemberaubende Wand aus Felsen, die sie von der Pasirwüste abschnitt. Vor ihnen lag eine seit vielen Jahrzehnten unbewohnte Ebene. Es war eine endlose grasige Hügellandschaft und je weiter man gen Osten reiste, desto karger und steiniger wurde sie. Schließlich erreichten sie die Armee König Gereons.

Leon war beeindruckt davon, wie viele Kämpfer es waren. Man konnte die Armee Awaheims deutlich erkennen. Ihre Rüstungen und Helme waren golden und trugen das Wappen des Erddrachen Bregon. Alle Körperstellen, die die Rüstung nicht schützte, waren mit rotbraunem Leder bedeckt. Die königliche Garde Gereons unterschied sich von den restlichen Soldaten. Ihre Helme hatten jeweils rechts und links zwei kleine Hörner, wie es auch die Statue des Erddrachen auf dem Platz vor dem Königspalast hatte.

„Und so sehen wir uns wieder, Liam Tisdal. Vielleicht an unserem letzten Tag in dieser Welt“, stellte der König fest, als er Liam sah.

„Mein König“, Liam machte eine verbeugende Geste. „Ihr wisst so gut wie ich, dass egal wie diese Schlacht heute auch ausgehen mag – dies erst der Anfang ist.“

König Gereon nickte: „Ich bin froh Euch und Eure Männer hier zu sehen“, sagte er und machte eine dankende Geste zu Vernon. Liam wandte seinen Blick nach Osten. Am östlichen Horizont hatte sich die Armee der Yatu versammelt.

„Wie viele Männer haben wir?“, fragte Vernon.

„Mit Euren Söldnern sind es um die fünftausend“, antwortete Gereon. Vernon sah zur feindlichen Armee und fuhr sich durch die Haare.

„Habt ihr Königin Illuma von Vidanir um Hilfe gebeten? Und wie ist es mit Eisenheim? Habt ihr Boten geschickt? Kommt euer Bruder? Und kommen die Kalesch?“, fragte Liam, die Antwort bereits mit ungutem Gefühl erahnend.

Im gleichen Moment kam ein hochgewachsener Mann angaloppiert. Er hatte seine braunen Haare nach hinten zusammengebunden. Es war Michail, der jüngere Bruder des Königs. Er war Befehlshaber über die Streitkräfte Awaheims. „Wir sollten in Stellung gehen, Bruder", rief er aus noch einigen Metern Entfernung. „Die Yatu haben sich noch nicht vollständig formiert. Sobald dies geschehen ist, haben sie keinen Grund mehr einen Angriff unsererseits abzuwarten und sie werden vorrücken. Spätestens bei Sonnenaufgang werden sie bereit sein."

König Gereon nickte. Er warf Liam einen kurzen Blick zu, ging aber nicht weiter auf seine Fragen ein.

„Also gut – so lasst es beginnen", sagte er entschlossen. „Michail! Du wirst die Armee Awaheims führen und dich südwestlich positionieren." Sie war etwa zwölfhundert Mann stark. „Liam, Vernon! Ihr befehligt Eure Söldner, die Männer von Sterneck, Stjordal sowie Dornburg und positioniert euch südöstlich." Somit hatten Liam und Vernon Befehlsgewalt über etwa sechzehnhundert Männer. „Ich werde die königliche Garde, die Männer aus Dotrefjell, Palindall, Tolga sowie Reinheim bei mir behalten und bleibe mit ihnen hier." Damit hatte der König um die neunzehnhundert Soldaten bei sich.

„Mein König!", rief Liam, den König in seiner Planung unterbrechend. „Ein Mann, der zu wissen schien, wovon er sprach, sagte mir einst, man müsse ihnen den Kopf abtrennen. Ansonsten würden sie sich nach einiger Zeit regenerieren. Ihr solltet Euren Männern diese Information geben."

Der König nickte. Zögerlich setzte Gereon nach: „Werden sie sich ausruhen müssen?" Damit meinte er die Yatu.

„Ich weiß es nicht", antwortete Liam. Wieder nickte der König und man sah, wie sich sein Brustkorb schwer hob. „Unsere

Reiter jedoch", holte Liam erneut aus. „Sie bieten uns vielleicht den entscheidenden Vorteil."

„Ja", erwiderte der König. „Ich kenne die Geschichten. Kein Pferd dieser Welt trägt einen Mann ohne Seele", sagte er und streichelte nachdenklich den Hals seines Pferdes. „So lasst uns herausfinden, ob die Geschichten wahr sind!", rief er und ritt entschlossen voran.

Nachdem sich die unterschiedlichen Armeen gesondert formiert hatten und sich gerade auf den Weg zu ihrer zugewiesenen Position machen wollten, ritt König Gereon mit seinem riesigen braunen Schlachthengst vor die Soldaten.

„Hört mir zu, Männer!", brüllte er die Horde an. „Anders als unsere Feinde, haben wir geliebte Menschen, die zu Hause auf uns warten! Söhne, Töchter, Frauen! Um ihretwillen stehen wir heute hier und kämpfen bis zum Tod!", schrie er und hob sein Schwert. Die Männer taten es ihm nach und die ganze Meute schrie und jubelte mit erhobenen Waffen. Als sie sich wieder etwas beruhigt hatten, fuhr König Gereon fort: „Und außerdem hat mich soeben Kunde erreicht, dass mein Bruder Adolphus seine tapferen Vargalis zu uns führt — Karvag kommt uns zu Hilfe! Sie werden bald hier sein! Gemeinsam werden wir diese Monster abschlachten!"

Mit dieser Nachricht hatte so kurz vor dem Sturm niemand mehr gerechnet. Die Männer tobten bei diesen Worten.

Liam jedoch traf diese Nachricht wie ein Dolch ins Herz. Er fühlte, wie sein ganzer Körper unter Strom stand. Langsam warf er Vernon einen kritischen Blick zu – dieser erwiderte ihn. Das war also der Streitplan des Königs, überlegte er. Ihre Verteidigungslinie sollte auf drei Flanken ausgeweitet werden. Westlich, südlich sowie südwestlich der Yatu. Die Angreifer sollten so eingekesselt und zurückgedrängt werden. Michail und Vernon würden die Soldaten südlich kommandieren, denen im Verlauf der Schlacht hoffentlich rechtzeitig die Vargalis aus Süden zu Hilfe kommen würden.

Gereon verließ sich auf seinen Bruder, König Adolphus. Darum hatte er auch das Lazarett südlich Dornburgs errichten lassen. Er war sich sicher, dass durch die Hilfe der Vargalis der Süden gesichert war.

Liam gefiel das alles ganz und gar nicht. Sollten die Vargalis es nicht rechtzeitig schaffen, würden sie massive Probleme bekommen. Dornburg war keine Festung. Ein Rückzug in die Stadt würde bei einer Niederlage nicht helfen. Sollten sie unterliegen, müssten die Soldaten um ihr Leben rennen. Kein solider Plan, wie Liam fand.

Liam, Vernon und Leon marschierten mit ihrem Teil der Armee auf Position. Leon hatte seine Stute Lugia bei seiner Mutter gelassen. Sie war kein Pferd für die Schlacht und hätte ihn unter solch einer Stresssituation nur abgeworfen. Den ersten Teil des Weges Richtung Süden begleitete sie Michail mit den Männern aus Awaheim. Als diese ihre Position erreicht hatten, marschierten sie allein weiter Richtung Osten. Je weiter sie nach Osten kamen, umso besser konnten sie das Yatu-Heer erkennen.

„Ich schätze sie auf knapp sechstausend", sagte Vernon nachdenklich. „Das wären eintausend Männer mehr, als wir haben."

„Ja, alter Freund, da könntest du recht haben. Aber wie König Gereon es bereits gesagt hat: Sie kämpfen für nichts. Unsere Männer haben alle etwas zu verlieren", antwortete Liam zuversichtlich.

Leon merkte, wie sein Herz zu rasen anfing. Noch nie war er in einer Schlacht gewesen. Er sah zu der Verteidigungslinie der Yatu. Noch nie hatte er einen Yatu aus nächster Nähe gesehen.

„Sie sehen aus wie wir", merkte er verunsichert an.

„Hmm", grummelte Vernon, der auch noch nie gegen einen Yatu gekämpft hatte – wie eigentlich alle hier außer Liam, der ihre Bekanntschaft in Dabo machen musste.

„Ich habe noch keinen Yatu gesehen, der den Legenden entsprach", warf Liam ein. „Sie sahen alle aus, wie normale Menschen." Er machte eine kurze Pause. „Lediglich ihre Augen", fuhr er fort und zögerte, als würde er sich an die verhängnisvolle Schlacht in Dabo erinnern. „Ihre Augen sind von einer Dunkelheit erfüllt, die ich euch mit Worten nicht zu beschreiben vermag."

„Ich bin bereit, mein Leben hier und heute für eine Zukunft in Freiheit und ohne Unterdrückung zu geben", schwor Leon und umklammerte dabei entschlossen seinen Schwertknauf.

„Und du, Liam, wofür kämpfst du? Bei mir ist es einfach", lachte Vernon. „Ich tue es für das Gold, das mir am Ende winkt!"

Liam lachte: „Der König bezahlt uns so viel, dass wir uns die nächsten sechs Jahre getrost irgendwo niederlassen können."

„Und doch tust du es nicht für das Geld", entgegnete Vernon, mit einem verschmitzten Grinsen.

Augenrollend gab Liam schließlich zu: „Ich, meine Freunde, tue es für die Liebe." Leon und Vernon lachten laut. „Sie haben mir Reena genommen. Also ist das Mindeste, was ich tun kann, so viele wie möglich von ihnen mit in den Tod zu reißen", sagte er und galoppierte an die Spitze ihres Zuges. Sie hatten ihre Position erreicht. Die Männer gingen in Stellung. Auch die

Yatu waren nun vollständig formiert. Die Feinde begannen ihre Speere auf den Boden zu stampfen. Das Dröhnen wurde lauter und schien sich zu nähern — sie waren losmarschiert.

„Bogenschützen in Position!", schrie Liam. Die Bogenschützen stellten sich in die vorderste Reihe und machten sich bereit.

Vernon ritt vor die nervösen Soldaten und trieb sein Pferd an. „Männer!" schrie er in ihre ängstlichen Gesichter. „Ein Feind, wie jeder andere, steht vor unserer Schwelle und will uns unserer Freiheit berauben!" Er ritt an der vordersten Linie entlang. „Doch wir sind die freien Menschen Kamahtanahs! Und wir werden nicht weichen, ehe jeder einzelne von ihnen den Tod durch unsere Waffen gefunden hat!", brüllte er und wendete sein galoppierendes Pferd.

Aus Westen hörte Liam das Horn von Michail - das Signal zum Angriff.

„Wartet!" Vernon hob seine Hand und gab den Männern damit zu verstehen, dass der Feind noch nicht nah genug war. „Wartet!", wiederholte er sich einige Sekunden später. Schließlich ließ er seine Hand fallen und hunderte Pfeile flogen zeitgleich mit einem lauten Zischen durch die Luft. Das Gleiche geschah an der Flanke König Gereons. Nur Michail musste seine Männer zurückhalten, da sie nicht nahe genug an den Yatu waren. Doch auch die Yatu hatten Bogenschützen. So regnete es Sekunden später einen Pfeilhagel auf die Soldaten nieder. Während die Bogenschützen weiter schossen, bedeckten sich die restlichen Männer mit ihren Schilden.

Die Feinde näherten sich immer schneller. Und schließlich gab Vernon das Zeichen für den Angriff. „Für unsere Freiheit!", schrie er und trieb sein Pferd in Höchstgeschwindigkeit in die Schlacht. Brüllend und mit erhobenen Waffen folgten die

Männer ihrem Anführer. Die Reiter erreichten als Erste die Linie der Yatu und stießen mit schwingenden Schwertern durch ihre Verteidigung. Auch Liam war unter ihnen. Die Fußsoldaten nutzten die aufgewühlte Formation der Yatu und folgten ihnen in den Kampf. Leon rannte wild entschlossen auf die Feinde zu und ehe er sich versah, war er mitten im Kampfgeschehen. Fast der ganze Körper der Yatu war mit Rüstung bedeckt. Brust, Rücken, Arme, Beine. Ihre Helme bedeckten beinahe ihr ganzes Gesicht. Lediglich die Augen, der Hals sowie Achselhöhlen boten eine gute Angriffsfläche. Ein ohrenbetäubender Lärm von aufeinander klirrendem Stahl und schreienden Männern erfüllte die Luft. Doch das nahm Leon nicht mehr wahr. So schnell er konnte holte er wieder und wieder mit seinem Schwert aus und schlug auf die Yatu ein. Kuntzi und Huriol kämpften dicht an seiner Seite. Denn Liam hatte ihnen den Auftrag gegeben, Leon nicht aus den Augen zu lassen. Aber je länger die Schlacht andauerte, umso weiter wurden sie getrennt. Leon kämpfte mit zwei Yatu gleichzeitig. Dem einen konnte er sein Schwert durch die Kehle rammen, doch während er es rauszog, kam der andere Yatu von der Seite und schwang seine Axt zum finalen Schlag. Leon ließ sich auf den Boden fallen und machte eine Rolle zur Seite. Der Yatu stand schon über ihm und holte erneut aus. Gerade noch rechtzeitig kam Liam auf Latios angeprescht und trennte dem Yatu mit einem gekonnten Hieb den Kopf ab. Leon sprang sofort zurück auf die Beine. Er sah in das Gemetzel und versuchte, die anderen zwei ausfindig zu machen, als auch schon der nächste Yatu auf ihn zustürmte. Leon zog ein Messer aus seinem Brustgürtel, visierte den Feind an und warf es ihm zwischen die Augen. Der Yatu taumelte zu Boden.

Der Plan des Königs schien aufzugehen. Michails Armee im Westen machte ebenso viel Boden gut wie sie.

Auf einmal kam Vernon auf seinem Pferd zurückgaloppiert. Er war weiter vorne in der Schlacht gewesen. „Ihre Rüstungen sind aus kalasischem Stahl!", schrie er völlig aufgebracht immer wieder, sicherstellend, dass die meisten der Soldaten ihn hören würden.

Die Wächter hatten also die Yatu in den hinteren Reihen mit Rüstungen aus kalasischem Stahl ausgestattet. Dem robustesten Material auf dem Planeten.

Verdammt, dachte sich Liam mit aufgerissenen Augen. Da dieser Stahl nur auf Kalasien vorkam und die Kalesch nicht damit handelten, war er unbezahlbar. Die Umnakekeli mussten ihn irgendwie für sie erschaffen haben. Liam sah, wie zwei Soldaten gleichzeitig versuchten, einen Yatu zu Fall zu bringen. Ihre Schwerter schlugen auf seine in Leder gehüllten Arme ein doch nichts geschah. Der Yatu holte aus und tötete beide Soldaten. Liam ritt auf ihn zu und schnitt ihm im Vorbeireiten die Kehle durch. „Diese Schweine! Sie tragen den kalasischen Stahl unter dem Leder!"

So schnell sie am Anfang an Boden gewonnen hatten, so zäh wurde es in den nächsten Minuten.

Leon hatte mittlerweile wieder zu Huriol und Kuntzi gefunden. Sie kämpften Rücken an Rücken und versuchten jedem erschlagenen Yatu den Kopf abzutrennen. Das Herz zu durchbohren war bei denen unmöglich, die eine kalasische Rüstung trugen.

Leon sah sich um. „Wir unterliegen!", brüllte er seinen Kameraden zu. Wo er auch hinsah, kamen zwei Yatu auf einen Soldaten. „Es sind einfach zu viele!"

Die Schlacht dauerte bereits eine halbe Stunde und den Männern erlahmten langsam die Kräfte. Nicht so die Yatu. Sie schienen von einer unermüdlichen Kraftquelle zu zehren.

„Wie soll man einen Feind besiegen, der sich immer wieder regeneriert?", fluchte Leon, während er mitansehen musste, wie sich ein gefallener Yatu wieder erhob und einem auf dem Boden liegenden Soldaten ein Bein durchschlug.

Sie hörten das Horn des Königs — das Zeichen sich in seine Richtung zu bewegen. Langsam kämpften sich die Truppen aus Süden ihren Weg nach Nordwesten. Die Armeen von Michail und Vernon waren schließlich vereint und versuchten gemeinsam Stand zu halten.

„Wir werden sie niemals besiegen können!", schrie Leon verzweifelt zu Huriol, der schwer am Kopf blutete.

Plötzlich – im Trubel der Schlacht kaum hörbar, war auf einmal ein bedrohliches, tiefes Dröhnen aus Norden wahrzunehmen. Es war das Didgeridoo der Wüstenstämme. Ein schauerlich dumpfes Geräusch, dachte sich Leon. Er hatte so etwas noch nie zuvor gehört.

„Die Pasirwüste ist gekommen!", rief Liam so freudestrahlend, wie es ein Mann in dieser Situation nur vermochte. Am nördlichen Horizont kamen die Wüstenwächter auf ihren muskulösen, blitzschnellen Pferden angeprescht und stürzten sich in die Schlacht. Im Süden formierte sich die Armee Karvags, die soeben eingetroffen war. Es gab wieder Hoffnung.

Eric Halvar hatte vor drei Tagen Palindall passiert und war nun kurz vor Dornburg. In der Ferne konnte er bereits die Armee Karvags erspähen. Entsetzliche Schreie sterbender Männer erreichten seine Ohren. Als er näherkam, konnte er die aktuelle Situation einschätzen. Die Yatu kamen aus Osten und die Armee des Königs stellte sich ihnen in den Weg. Von Norden griffen die Yatu eine dritte kleine Armee von seltsam gekleideten Reitern an.

„Genau rechtzeitig!", sagte Eric und trieb sein Pferd an.

Die Armee Karvags setzte sich in Gang. Die Reiter und Männer preschten nach vorne in das Gemetzel.

Eric stoppte abrupt. Sein Herz setzte aus. „Was tut er da?", rief er entgeistert.

Die vargallische Armee war in das Kampfgeschehen eingetreten. Doch sie kämpften nicht gegen die Yatu – stattdessen konnte Eric deutlich erkennen, wie die Vargalis Soldaten mit dem königlichen Zeichen Awaheims abstachen. Seine Augen weiteten sich. „Das darf doch nicht wahr sein! Adolphus, dieser Verräter!", keuchte er wutentbrannt.

Tausend Gedanken rasten ihm durch den Kopf. Er wollte zu Adolphus und ihm sein Schwert durch die Brust stoßen. Wieder trieb er sein Pferd vorwärts. Verdammt – es ist zu spät, überlegte er sich in einer Sekunde der Klarheit. Für die Vargalis bin im Moment ich der Verräter. Sie werden mir nicht folgen. Wenn ich ihn töte, töten sie mich. Und er ist zu gut beschützt, als dass ich an ihn herankommen könnte.

Er wendete sein Pferd und ritt südlich an dem Gefecht vorbei nach Westen. „Ich muss hier weg", entschied er.

„Was zur Hölle!", schrie Liam, als er sah, dass die Vargalis seine Männer abschlachteten. Er versuchte, sich einen Weg zu Michail durchzuschlagen. „Karvag hat uns verraten!", brüllte er ihm zu, als er ihn schließlich entdeckt hatte. „Wir müssen uns zurückziehen!"

Michail blickte zur vargallischen Armee. Er zögerte kurz, dann schrie er wutentbrannt auf und Liam sah ihm an, dass er in Versuchung war, seine ganze Armee auf seinen Bruder Adolphus zu hetzen. „Wir müssen uns zurückziehen oder wir werden hier alle abgeschlachtet!", wiederholte Liam eindringlich. Michail riss schließlich sein Pferd herum und galoppierte zu König Gereon. Liam folgte ihm.

„Adolphus hat uns verraten! Unser eigener Bruder!", rief der König wütend. Er hatte bereits selber erkannt, dass die Vargalis auf der Seite der Yatu kämpften.

„Wir müssen uns zurückziehen, Bruder!", forderte Michail. „Die Hälfte meiner Armee ist vernichtet und um Vernons steht es nicht besser."

„Ihr müsst das Signal zum weiteren Rückzug Richtung Dornburg geben, König! Sonst sind die Männer im Süden dem sicheren Tod geweiht!", rief Liam, wohlwissend, dass auch Leon unter den Soldaten im Süden war. Der König zögerte. Er wusste, dass ein Rückzug Richtung Stadt eine unausweichliche Niederlage bedeutete.

„Bruder!", rief Michail. Gereon musste sich zusammenreißen, aber kurz darauf kam das Signal, das den Soldaten zu verstehen gab, sich nach Dornburg zurückfallen zu lassen.

Einer der Wüstenkrieger kam auf seinem riesigen braunen Hengst angaloppiert. Liam kannte den Mann.

„Verdammt nochmal!", rief der Mann auf dem Hengst. Seine langen dunkelblonden Haare klebten auf seiner verschwitzten Haut. „Was machen diese Idioten im Süden da? Ist das nicht Euer Bruder – König?", sagte er stichelnd und ohne jedweden Respekt. Er sah Liam an. „Ihr scheint den Ärger mit den Yatu auch nicht gerade vermeiden zu wollen", sagte er zu ihm.

„Haron! Ihr könnt gar nicht glauben, wie froh ich bin Euch mit Euren Kriegern zu sehen!", sagte Liam.

Haron murrte etwas vor sich hin. „Wir sind nicht hier, um diese Schlacht mit Euch zu gewinnen. Ihr könnt nicht gegen die Yatu gewinnen. Wir sind nur gekommen, um die Chance zu nutzen, sie zu schwächen. Zeit zu gewinnen", sagte er. „Wenn ich mir dieses Chaos hier jedoch ansehe, war es ein Fehler zu glauben, Ihr ehrenwerten Könige des Westens hättet endlich verstanden, worum es geht! Ihr müsst Euch zurückziehen! Wir schwächen sie weiter von Norden, bis Ihr zurück in der Stadt seid, dann reiten wir zurück in die Wüste!", sagte Haron und ritt davon.

Liam schrie ihm hinterher: „Egal wie viel Zeit ihr gewinnt, früher oder später werden sie auch in die Pasirwüste marschieren!" Doch Haron reagierte nicht mehr.

Die Vargalis hatten Vernons Armee vollständig auseinandergetrieben. Es war ein Blutbad. Leon kämpfte immer noch an der Seite von Kuntzi und Huriol, als plötzlich ein Pferd mitten durch sie durchschoss. Im nächsten Moment sackte Kuntzis Körper leblos zu Boden. Der Reiter hatte ihm den Kopf eingeschlagen.

„Wir müssen hier weg!", schrie Huriol. Ein weiterer Reiter preschte an ihnen vorbei und schwang sein Schwert. Huriol wehrte ihn ab, doch gleichzeitig kam ein Yatu aus dem Getümmel hervorgesprungen und rammte Leon sein Schwert in den Bauch. Leon sackte zusammen.

Huriol tötete den Yatu und packte Leon. „Komm schon, Kleiner, ich bring dich hier raus." Er schaffte es, Leon an den Rand der Schlacht zu tragen. „Wir müssen zum Lazarett!"

Leon keuchte schwer und hielt seine Hand auf die stark blutende Wunde. „Huriol!“, rief er. „Ich glaube, das ergibt keinen Sinn mehr.“

„Nicht aufgeben, Kleiner! Wir haben es fast geschafft!“ Leon verlor das Bewusstsein.

Michails Armee sowie die verbliebenen Männer von Vernon erkämpften sich ihren Weg weiter nach Norden, zurück zur Armee des Königs.

Im Norden hatten die Wüstenkrieger eine ordentliche Schneise in die Yatu-Armee gerissen, doch die Feinde konnten sie sofort wieder füllen, da sie die Unterstützung der Vargalis bekamen. Das Didgeridoo erschallte erneut und so schnell sie zu Hilfe geeilt waren, so schnell waren sie auch wieder weg. Die Wüstenkrieger ritten zurück in die Wüste.

„Gereon!“ holte Vernon aus, der mittlerweile beim König angekommen war. „Das ist Wahnsinn! Wir müssen hier weg!“

„Er hat recht, Gereon!“, sagte Michail. „Wir müssen uns zurückziehen. Dornburg ist verloren.“

Gereon blickte erschüttert auf das Schlachtfeld. Die Vargalis metzelten die Armee im Süden nieder. Die Yatu, aus Osten kommend, konnten kaum zurückgedrängt werden, da ihre Rüstungen so gut wie undurchdringlich waren. Einige der totgeglaubten Feinde hatten sich bereits regeneriert und waren wieder kampfbereit. Der König hörte die entsetzlichen Schreie seiner sterbenden Männer. Sie waren unterlegen. Von einem geordneten Rückzug konnte schon lange keine Rede mehr sein. Die Armee war zerschlagen und die zersprengten Truppen flohen in alle Himmelsrichtungen. Den Rückzug zu befehligen bedeutete nun lediglich noch, die Erlaubnis zur Flucht zu geben. „Verflucht seist du, Adolphus!“, schrie der König seinen Hass heraus. Er erkannte die Niederlage an und befahl das Signal für den endgültigen Rückzug zu geben.

Die Soldaten verließen ihre Posten und rannten in die Stadt. Die Vargalis und die Yatu hatten ihre Reihen im Süden komplett durchbrochen und stürmten vorwärts.

Im sicher geglaubten Süden Dornburgs lag das Lazarett.

„Lara!“, rief Ben seiner Frau zu, die gerade einem Mann die Rippen verband. „Komm! Wir müssen die Pferde fertig machen und hier verschwinden!“

„Nicht ohne Leon!“, keifte sie zurück.

„Du bist sturer als ein Esel! Er ist sicher schon in der Stadt! Wir müssen bereit sein, wenn er kommt! Also geh und mach die Pferde fertig!“, rief er, keine Widerrede duldend.

Lara half dem Mann von der Bare aufzustehen. „Gut, ich gehe!“, willigte sie endlich ein. Sie hörten lauter werdendes Hufgetrappel. „Rückzug! Rückzug!“, hallte es von allen Seiten.

Huriol hatte es geschafft. Er und Leon erreichten das Lazarett. „Hilfe! Helft uns! Er ist verletzt!“, schrie Huriol, wenige Meter vom Lazarett entfernt.

Lara, die gerade am Eingang stand, erblickte ihren blutüberströmten Sohn. „Um Himmels Willen, Leon!“, rief sie kreidebleich und eilte los. Doch es war zu spät. Wie ein Heuschreckenschwarm fielen die Feinde über das Lazarett her. Lara war fast bei Leon, als ein Vargalis um die Ecke huschte und ihr sein Schwert mitten durch das Herz rammte. Sie sackte zusammen und fiel auf den Boden. Leons Augen weiteten sich. Er wurde rasend vor Wut, doch er war hilflos. Er konnte nicht einmal allein auf den Beinen stehen.

Der Vargalis war nicht der einzige Feind, der das Lazarett erreicht hatte.

„Huriol“, flüsterte Leon mit Tränen in den Augen. „Geh und bringe dich in Sicherheit.“ Huriol warf einen Blick auf Leons Wunde. Er wusste, dass dieser jenseits einer Heilung war. Huriol nickte, setzte Leon ab und rannte davon.

Leon lag neben seiner toten Mutter. „Es tut mir so leid, Mama“, schluchzte er. „Das ist alles meine Schuld! Nur wegen mir seid ihr mitgekommen!“ Auf einmal dachte er an seinen Vater. Aus dem Lazarett vernahm er Schreie und Waffenklirren. Mühselig schleppte er sich zum Eingang. Schwer verwundet sah er Ben mit dem Rücken an der Wand lehnen. Ein Yatu stand vor ihm und Ben hatte kaum noch Kraft ihn abzuwehren. Leon nahm all seine Energie zusammen, stand auf, lief zu dem Yatu und stach ihm sein Schwert von hinten durch den Hals. Danach sackte er zusammen. Auch Ben glitt an der Wand entlang auf den Boden. Erst jetzt sah Leon, dass Bens ganzer Bauch aufgeschlitzt war.

„Vater“, sagte Leon leise.

„Wo ist deine Mutter?“, hauchte Ben mit letzter Kraft, bevor er ohnmächtig wurde. Leon weinte bitterlich.

Ich will nicht sterben, packte ihn plötzlich der Lebenswille, ich will sie alle töten! Jeden einzelnen von ihnen!

Und wieder sah er einen verwundeten Yatu, der eben noch scheinbar leblos am Boden gelegen hatte, aufstehen und weiterkämpfen. Nein, das kann nicht die Lösung sein, versuchte er sich selbst zu überzeugen. Er spürte, wie ihn Ohnmacht überkam. Wenn ich jetzt das Bewusstsein verliere, dann war's das, dachte er sich. Er schrie auf vor Schmerzen. Schmerzen, die nicht durch seine Verletzung kamen, sondern durch den inneren Kampf, der in ihm tobte. Er nahm sein Schwert in die Hand. „Wenn dies der einzige Weg ist, dann sei es so", sagte er voll Hass und schnitt seinem Vater die Kehle durch.

„Huriol!", Huriol drehte sich um. Eric kam auf seinem Pferd von hinten angaloppiert und streckte den Arm nach Huriol aus. Dieser packte zu und Eric riss ihn zu sich auf das Pferd.

„Eric! Wo kommst du denn her? Ich dachte du müsstest irgendwo irgendwas erledigen? Ach egal. Mann bin ich froh dich zu sehen!"

Zum Glück weiß er nicht, dass ich der Sohn von Adolphus bin. Dem Mann, der gerade das Abschlachten seiner Söldnerfreunde befohlen hat, dachte sich Eric und ritt mit Huriol einfach nur geradeaus – weg von dem Gemetzel.

Liam hatte mit Vernon und einigen anderen Männern das Lazarett erreicht.

„Lara!", schrie er. Er ritt auf Latios in das Zelt. „Lara!", schrie er erneut. „Oh nein! Ben!" Er sah seinen Schwager tot an der Wand lehnen. „Ben", wiederholte er reumütig und näherte sich ihm. Die Soldaten hielten ihm den Rücken frei. Ein Yatu kam von der Seite. Liam holte aus und schlug ihm mit einem Schrei direkt den Kopf ab.

„Liam", hörte er Vernons Stimme von hinten. Er kannte diesen Tonfall. Ohne sich umzudrehen, wusste er, was nun kommen würde. Er kniff die Augen zusammen und umklammerte seinen Schwertgriff. Langsam drehte er sich um. Seine Schwester lag in Vernons Armen – tot. Tränen stiegen ihm in die Augen. Er lief zu ihr und nahm ihren leblosen Körper. „Lara", flüsterte er und eine Träne tropfte auf ihre noch warme Haut.

„Wir müssen gehen“, sagte Vernon und legte seine Hand mitfühlend auf Liams Schulter. Liam ließ den Kopf in den Nacken fallen und wandte sein Gesicht zum Himmel. Er ließ sich auf die Knie sacken und legte Laras Körper neben Bens. Langsam erhob er sich wieder und sagte ruhig, aber bestimmt: „Verbrennt alles! Brennt alles nieder! Brennen wir die ganze verdammte Stadt nieder!“

Gallandór, der genau wie Bando und Trill die ganze Schlacht an Vernons Seite gekämpft hatte, entzündete ein Feuer und übergab die Fackel dann an Liam. Dieser nahm sie und steckte Verbandsmaterial sowie Leinentücher neben den Körpern von Lara und Ben in Brand. Benommen und voller Entsetzen ließ Liam die Fackel schließlich zu Boden fallen, dann verließ die Gruppe Überlebender das brennende Zelt.

Die Schlacht war verloren.

Heimkehr

Das verbliebene Heer hatte sich westlich von Dornburg zusammengefunden. Sie mussten so schnell es nur ging nach Stork gelangen, damit die Verletzten behandelt werden konnten. Es war ein schrecklicher Anblick. Weniger als die Hälfte der Männer hatte den Kampf überlebt und diesen stand das blanke Grauen ins Gesicht geschrieben.

Vernon war zum König geritten. Er wollte mit ihm über die Verluste sowie die nächsten Schritte sprechen, aber auch die ihnen versprochene Belohnung einfordern. Gereon wirkte erschöpft. Auch er hatte sich eine nicht ungefährliche Verletzung an seinem Oberschenkel zugezogen. Sein Gesicht spiegelte das Entsetzen über den Verrat seines Bruders wider – aber auch Verzweiflung. Die Feinde waren in sein Königreich eingedrungen und er wusste nicht, welche Karte er als nächstes spielen sollte. Ein Teil von ihm schien es immer noch nicht wahrhaben zu wollen, was auf dem Schlachtfeld geschehen war.

Michail ritt rechts neben Gereon, Vernon kam an seine linke Seite. „König!", begann Vernon.

Langsam wandte König Gereon seinen Blick auf den Anführer der Söldner und nickte. „Euer Geld wartet in Stork auf Euch und Eure Männer. Ihr habt tapfer gekämpft."

„Was sieht Euer weiteres Vorgehen vor?", fragte Vernon interessiert, denn der Feind war gerade erfolgreich in das Königreich eingedrungen und es würde nicht mehr lange dauern, bis er weiter vorrücken würde. Gereons Armee war um die Hälfte dezimiert und offenbar hatten die Yatu mehr Verbündete als man angenommen hatte.

„Wir werden nicht kapitulieren, falls es das ist, was du meinst", antwortete der König entschieden.

Michail musterte seinen Bruder mindestens so interessiert wie Vernon und äußerte sich wütend. „Wir dürfen Adolphus nicht ungestraft mit seinem Verrat davonkommen lassen! Er muss zur Rechenschaft gezogen werden!" Gereon hüllte sich in Schweigen. „Ich will Rache für die tausenden Frauen, die fortan ohne Ehemann auskommen müssen, die Kinder, die ohne ihren Vater aufwachsen müssen. Und das nur, weil er sich mit diesen Monstern verbündet hat!", fuhr Michail fort.

König Gereon blickte weiter geradeaus. „Denkst du, Bruder, ich will keine Rache?", antwortete er ernst. „Doch das Wichtigste ist es nun, die hunderttausend Bewohner Kamahs vor den Yatu zu beschützen." Er sah Vernon an. „Werdet Ihr mir mit Euren Söldnern in kommenden Schlachten trotz dieser Niederlage zur Seite stehen?"

Vernon sah den König schon fast mitleidig an. Ein Mann, der erkennen musste, dass sein Reich dem Untergang geweiht war.

„Ich denke, mein König", begann Vernon seine Antwort überlegt. „Nein, ich bin mir sicher, dass es an der Zeit ist, den Horizont zu erweitern. Dieser Krieg betrifft ganz Kamahtanah. Wendet Euch an die Städte in Tanah. Fragt Al Bahar, fragt Vidanir, sendet Boten nach Paa La", schlug er dem König vor.

Dieser wandte sich wieder von dem Söldner ab. „Sie werden erst kämpfen, wenn der Feind kurz vor ihrer eigenen Tür steht." Traurig blickte er in den Himmel, als würde er für etwas um Verzeihung bitten. „Genauso wie ich es getan habe."

Vernon entgegnete dem König vorsichtig, da er wusste, dass dieser etwas anderes zu hören wünschte. „Meine Verluste waren so gewaltig, König, dass ich meine Männer in den kommenden drei Jahren nicht mit gutem Gewissen in eine Schlacht führen werde.“ Natürlich war das Unsinn. Söldner schlossen sich in Schlachten dem Meistbietenden an — wenn es Aussicht auf einen Sieg gab. Nur war die Lage in Gereons Fall klar – keine Aussicht auf Sieg. Das konnte er dem König jedoch nicht so unverblümt sagen. Und Vernon wusste, dass keiner seiner Männer in naher Zukunft freiwillig gegen die Yatu kämpfen würde. Unangenehmes Schweigen lag in der Luft. Vernon ließ sich zurückfallen, bis er mit Liam auf gleicher Höhe war.

Liam litt sichtlich unter dem Verlust seiner Schwester. Er machte sich Vorwürfe, dass er nicht zurückgegangen war, um nach Leon zu suchen. Auch Jacks Vater, Aron Tallum, war nicht unter den Überlebenden. Durch den abrupten Rückzug war ihnen keine Zeit geblieben, auf dem Schlachtfeld nach Verletzten zu suchen. Es war ein schrecklicher Gedanke, dass viele von ihnen vielleicht noch gelebt hatten und von ihren Kameraden zurückgelassen wurden.

„Du hättest nichts mehr für sie tun können, alter Freund“, versuchte Vernon ihn aufzumuntern. Liam schwieg. Sein Leben war in den letzten Stunden mindestens ein Dutzend Mal an ihm vorbeigerast. Wäre Liam kein Söldner geworden, wäre Leon vielleicht nicht so besessen darauf gewesen, auch zu kämpfen. Lara und Ben wären niemals von allein auf die Idee gekommen, als Heiler in eine Schlacht zu ziehen. Er war Söldner geworden, weil die Yatu ihm Reena genommen hatten. Und jetzt hatten sie ihm auch noch alles andere genommen. Es fiel ihm schwer zu atmen. Er schwieg den ganzen Weg, bis sie endlich Stork erreichten.

Die Verletzten würden hier Pflege finden. Die Söldner holten sich ihr Gold ab, bevor sie weiterzogen. Diejenigen, die sich nach Hause schleppen konnten, trugen die Last mit sich, ihrem Dorf die Botschaft der Niederlage zu verkünden.

Liam hielt es kaum aus, an Jiari zu denken. Er hatte in seiner Zeit als Söldner viele Freunde verloren. Aber diesmal war es etwas anderes. Es hatte seine eigene Familie getroffen. Am liebsten wäre er davongeritten, weit weg. Irgendwohin, wo ihn niemand finden würde. Doch das konnte er nicht. Er war nun verantwortlich für Jiari. Und er würde sie bis in den Tod beschützen, dessen war er sich sicher.

„Hey, Eric!“, rief Huriol. „Kommst du mit uns nach Eisenheim? Es gibt dort ganz vorzügliche Bordelle!“

Eric wusste nicht so recht, was er nun tun sollte. Er konnte auf keinen Fall nach Hause. Er konnte zumindest für den Moment auch nicht versuchen, die Lage mit Nakatirya zu retten. Die Kalesch würden den Verrat Karvags nicht dulden – seinen Verrat. Er hatte Nakatirya nicht wie vereinbart geheiratet. Und sollten die Kalesch sich unerwarteter Weise doch auf König Adolphus' Seite schlagen, so wäre dies fatal. Denn dann stünde nicht nur die Armee Karvags sondern auch die Armee Kalasiens auf der Seite der Yatu. Vielleicht war es gar keine so schlechte Idee, erst mal bei den Söldnern zu bleiben. Zumindest fiel er unter all den Männern nicht auf.

„Der Wirt hat mir erzählt, dass eine Gruppe Kalesch vor wenigen Tagen in Eisenheim gesichtet wurde. Sie seien wohl auf der Suche nach dem Prinzen von Karvag gewesen – um ihn zu töten, wie sie es überall herumerzählt haben“, lachte Bando laut. „Den Jungen würde ich auch gerne hängen sehen! Lasst uns nach Eisenheim."

„Noch nie hatte ich die Gelegenheit, es einer Kalesch zu besorgen!", rief Huriol euphorisch. „Auf nach Eisenheim!"

Eric schluckte schwer. Nakatirya war also bereits in Eisenheim. Er sah zu Liam, der gerade auf sein Pferd stieg, um mit den restlichen Dorfbewohnern weiter nach Sterneck zu reiten. Schließlich lachte er etwas beschämt und kratzte sich unsicher am Kopf. „Also wisst ihr, wenn ich es mir recht überlege – Freudenhäuser waren noch nie eine meiner Vorlieben und diese Gegend Kamahtanahs habe ich noch kaum bereist. Ich denke, ich ziehe mit Liam weiter nach Sterneck und bleibe erstmal dort", sagte er zu den Männern.

„Was?", rief Huriol laut. „Das kannst du mir nicht antun, Kleiner! Du bist mein Glücksbringer!" Er schmollte und versuchte Eric noch weitere fünf Minuten davon zu überzeugen, mit ihnen zu kommen – erfolglos.

Eric ritt zu Liam. „Liam", sagte er ruhig, als er an ihn heranritt. Liam zuckte zusammen und sah ihn an. Für Eric sah Liam zwanzig Jahre älter aus als noch vor wenigen Wochen in Tanah. Es war zwar nicht Eric gewesen, der die Vargalis in die Schlacht geführt hatte, doch fühlte er sich dennoch unglaublich schuldig für die Verluste, die die Männer hier aufgrund der Entscheidungen seines Stiefvaters hatten erleiden müssen.

„Ist es in Ordnung, wenn ich mit dir nach Sterneck komme?"

Liam nickte. „Natürlich, Eric." Gemeinsam verabschiedeten sie sich von den Söldnern und machten sich mit den restlichen Überlebenden aus Sterneck auf den Weg in Liams Heimatdorf.

Sterneck war schon ganz nah. Eric konnte bereits Silhouetten der ersten Häuser erkennen. Würde Liam das Tempo noch mehr drosseln, so könnte es noch gut drei Stunden dauern, bis sie das Dorf erreichten. Eric sah den Schmerz in seinem Gesicht. Doch er wusste nicht, was er hätte sagen oder tun können, um die Bürde des Mannes zu erleichtern.

„Jack!", rief Jiari aufgeregt. „Sie kommen! Ich spüre Liams Energie." Angespannt trat sie von einem Fuß auf den anderen, während sie vor dem Haus der Tallums darauf wartete, dass Jack endlich herauskam.

Mika saß mit kugelrundem Bauch auf der Terrasse. „Na endlich", sagte sie erleichtert. Das Baby hätte eigentlich schon auf die Welt kommen müssen, aber Mika war der Überzeugung, dass es wartete, bis sein Vater wieder da war.

Misstrauisch schloss Jiari die Augen und konzentrierte sich auf den Wind. „Etwas stimmt hier nicht", sagte sie verwirrt. „Ich spüre nur Liam." Sie hielt inne und fokussierte sich stärker. Besorgt sah sie zu Mika.

Endlich kam Jack aus dem Haus gelaufen. „Tut mir leid", sagte er lachend. „Manschi wollte nicht unter dem Bett hervorkommen. Was weiß ich, was der Kleine heute schon wieder hat", fügte er hinzu, als er Jiaris ernste Miene sah. Sofort lief er zu ihr und legte den Arm um sie. „Was ist los? Was siehst du?" Tränen stiegen ihr in die Augen. „Vielleicht täuscht du dich?", versuchte Jack sie aus ihrer Starre zu reißen. „Du kannst es nicht immer kontrollieren."

„Ich spüre sonst niemanden, Jack!", schrie sie ihn hysterisch an. Erschrocken ließ Jack von ihr ab. Da war eine Dunkelheit in ihr, die er noch nie zuvor gesehen hatte. Es machte ihm Angst. Unsicher blickte er zu seiner Mutter. Wie versteinert saß Mika in ihrem Schaukelstuhl und starrte ins Leere.

„Komm“, forderte er Jiari auf. „Wir gehen zur Ebene und warten dort auf sie.“

Schließlich erblickten sie die Reiter. Einer von ihnen war Liam. Den Jungen neben ihm erkannte Jack nicht.

Liam war von seinem Hengst gestiegen und kam langsam näher. Die anderen waren stehengeblieben und harrten einige hundert Meter von ihnen entfernt aus.

Jiari zitterte am ganzen Leib. Sie konnte es in Liams Gesicht sehen. „Sie sind tot“, stammelte sie entsetzt. „Nein!“, schrie sie fassungslos, hielt sich die Hände vor ihr Gesicht und sackte auf die Knie.

Liam rannte zu ihr, fiel neben ihr auf den Boden und umarmte sie. „Alles wird gut meine Kleine“, sagte er und drückte sie an sich.

„Nein“, wimmerte Jiari. Ihr Gesicht war schmerverzerrt und Tränen rannten ihre Wangen hinab. Alles um sie herum begann sich zu drehen. Ihr wurde schwindelig. „Sie haben sie alle getötet! Sie sind alle tot.“ Hass und Zorn legte sich um ihren Geist. Sie schrie vor Schmerz.

Jack sah sich um. Ein seltsamer, sekündlich zunehmender Wind begann an den Ästen der Bäume zu zerren. Jiari schloss die Augen und umarmte die in ihr aufsteigende Dunkelheit. Das Gras um sie herum begann zu sterben. Ein brauner Teppich verwelkter Blumen breitete sich aus.

Auch Liam bemerkte die Veränderung. „Jiari, nicht“, flüsterte er in ihr Ohr.

Der Wind wurde zu einem Sturm. Entsetzliche Schreie verendender Tiere kamen aus dem Wald. Eine Schneeflocke fiel auf Jacks Arm. Auf einmal kippte Liam bewusstlos zur Seite. „Jiari!“, rief Jack erschrocken. „Nicht!“ Doch es war zu spät.

Jiari sah zu ihm auf, ihre Augen glühten rotgelb und in ihnen brannte ein alles zu verschlingen drohendes Feuer.

Jack sah, wie immer mehr Leute kraftlos auf die Knie fielen. Der Himmel verdunkelte sich und ein gewaltiger Schneesturm brach über sie herein. Jiari kniete auf dem Boden. Ein Ausdruck puren Hasses lag auf ihrem Gesicht, das letzte was Jack sah, ehe auch er das Bewusstsein verlor.

„Sie sind alle tot." Jiari war rasend vor Wut. Je mehr Energie sie in sich aufnahm, umso mehr Hass verspürte sie. Alles um sie herum schien ruhig. Da war nur sie. Ganz allein. Ich werde sie alle töten, dachte sie, bittere Tränen weinend. Doch es war nicht Salz, wonach ihre Tränen schmeckten. Es war der Geschmack von Blut, der ihren Gaumen herabrann. Zu viel Energie war in ihren Körper geströmt. Blut begann aus ihren Augen sowie ihrer Nase zu laufen. Langsam erhob sie sich. Der Sturm wirbelte durch ihr Haar. Sie schrie erneut auf. Vögel fielen vom Himmel, die Bäume am Waldrand verblühten und da sah sie ihn – Bushu.

Langsam lief er auf sie zu, behutsam einen Schritt vor den anderen setzend. Überall wo er auftrat, begann das Gras erneut saftig grün zu sprießen. Sein Anblick machte sie noch wütender. Sie weinte, hob ihre Hand und entfachte einen Windstoß in seine Richtung. Der Kleine ließ Wurzeln aus sich heraussprießen und verankerte sich im Boden.

„Was willst du hier?", schrie sie ihn an. Unbeirrt stapfte er weiter auf sie zu. Ihr Kopf platzte fast vor Schmerz. Ihr wurde schummrig und schließlich fiel sie bewusstlos zu Boden. Als sie wieder zu sich kam, war alles um sie stockfinster. Sie konnte die Hand nicht vor Augen sehen. Es war warm und sie fühlte auf einmal eine unendliche Geborgenheit. Wo bin ich? Sie atmete tief durch. Ihre blinde Wut legte sich ein wenig und ihr Geist wurde klarer. Was tue ich da, fragte sie sich, während ihr das Ausmaß ihres Zerstörungswahnes bewusst wurde. Sie spürte etwas Kleines, Lebendiges neben sich. Sie konnte nicht erkennen, was es war, doch es fühlte sich schuppig an. Jiari legte ihre Hand auf das Wesen und wie ein Blitz fuhr es durch sie hindurch. Erinnerungen rasten ihr durch den Kopf. Sie war wieder im Wasser und sank bewegungslos auf den Boden. Bushu schwamm zu ihr und nahm etwas von ihr. Dann wurde es wieder dunkel. „Yara!", rief sie den Namen, der in ihrem Kopf erschienen war und öffnete erschrocken die Augen.

Kraftlos lag sie auf der Wiese. Der Wind hatte sich gelegt und Bushu saß neben ihr. Sie musste sich kurz orientieren.

„Liam!", rief sie, als sie seinen leblos scheinenden Körper entdeckte. Doch sie war zu schwach, sich zu bewegen.

Die Dorfbewohner waren an den Ort des Geschehens getreten und sahen ehrfürchtig zu ihr.

„Was habe ich getan", flüsterte sie schwach. „Ich muss das wieder in Ordnung bringen." Sie sah zu den Bewohnern. „Bitte, ich brauche eure Hilfe!"

Mika, die auch ungläubig in der Menge stand, zögerte keine Sekunde und lief zu ihr. Sie wandte sich um. „Kommt!", rief sie den anderen zu.

Jiari flehte die Menschen an: „Wenn ich nur ein wenig Energie von jedem von euch nehme, dann kann ich das hier alles wieder reparieren."

Die Bewohner zögerten.

Eric sowie die anderen Soldaten kamen sofort von der anderen Seite zu ihr gelaufen. Er wusste nicht, warum er stattdessen nicht ganz weit wegrannte, doch irgendetwas hatte dieses fremde Mädchen an sich, das ihn magisch anzog. Er erinnerte sich an die Worte der seltsamen Frau auf Tanah, die ihm gesagt hatte, dass auf Kamah eine Bedrohung erwacht sei, die die Wächter beseitigen wollen. Es war zwar nur ein kleines Mädchen, aber für Eric sah sie bedrohlicher aus als alles, was er jemals zuvor gesehen hatte.

Als die Frauen sahen, wie ihre Männer sich Jiari näherten, taten sie es ihnen gleich und eine Traube von Menschen versammelte sich um sie und Bushu.

Sie konzentrierte sich auf die Energie eines jeden Einzelnen. Nach und nach sah man, wie einer nach dem anderen ins Taumeln geriet. Als erstes wachte Liam auf, schließlich erholten sich auch die anderen, denen Jiari Energie entzogen hatte. Die Natur um sie herum erblühte erneut. Jiari lächelte vor Erleichterung. Sie konzentrierte sich auf die Vögel – doch für diese war es zu spät, sie waren tot.

Ausgemergelt ließ sie sich auf den Rücken fallen. „Wehe du verlässt mich wieder“, sagte sie zu Bushu. „Ich wusste, dass du keine Einbildung warst.“

Er hatte sich zu erkennen gegeben – endlich. Durch ihren Kontrollverlust hatte Jiari ihn dazu gezwungen einzuschreiten.

„Wer ist Yara?“, flüsterte sie, keine Antwort erwartend.

Liam rappelte sich auf und nahm Jiaris Hand. „Ich bin bei dir, Jiari. Ich verspreche, dass ich dich niemals allein lassen werde, hörst du? Niemals!“

Jiari fiel ihrem Onkel um den Hals und schluchzte laut: „Ich hätte dich fast umgebracht, Onkel!“

„Du wirst mir nichts tun, meine Kleine. Alles wird gut“, tröstete er sie und drückte sie noch fester.

Mika fiel in Jacks Arme und weinte. Aron war also auch gefallen. Jack sah in Jiaris Augen, die wieder ihre normale grüne Farbe hatten. Beschämt wandte sie ihren Blick von ihm ab.

Was war hier gerade geschehen? Liam zweifelte an seinem Verstand und dann sah er die buschartige Gestalt neben Jiari. Er kam ihm bekannt vor — ja, er war sich sicher. Dieses Wesen war auf einem Portrait in der Tua Maktaba in Paa La abgebildet. Aber wie ist das möglich? Er ist einer der Götter, wurde ihm schlagartig klar.

Schwerfällig stütze Liam sich ab und stand auf. Er nahm sein Schwert, rammte es in die Erde und kniete vor Bushu nieder: „Du bist der Gott des Lebens – Akar Elu."

Bushu trat seine kleinen Füßchen hin und her und um die Menge herum erblühte ein weißes Blumenmeer aus Buschwindröschen – Laras Lieblingsblumen.

Wüstenwächter

Enopay!", rief Alenja laut, als sie die Krieger herangaloppieren sah. Nur wenige Männer aus der Wüste waren in die Schlacht geritten. Und das auch nur, weil Ciquala ein Treffen der Stammesältesten einberufen hatte, in dem die wachsende Bedrohung thematisiert wurde. Dabei wurde entschieden, fünfzig Männer aus jedem Stamm der Pasirwüste mit Haron in die Schlacht zu schicken, um die Yatu von der Wüste fern zu halten.

Enopay hatte sich freiwillig gemeldet. Umso erleichterter war Alenja nun, sowohl Haron als auch Enopay wohlauf zu sehen.

Ciquala war aus seiner Hütte getreten. Der Alte machte sich zunehmend Sorgen, weil Alenja in den vergangenen Monaten so viele Wasseradern aufgespürt hatte, dass inzwischen niemand mehr an einen Zufall glaubte. Zudem beunruhigte die ständige Anwesenheit des Pa'lizir die Bewohner. Aber niemand würde es sich jetzt noch trauen, das Wort gegen Alenja zu erheben – gegen die Pachu'a. Seit über einem Jahrtausend hatte die Pasirwüste keinen Menschen mehr gesehen, der solch eine Verbindung zur Natur besaß, wie dieses Mädchen. Allein die Tatsache, dass sie den Pa'lizir ritt, machte sie zur möglichen zukünftigen Herrscherin über alle Wüstenstämme. Sie müsste es nur noch einfordern. Und genau das war es, was Ciquala Angst machte. Zu viele wussten von ihrer Besonderheit. Die Zielscheibe auf ihrem Rücken wuchs mit jedem Tag. Jederzeit könnte sich einer der Bewohner gegen sie wenden und dem Feind einen entscheidenden Hinweis geben. „Sie haben mehr Verluste erlitten, als erwartet", brummte der Schamane in sich hinein, während er die Augen über die Schar gleiten ließ.

„Alenja!", rief Enopay, trieb sein Pferd zu ihr, stieg ab und umarmte sie stürmisch.

„Enopay! Ich bin so froh, dich wiederzusehen! Ich habe mir solche Sorgen um euch gemacht!", sagte Alenja und erwiderte seine Umarmung liebevoll. Auch Haron sprang von Bragas Rücken.

Aki kam aus dem Dorf gerannt. „Haron! Haron!", rief sie und sprang ihm in die Arme. Na, wenigstens freut sich irgendjemand, mich wieder zu sehen, dachte sich Haron, sein Lächeln verbergend.

Er berichtete von der Schlacht und von den heftigen Verlusten auf beiden Seiten. „Wären uns die verdammten Vargalis nicht in den Rücken gefallen, hätten wir eine echte Chance gehabt. Ich bin mir aber sicher, dass sie noch lange nicht alles offenbart haben, was sie in der Hinterhand haben", fluchte er. „Ich weiß nicht, wie Kamahtanah je auch nur den Hauch einer Chance gegen die Umnakekeli haben soll, solange sich die sogenannten Anführer nicht einmal sicher sind, auf welcher Seite sie eigentlich stehen!"

„Ja, es war unglaublich!", begann Enopay. „Wir kamen aus Norden, die Armee des Königs hatte sie von Westen eingekesselt und dann kamen die Vargalis von Süden. Wir dachten, jetzt haben wir sie!", er holte kurz Luft. „Doch dann begann das Abschlachten", sagte er traurig. „Die vermeintlichen Freunde wurden zu Feinden. Das war der entscheidende Moment, in dem alles vorbei war", beendete er seinen Satz.

„Ihr seid geflohen?“, fragte Alenja entrüstet. Sie erinnerte sich an Dabo und wie schrecklich es war, dass niemand kam, um das Gemetzel in der Stadt aufzuhalten. Außer natürlich Haron, der sie gerettet hatte. Sie konnte sich gar nicht ausmalen, wie schlimm es für die Menschen in Dornburg gewesen sein musste, dem sicheren Tod ins Auge zu sehen.

„Die meisten Menschen hatten die Stadt schon Tage vorher verlassen, Alenja. Die Schlacht war verloren. Es wäre sinnlos gewesen, noch mehr Männer zu opfern. Wir haben den Soldaten, solange es ging, den Rücken freigehalten, damit sie fliehen konnten“, verteidigte Haron ihr Handeln.

„Denkst du, wir haben Zeit gewonnen?“, fragte Ciquala.

„Ja“, antwortete Haron. „Sie werden sich einige Monate in Dornburg aufhalten und sich neu formieren.“

Ciquala sah ihm durchdringend in die Augen. „Nun“, begann er. „Dann haben wir unser Ziel erreicht – für den Moment. Wir müssen eine kleine Armee zusammenstellen, die die Berge bewacht und Alarm schlägt, sobald sich etwas tut. Es sollten Männer sein, die kämpfen können, falls die Yatu überraschend angreifen.“

Haron nickte. „Ich sehe das genauso“, pflichtete er Ciquala bei. „Von heute an müssen wir auf alles gefasst sein.“

Sogleich sprang Enopay auf. „Ich werde diese Aufgabe übernehmen!“, rief er pflichtbewusst. Einige andere Männer folgten seinem Beispiel, standen auf und meldeten sich ebenfalls freiwillig.

„Also gut, so sei es. Von heute an seid ihr die Wüstenwächter. Ihr werdet die Yatu auf der anderen Seite nicht aus den Augen lassen. Ihr werdet besser über ihre Schritte informiert sein, als sie es selbst sind. Ihr werdet keinen einzigen lebendig in die Nähe eines Dorfes kommen lassen", sagte Ciquala gebieterisch und stampfte mit seinem Stab auf den Boden.

Alenjas Magen zog sich zusammen. Als Enopay sich wieder gesetzt hatte, kniff sie ihm in die Seite.

„Au!", zischte er.

„Spinnst du?" fragte sie wutentbrannt. „Du lässt mich hier zurück und riskierst dein Leben freiwillig?", warf sie ihm vor.

„Alenja." Er streichelte ihr über den Kopf. Sie hasste es, wenn er das tat, wenn sie wütend war. „Ich tue das, um dich und die anderen hier zu beschützen."

Sie verdrehte die Augen und stand auf. „Komm Aki, lass uns nach Hause gehen." Die beiden liefen davon.

„Pff, Wüstenwächter!", nuschelte Alenja, während sie wütend zu ihrer Hütte stapfte.

„Ach, Alenja", sagte die kleine Aki aufmunternd. „Sei nicht wütend auf Enopay. Er liebt dich doch so sehr. Du bist nur sauer, weil du ihn auch liebst", sagte Aki lachend und spitzte ihre Lippen zu einem Kussmund. Ja, vielleicht. Vielleicht liebte sie diesen Jungen. Vielleicht wollte sie aber auch einfach nicht, dass er sein Leben wegwarf, dachte sie sich.

„Ich würde mit ihm gehen!", sagte sie schließlich stur.

„Das wird Haron niemals zulassen, Alenja, und das weißt du", entgegnete Aki. Alenja wusste, dass sie recht hatte. Haron war mit ihr überfürsorglich.

„Fenn!", sagte Aki plötzlich, als der riesige Pasirfuchs auf sie zugesprungen kam.

„Aki!", schnaubte Alenja vorwurfsvoll. „Du musst ihn endlich erziehen! Er darf hier nicht herumschleichen."

Fenn war mittlerweile so groß, dass Aki manchmal auf ihm ritt. Seine Schulterhöhe betrug mindestens eineinhalb Meter.

Seine ehemals kleinen Zähnchen waren zu riesigen Reißern geworden und er konnte es inzwischen auch problemlos mit den Löwen aufnehmen. Auch wenn es schlimm für die beiden war, versuchte Aki ihn so gut es ging außerhalb des Dorfes zu halten. Fenn schlich sich trotzdem regelmäßig hinein. Und da er leider bei seiner Größe unübersehbar war, blieb der Ärger nicht aus. Die Bewohner hatten zwar Angst vor ihm, aber seit es aufgehört hatte zu regnen und die Wüste noch unbarmherziger geworden war, waren sie auch irgendwie dankbar dafür, dass er nachts vor dem Dorf patrouillierte. Er und der Pa'lizir schreckten so manch ungebetenen Eindringling auf der Suche nach Wasser und Nahrung ab. Aber auch sie würden nicht alle Feinde vom Dorf fernhalten können.

Auf einmal hörten sie Stimmen. „Warum sollen wir Männer opfern, um einen Krieg zu führen, den wir nicht gewinnen können? Ciquala ist immer auf Harons Seite! Dabei ist Haron Buchari nicht einmal einer von uns!", redeten einige Männer wirr durcheinander.

„Na ja, sei nicht so streng, Afril. Er lebt seit mindestens zwanzig Jahren hier! Also ist er fast einer von uns", widersprach einer der Männer. Kurzes Schweigen erfüllte die Gasse.

„Seit fast zwanzig Jahren", wiederholte ein anderer nachdenklich. „Findet ihr das nicht auch seltsam? Ich finde, er sieht genauso aus wie am ersten Tag, an dem ich ihn gesehen habe."

Ein anderer lachte: „Er hat sich besser gehalten als du, Tarek!"

„Und woher er das ganze Paa La'ische Gold hat, wissen wir auch bis heute nicht!", warf ein anderer ein.

Auch Alenja hatte sich diese Frage bereits gestellt. Haron hatte sie mit dem Gold aus Brees Sklaverei freigekauft. Aber auf ihre Frage, woher er so viel davon hatte, kam keine Antwort — wie auf so vieles nicht. Sie seufzte.

Aki trat aus Versehen gegen einen kleinen Stein, der daraufhin gegen eine Hauswand flog. Alenja sprang blitzschnell hinter eine Mauer und versteckte sich, während Aki wie angewurzelt stehen blieb. Die Männer sahen sich um und entdeckten das Mädchen.

„Na, wen haben wir denn da? Wenn das mal nicht Harons kleiner Tunichtgut ist", sagte einer von ihnen bedrohlich. Er lief ein paar Schritte auf Aki zu. „Scheint mir ganz so, als wäre dein Monsterfuchs heute Abend nicht bei dir, hä? Nur wegen euch dummen Gören interessiert sich Haron plötzlich für die Sicherheit unseres Dorfes! Davor war ihm alles egal!", rief er und packte Aki an der Schulter.

Alenja wollte sich gerade zu erkennen geben, als Fenn mit einem gewaltigen Satz aus der Dunkelheit hervorsprang und dem Mann die Hand abbiss. Voller Entsetzen mussten Alenja und Aki zusehen, wie das Blut nur so in Strömen aus dem Stumpf des Mannes spritzte.

„Bring Fenn hier weg, Aki!" Die anderen Männer hatten bereits ihre Schwerter gezogen und gingen auf Fenn los.

Aki sprang auf seinen Rücken und gemeinsam wirbelten die zwei aus dem Dorf. Alenja blieb bestürzt zurück. Das gibt jetzt richtig Ärger, dachte sie und eilte zu Haron.

„Haron!", schrie sie, als sie den Dorfplatz erreichte.

Haron war mit einigen anderen Männern am Trinken. Aufgeregt schilderte sie ihm sofort was gerade geschehen war.

„Wo ist Aki?", fragte er ruhig und doch bestimmt.

„Ich weiß es nicht. Sie sind in die Wüste geflüchtet", antwortete Alenja.

„Da kann sie nicht bleiben. Wir müssen sie finden", stellte Haron fest.

Die Männer riefen unterdessen zu einer Hetzjagd gegen den Pasirfuchs auf. „Wir müssen ihn töten!", forderten sie.

Alenja tobte vor Wut. Diese Schweine, dachte sie sich. Sie haben angefangen! Ihre Fäuste ballten sich und einige der Bierkrüge auf dem Tisch begannen zu vibrieren. Plötzlich kippte einer der Humpen um und fiel mit einem lauten Krachen zu Boden. Mit einem Mal war es still auf dem Platz.

Haron packte Alenja an der Schulter und schob sie vor sich her. Dann wandte er sich nochmal zu den Männern um. „Ich bringe Aki zurück. Wenn einer von euch dann auch nur in die Nähe der Mädchen kommt, ist der Pasirfuchs das kleinste Übel, vor dem ihr Angst haben müsst."

Andragil Agadey

Seit Vernon seine Söldnerarmee nach Kamah zurückgeführt hatte, um in der Schlacht um Dornburg zu kämpfen, hatten sich die Stämme Shardor, Taraq und Al Wasun zusammengetan, um die Königsfamilie zu stürzen. Die kleineren Stämme rund um die Königsstadt Al Bahar waren am Verhungern und sahen ihren einzigen Ausweg darin, Al Bahar zu erobern und die Reserven aus der Stadt zu stehlen.

Andragil wischte sich den Schweiß von der Stirn und holte erneut zum tödlichen Schlag aus. „Wir können die Stadt nicht halten!", rief er seinem Bruder Amir zu.

Amir rammte einem der Angreifer sein Schwert in die Brust und schrie: „Rückzug zum Palast!"

Die Armee der Agadeys war erschöpft und es gab kaum noch kampffähige Männer. Langsam zogen sie sich durch die engen Gassen Al Bahars zurück zum Palast. Es war ein grausames Bild, das sich ihnen bot. Die Feinde strömten in die Stadt und töteten jeden Menschen, der ihnen vor ihre Waffen kam: Männer, Frauen und auch Kinder. Sie zeigten kein Erbarmen.

Die Soldaten hinter den Mauern des königlichen Palastes öffneten das schwere Eisentor und jeder, der es bis jetzt hierhergeschafft hatte, brachte sich in Sicherheit.

„Geh zu den Mädchen und beschütze sie!", schrie ihm sein älterer Bruder Amir zu. Ihre zwei kleinen Schwestern waren mit der Mutter in deren Kammer geblieben.

Andragil zögerte. Er sah, wie die ersten Feinde den Mauerkamm bereits erreicht hatten und anfingen, die Mauerposten abzuschlachten.

„Andragil!“, forderte sein Bruder ihn erneut auf.

„Amir“, warf Andragil ein. „Wir sollten die Stadt aufgeben und zum Hafen fliehen!“

„Glaubst du, Vater hätte die Stadt so einfach aufgegeben?“, setzte sein Bruder nach. „Niemals! Er hätte gekämpft bis zum Tod – und das werden wir auch! Und jetzt geh!“

Widerstrebend ließ Andragil seinen Bruder zurück und machte sich auf zu seinen Schwestern. Als er den Palast betrat, fand er zwei erstochene Palastwachen auf dem Boden liegen. Sein Herz stockte. Einer der Angreifer musste sich reingeschlichen haben. Er rannte los.

„Mutter?“, schrie er entgeistert. „Alessandra! Anja!“

Er rannte die steinerne Wendeltreppe hoch, bis er ganz oben angekommen war. Ein weiterer Wachposten lag mit eingeschlagenem Schädel auf dem Boden. Er eilte zur Kammer seiner Mutter – die Tür stand offen. Mit gezogenem Schwert sprang er in den Raum. Doch er kam zu spät. Mit blutigen Gewändern lagen seine Mutter und seine Schwestern auf dem Boden – tot.

„Nein, nein, nein!“, rief er fassungslos und ließ sein Schwert fallen. Entsetzt kniete er über ihnen. Der Brustkorb seiner Mutter hob sich leicht. „Mutter!“, fragte er schockiert. Sie war zu schwach, die Augen zu öffnen.

„Flieh, Andragil!“, hauchte sie. „Flieh und räche uns!“ Das waren ihre letzten Worte – die Königin Al Bahars war tot.

Andragil wischte sich die Tränen aus den Augen. Er hatte keine Zeit nachzudenken. Er musste hier weg. Wo ist Amir, dachte er sich. Er musste seinen Bruder finden und mit ihm hier verschwinden. Im gleichen Moment tauchte Mahan am Zimmereingang auf. „Prinz Andragil! Euer Bruder…" Er stoppte mitten im Satz, als er seinen Prinzen neben den leblosen Körpern knien sah.

„Wo ist mein Bruder, Mahan? Wir müssen fliehen!", rief Andragil dem großen, schwarzen Mann zu.

Dieser atmete schwer und antwortete. „Amir ist gefallen."

Andragil biss die Zähne zusammen, um nicht laut loszuschreien. Er wandte sein Gesicht auf den Boden, damit Mahan nicht sah, dass es vor Schmerzen verzerrt war. Nach wenigen Sekunden hob er den Kopf und sagte verbittert: „Finde Lasfaril. Wir nehmen den Palasttunnel zum Hafen und verschwinden mit einem der Schiffe."

Mahan nickte: „Jawohl, mein Herr."

Andragil konnte kaum atmen. Es schien wie ein Alptraum, in dem er gefangen war. Endlich kam Mahan mit Lasfaril zurück und gemeinsam rannten sie durch das Tunnellabyrinth unterhalb des Palastes zum Hafen. In Windeseile machten sie die Leinen los und liefen aus.

Lasfaril war sein Leibwächter und sein Freund. Mahan war einer der besten Kämpfer Al Bahars und Andragils Lehrer. Da waren sie nun – Flüchtlinge aus ihrer Heimat.

Mahan sah den Schmerz in Andragils Gesicht. „Wir hätten nichts mehr tun können, Andragil. Die Stadt ist verloren", versuchte er die Qualen seines Prinzen zu lindern.

„Was machen wir jetzt?", fragte Lasfaril, bereit auch wieder umzukehren, wenn dies Andragils Wunsch gewesen wäre.

„Wir rächen uns", antwortete ihr Prinz trocken, die Augen starr auf den Palast gerichtet.

„Wir brauchen eine Armee, um die Stadt zurückzuerobern", warf Mahan ein. „Aber auf Kamah haben alle damit zu tun, die Yatu zurückzudrängen."

„Was ist mit Prinz Eric Halvar von Karvag?", fragte Andragil. „Du bist wochenlang mit ihm durch Tanah gezogen. Denkst du, er hatte etwas mit dem Verrat seines Vaters zu tun?"

Mahan überlegte einen Moment, dann antwortete er sich seiner Sache sicher. „Nein. Ich denke, er wusste nichts von den Plänen seines Vaters."

„Andragil", sagte Lasfaril. „Niemand wird uns helfen." Die Geschichte Al Bahars und ihrer Herrscherfamilie Agadey war kompliziert. Und so hatten sie sich in den vergangenen Jahren keine Freunde gemacht. Nun hatte sich sogar ihr eigenes Volk gegen sie aufgelehnt. „Wir haben keine Verbündeten!", fuhr Lasfaril fort.

Nachdenklich und entschlossen löste der Prinz den Blick von seiner Heimat und sah seine zwei Wegbegleiter an. „Noch nicht."

Die Reise beginnt

Die verhängnisvolle Schlacht um Dornburg war nun fast ein halbes Jahr her. Sterneck jedoch würde sich noch lange nicht von den Geschehnissen erholen. Es war, als hinge ein tödliches Schwert über Sterneck, das jeden Moment drohte herabzusausen und das Dorf dem Erdboden gleich zu machen. Niemand wusste, was die Yatu im Schilde führten. König Gereon hielt die Füße still. Auch wenn er es nicht zugab, hatte er Angst vor einer weiteren Auseinandersetzung mit ihnen.

Einige der Frauen, die Männer und Söhne in der Schlacht verloren hatten, waren nach Tanah geflohen. Seit jedoch vor einigen Wochen die aufständischen Stämme um Al Bahar herum die Agadeys gestürzt hatten, schien auch Tanah kein geeigneter Zufluchtsort mehr zu sein. Zumal es keine Berichte über Überlebende der Königsfamilie gab.

Viele der Bewohner zogen sogar in Erwägung, sich den Yatu zu ergeben und sich gewaltlos zu einigen. Doch das Problem war, dass immer noch niemand so genau wusste, was diese eigentlich wollten.

Für Jiari war die Situation im Dorf nahezu unerträglich geworden. Die Menschen mieden sie. Einige munkelten, sie sei eine Schakruna. Andere sagten, sie sei einer der Wächter in Gestalt eines Menschen. Das Schlimmste für sie war jedoch, dass sie selbst nicht wusste, was oder wer sie eigentlich war. Immer öfter fühlte sie sich fehl am Platz. So, als müsste sie eigentlich irgendwo ganz anders sein. In ihr herrschte eine unendliche Leere, die niemand füllen konnte. Sie hatte keinen Platz im Dorf und abgesehen von ihrem Onkel Liam auch keine Familie mehr. Liam hatte zu ihr gesagt, dass sie sich glücklich schätzen könne, dass die Menschen hier Angst vor ihr hatten. Anderenfalls würden sie womöglich noch auf die Idee kommen ihr etwas anzutun. Wahrscheinlich hatte er sogar recht damit. Für sie war jedenfalls klar, dass sie hier weg musste.

Liam war sich sicher, dass Bushu der Gott des Lebens und des Waldes war. Seit Jiaris Ausbruch auf der Ebene hatte er sich keinem anderen Menschen als ihr und Jack gezeigt. Liam verstand nicht, warum Akar Elu sich seiner Nichte zugewandt hatte. Er fragte sich, was er von ihr wollte und warum er jetzt, nach so vielen Jahren, wieder aufgetaucht war. Die Bewohner Sternecks jedenfalls waren sehr skeptisch. Das immer trockener werdende Klima und die mageren Ernten ließen ihre Wut auf Zuhrah wachsen. Sie hofften, dass Akar Elu ihnen helfen würde.

Liam hatte aufgegeben, darüber nachzudenken. Er war froh, dass dieses Wesen, ob nun Gott oder nicht, seine Nichte und das Dorf vor Schlimmerem bewahrt hatte.

Wenige Tage nach Liams Rückkehr aus Dornburg hatte Mika Tallum einen gesunden Sohn zur Welt gebracht – Arion Tallum, benannt nach seinem Vater, Aron. Jack führte die Schmiede seines Vaters und hatte damit alle Hände voll zu tun. Seit einigen Wochen war zum Glück Mika wieder fit genug, um ihn dabei zu unterstützen. Dadurch hatte er wieder ein wenig mehr Zeit, die er mit Jiari verbringen konnte.

Die alte Ravenna war vor einigen Monaten gestorben. Ein großer Verlust für das gesamte Dorf.

Liam hatte begonnen, Jiari im Schwertkampf auszubilden. Er sorgte sich um sie. Zum einen, weil er nicht wusste, wann sie das nächste Mal die Kontrolle über ihre Kräfte verlieren würde. Zum anderen, weil sie, seit Jack so viel arbeiten musste, die meiste Zeit allein im Wald und am Fluss verbrachte. Jiari zeigte wenig Begeisterung für die Kunst des Kämpfens. Im Gegenteil, es schien als würde sie auch nach dem tausendsten Mal bei dem Geräusch aufeinandertreffender Klingen zusammenschrecken. Etwas schlummerte in ihr. Etwas dunkles – hasserfülltes. Und Liam hatte Angst davor. Er war sich sicher, dass sie selbst Angst davor hatte. Sie hatten sich darauf geeinigt, dass Jiari ihre Kräfte nicht mehr benutzen sollte. Dass sie Energie kontrollieren konnte, war ja schon lange bekannt. Wie sie es allerdings zum Schneien bringen und stürmen lassen konnte, war unbegreiflich.

Bushu, Akar Elu, der Gott des Lebens oder der Waldgott, wie auch immer ihn die Leute nennen wollten, schien seit ihrem Ausbruch der einzige zu sein, dem sie sich öffnete. Sie redete stundenlang mit ihm – auch wenn er nie eine Antwort gab. Doch es schien ihr gut zu tun. Sie hatte wieder weitaus bessere Laune. So auch heute, weswegen sie beschloss, Jack nach seiner Arbeit aus der Schmiede abzuholen.

„Jiari!“, begrüßte er sie glücklich.

„Hallo, Jack. Ich dachte, ich hole dich von der Arbeit ab und wir gehen noch ein wenig spazieren?“, schlug sie ihm vor. Bushu stand neben ihr und machte seltsame Geräusche. Manschi, der sich selbst als Bushus besten Freund betrachtete, hatte eines der Blätter von Bushus Kopf abgerissen und kaute genüsslich darauf herum. Jiari musste lachen, als sie sah, wie die zwei sich gegenseitig foppten.

Er ist so erwachsen geworden, dachte sie sich, während sie Jack betrachtete. Seit der Schlacht war zwar nicht mehr so viel in der Schmiede los, trotzdem war Jack an der Verantwortung, die ihm nach dem Tod seines Vaters zuteilgeworden war, gewachsen. Ihre Pläne, gemeinsam nach Paa La zu gehen, hatten sie schon lange vertagt.

„Natürlich können wir spazieren gehen!“, antwortete er ihr euphorischer als beabsichtigt.

Jiari tänzelte ungeduldig auf der Stelle. „Wann kannst du hier weg?“, fragte sie ihn. Er freute sich darüber, dass es ihr so gut ging.

„Ich muss nur noch schnell etwas sauber machen und dann – ach, weißt du was; das mache ich morgen. Lass uns einfach sofort losgehen“, sagte er, und Jiari hüpfte vor Freude. Aufgeregt nahm sie seine Hand und sie liefen los. Es war April. Und auch wenn dieses Jahr niemandem nach feiern zumute war, so war es dennoch die Zeit des großen Zuhrah-Festes.

„Weißt du“, begann Jiari, „morgen startet das Zuhrah-Fest. Und Jannek hat mich gefragt, ob ich die Geschichte von den Umnakekeli und den Göttern erzählen möchte, jetzt da Ravenna tot ist“, erklärte sie Jack die Neuigkeit.

„Das ist eine sehr gute Idee!“, rief Jack, schnappte sie, hob sie hoch in die Luft und drehte sich mit ihr einmal im Kreis. „Du bist die geeignetste Person, die ich mir dafür vorstellen kann!“, fügte er hinzu.

„Wahrscheinlich bin ich die einzige Person, die noch wirrer ist als Ravenna“, schnaubte Jiari. Jack lachte.

„Warum laufen wir zur Ebene und nicht in den Wald? Da ist es doch viel schöner am Frühlingsanfang?“, fragte Jack, als sie bereits die weiten Felder der Payauebene erreicht hatten.

„Ich komme gerne hierher zurück", sagte Jiari. Sie hatten die Stelle erreicht, an der sie nach Liams Rückkehr aus Dornburg vor einem halben Jahr ihren Zusammenbruch erlitten hatte. „Es erinnert mich daran, wie gefährlich es ist, meine Kräfte unachtsam einzusetzen."

Jack sah sie an. Es war fast schon ein prüfender Blick, ob ihre Augen noch immer grün waren und nicht feuerrot. „Was meinst du damit? Hast du deine Kräfte in letzter Zeit wieder eingesetzt?", fragte er sie, auch wenn er sich sicher war, dass sie es getan hatte.

Schuldbewusst, aber auch aufgeregt begann Jiari: „Du weißt doch, ich wollte in den letzten Monaten oft wegrennen, um nach Leon zu suchen."

„Natürlich weiß ich das. Ich war meistens derjenige, der dir nachgejagt ist, um dich wieder zurückzubringen", prustete Jack. „Und wir wissen auch, dass er es nicht überlebt haben kann!", fügte er belehrend hinzu.

„Jaja", entgegnete Jiari ungeduldig. „Und wie du dir denken kannst, habe ich meine Kräfte in den letzten Monaten natürlich verwendet." Jack sah sie vorwurfsvoll an. „Keine Sorge, ich hatte Bushu immer bei mir. Er passt auf mich auf", sagte sie überzeugt. Jack rollte mit den Augen. „Ich kann ihn spüren, Jack!", sagte Jiari, überglücklich ihm die Nachricht endlich erzählen zu können. Jack machte große Augen und sah sie fragend an. „Ich spüre Leons Energie!", rief sie in Erwartung, dass auch Jack Freudensprünge machen würde. Doch er schwieg. „Also, es ist so", begann sie zu erklären. „Ich spüre Energie tausende von Kilometern fern von hier. Ich habe es trainiert, indem ich meinen Geist in den eines Vogels transferiert habe und versucht habe, solange es ging, an ihm festzuhalten. Das

Problem ist, ich kann sie zwar spüren, aber ich kann sie nicht lokalisieren. Die Energie könnte von überall kommen." Jack sah sie schweigend an.

„Geh weg, Manschi!", sagte sie wütend zu dem kleinen Fellberg, der an ihrem Hosenbein herumkletterte. Bushu war auf ihren Rücken geklettert und Manschi versuchte, ihn da herunterzuholen und zum Spielen zu animieren. Jack bückte sich und nahm Manschi auf den Arm. Beleidigt kuschelte der Kleine sich an Jacks Brust.

„Du musst mir glauben, Jack!", sagte sie und sah ihn hilfesuchend an. „Leon ist am Leben und ich muss ihn suchen. In wenigen Tagen werde ich losziehen und ich habe gehofft, dass du mit mir kommen würdest", sagte sie entschlossen.

Jack atmete schwer aus und hob die rechte Hand vor das Gesicht. „Jiari", seufzte er. „Also erstens: Wie soll ich denn meine Mutter, den kleinen Arion und die Schmiede in dieser Situation alleine lassen? Und zweitens: Wo willst du ihn denn überhaupt suchen? Dornburg? Du willst also direkt in die Yatu-Armee laufen?"

Jiari sah ihn mit funkelnden Augen an. Solch einen Willen hatte er schon lange nicht mehr in ihrem Gesicht gesehen.

„Ich werde nicht allein sein", sagte sie und deutete in die Richtung des Waldrands. In der zunehmenden Dunkelheit konnte Jack sie fast nicht erkennen, doch dann sah er sie. Das Wolfsrudel versteckte sich im Unterholz. Sein Herz raste.

„Jiari?", fragte er im Flüsterton. „Ich glaube wir stehen auf ihrem Speiseplan."

„Nein, du Dummkopf. Sie sind harmlos." Einer der riesigen Payauwölfe trat aus dem Dickicht hervor und lief auf Jack zu. „Sie mag dich", sagte Jiari freudestrahlend. Es war die Wölfin, deren Welpen Jiari aus dem Feuer gerettet hatte. Jack stockte der Atem. Die Wölfin blieb keinen Meter von ihm entfernt stehen. Ihr Kopf ging ihm bis zur Brust.

„Du kannst sie nicht mit nach Dornburg nehmen“, sagte er.

„Das weiß ich. Aber die Natur ist überall“, sagte Jiari lachend. Sie hatte recht, dachte sich Jack insgeheim. „Da ist noch etwas, das ich dir zeigen möchte.“ Sie nahm seine Hand. Auf einmal war Jack nicht mehr Jack. Na ja, er war noch Jack, aber er hatte auch Fell und bewegte sich auf vier Beinen. Er spürte die Wölfin – nein, er war die Wölfin. Er sah durch ihre Augen und hörte durch ihre Ohren. Es hielt nur für einen kurzen Moment und dann war er wieder ganz er selbst.

„Was war das?“, fragte er erschrocken.

„Ich habe deinen Geist für einige Sekunden in ihren Körper transferiert. Meine Kräfte entwickeln sich, Jack.“

„Das war unglaublich!“, rief Jack begeistert. Sie hielten einen Moment inne.

„Ich muss versuchen, ihn zu finden“, sagte Jiari schließlich ernst und sah Richtung Osten.

„Du hast gesagt, du kannst die Energie nicht lokalisieren, richtig? Wie willst du ihn dann finden? Vielleicht wurde er von den Yatu gefangen genommen und ist in Giza. Vielleicht ist er vor Scham weggerannt, weil deine Eltern ohne ihn vermutlich nicht in die Schlacht gezogen wären. Vielleicht hat er dabei die Rebellen gefunden und sich ihnen angeschlossen. Jiari, wir können unmöglich wissen, wo er ist, wenn er noch lebt“, sagte Jack, mit einem letzten Versuch sie umzustimmen.

Jiari sah ihn an und lächelte sanft: „Jack, ich habe ein ganzes Leben Zeit, ihn zu suchen. Wenn ich in jeder Ecke Kamahtanahs suchen muss – dann sei es so.“ Er wusste, dass er sie nicht mehr aufhalten konnte. Ergeben nickte er und ließ sich auf die Erde fallen. Er rieb sich mit den Händen über das Gesicht und Jiari sah, wie es in seinem Kopf arbeitete.

„Du musst dich nicht gleich entscheiden, ob du mit mir kommst. Ich weiß, es ist viel verlangt“, sagte sie liebevoll und setzte sich neben ihn. Zärtlich legte Jack den Arm um sie, „Ich weiß, dass du nicht hierbleiben kannst. Ich weiß es schon lange.“ Er sah ihr tief in ihre grünen Augen und legte seine Hand auf ihre Wange. „Du bist der außergewöhnlichste Mensch auf diesem Planeten und Bushu weiß das auch, sonst würde er nicht auf dich aufpassen. Du sorgst dich immer nur um alle anderen, egal wie schlecht es dir selbst dabei geht.“ Jiari bemerkte, wie sie leicht rot wurde. „Ich liebe dich, Jiari Tisdal, und ich werde dich immer lieben. Egal ob deine Augen grün oder rot sind.“

Jiari konnte gar nicht anders, sie beugte sich vor und küsste ihn. „Ich liebe dich auch, Jack Tallum“, antwortete sie ihm schließlich leise. Sie wollte gerade weiterreden, als er sie an sich zog und sie erneut küsste. So lagen sie noch einige Zeit gemeinsam beieinander und genossen die Ruhe und Zweisamkeit, bis sie irgendwann zurück nach Hause liefen.

„Falls du dich doch dazu entscheidest mitzukommen, musst du dir keine Sorgen um deine Mutter machen. Ich habe den Payauwölfen gesagt, dass sie die Menschen vor den Yatu beschützen sollen“, sagte Jiari zuversichtlich. Jack sah sie verdutzt an, erwiderte aber nichts.

Der nächste Morgen und somit der Tag des Zuhrah-Festes war gekommen. Das Dorf war festlich mit Blumen geschmückt. Allerdings wurde diesmal kaum getanzt, gelacht oder gefeiert. Die Stimmung war getrübt. Ravenna pflegte, ihre

Geschichtsstunde in der Dämmerung abzuhalten. Jiari wollte es lieber machen, solange es noch hell war und die Dunkelheit nicht noch mehr auf die Gemüter der Bewohner drückte.

Die Leute versammelten sich diesmal nicht um ein Lagerfeuer, sondern um einen verdorrten Kirschbaum, den Jiari in einem riesigen Topf auf den Marktplatz bugsiert hatte.

Als alle da waren und innehielten, begann Jiari: „Heute beginnt das erste Zuhrah-Fest seit der Schlacht um Dornburg, in der wir alle viel verloren haben. Letztes Jahr stand traditionsgemäß Ravenna an meiner statt. Nun ist auch sie unseren Freunden und Angehörigen gefolgt und hat ihre Energie zurück an Zuhrah gegeben. Es ist wichtig, dass wir nicht vergessen, dass wir noch am Leben sind und Zuhrah, unserem Planeten, für die Gaben danken."

„Pah, Gaben!", sagte einer der Bauern abfällig. „Angesichts der Dürre der letzten Jahre fallen die sogenannten Gaben immer dürftiger aus!" Andere stimmten ihm raunend zu.

Jiari antwortete ruhig: „Der Vorstoß der Yatu macht nicht nur uns schwer zu schaffen. Unser Planet leidet! Und wir wissen aus der Vergangenheit: Geht es Zuhrah schlecht, so leiden auch die Lebewesen auf Kamahtanah – wir", widersprach sie dem Bauern.

„Und wer hat deinen Legenden nach die Umnakekeli erschaffen? Richtig – Zuhrah! Und wem folgen die Yatu? Richtig! Den Umnakekeli!", entgegnete dieser sofort uneinsichtig.

Jiari blickte zu Liam, der ihr aufmunternd zunickte. Sie wusste, dass es für sie heute nicht leicht werden würde. Zu viel Hass wühlte die Menschen auf. „Und sie hat vielleicht einen Fehler gemacht", entgegnete sie schließlich. „Für den sie mit dem Leben all ihrer Kinder, der Götter der Elemente, bitter bezahlte." Traurig sah sie durch die Runde, in der Hoffnung ein paar Augen zu treffen, die Verständnis signalisierten. Sie stoppte bei Jack, der neben Mika stand. „Die Umnakekeli wären nichts ohne ihre Gefolgschaft!", holte sie aus. „Die Yatu sind verzweifelte Menschen – wie wir. Ein jeder von uns könnte irgendwann ein Yatu sein. Wir alle sind mit dafür verantwortlich was hier und heute auf diesem Planeten geschieht!" Sie sah, wie die Kinder traurig wurden und bereute ihre Worte sogleich. Mit weicher Stimme setzte sie nach: „Viel wichtiger ist doch, warum die Wächter und die Yatu wieder angreifen? Je stärker Zuhrah wird, umso bedrohter fühlen sich die Wächter. Das heißt, wir haben irgendwas richtig gemacht in den vergangenen Jahren. Irgendetwas hat sie aufgeschreckt." Die Menge schwieg nachdenklich.

Ein kleines Mädchen kam auf Jiari zu und piepste: „Das heißt, dass es Zuhrah wieder besser ging, Jiari?"

„Genau, Lena", antwortete Jiari und lächelte aufmunternd.

„Und jetzt geht es ihr wieder schlechter?", fragte die Kleine weiter.

„So scheint es zumindest", antwortete Jiari.

„Aber dann müssen wir doch alles versuchen, damit es ihr wieder besser geht?", sagte Lena vorwurfsvoll. Jiari sah zufrieden in die Menge. Ihr Blick sagte mehr als tausend Worte.

„Seit Jahren sind wir fest davon überzeugt gewesen, dass alle Götter tot sind", begann Jiari erneut. „Heute jedoch kennen wir Bushu. Vielleicht ist er der Waldgott, vielleicht auch nicht. Aber ist es nicht ein Zeichen dafür, dass sie uns Hilfe in diesen dunklen Tagen geschickt hat? Dass sie uns nicht vergessen hat?" Jiari machte eine kurze Pause. Sie wusste, dass ihr niemand die folgenden Worte glauben würde und trotzdem musste sie es loswerden: „Was, wenn die Götter nie die Gabe besaßen den Menschen die Fähigkeit der Kontrolle über die Elemente zu nehmen? Was, wenn jeder hier ein Schakruna ist? Die Götter wurden getötet und trotzdem konnte niemand mehr die Elemente formen? Könnt ihr nicht wenigstens versuchen, euch wieder mehr auf die Natur einzulassen? Vergesst für einen Moment, wer ihr seid und was eure Berufung ist. Glaubt daran, dass eure Energie von Zuhrah kommt und nach eurem Tod zu ihr zurückfließt. Versteht, dass eure Energie aber auch jetzt eins mit der Natur ist. Was, wenn jeder Mensch die Fähigkeiten eines Schakruna erlernen kann, wenn er nur will?" Sie blickte erwartungsvoll in die Menge. Die meisten dachten wohl, dass Jiari den Verstand verloren habe. „Bushu hat uns gezeigt, dass sehr wohl noch Götter leben. Wer weiß schon, ob und wo sich noch ein Gott im Schatten des Krieges verbirgt? Die Umnakekeli erschaffen die Yatu, indem sie einem Menschen durch die Macht über alle fünf Elemente die Energie der Seele nehmen. Wer sagt uns, dass man durch alle fünf Elemente die Seele nicht auch wiederherstellen kann?", sagte sie herausfordernd.

„Warum hat Zuhrah die Wächter nicht getötet?", fragte Lena, die ihr aufmerksam zuhörte.

„Ich glaube, sie hat es vielleicht sogar versucht." Sie hielt kurz inne und fuhr dann fort. „Aber ist gescheitert."

Traurig lief Lena zu ihrer Mutter zurück.

„Mein Papa ist also gestorben, weil Zuhrah etwas getan hat, was sie nicht mehr zurücknehmen kann?", fragte ein Junge vorwurfsvoll.

Jiari sah traurig auf den Boden und dann wieder zu dem Jungen. „Ja, Alex. Sie hat eine Entscheidung getroffen, die sie bereut.“ Wieder wanderte ihr Blick über die Bewohner. „Sie sind gestorben, um uns und unseren Planeten zu beschützen. Wir sollten ihrer nicht dadurch gedenken, dass wir uns jetzt den Yatu ergeben. Wir sollten sie stattdessen ehren, indem wir weiterkämpfen. Unsere Stärke liegt in unsere Gemeinschaft, unserem Zusammenhalt, unserer Liebe und unserem Mitgefühl. Wir dürfen uns nicht entmutigen lassen. Wenn die Zeit gekommen ist, wird Zuhrah sich uns zeigen. Sie ist auf unserer Seite und wird es immer sein. Die Frage ist eher; sind wir auf ihrer?“

Ein schwacher Wind strich über den Marktplatz. „Darauf müssen wir vertrauen. Wir müssen wieder lernen, an uns und sie zu glauben! Darauf, dass wir die richtigen Entscheidungen treffen.“ Sie sah zu Jannek und lächelte: „So wie einst ein Freund mir sagte: Keiner kann wissen, ob der Weg, den er geht, die Entscheidungen, die er trifft, die richtigen sind. Keine Entscheidung zu treffen und stehenzubleiben jedoch bedeutet den sicheren Tod.“

„Komm zu mir, Alex“, forderte Jiari den kleinen Jungen auf. „Leg deine Hand auf den Baum.“ Der Kleine legte seine Hand auf die trockene Rinde und Jiari sah die verwunderte Menge an. „Ich will, dass ihr niemals vergesst, dass wir gemeinsam alles erreichen können.“ Sie blickte zu Alex. „Dein Vater lebt weiter. Er lebt in dir und in den Bäumen um uns herum. Er lebt in uns allen“, sagte sie, konzentrierte sich auf die Energie der Menge und nahm ein kleines Bisschen eines jeden, gerade so wenig, dass die Menschen es nicht einmal merkten. Auf einmal begannen kleine Triebe aus dem todgeweihten Baum zu sprießen. Grüne Knöspchen formten sich an den Ästen, die immer höher wuchsen und schließlich blühten hunderte rosafarbener

Kirschblühten an ihm auf. Den Leuten stockte der Atem. Alex kam aus dem Staunen gar nicht mehr heraus.

„Wie hast du das gemacht?", kam eine Frage aus der Menge.

„Kannst du mein Feld gedeihen lassen?", fragte jemand.

„Kannst du es regnen lassen?" Die Leute überwarfen sich mit Fragen.

Jiari wandte sich kurz zum Baum und dann wieder zu den Menschen. „Ihr müsst die Kraft in euch finden. Dabei kann euch niemand helfen", sagte sie und lief wortlos vom Platz.

„Das war der Wahnsinn!", lobte Jack, als er später bei Jiari und Liam zu Hause war. „Ich glaube, du hast sie wirklich zum Nachdenken angeregt."

Liam nickte. „Denkst du wirklich, man kann die Seele wiederherstellen?", fragte er seine Nichte.

„Ich weiß es nicht, Onkel, aber wir sollten es nicht ausschließen." Nach einer Weile stand sie auf. „So ihr zwei, ich gehe jetzt schlafen." Sie gab erst Liam einen Kuss auf die Wange, dann Jack. Am liebsten hätte sie ihm einen richtigen Kuss gegeben, aber vor Liam wollte sie das auf gar keinen Fall tun.

„So früh?", fragte Jack erstaunt.

„Ich habe morgen viel vor", antwortete sie und warf ihm einen ernsten Blick zu. Jacks Augen weiteten sich. Er wusste sofort, wovon sie sprach. „Ich hoffe wirklich, dass ich euch zwei immer bei mir haben werde", sagte sie und ging auf ihr Zimmer.

Am nächsten Morgen stand sie, wie angekündigt, in aller Frühe auf und begann zu packen.

Liam war durch ihr Rumoren in der Küche wach geworden. „Was machst du da?"

Jiari zögerte, aber sie wollte ihren Onkel auch nicht anlügen. „Ich gehe los, um Leon zu suchen. Und du kannst mich diesmal nicht davon abhalten", sagte sie, Blickkontakt vermeidend mit starker Stimme, während sie ein Brot in ihren Rucksack packte.

Liam seufzte, rückte einen der Stühle zurecht und ließ sich auf ihn fallen. Er stützte seinen linken Ellenbogen auf den Tisch und hatte seinen rechten über die Stuhllehne hängen. „Ich wusste, dass du eines Tages nach ihm suchen würdest. Ich hatte nur gehofft, diesen Tag noch etwas hinauszögern zu können", sagte er kapitulierend. „Ich komme mit dir. Ich habe versprochen für immer auf dich aufzupassen und für dich da zu sein. Ich habe nicht vor, dieses Versprechen jemals zu brechen."

Jiari stockte kurz in ihren Bewegungen, wandte sich dann zu ihm um und fiel ihm überglücklich und erleichtert um den Hals. „Du bist der beste Onkel auf der ganzen Welt!" Sie holte kurz Luft und fragte dann frech: „Können wir die Alexa nehmen?" Liam lachte und die zwei bereiteten sich auf ihre Reise vor.

Eric war immer noch in Sterneck. Er wohnte in einem Gästehaus und hoffte darauf, dass Nakatirya ihn hier nicht suchen würde. Sie war nun, wie er, neunzehn Jahre alt und hatte somit in wenigen Monaten Anspruch auf die Führerschaft der Kalesch. Er war sich sicher, dass sie dieses Jahr ganz besonders hasserfüllt nach ihm suchen würde.

Sein einziger Freund hier war Liam. Er versuchte, so wenig Aufsehen zu erregen, wie nur möglich. Das Gästehaus finanzierte er sich hauptsächlich damit, dass er Anne, der Inhaberin, mit Reparaturarbeiten aushalf. Auch sie hatte ihren Mann in der Schlacht verloren und war nun für jede Unterstützung dankbar.

So war er auch heute unterwegs, um Brennholz für den Kachelofen zu sammeln, als er Liam und Jiari aus der Stadt reiten sah. „Hey! So früh schon am Ausreiten?", fragte er.

„Guten Morgen, Eric", sagte Jiari. „Wir gehen nicht Ausreiten. Wir reiten zum Hafen und fahren dann nach Makola, um nach meinem Bruder zu suchen." Erstaunt sah Eric zu Liam, welcher nur mit den Augen rollte und nickte. Eric zögerte keinen Moment: „Ich komme mit euch! Wenn es in Ordnung ist?"

Liam lachte: „Natürlich, Eric. Du bist höchst willkommen. Wer weiß, was uns alles erwartet, wenn wir Richtung Dornburg gehen."

„Dornburg?", fragte Eric besorgt, verwarf seine Frage aber direkt und schob hinterher. „Ach egal, ich komme mit euch! Ich gehe zurück und sage Anne Bescheid. Ich werde nicht lange brauchen, also wartet einfach hier auf mich", sagte er und rannte zurück nach Sterneck.

Jiari sah ihm hinterher. Sie hoffte darauf, dass Jack auftauchen würde, um mit ihnen zu gehen.

„Wo ist eigentlich Bushu?", fragte Liam.

„Der macht doch immer, was er will. Es würde mich wundern, wenn er mit uns kommt. Warum sollte er seinen Wald verlassen. Wahrscheinlich treibt er irgendwo mit Manschi sein Unwesen", antwortete sie knapp.

Endlich kam Eric wieder angerannt.

„Komm", sagte Liam. „Du kannst mit mir auf Latios reiten. Lugia kann keine zwei Personen über so eine lange Strecke tragen."

Auf einmal hörten sie lautes Hufgetrappel hinter ihnen.

„Wartet!", hörte Jiari Jack rufen.

Sie lachte über beide Ohren: „Jack!" Er hatte Bushu auf dem Rücken.

„Er hat sich an mir festgeklammert!", rief Jack noch einige Meter entfernt.

„Wo hast du Manschi gelassen?", fragte sie, als er bei ihnen ankam.

„Dornburg ist kein Ort für den kleinen Vielfraß. Er bleibt bei meiner Mutter, bis wir wieder da sind", antwortete Jack und Jiari merkte, wie schwer es ihm gefallen war, seine Familie zurückzulassen.

Sie nickte: „Ich bin froh, dass du hier bist."

Erstes Ziel ihrer Reise war der Hafen von Goma. Von da an mit dem Schiff nach Makola. Von dort würden sie die Seestraße an Palindall vorbei nehmen. Dann durch das Gribagebirge hindurch nach Dornburg. Jiari versprach sich, dort irgendeinen Anhaltspunkt über Leons Aufenthaltsort zu finden.

Und so brachen sie auf.

Abschied

In der Morgendämmerung preschte Alenja auf dem Pa'lizir über den Sand. Die ersten Sonnenstrahlen brannte durch ihr Leinenhemd hindurch auf ihren Rücken. Sie liebte es, mit ihm durch die unendliche Wüste zu streifen, den Wind in ihren langen, schwarzen Haaren zu spüren und alles andere um sich herum zu vergessen.

Aki ritt auf Fenn direkt hinter ihr. Mühelos hielt der gewaltige Fuchs mit dem Pa'lizir Schritt und sein langes Fell flatterte im Wind.

Es war April und das Wetter schien dieses Jahr wieder mehr auf ihrer Seite zu sein. Die extreme Trockenheit der letzten zwei Jahre hielt zwar immer noch an, allerdings regnete es von Zeit zu Zeit, sodass es zumindest genug Trinkwasser gab.

Enopay war seit etwa einem halben Jahr bei den neu gegründeten Wüstenwächtern. Er hatte Alenja seitdem nur zweimal besucht. Alenja hasste es, nie zu wissen, was als Nächstes kommen würde. Zudem verhielt Haron sich in den letzten Monaten immer seltsamer. Er war schon immer etwas andersartig gewesen, jedoch wurde Alenja nun das Gefühl nicht mehr los, dass er etwas im Schilde führte.

Seit Fenn dem Mann die Hand abgebissen hatte, durfte er nicht mehr ins Dorf. Haron hatte Aki strengstens angewiesen, ihn nicht mehr in die Nähe Kidals zu lassen. Er befürchtete, dass sich einer der Männer an ihm rächen und ihn ernsthaft verletzen könnte.

Etwa zwei Kilometer vor dem Dorf stieg Aki von Fenn und umarmte ihn zum Abschied liebevoll. Es tat ihr jeden Tag aufs Neue so schrecklich leid, ihn hier zurücklassen zu müssen, doch es ging eben nicht anders. Auch Alenja stieg von ihrem Pa'lizir, und die beiden Mädchen liefen den restlichen Weg zum Dorf zu Fuß, ohne ihre zwei treuen Gefährten. Als sie näherkamen, sahen sie Haron mit Ciquala tuscheln.

„Du bist bereits seit über zwanzig Jahren hier Haron. Die Zeit ist gekommen", hörte Alenja den Schamanen sagen. Sie wollten an ihnen vorbeilaufen, da sie normalerweise bei solchen Besprechungen wenig willkommen waren, als Haron sie herwinkte. „Kommt her, Mädchen!", ordnete er an. Die zwei warfen sich einen kurzen, verwunderten Blick zu und änderten ihre Laufrichtung.

„Was gibt's?", fragte Aki. „Darf Fenn wieder ins Dorf zurück?", fügte sie stichelnd hinzu. Haron überlegte einen Moment und deutete ein Kopfnicken an. Akis Augen wurden riesig.

„Wir werden Kidal verlassen", sagte er schließlich. Alenjas Blick wanderte sofort zu Ciquala. Der Schamane zeigte keine Reaktion.

„Wir gehen in ein anderes Dorf?", fragte Aki. „In ein Dorf, in das Fenn mitkann?"

„Wir verlassen die Pasirwüste", verdeutlichte Haron seine Aussage. Alenja spürte, wie sich ein Klumpen in ihrem Magen bildete. Die Pasirwüste verlassen? Weg von Enopay, weg von ihrem Pa'lizir und Ciquala? Hier waren die einzigen Vertrauten, die sie noch hatte.

„Wo gehen wir hin?", fragte Aki, doch Alenja fiel ihr aufgebracht ins Wort: „Warum?"

Haron fackelte nicht lange. „Du hast die Gabe, Wasser zu spüren. Manche würden dich eine Schakruna nennen. Die Yatu suchen nach Menschen wie dir. Die Lage verschärft sich zunehmend. Zu viele Leute hier wissen von dir. Und auch für Fenn ist es hier nicht mehr sicher. Alles in allem sind wir hier nicht mehr gut aufgehoben, und auch nicht mehr willkommen." Er sah zu Ciquala.

„Ach!", rief Alenja entrüstet. „Es ist also meine Schuld?" Sie machte eine Pause. „Und was ist mit dir?", warf sie Haron vor. „Warum mauscheln die Leute hier darüber, dass du dich seit zwanzig Jahren nicht verändert hast?" Haron antwortete nicht. „Du hast keine Familie, du hast keine Freunde, du lässt niemanden an dich heran, du trinkst jeden Tag viel zu viel und du hast so viel Paa La'isches Gold, dass du nie wieder arbeiten müsstest – und du tust es trotzdem." Aki gab ihr einen Stoß mit dem Ellenbogen. Alenja bereute ihre Worte sofort. Doch jetzt konnte sie sie auch nicht mehr zurücknehmen.

„Du hast recht", stimmte er ihr unerwartet mit einer nickenden Kopfbewegung zu. „Auch ich bin hier nicht mehr willkommen. Das Gold habe ich, anders als die meisten erwarten würden, nicht ergaunert, sondern es ehrlich verdient." Er hielt kurz inne, als wolle er weiterreden, schwieg dann aber. Alenja blickte reumütig auf den Boden. „Was meine Familie angeht", begann Haron erneut, „so steht sie hier vor mir." Aki sprang sofort auf ihn zu und umarmte ihn.

„Es tut mir leid, Haron!", sagte Alenja und fiel ihm um den Hals.

Über Ciqualas Lippen huschte ein zufriedenes Lächeln: „Na, dann wäre das ja geklärt", gab er zum Besten.

„Wann brechen wir auf?", fragte Aki. „Und wohin?"

„Wir brechen übermorgen auf", antwortete Haron. „Wir werden nach Westen reiten und den verlassenen Pfad Richtung Palindall nehmen, um Dornburg weitläufig zu umgehen. Von dort gehen wir zum Hafen Makola und nehmen uns ein Schiff für die Weiterreise. Entweder wir gehen nach Tanah oder…", er sah Alenja an, „…wir gehen nach Kalasien."

„Aber dann kann ich mich nicht einmal mehr von Enopay verabschieden", sagte Alenja traurig.

„Wir können es nicht riskieren, den Yatu in die Arme zu laufen. Tut mir leid", antwortete Haron bestimmt. Alenja nickte. Aki konnte ihre Vorfreude nicht zurückhalten und tippelte aufgeregt auf der Stelle. Das Dorf mochte Fenn nicht, also mochte sie das Dorf nicht.

„Alenja", sagte Ciquala schließlich und sah sie mit ernster Miene an. „Du kannst den Pa'lizir nicht mitnehmen. Er gehört in die Wüste." Sie hatte befürchtet, dass sie ihn zurücklassen muss. Enttäuscht, aber auch verständnisvoll nickte sie.

„Er würde auch zu viel Aufsehen erregen", fügte Haron hinzu, um ihr den letzten Zweifel zu nehmen.

Es war also entschieden – sie würden die Wüste verlassen und nach Süden ziehen.

Zwei Tage später war es so weit. In aller Frühe brachen sie auf. Sie wollten vor Anbruch der Nacht den verlassenen Pfad und damit das schützende Gebirge erreichen.

Alenja war etwas enttäuscht, da Ciquala nicht gekommen war, um sie zu verabschieden. Sie ging zu seiner Hütte, vor der er im Schneidersitz mit geschlossenen Augen saß und meditierte. Seine langen, grauen Haare hatte er zu einem Zopf zusammengebunden. „Ciquala", sagte Alenja, als sie ihn erreichte. „Wir gehen jetzt. Ich wollte mich verabschieden." Der alte Schamane öffnete die Augen und deutete ihr an, sich neben ihn zu setzen. Zögernd ließ sie sich nieder. Sie wusste, dass Haron und Aki auf sie warteten, deshalb war sie kurz angebunden. Erwartungsvoll sah sie den Alten an, doch er sagte nichts. Stattdessen schloss er die Augen erneut.

„Ciquala", begann sie. „Ich danke dir für alles was du für mich getan hast."

„Es ist kein Abschied für immer, Alenja", sagte er schließlich. „Wir sehen uns schon bald wieder."

„Ich werde dich schrecklich vermissen", antwortete Alenja. Sie hatte Tränen in den Augen.

Er hörte das Zittern in ihrer Stimme und sah sie an: „Du musst stark sein. Für Aki und Haron. Auch wenn du es nicht wahrhaben willst, aber du trägst mehr Kraft in dir als alle Bewohner Kidals zusammen. Wenn du mich suchst, dann gehe einfach in dich und du wirst mich finden." Sein Blick drückte tiefes Bedauern und Mitgefühl aus. „Du wirst aber auch weitaus mehr leiden als alle Bewohner Kidals zusammen. Dein Weg wird schwierig und von Tiefschlägen geprägt sein. Du musst es in dir finden, weiterzugehen und lernen, zu vergeben", er lächelte. „Doch es warten auch Hoffnung, Freunde und Liebe auf dich. Du wirst deinen Weg nicht allein gehen." Alenja rannen dicke Tränen die Wangen herab und sie umarmte Ciquala.

Schweren Herzens ließ sie schließlich von ihm ab und stand auf. „Bis bald, Ciquala", schluchzte sie, lief zurück zu Haron und sprang auf den Rücken des Pa'lizir.

„Seid ihr bereit?", fragte Haron seine Mädchen. Beide nickten. „Also los!", rief er, trieb Braga an und sie begannen ihre Reise.

Sie jagten durch die brennende Hitze. Für Braga war es am härtesten. Der riesige braune Wüstenhengst schwitzte bereits nach drei Stunden und sein Maul schäumte wie verrückt. Für den Pa'lizir und Fenn, die beiden Wüstenbewohner, war es weniger anstrengend, doch auch Fenn atmete schwer, war er doch eigentlich nachtaktiv. Trotzdem machte Haron, der an der Spitze ritt, keine Anzeichen das Tempo zu mildern. Er trieb seinen Hengst weiter und weiter. Nach vier Stunden, als die drückende Mittagshitze einsetzte, machten sie im Schatten einer kleinen Oase kurz Pause. Danach ging es weiter. Sie ritten am Arwatengebirge entlang. Immer weiter Richtung Westen. Alenja genoss jede Minute. Dies würden ihre letzten Stunden mit dem Pa'lizir sein, für eine vermutlich sehr lange Zeit. Am späten Abend erreichten sie den verlassenen Pfad.

„Hier werden wir übernachten", sagte Haron und sprang von seinem Hengst, der schwer atmend und nassgeschwitzt dastand. „Schon gut, Junge", tätschelte er ihn. „Jetzt wird es ruhiger." Fenn schmiss sich völlig erschöpft auf den Boden und schlief innerhalb weniger Minuten ein. Aki lachte und kuschelte sich an ihn.

„Wir werden sechs Tage unterwegs sein, bis wir Palindall erreichen", erklärte Haron. „Wir müssen uns unauffällig verhalten, sodass wir unter keinen Umständen Aufmerksamkeit auf uns ziehen. Verstanden?" Die Mädchen nickten.

Am nächsten Morgen lief Alenja zu ihrem Pa'lizir und streichelte ihm über seinen schuppigen Hals. „Du kannst nicht mit uns kommen", erklärte sie der gewaltigen Echse mit dem Adlerschnabel traurig. „Aber ich werde zu dir zurückkommen. Ich verspreche es." Der Pa'lizir legte den Kopf in ihren Arm. Es fiel ihr so unglaublich schwer ihn zurückzulassen.

„Es ist Zeit!", rief Haron und nahm Braga am Zügel. Durch das Gebirge würden sie nicht reiten können.

Aki war an Alenjas Seite getreten und legte den Arm um sie. Dann drehte sie sich um und folgte Haron. Alenja stellte sich vor das mystische Wesen und machte eine wegscheuchende Geste. Sie hob ihre Hände und schrie ihn an: „Geh! Lauf weg!" Der Pa'lizir wich einige Schritte zurück und zögerte. Doch Alenja ließ nicht locker. Sie fuchtelte wild mit den Armen und schrie ihn erneut an. Schließlich wandte er sich um lief ein Stück fort. Schnell drehte Alenja ab und schloss sich Aki an.

„Es ist das Beste für ihn", sagte Aki aufmunternd. Fenn stockte. Er hatte bemerkt, dass sein Freund nicht mehr Schritt hielt. Erwartungsvoll drehte er sich zu seinem Kumpel, welcher verloren dastand und nicht so recht wusste, was er tun sollte.

„Komm, Fenn", sagte Aki. „Wir sehen ihn bald wieder." Traurig wandte sich der mächtige Pasirfuchs ab und sie betraten das kluftige Gebirge – der Anfang des verlassenen Pfades.

Ohne zu wissen, wo sie ihre Reise hinführen sollte, machten sie sich auf zu ihrem ersten Zwischenstopp – Palindall. Die wunderschöne Handelsstadt nahe des Gribagebirges.

Zusammenkunft

Nach einem Viertagesritt bis Goma und weiteren drei Tagen Schiffsreise, erreichten Liam und seine Begleiter endlich den Hafen Makola.

Liam, Jack, Eric und Jiari beschlossen, erst einmal eine Taverne aufzusuchen, um sich zu stärken. Sobald die Alexa, Liams Schiff, sicher im Hafen vertäut war, machten sie sich auf den Weg. Da Liam sich in Makola gut auskannte, führte er sie zielstrebig zu einer geeigneten Schenke.

Bushu hatten sie nicht bei sich. Er verschwand, kurz nachdem sie in Makola angekommen waren. Liam war das sehr recht. Er wollte nicht, dass sie mit ihm gesehen werden, weil er auf keinen Fall Aufsehen erregen wollte. Überall konnten sich Späher der Yatu verstecken. Wenn sie unter Menschen waren, transportierten sie ihn auch nur in einem Rucksack, sodass niemand ihn sehen konnte. Jiari hatte lauthals protestiert, da sie der Ansicht war, Bushus Anblick würde den Menschen neuen Mut machen und Hoffnung geben. Doch Bushu war freiwillig hineingeklettert. Von Zeit zu Zeit ließ er Lianen aus dem Rucksack wachsen und kitzelte seinen Träger zur Erheiterung der anderen.

Jiari verstand immer noch nicht, warum Bushu aufgetaucht war. Warum sie ihn in ihren Träumen gesehen hatte und warum er mit ihnen ging. Er war der Gott des Lebens und des Waldes. Sollte er nicht lieber sinnvollere Sachen machen, als eine Gruppe ohne klares Ziel zu begleiten? Tatsache aber war, sie hatte ihre Kraft immer noch nicht unter Kontrolle. Vielleicht folgte er ihr deshalb. Um aufzupassen, dass sie keinen größeren Schaden anrichten würde.

Die Gruppe betrat die Taverne und sie bestellten Speisen und Getränke. Eine drückende Atmosphäre überschattete das sonst so gesellige Beisammensein. Die Menschen hier hatten Angst. Eric sah es in ihren Augen. Die Niederlage in Dornburg hatte das Königreich Awaheim in eine tiefe Krise gestürzt. Niemand wusste, wie es weitergehen würde.

„Wir werden die Seestraße westlich an Palindall vorbei nehmen. Dann müssen wir durch das Gribagebirge. Von dort sind es nochmal eineinhalb Tage bis wir Dornburg erreichen werden“, erläuterte Liam seinen Plan. Mindestens acht Tage würden sie dafür brauchen. Acht volle Tage, an denen sie hoffen mussten, dass sie nicht vom Feind entdeckt würden. Die anderen hörten ihm kaum zu, da sie damit beschäftigt waren, sich den Bauch vollzuschlagen.

Nach dem Essen stand Eric auf und lief wortlos nach draußen. Jiari sah, dass ihn etwas bedrückte. Er war glücklich, Teil dieser kleinen Gruppe zu sein. Sie hatten ihn herzlich aufgenommen und er hatte seit Langem endlich nicht mehr das Gefühl, sich zu verstecken, sondern nach vorne zu blicken. Trotzdem vermisste er seine Geschwister sehr. Er fragte sich, wie groß die kleine Hanna mittlerweile wohl geworden war. Immerhin war sie auch schon zwölf Jahre alt. Was ihn aber viel mehr beschäftigte, war die Frage, wie es wohl auf Karvag zugehen mochte, jetzt da Adolphus sich offen gegen König Gereon, seinen Bruder, gewandt hatte. Sicher gab es inzwischen Aufständische auf der Insel, die es sich nicht gefallen ließen, in die Machenschaften der Yatu verwickelt zu werden. Er hoffte nur, dass es seiner Familie gut ging und sie auch ohne ihn zurechtkamen. Es wäre so einfach, jetzt zum Hafen zu laufen, ein Schiff zu nehmen und nach Karvag zu segeln, dachte er sich. Im vergangenen Jahr hatte er oft darüber nachgedacht, nach Hause zurückzukehren.

Auf einmal sah er in der Dunkelheit etwas vom Himmel stürzen. Er kniff die Augen zusammen, um besser sehen zu können. Eine kleine Gestalt raschelte auf ihn zu. „Bushu?", flüsterte er. Bis er sie schließlich erkannte. „Sun!", rief er euphorisch und öffnete seine Arme. Sogleich sprang sie ihn an und kuschelte sich an ihn. „Sun! Ich bin froh, dich zu sehen, du kleiner Tunichtgut. Wo warst du so lange?" Er sah das Zettelchen, das um ihren Hals gebunden war. „Hanna", hauchte er voller Erleichterung und nahm den Brief an sich.

„Eric, auch wenn ich nicht weiß, wo du steckst, bin ich mir sicher, dass du am Leben bist. Und ich weiß, Sun wird dich finden. Ich habe sie erst jetzt losgeschickt, weil es sehr gefährlich ist und ich weder sie noch mich unnötig in Gefahr bringen wollte.

Sam ist neuer Thronfolger. Vater hat damit abgeschlossen, dass Nakatirya dich töten wird. Er hat sich von uns allen abgeschottet. Wir sehen ihn kaum noch. Ich wünschte, ich könnte dir mehr Informationen über die Yatu liefern. Aber ich weiß leider nicht sehr viel. Ich glaube auch, dass Vater nicht viel weiß. Sam und Benji sagen oft, dass er verrückt wird. Er führt schon ständig Selbstgespräche. Vor einigen Tagen jedoch haben wieder viele unserer Schiffe abgelegt. Ich weiß nicht, wohin sie segeln. Aber sie waren schlachtbereit. Darum schreibe ich dir heute. Komm auf keinen Fall zurück nach Karvag. Vater würde dich eher den Kalesch opfern, als dass er einen Krieg mit ihnen riskieren würde.

Kaum jemand ist einverstanden mit dem, was er tut. Aber die meisten sind viel zu sehr eingeschüchtert, um sich aufzulehnen. Mach dir keine Sorgen um uns! Wir kommen klar. Bitte pass auf dich auf und sei vorsichtig!
Deine Hanna"

„Du Verrückte!", flüsterte er. „Dafür könnten sie dich töten, Hanna!"

In dem Moment trat Jiari aus der Taverne. Sie wollte nach ihm sehen, da sie seine Zerrissenheit gespürt hatte. Sie erblickte die kleine Sungura auf seinem Schoß. „Eine Accula!", rief sie begeistert. „Ich habe in einem der Bücher, das auf Luminór geschrieben war, über sie gelesen. Es sind Tiergeister, denen magische Kräfte nachgesagt werden. Sie können demjenigen Menschen, den sie erwählen, ebenfalls magische Kräfte übertragen."

Eric ließ schnell den Brief verschwinden. „Du kannst Luminór lesen?", fragte er erstaunt, alles andere, was sie gesagt hatte ignorierend.

„Ich kann so einiges", grinste Jiari und beide mussten lachen. Sie setzte sich neben ihn und streichelte Sungura.

„Eigentlich gehört sie meiner Schwester, Hanna."

„Du musst deine Familie schrecklich vermissen", sagte Jiari mitfühlend. „Deine Schwester ist sicherlich ein ganz besonderer Mensch."

Eric seufzte: „Ja, das ist sie."

„Eric", holte Jiari erneut aus. „Ich habe dich das noch nie gefragt, aber woher kommst du eigentlich?"

Eric zögerte und antwortete dann: „Ich komme von Karvag. Ich habe die Insel verlassen, ehe sich die Vargalis den Yatu angeschlossen haben und wurde Söldner in Tanah. Dort habe ich dann auch deinen Onkel getroffen."

Jack trat aus der Taverne. „Hey, ihr beiden."

„Jack, setz dich zu uns", forderte Jiari ihn auf. „Eric hat einen Freund zu Besuch."

„Freundin", korrigierte Eric sie. „Ihr Name ist Sungura."

„Ein weiteres Tier, das ich noch nie gesehen habe", lachte Jack. „Vielleicht ist es eine Verwandte von Bushu."

Sie lachten und für einen Moment vergaßen sie den düsteren Weg, der vor ihnen lag und dass sie jeden Tag sterben könnten.

Schließlich trat auch Liam aus der Taverne. Er sah die Accula und war verwirrt. „Wo kommt der Tiergeist her?"

Eric erklärte die Geschichte zu Sungura, dass sie seiner Schwester gehört und dass sie sie als Botin einsetzten.

Liam hatte noch nie eine Accula bei einem Menschen gesehen. Außer ein einziges Mal — auf Karvag. Dort hatte er ein kleines, hellblondes Mädchen gesehen, das mit genau solch einem Wesen im Dreck raufte. Es war die Tochter der Königin gewesen. Er sah Eric forschend an, verwarf seinen Gedanken dann jedoch sofort wieder. „Lasst uns zu Bett gehen. Die Nacht wird kurz für uns", forderte er die anderen auf und verließ die Runde als Erster.

Sie hatten die Nacht in dem Gästehaus über der Taverne verbracht. Eric hatte sich entschieden, Hanna nicht auf ihren Brief zu antworten. Zu riskant wäre es gewesen, wenn Sun abgefangen worden wäre. Stattdessen war er am nächsten Morgen in die Taverne gelaufen und hatte nach bestem Können versucht, ein Bild der lila Kaktusblüten zu malen. Das waren die, die Sun so gerne aß. „Hmm", betrachtete er sein Meisterwerk, das so überhaupt nicht nach einer Kaktusblüte aussah. „Hanna wird es erkennen." Er band es der Accula um und schickte sie schweren Herzens davon. „Es ist das Beste so", versuchte er sich selbst zu überzeugen. Niemand außer seiner Schwester würde wissen, von wem diese Nachricht stammte. Aber Hanna würde es reichen, um wenigstens zu wissen, dass er am Leben war.

Liam hatte ein ungutes Gefühl. Es widerstrebte ihm, nach Dornburg zurückzukehren. Aber er hätte Jiari nicht länger davon abhalten können. Sie würde es mit eigenen Augen sehen müssen. So sehr er sich auch wünschte, dass sie recht hatte und Leon noch am Leben war, so wenig Hoffnung hatte er. Es war ein Gemetzel gewesen. Jeder, der es nicht aus der Stadt geschafft hatte, hatte zwei Möglichkeiten gehabt; sich den Yatu anzuschließen oder zu sterben. Und niemals hätte Leon Ersteres gewählt, da war sich Liam sicher.

Ihr Weg führte sie über blühende, saftig grüne Wiesen. „Was für eine wunderschöne Landschaft", sagte Jiari bei diesem Anblick. Aber je näher sie dem Gebirge kamen, umso zerklüfteter und felsiger wurde die Gegend. Den gesamten Weg seit Makola waren ihnen kaum Menschen begegnet. Am Abend des vierten Tages erreichten sie endlich das Gribagebirge. Eine gewaltige Felswand tat sich vor ihnen auf.

„Und hier sollen wir durch?", fragte Jack skeptisch.

„Also gut. Wir bleiben heute Nacht hier und nehmen morgen den Pfad durch das Gebirge, um nach Dornburg zu gelangen. Es wäre zwar einfacher, außen rum zu gehen, aber der sicherere Weg ist mitten hindurch", sagte Liam und befahl: „Jack, du bleibst bei Jiari. Eric, du kommst mit mir. Wir gehen die Umgebung ausspähen."

„Wie geht es dir?“, fragte Jack, als er sich neben Jiari setzte. Bushu saß bei ihr und beobachtete einen Schmetterling, dessen Kokon die letzten vier Wochen an einem seiner Äste hing und der sich nun langsam entpuppte.

„Es geht mir gut, Jack. Aber ich spüre, dass hier seltsame Dinge vor sich gehen.“

„Also dafür brauchst du keine verrückten Fähigkeiten!“, lachte Jack und legte den Arm um sie. „Ich vermisse meine Mutter – und Arion natürlich. Manschi fehlt mir auch. Ich hoffe, er macht meiner Mutter nicht zu viel Ärger.“ Jiari grinste ihn an und beide mussten laut losprusten. Bushu stand auf und tapste davon.

„Ich kann dir gar nicht sagen, wie glücklich ich bin, dass du mit uns gekommen bist“, sagte Jiari. „Besonders weil ich weiß, dass es eine schwierige Entscheidung für dich war.“ Sie sahen Bushu hinterher, der mittlerweile ein ganzes Stück von ihnen entfernt war.

„Oh nein!“, rief Jack entgeistert. Eine Gruppe Menschen näherte sich ihnen. Er sah einen braunen Hengst, neben dem ein riesiges fuchsartiges Wesen lief, und Bushu stapfte geradewegs auf die Fremden zu.

„Zu spät“, sagte Jiari resignierend. „Sie haben ihn gesehen.“ Ein Mädchen stieg von dem braunen Pferd und näherte sich Bushu.

„Hey! Wer bist du denn?“, fragte Alenja die kleine, baumartige Gestalt.

„Alenja! Komm zurück!“, rief Haron streng.

Alenja ignorierte ihn. Sie ging vor Bushu in die Hocke, um ihn besser sehen zu können. Bushu hob seine kleine astige Hand, die zu einer Faust geballt war, öffnete sie und der

Schmetterling flatterte heraus. Er flog fast gegen Alenjas Gesicht. Sie plumpste zurück und lachte.

Jiari hörte Hufgetrappel aus der anderen Richtung. „Das kann doch nicht wahr sein!", hörte sie ihren Onkel rufen. „Haron!"

„Liam!", rief der Mann auf dem braunen Hengst und schien erfreut, ihren Onkel zu sehen. „Das Schicksal scheint uns immer wieder zusammenzuführen!" Sie stiegen von den Pferden und begrüßten sich.

Liam sah Alenja an. „Und wie ich sehe, geht es auch dir gut, Alenja." Er machte einen Schritt auf sie zu und umarmte sie. „Schön, euch wohlbehalten wiederzusehen. Das ist Eric. Ein ehemaliger Söldner, der auch in der Schlacht um Dornburg gekämpft hat und ein guter Freund. Da hinten stehen meine Nichte Jiari und ihr Freund Jack", erklärte Liam. „Jiari! Jack! Kommt hier rüber!", forderte er sie armfuchtelnd auf.

„Nun", begann Haron. „Alenja kennst du ja bereits und das ist Aki mit Fenn, ihrem Pasirfuchs."

Liam hatte noch nie zuvor einen Pasirfuchs gesehen. „Was für ein gewaltiges Geschöpf", sagte er und beäugte Fenn interessiert. Mindestens genauso erstaunt, wie sie über Fenn waren, war Harons Gruppe über Bushu.

„Was ist das für ein Wesen?", fragte Aki neugierig und zeigte auf Bushu. Fenn war zu ihm gelaufen, schnüffelte an ihm, wich einige Schritte zurück und legte sich auf den Boden. Haron sah Liam ungläubig und ernst an.

„Sein Name ist Bushu", antwortete Jiari.

Sie spürte eine seltsam starke Energie von Alenja ausgehend. Anders, als sie es jemals bei einem Menschen gespürt hatte. Ihre Energie schien über ihren Körper hinaus zu gehen. Sie erstreckte sich einige Meter um sie herum, als wäre sie mit der Natur verbunden.

„Er ist einer der Götter, richtig?“, murmelte Haron schließlich, nachdem sonst niemand weiter auf Akis Frage eingegangen war. „Wenn er es ist, dann ist sein Name Akar Elu.“ Jiari sah ihn erstaunt an. Haron fuhr fort. „Akar Elu ist der Gott des Lebens und des Waldes. Er wurde erschaffen, um Zuhrah zu dienen. Seine Aufgabe ist es, Zuhrah und alles Leben zu beschützen. Es heißt, solange der Planet existiert, kann auch Akar Elu nicht getötet werden. Und darum ist er der einzig überlebende Gott.“

„Sein Name ist Bushu“, entgegnete Jiari störrisch.

Haron betrachtete sie forschend. „Wie kommt es, dass er bei euch ist?“, fragte er skeptisch. Die Gruppe schwieg. „Wenn er tatsächlich der Waldgott ist, warum ist er bei euch? Der Gott des Lebens beschützt Zuhrah — unseren Planeten. Warum sollte er sich einer Gruppe von Wanderern anschließen?“ Wieder glitt sein Blick über die Gruppe.

Schließlich ergriff Liam das Wort: „Ich weiß es nicht, Haron. Er hat sich meiner Nichte Jiari zu erkennen gegeben. Seitdem folgt er uns. Vielleicht sieht er in uns eine Möglichkeit, den Planeten zu retten.“ Liam wollte das Thema wechseln, da er keine Antworten hatte. Auf keinen Fall wollte er etwas über Jiaris Kräfte preisgeben. Also lachte er verlegen: „Kommt, lasst uns das Feuer anmachen. Es wird gleich dunkel und wir wollen nicht frieren.“

Haron akzeptierte, dass sie seiner Frage auswichen und hakte nicht weiter nach — zumindest für den Moment.

Etwas an diesem fremden großen Mann gefiel Jiari überhaupt nicht. Woher wusste er so viel über Bushu? Seine

Energie war seltsam. Da war etwas Dunkles, das ihn umgab. Aber auch Licht. Sehr tief in ihm fand sie helle Energie. Als wäre seine Seele zerrissen und doch intakt. Als sie merkte, dass sie ihn anstarrte, wandte sie sich schnell an Aki und versuchte, über etwas anderes zu reden: „Du hast einen Pasirfuchs! Das ist unglaublich! Ich hätte nie gedacht, dass ich jemals einen sehen würde. Zwei magische Wesen in so kurzer Zeit!", rief sie und lief auf Fenn zu.

„Achtung!", rief Aki hastig. „Er mag keine Fremden." Doch da hatte Jiari ihre Hand schon in seinem Fell vergraben und kraulte seine riesigen Ohren. „Oder doch", sagte Aki und zuckte mit den Achseln.

Die Gruppe setzte sich gemeinsam an das Feuer. Fenn lag zusammengekugelt etwas abseits und Bushu saß auf Fenns Rücken. Liam berichtete Haron von der Niederlage in Dornburg und davon, dass er ihm und den Kriegern der Pasirwüste zu tiefem Dank verpflichtet war. Wären sie ihnen nicht zu Hilfe gekommen, hätten sie noch viel mehr Männer verloren. Sie redeten über den Verrat Karvags, König Gereon und den Zerfall des Königreiches Awaheim. Die Mädchen hatten sich von der ernsten Konversation abgewandt und sich etwas weggesetzt.

Aki war begeistert von Bushu. „Was ist er denn genau?"

„Er ist der Waldgott", sagte Eric sarkastisch.

„Ja, das habe ich schon verstanden", antwortete Aki schnippisch. „Aber besteht er aus Ästen? Oder ist das nur eine Erscheinung? Haron hatte vorhin erwähnt, dass er ein Gestaltenwandler ist. Habt ihr ihn auch schon anders gesehen?", fragte sie weiter.

„Nein", sagte Jiari. Sie und Jack hatten sich auch schon oft über Bushus Erscheinung lustig gemacht. Dafür, dass er ein mächtiger Gott sein sollte, sah er ziemlich niedlich aus. Aki beäugte den kleinen Waldgott ganz genau.

„Und was kann er so? Also wenn er ein Gott ist, dann hat er doch sicherlich auch besondere Fähigkeiten?“, bohrte Aki weiter nach. Jiari zuckte nur mit den Achseln. „Oh, Mann. Ihr seid ja nicht gerade gesprächig“, beschwerte sich die kleine Aki. Alenja gab ihr einen leichten Stoß mit dem Ellenbogen.

„Und was ist eure Geschichte?“, fragte Jiari schließlich, um den Spieß umzudrehen. Genau das hatte Alenja befürchtet. „Ihr habt einen Pasirfuchs bei euch. Aber mich interessiert viel mehr, dass Bushu direkt auf dich zugegangen ist“, Jiari sah Alenja an, gespannt auf ihre Reaktion. „Das hat er noch nie getan.“ Alenja warf Aki einen vorwurfsvollen Blick zu.

„Ich weiß auch nicht“, antwortete sie Jiari. „Er fand mich wohl einfach sympathisch.“ Unangenehmes Schweigen legte sich über die Gruppe. Niemand schien wirklich mehr über sich preisgeben zu wollen als unbedingt nötig. Alenja begann mit Aki zu sprechen und Jack redete mit Jiari.

„Aki erinnert mich an dich, als wir noch jünger waren“, sagte Jack und grinste. Jiari sah das kleine Mädchen interessiert an.

„Weißt du, Jack, sie sind alle drei außergewöhnlich“, antwortete sie ihm. „Obwohl ihr Pasirfuchs mehrere Meter von uns entfernt liegt, ist ein Teil von Akis Energie bei ihm und ein Teil seiner bei ihr“, sagte sie, sich konzentrierend. „Diese beiden sind so stark miteinander verbunden, wie ich es noch nie gespürt habe. Ich glaube, ihre Energien würden sich auch nach dem Tod wiedervereinigen, so stark ist die Verbindung.“

Auch Jack betrachtete das kleine Mädchen. Sie sah rotzfrech aus, mit ihren Sommersprossen und den zwei Zöpfchen, die rechts und links abstanden. Er musste automatisch grinsen.

„Aki", sprach er sie an. „Wie hast du Fenn gefunden?"

Aki hatte sich gerade den Mund mit Speck vollgestopft. Sie genoss es sichtlich, etwas anderes als Datteln und Fladenbrot zu essen. Ohne vorher runterzuschlucken nuschelte sie: „Das ist eine einfache Frage: Ich habe ihn gerettet, dann hat er mich gerettet und seitdem passen wir eben gegenseitig aufeinander auf." Alenja sah sie vorwurfsvoll an und Aki fügte schnell hinzu: „Na ja, Alenja hat auch ihren Teil beigetragen. Sie ist Fenn in die Wüste gefolgt und hat mich gefunden." Sie grinste frech. „Darum beschützen wir sie auch."

„Warum habt ihr die Wüste verlassen?", fragte Jack. Haron, der bisher nur mit Liam gesprochen hatte, wandte sich ihnen zu. Jiari konnte sich nicht helfen, sie hatte das Gefühl ihn schon mal gesehen zu haben. Diese Augen, dachte sie sich und überlegte.

„Die Lage hier spitzt sich zu", sagte Haron. „Wir wissen noch nicht genau, wo wir hingehen werden, aber Kamah ist nicht mehr sicher."

„Tanah ist es aber auch nicht", warf Liam ein. „Ein Teil meiner Söldner ist nach der Schlacht zurück nach Tanah. Sie haben mir berichtet, dass die Stämme Taraq, Al Wasun und Shardor die Hauptstadt Al Bahar eingenommen haben. Die Königsfamilie ist tot. Es gibt wohl keine Überlebenden." Haron nickte. Er hatte davon gehört. Liam fuhr fort: „Karvag steht unter der Herrschaft der Yatu. Kalasien hat ein politisches Problem. Ihre zukünftige Anführerin, Nakatirya, jagt den Prinzen von Karvag", er holte Luft. „Dabei, wenn du mich fragst, hat er uns allen einen Gefallen getan. Hätte er sie rechtzeitig geheiratet, wären es nicht nur die Vargalis, die heute auf der Seite der Yatu kämpfen würden." Eric atmete tief aus.

„Wo wollt ihr hin?", fragte Haron schließlich und trank einen Schluck Whiskey.

„Wir gehen nach Dornburg", antwortete Jiari entschlossen.

Skeptisch und überrascht sah Haron Liam an. „Wir haben Wüstenwächter, die die Grenze zur Wüste nahe Dornburg patrouillieren. Die Stadt ist vernichtet. Es gibt dort keine Menschen mehr. Was wollt ihr dort?"

Liam sah Jiari an und mahnte mit seinem Blick zur Vorsicht. Er wollte nicht, dass irgendjemand von ihrer Fähigkeit wusste.

„Wir suchen meinen Bruder. Er hat in der Schlacht gekämpft und kam nicht mehr nach Hause", sagte sie und blickte in das knisternde Feuer. Fragend sah Haron Liam erneut an.

„Ihre Eltern haben ihr Leben ebenfalls in Dornburg gelassen", sagte dieser.

„Oh nein, wie schrecklich!", rief Aki entsetzt, stand auf und drückte Jiari ganz fest.

„Das tut mir leid", sagte Haron leise und wandte seinen Blick auf den Boden. „Jedoch befürchte ich, werdet ihr in Dornburg nicht finden, wonach ihr sucht."

Alenja sah Jiari an. „Die Schlacht ist ein Jahr her. Wenn er überlebt hat, dann hat er sich vielleicht den Rebellen angeschlossen."

„Aber niemand weiß, wo sich die Rebellen aufhalten", schaltete Eric sich ein.

„Wir beginnen unsere Suche in Dornburg", sagte Jiari. „Und dann sehen wir weiter." Eine Debatte über den Aufenthaltsort der Rebellen entbrannte.

Jack lehnte sich zu Jiari und flüsterte: „Vielleicht hat sie recht. Vielleicht war Leon so voller Verzweiflung und Scham darüber, dass deine beiden Eltern gestorben sind, dass er nicht mehr nach Hause kommen wollte und die Rebellen gesucht hat, um sich ihnen anzuschließen."

Haron vermutete die Rebellen in Nicarpara. Bei der Schlacht in Nicarpara, vor neunzehn Jahren, haben die Yatu einen derben Rückschlag erlitten. Die Vidan aus Vidanir kamen ihrem Bündnis mit Nicarpara treu, um die Nicarayu wieder zu befreien. Das Heer von Königin Illuma, der Herrscherin von Vidanir, überrannte die Yatu.

„Wenn ihr noch nicht wisst, wo ihr als nächstes hingehen wollt", sagte Jack schließlich, „könnten wir später doch auch gemeinsam weitergehen. Wir gehen erst alleine nach Dornburg, aber danach könnten wir uns in Palindall treffen, um zusammen weiterzuziehen." Die Runde schwieg für einen Moment. Jeder schien Jacks Vorschlag zu bedenken.

„Ich finde, das ist eine gute Idee", sagte Alenja schließlich. Sie dachte an Ciquala und seine letzten Worte an sie. „Es warten auch Hoffnung, Freunde und Liebe auf dich. Du wirst deinen Weg nicht allein gehen."

Die Gruppe einigte sich. Haron, Alenja und Aki würden nach Palindall gehen und dort auf die Rückkehr der anderen warten. Von dort aus wollten sie dann gemeinsam auf der Alexa weiterreisen. Liam, Jack, Eric und Jiari würden etwa sechs bis sieben Tage nach Dornburg und zurück nach Palindall brauchen.

Am nächsten Morgen verabschiedeten sich die zwei Parteien voneinander.

„Wir sehen uns in einer Woche", sagte Haron. Liam nickte und seine Gruppe zog weiter Richtung Dornburg.

Während den anderen nun der schwierige Weg durch das Gebirge bevorstand, machten sich Alenja, Aki und Haron in gemütlichem Tempo auf nach Palindall. Sie waren keine zwei Tage unterwegs, als ihnen plötzlich ein etwa zweihundert Mann starkes Heer entgegenritt. Sie kamen aus Richtung Palindall.

„Bleibt hinter mir!", forderte Haron die Mädchen auf. Ungebremst galoppierte die Meute auf sie zu. Haron hielt die Hand an seinem Schwert, zog es jedoch nicht. Als die Reiter näherkamen, atmete er erleichtert aus und ließ von dem Schwertknauf ab. Der vorderste Reiter sprang von seinem Pferd und Alenja rannte sofort auf ihn zu. „Enopay!", rief sie überglücklich. Die beiden fielen sich in die Arme und ließen nicht mehr voneinander ab. Es waren die Wüstenwächter. Aber warum waren sie so weit von der Grenze entfernt? Und warum kamen sie aus Richtung Palindall?

„Wir können nicht hier im offenen Gelände bleiben!", sagte Enopay hastig. „Wir müssen weiter zum Gribagebirge."

„Aber wir wollen nach Palindall", entgegnete Haron verständnislos.

„Ihr könnt nicht nach Palindall", widersprach ihm Enopay und fuhr fort: „Palindall steht jetzt unter der Herrschaft der Yatu. Die Palandil haben sich ergeben, bevor ein Krieg anfangen konnte. Dornburg wurde völlig zerstört, weil sie gekämpft haben, Dabo wurde völlig zerstört, weil sie gekämpft haben. Die Palandil haben sich den Yatu ergeben, um das Leben der Menschen und die Stadt zu schützen." Harons Gesicht verhärtete sich. Die Situation hatte sich dramatisch verschlimmert. „Wir sind so weit nach Süden geritten, weil wir die Palandil unterstützen wollten. Bis wir gesehen haben, dass es bereits zu spät war." Enopay trieb sein Pferd an. „Los! Wir müssen weiter! Wir werden nicht rasten, ehe wir am Gebirge sind." Haron zögerte einen Moment. Seine Optionen hatten sich soeben minimiert. „Verdammt", rief er wütend, zog Alenja an ihrem Arm zu sich auf Braga und folgte den Wüstenwächtern. Aki und Fenn dicht hinter ihnen.

Sie waren wieder an der Stelle, an der sie sich von Jiari und den anderen verabschiedet hatten, nur drei Tage später. Die Wüstenwächter schlugen ein kleines Lager auf, um zu rasten.

„Was in Zuhrahs Namen macht ihr hier?", fragte Enopay verständnislos. Sie erklärten ihm die Situation und warum sie nicht in Kidal bleiben konnten. „Haron", begann er. „Wenn das so weitergeht, dann ist Kamahtanah dem Untergang geweiht. Die Städte wollen nicht mehr kämpfen. Die Menschen haben aufgegeben, sich gegen die Yatu in Schlachten behaupten zu wollen. Niemand nimmt die alten Bündnisse noch ernst, weil sich keiner mit den Yatu anlegen will." Er sah Haron ernst an. „Es werden immer mehr. Wir werden die Grenze nicht mehr lange halten können."

Sie schwiegen, bis Aki plötzlich herausplatzte: „Aber Enopay! Wir haben den Gott des Lebens getroffen!" Verdutzt sah er Alenja an.

„Es ist wahr. Wir haben ihn gesehen - er lebt", gab sie Aki recht.

Enopay schnappte nach Luft und sagte begeistert: „Aber wenn er lebt, dann leben vielleicht auch noch andere Götter? Vielleicht können wir so die Menschen von Kamah und Tanah wieder vereinen und ihnen Hoffnung geben!" Seine erste Aufregung verflog und er sah traurig zu seinen Männern. „Wir werden die Wüste nicht im Stich lassen — unser Platz ist hier. Und wenn es sein muss, werden wir hier sterben."

„Enopay!", rief Alenja wütend. „Das ist Selbstmord! Kommt mit uns!", flehte sie ihn an und drückte seine Hand. Fenn war zu ihnen gelaufen und legte seinen riesigen, flauschigen Kopf auf Akis Schoß.

Haron erhob das Wort: „Wir haben unseren Freunden versprochen, dass wir in Palindall auf sie warten. Wir werden sie nicht ins offene Messer laufen lassen. Wir warten hier, bis sie von Dornburg zurück sind."

„Aber die Yatu könnten uns schon bald eingeholt haben", gab Enopay zu bedenken. „Hier zu warten ist nicht schlau."

„Wir müssen es riskieren!", rief Alenja. „Hast du nicht zugehört? Der Gott des Lebens ist bei ihnen. Diese Tatsache allein ist mehr wert als alle unsere Leben zusammen."

Enopay nickte zögerlich und sah Alenja an. „Denkst du, es ist möglich, dass auch noch andere Götter leben?"

Haron antwortete: „Es ist unwahrscheinlich, dass noch andere Götter am Leben sind. Nur der Gott des Lebens kann nicht zerstört werden. Er lebt, solange der Planet lebt. Zuhrah gab ihm keine Hülle. Er besteht aus allem und nichts", Haron zögerte. „Allerdings heißt das nicht, dass nur weil die Götter den Menschen in einer Gestalt begegneten, der Tod dieser Gestalt auch den endgültigen Tod des Gottes bedeutete. Ich weiß es nicht, Enopay. Alles was ich weiß ist, dass die Zeit gekommen ist. Wofür auch immer, doch etwas wird geschehen und wir müssen bereit sein."

Enopay wurde nachdenklich. „Ihr sagt, sie haben Akar Elu bei sich. Dann stimme ich dir zu, wir müssen ihn beschützen – wir warten mit euch. Allerdings wird es nicht einfach, unbemerkt an Palindall vorbeizukommen. Und wer weiß, wie es mittlerweile um den Hafen in Makola steht", merkte Enopay an. „Und noch etwas", holte er erneut aus. „Die Yatu holzen alle Bäume auf ihrem Weg ab."

Haron rieb sich nachdenklich seinen Bart. „Vielleicht wollen sie Schiffe bauen, um nach Tanah überzusetzen."

Wolken hatten sich am Horizont zusammengebraut und es sah ganz nach Regen aus. Die Wolken regneten sich häufig im Gebirge aus, weswegen in der Wüste dahinter fast nichts mehr ankam.

„Liam und die anderen sollten hoffentlich in zwei bis drei Tagen hier sein. So lange werden wir hier mit euch warten. Die Männer können eine kurze Pause gut gebrauchen", sagte Enopay und sah Alenja traurig an. Das bedeutete auch, dass ihr Abschied kurz bevorstand.

Sie schlugen ihre Zelte oberhalb des Gebirgspfades auf. Dadurch würden sie alles, was auf der Seestraße geschieht, im Blick haben und Liams Gruppe nicht verfehlen, wenn sie hier vorbeikämen.

Jack, Eric, Jiari und Liam hatten unterdessen Dornburg erreicht. Vorsichtig näherten sie sich der verlassenen Stadt. Es war ein Anblick des Grauens. Alles war zerstört. Ein Berg aus Knochen und anderen menschlichen Überresten war etwas außerhalb aufgetürmt. Jiari hielt sich entsetzt die Hände vor den Mund und Tränen füllten ihre Augen. Dornburg war eine Geisterstadt. Weder Menschen noch Yatu hielten sich hier noch auf. Alles war niedergebrannt. Bei dem schrecklichen Anblick bereute Liam seine Worte von damals. „Brennt alles nieder."

Jack nahm Jiaris Hand und sah sie an. „Jetzt sind wir da, wo du hinwolltest. Hier sind sie alle gestorben. Kannst du etwas spüren?", fragte er. Sie schüttelte den Kopf. Liam brachte sie zu der Stelle, an der das Lazarett gestanden hatte und ihre Eltern gefallen waren. Jiari fokussierte sich, doch es fiel ihr nicht leicht sich zu konzentrieren. Zu viel Schmerz erfüllte ihr Herz.

Bushu tapste langsam an ihnen vorbei. Er lief über die verbrannte Erde und ließ bei jedem Schritt neue Pflanzen wachsen. Dann blieb er plötzlich stehen und blickte zu ihr. Sie konzentrierte sich auf die Stelle, wo er stand. Da war es! Sie spürte die Energie ihrer Mutter. Aber sie war sehr schwach. Bushu legte seine kleine Hand auf den Boden und ein Kreis weißer Buschwindröschen wuchs aus der Erde. Laras Energie wurde stärker.

„Sie ist hier!", rief Jiari. „Sie ist genau hier!" Sie eilte zu Bushu und ließ sich auf die Knie fallen. „Mama", schluchzte sie und fing bitterlich an zu weinen. So fühlte sich also die Energie eines Menschen an, nachdem er gestorben war. Ihre Mutter hatte ihre geliehene Energie an Zuhrah zurückgegeben. Bei dem Gedanken stockte sie. „Jedes Lebewesen hat seine Energie nur geliehen. Nach dem Tod entsteht etwas Neues aus der Energie – das ist der natürliche Kreislauf", dachte sie laut nach. „Die Yatu leben unendlich. Sie geben ihre Energie also nicht zurück. Aber wie ist das möglich? Stehlen die Umnakekeli Zuhrah auf diese Weise Energie, um ihre Gefolgschaft unsterblich zu machen? Ich verstehe immer noch nicht, was es damit auf sich hat, dass sie ihre Seele zerstören. Das ergibt doch einfach keinen Sinn", sagte sie verwirrt zu sich selbst.

Liam näherte sich ihr und legte seine Hand auf ihre Schulter. „Eine weise Frau hat mir einst gesagt; unsere Seele ist das Zentrum unserer Energie. Vielleicht brauchen die Wächter sie, um ihre Existenz aufrechtzuerhalten." Jiari nickte zustimmend und stand auf.

Wieder konzentrierte sie sich und lief los. Als sie stehen blieb, kniete sie sich erneut nieder, legte ihre Hand auf die Erde und ließ einen kleinen Keimling wachsen. „Papa", sagte sie und wieder konnte sie ihre Tränen nicht zurückhalten. Voller Zorn grub sie ihre Finger in die Erde. Sie stand auf und versuchte, die Energie ihres Bruders oder die von Jacks Vater zu spüren. Sie bewegten sich weiter Richtung Schlachtfeld. Auf der großen Ebene wuchs neues Gras und Blumen blühten überall. Die Natur ließ Liam die schrecklichen Eindrücke von damals fast vergessen.

Schließlich hatte Jiari Aron gefunden. Erst warf sie Jack einen mitfühlenden Blick zu, dann ließ sie einen Fliederkeimling sprießen und nahm seine Hand. Flieder war die Lieblingspflanze von Jacks Mutter, Mika. Sie liebte es, wenn unzählige Schmetterlinge es sich auf den Blüten gemütlich machten.

Doch keine Spur von Leon.

„Er ist nicht hier", sagte sie.

„Vielleicht ist er weiter südlich gestorben", sagte Jack, die Augen immer noch starr auf den Flieder gerichtet.

„Das kann nicht sein", warf Eric ein. „Huriol hatte mir berichtet, dass er Leon tödlich verletzt am Lazarett abgesetzt hatte."

„Ich habe ihn dort aber nicht gespürt!", widersprach ihm Jiari. „Er ist noch am Leben! Ich wusste es!", rief sie voll neuer Hoffnung. „Jetzt müssen wir ihn nur noch finden!"

Liam war erleichtert, dass sie diesen Ort endlich wieder verlassen konnten. „Also gut", sagte er. „Lasst uns zurück zu den anderen, dann sehen wir weiter."

Gribagebirge

Alenja, Aki, Haron und die Wüstenwächter hatten bereits zwei Tage im Gribagebirge ausgeharrt. Es regnete in Strömen. Haron vermutete, dass sich Liams Gruppe verspäten würde. Der Weg durch die Schlucht war bei solchen Wettergegebenheiten sehr gefährlich.

Die Krieger hatten Späher losgeschickt, die die Umgebung nach Feinden absuchten. Es war riskant, so lange an einem Ort zu verharren.

Alenja war in Enopays Zelt. Sie lag auf seinem Schoß und er streichelte ihr liebevoll durchs Haar.

„Wenn das alles vorbei ist, will ich für immer mit dir zusammen sein", sagte sie. Alenja hatte die letzten Tage viel darüber nachgedacht, wo sie am liebsten leben würde. Sie hasste es, weiterzuziehen. Haron hatte ihr zwar gesagt, dass sie nach Kalasien reisen würden, um Spuren ihrer wahren Eltern zu finden, aber es war ihr mittlerweile völlig egal, wer ihre Eltern waren. Sie wollte hierbleiben – bei Enopay.

„Haron kann mich nicht zwingen, mit ihm zu gehen", merkte sie an und sah zu ihm hoch.

Enopay lächelte: „Natürlich könntest du deinen Dickkopf durchsetzen." Er machte eine Pause und sah sie dann ernst an. „Alenja, sei froh, dass Haron auf dich aufpasst. Es ist zu gefährlich für dich hierzubleiben."

„Ja!", antwortete sie beleidigt. „Aber für dich ist es auch zu gefährlich!"

Enopay seufzte, denn sie hatten diese Diskussion mindestens schon viermal in den letzten zwei Tagen gehabt.

Aki saß mit Haron draußen im Regen. Sie wollte Fenn nicht allein lassen, da er sich deutlich unwohl fühlte.

„Ich glaube, er hat Angst vor Regen", sagte sie. Haron, dem das merkwürdige Verhalten auch schon aufgefallen war, sah Braga an. Der Hengst war ebenfalls unruhig, scharrte mit den Hufen und warf den Kopf hin und her.

„Das oder etwas anderes stimmt hier nicht", knurrte er und sah in die nebeligen Berge vor ihnen. Komm schon Liam, beeilt euch, dachte er sich und nahm ungeduldig einen weiteren Schluck aus seiner Whiskeyflasche.

Auf einmal sprang Fenn auf, blickte nach Südosten und stellte sich vor Aki. Einer der Späher kam durch das kluftige Gelände auf sie zu gerannt. Er fiel mehrmals hin und es schien, als würde er um sein Leben rennen. Er fuchtelte wild mit den Armen und rief etwas, aber die Worte verhallten im tosenden Regen. Plötzlich fiel er und stand nicht mehr auf. Haron richtete sich auf und zog sein Schwert.

„Wir werden angegriffen!", rief er. Sofort eilte er zu Enopays Zelt. „Die Yatu haben uns gefunden! Alenja, komm zu mir!"

„Verdammt!", fluchte Enopay. „Sie müssen uns von Palindall gefolgt sein! Ich hatte es befürchtet."

„Ich kann nicht sehen, wie viele es sind!", rief Haron und wischte sich die nassen Haare aus dem Gesicht. Enopay und seine Wüstenwächter gingen in Kampfposition. Doch es war schwer sich zu formieren, ohne sehen zu können, was von wo auf sie zukam. Haron entfernte sich mit Aki und Alenja einige hundert Meter von der Schlacht. Er wollte die Mädchen raushalten, war sich aber nicht sicher, ob die Yatu sie nicht vielleicht eingekesselt hatten und aus jeder Richtung kommen könnten.

Und dann sahen sie sie – in ihren dunklen Rüstungen bahnten sich die Yatu ihren Weg durch das Gebirge. Sie blieben stehen und wenige Sekunden später prasselte ein Pfeilhagel auf die Wüstenwächter nieder. Auch die Krieger hoben ihre Bögen und schossen zurück.

„Es scheinen nur etwa hundert von ihnen zu sein!", schrie Enopay. „Wir sind ihnen überlegen! Zum Angriff, Männer!", schrie er und sie rannten los.

„Lass mich los!", keifte Alenja Haron an. „Ich will ihnen helfen!"

„Du bleibst hier", antwortete er und hielt sie am Arm fest. Die Pferde waren in diesem Gelände nutzlos und boten keinen Vorteil.

Die beiden Fronten knallten aufeinander. Alenja konnte Enopay nicht sehen. Sie riss sich los und rannte Richtung Schlacht. Aki zögerte keine Sekunde. „Tut mir leid, Haron!", rief sie von Fenns Rücken und eilte Alenja hinterher.

„Verdammt nochmal!", raunte Haron und rannte den Mädchen nach. Es ergab keinen Sinn, dass die Yatu in Unterzahl angriffen. Sie wussten wie groß das Heer der Wüstenleute war.

Alenja lief nahe genug heran, um zu erkennen, wo Enopay war. Aki stand neben ihr.

„Er ist ganz vorne!", rief Aki ihr zu. „Ich sehe ihn!"

Alenjas Augen rasten über das Schlachtfeld. Erleichtert atmete sie aus — da war er.

Die Wüstenwächter schienen den Kampf zu gewinnen. Sie waren zahlenmäßig deutlich überlegen. Enopay kämpfte mit zwei Yatu gleichzeitig. Alenja wollte schon losrennen, als einer seiner Kameraden ihm zu Hilfe kam und einen Yatu erschlug. Enopay holte aus und köpfte den anderen.

Die Wüstenwächter kämpften tapfer und geschickt. Ein Feind nach dem anderen ging zu Boden, wodurch sie ihre Überzahl weiter ausbauen konnten.

„Sie machen die Yatu fertig!“, rief Aki aufgeregt von Fenns Rücken zu Alenja. Doch plötzlich tauchten Schatten hinter den Yatu auf. Eine gewaltige, Wolfshund artige Gestalt sprang durch die Linie der Yatu. Das Wesen schmiss sich auf Enopays Kameraden und zerteilte den Körper des Mannes mit seinen Zähnen. Enopay rammte dem Ungetüm sein Schwert in die Nieren. Es heulte auf und stürzte sich auf Enopay, packte ihn am Genick und wirbelte ihn durch die Luft – Enopay war sofort tot.

„Enopay!“, schrie Alenja hysterisch auf und rannte in die Schlacht.

„Alenja!“, schrie Haron, doch es war zu spät. „Nerayuk!“, rief Haron. „Aki! Du bleibst hier!“ Aki zögerte kurz, folgte dann aber Alenja in den Kampf.

Die Nerayuk waren Wesen, deren Natur von Grund auf böse war. Zerrissen von einer dunklen Energie, hatten sie ihren Weg verloren und gierten nach Blut. Auf ihrer schwarzen Haut wuchs kaum Fell. Um ihren Hals trugen sie schwere, metallene Halsbänder, an denen Ketten befestigt waren.

Zusammen mit einem Dutzend Nerayuk stürmte nun eine weitere Reihe Yatu auf die Wüstenwächter zu.

Eric, Jack, Liam und Jiari hatten den verlassenen Pfad währenddessen fast durchquert und waren den anderen schon ganz nahe. Jiari hielt sich mit schmerzverzerrtem Gesicht die Hände an den Kopf. „Liam, etwas stimmt nicht. Wir müssen uns beeilen!", rief sie. „Sie werden sonst alle töten!"

„Warte!", mahnte Liam. „Was spürst du?"

„Sie werden angegriffen!", antwortet Jiari außer sich.

„Warum sind sie noch hier? Sie wollten doch in Palindall auf uns warten", sagte Jack. Jiari rannte los – die anderen folgten ihr.

Fenn lichtete die Reihen der Yatu. Mit seinen riesigen Pranken genügte ein Schlag, um sie kampfunfähig zu machen. Alenja kämpfte mit ihrem Kurzschwert – Haron war an ihrer Seite. Ein Yatu griff Akis Fuß und zerrte sie von Fenns Rücken. Der riesige Pasirfuchs zermalmte seinen Körper erbarmungslos. Sie wollte gerade zurück auf seinen Rücken klettern, als ein Nerayuk von der Seite kam und Fenn wegrammte. Die beiden mächtigen Tiere stürzten und überschlugen sich. Aki wollte ihnen hinterher, doch ein Yatu, der doppelt so hoch gewachsen war wie sie, stand vor ihr. Sie duckte sich unter seinem Schwerthieb hindurch, glitt an ihm vorbei und stach ihm mit ihrem Messer, dass sie aus ihrem Stiefelriemen gezogen hatte, unterhalb seines Helmes in den Hals. Im Eifer des Gefechts wurde sie immer weiter von Haron und Alenja getrennt. Sie konnte Fenn nicht mehr sehen und war umzingelt. Drei Yatu standen ihr gegenüber. Dem Ersten warf sie ihr Messer ins Auge und zog ihr kleines Schwert. Der Zweite machte einen Schritt auf sie zu. Sie schlug so stark sie konnte mit ihrem Schwert auf ihn ein. Doch er packte es und riss es ihr aus der Hand. Er holte aus und – sank kraftlos zu Boden. Jiari war hinter Aki aufgetaucht. Sie hatte die Augen geschlossen und eine Hand erhoben. Der dritte Yatu fiel ebenfalls energielos auf die Knie. Aki drehte sich um und fing Jiari, die für einen Moment kraftlos taumelte, auf. „Danke", flüsterte Aki ihr zu.

Eric, Jack und Liam waren auch in den Kampf eingetreten. Eric nahm seinen Bogen, während Jack und Liam ihm den Rücken freihielten. Er zielte und schoss – einem Nerayuk direkt in den Kopf. Das Wesen stürzte und verendete.

Es herrschte Chaos. Zwar zerstreuten die Nerayuk die Formation der Wüstenwächter weiter, doch es sah gut aus. Immer weniger Yatu waren noch kampffähig.

Aki und Jiari kämpften Seite an Seite.

„Das kann nicht sein", hauchte Jiari plötzlich, von ihren Gefühlen übermannt. Aus dem Kampfgemenge trat ein Yatu vor Aki. Hinter ihm hatten sich drei mordgierige Nerayuk versammelt.

„Leon!", schrie Jiari ihren Bruder an. Seine Augen waren leer und emotionslos. Leon schritt weiter auf die kleine Aki zu.

Jiari war wie versteinert und ließ ihr Schwert sinken. „Leon! Ich bin es! Deine Schwester!", flehte sie.

Doch Leon war nicht er selbst. Er holte aus und rammte Aki sein riesiges Schwert in den Bauch. Jiari schnappte nach Luft. Bewegungsunfähig fiel sie auf die Knie. „Nein!" In der gleichen Sekunde hörte sie ein elendes Winseln von der anderen Seite der Schlucht.

Aki hielt sich die Hände auf ihre schwerblutende Wunde und sah Jiari hilfesuchend an. Das Leben wich aus ihren Augen — sie sackte zusammen und fiel auf den Boden.

Fenn kam sofort angerannt. Blind vor Trauer und Wut, sprang der riesige Pasirfuchs auf die drei Nerayuk hinter Leon zu – in seinen Untergang. Sie rissen ihn binnen Sekunden in Stücke.

Alenja, die Fenns qualvollen Aufschrei gehört hatte, sah was geschehen war. „Aki!" Sie rannte los, doch ihre Augen füllten sich mit Tränen und sie konnte den Weg vor ihren Füßen nicht mehr sehen. Paralysiert von Schmerz und Verzweiflung, taumelte sie und fiel zu Boden. Sie erkannte, wie Akis Körper leblos dalag und Fenns Brustkorb sich zum letzten Mal senkte.

Alenjas Hände ballten sich zu Fäusten und sie schrie ihren Schmerz heraus. Mit lautem Getöse stieß sie eine enorme Energiewelle durch den Regen.

Liam kam angerannt und packte Jiari am Arm. „Das ist nicht mehr dein Bruder! Wir müssen hier weg!"

Als würden sie von Alenjas Energie angezogen werden, wandten sich die Feinde ihr zu.

„Liam! Wir müssen sie da rausholen!", rief Jiari und wehrte sich gegen den Griff ihres Onkels.

Eric und Jack kamen angerannt. „Das sieht nicht gut aus!", rief Eric, als er sah, dass Alenja und Haron umzingelt waren.

„Wir können sie nicht retten!", sagte Liam. „Wir müssen verschwinden!"

Haron stand neben Alenja, die abwesend auf dem Boden kniete. Die Yatu kamen immer näher und die Nerayuk hielten die Wüstenwächter in Schach.

Haron griff sich Alenjas Bogen und feuerte mehrere Pfeile auf die sich nähernden Feinde.

„Steh auf!", befahl er ihr, doch sie rührte sich nicht. „Steh auf, Alenja!", wiederholte er seine Anweisung lauter.

Mit leeren Augen sah sie ihn an. „Es ist vorbei, Haron."

„Nichts ist vorbei, hörst du! Du stehst jetzt auf und rennst weg! Ich halte sie auf, solange ich kann!"

Jiari konzentrierte sich. Einige der Yatu fielen zu Boden, doch sie schaffte es nicht, vielen gleichzeitig die Energie zu stehlen.

„Sie sind für dich gestorben! Steh jetzt auf!", schrie Haron Alenja an. Langsam richtete sie sich auf. Die Yatu kamen von allen Seiten.

„Es gibt keinen Fluchtweg, Haron."

Auf einmal hörten sie wildes Kampfgeschrei aus dem Gebirge.

Haron sah auf. „Gunung", sagte er schon fast flüsternd vor Erleichterung. Zuletzt hatte er die Gunung vor Dabo gesehen, als sie ihre Heimat, das Pegunungangebirge, verlassen hatten, um vor den Yatu zu fliehen. Hier hatten sie sich also versteckt — im Gribagebirge.

Thore und seine Männer stießen lauthals in das Getümmel. Der Anführer der Gunung war mit so vielen Kriegern gekommen, dass sie den Yatu weit überlegen waren. Sie frästen nur so durch die feindlichen Reihen und erschlugen mit ihren Äxten, Schwertern und Hämmern einen Yatu nach dem anderen.

Thores Männer warfen Speere auf die Feinde. Ihre riesigen Geschosse konnten die Haut der schwarzen Bestien durchbohren und brachten sie zum Taumeln. Einmal auf dem Boden, stürzten sich mehrere der Gunung gleichzeitig auf die Kreaturen und zerstückelten sie regelrecht. Nach nur wenigen Minuten war alles vorbei und die überlebenden Yatu flüchteten Hals über Kopf.

Die Gunung hatten die Gruppe gerettet.

„Thore!", rief Haron, zutiefst dankbar seinen alten Freund zu solch unheilvoller Stunde wiederzusehen. Thore lief auf ihn zu und die zwei umarmten sich.

„Haron, mein alter Freund. Nach all den Jahren kann ich dich doch nicht so sterben lassen — hilflos abgeschlachtet von den

Feinden", sagte Thore großmütig und lachte. „Außerdem", holte er aus und sah erst Alenja an, dann ließ er seinen Blick zu Jiari wandern, „steht hier zu viel auf dem Spiel, als dass wir es den Wächtern überlassen könnten", sagte er und deutete damit an, dass er gesehen hatte, was die Mädchen getan hatten. Haron sah ihn für einen Moment misstrauisch an. Thore lachte laut und klopfte Haron auf die Schulter. „Keine Sorge! Du hast mir das Schwertkämpfen beigebracht, als ich noch nicht einmal laufen konnte. Ich werde es dir jetzt sicher nicht in den Rücken rammen!" Haron atmete erleichtert auf und nickte.

Liam hatte die Worte genau gehört. Thore sah mindestens zehn Jahre älter aus als Haron. Ihm das Schwertkämpfen beigebracht? Als er nicht einmal laufen konnte, wiederholte Liam die Worte fragend, runzelte die Stirn und schüttelte dann den Kopf.

Alenja lief zu Akis leblosem Körper und schloss ihre weit aufgerissenen Augen. Fenns Leichnam war verschwunden. Die Nerayuk mussten ihn weggezerrt haben.

Auch Jiari kam zu ihr. „Es tut mir so leid", sagte sie zu Alenja. „Hätte ich nicht gezögert, wäre sie noch am Leben." Sie legte ihre Hand auf Akis Stirn und versuchte, Energie in sie fließen zu lassen, doch Akis Geist hatte ihren Körper bereits verlassen. „Sie ist fort", sagte Jiari traurig.

Alenjas Herz war von Verzweiflung erfüllt. War das gerade wirklich geschehen? War Aki wirklich fort?

„Nein!", schrie sie. „Wo ist der Gott des Lebens? Wo ist Bushu? Bushu! Komm her und rette sie!" Doch Bushu war nicht da. „Du bist der Gott des Lebens! Wenn du sie nicht retten kannst, wofür bist du dann gut?", schrie Alenja verzweifelt und weinte.

Jiari legte ihre Hand auf Alenjas Rücken und flüsterte: „Er wird sie nicht retten. So funktioniert es nicht. Er greift nicht ein. Es tut mir so leid.“ Sie wusste, dass Alenja ihr nicht zuhörte.

Alenja stand unter Schock. Es schien so, als wären alle Emotionen aus diesem zierlichen Mädchen mit den schulterlangen, schwarzen Haaren gewichen. Sie wirkte abwesend und verwirrt. Wortlos stand Alenja schließlich auf und begann damit, Enopay zwischen all den leblosen Körpern zu suchen.

Jack ging auf Jiari zu. „Es ist nicht deine Schuld“, sagte er und legte den Arm tröstend um sie. „Du hast den Yatu ihre Energie genommen! Wie hast du das gemacht?“

Ratlos sah sie ihn an. „Ich weiß nicht genau. Ich habe mich auf sie konzentriert und die Energie in mich geleitet. Aber ich glaube, das war nicht so gut. Mein Körper kann der Energie nicht standhalten“, antwortete sie und zog ihr Hemd hoch. Ihr Körper war voller blauer Flecken.

„Jiari!“, rief Jack erschrocken. Sie hustete und hielt sich die Hand vor den Mund. Schnell wischte sie sie im Gras ab, doch Jack hatte genau gesehen, dass Blut daran gewesen war.

„Du hast gerade zu Alenja gesagt, dass Bushu nicht eingreift. Doch er hat bereits eingegriffen. Er hat dich gerettet. Vor dem Fieber und vor deiner Selbstzerstörung.“ Die beiden sahen sich schweigend an.

„Wir müssen hier weg!“, rief Liam. „Sie werden zurückkommen.“ Haron gab ihm recht.

„Wir müssen abseits des Weges zum Hafen gelangen. Und zwar schnell, bevor sie Alarm schlagen“, sagte Haron. „Was werdet ihr tun?“ Er sah den Anführer der Gunung an.

„Wir werden uns weiter ins Gebirge zurückziehen. Die Yatu haben kein Interesse an den Bergen“, antwortete Thore.

Alenja kniete weinend über Enopays leblosem Körper. „Wir können sie nicht einfach hier liegen lassen!", sagte sie, entsetzt von der Vorstellung. Thore steckte sich zwei Finger in den Mund und pfiff laut. Joos kam mit sieben weiteren Männern angelaufen.

„Grabt zwei Löcher!", befahl Thore. Joos ignorierte seinen Vater erst einmal, stapfte zu Haron und begrüßte seinen alten Freund: „Es tut mir sehr leid um eure Verluste. Aber wie ich sehe, konnten dich nicht mal diese Höllenhunde kleinkriegen!" Er lachte. Aber für Haron war es zu früh für Späße. Der Verlust von Aki traf ihn schwerer, als er zugab. Joos bemerkte es sofort. Mit ernster Miene versicherte er: „Wir werden zwei Gräber ausheben. Die anderen verbrennen wir." Es blieb keine Zeit, um alle zu beerdigen. In Windeseile waren die Löcher gegraben und sie beerdigten Enopay und Aki.

Die Überlebenden mussten mitansehen, wie ihre gefallenen Kameraden verbrannt wurden.

Alenja traf es am schwersten. Sie hatte Mühe, überhaupt noch stehen zu können, so entkräftet fühlte sie sich. Ihr war eigentlich alles egal. Würden sie jetzt von Yatu getötet werden – ihr wäre es egal. Alenja hatte daran geglaubt, für immer mit Aki zusammen zu sein. Als ihre große Schwester auf sie aufzupassen, bis sie beide alt sind und sie, als Ältere, zuerst stirbt. Gerade erst hatte sie Enopay zurückbekommen und jetzt für immer verloren. Sie würde beide nie wiedersehen. Alenjas Herz war schwer, sie konnte kaum atmen und sie musste sich zusammenreißen, um nicht fürchterlich loszuweinen.

„Ich kann das alles nicht mehr ertragen." Sie ballte ihre Fäuste. „Was wollen die Wächter denn von uns? Warum tun sie das?", fragte sie und die Luft schien zu pulsieren. Um die kleine Gruppe herum hoben kleine Regentröpfchen vom Boden ab und schwebten in der Luft. Die Gunung wagten es nicht, sich zu rühren. Jiari sah Jack an. Die Energiewelle, die Alenja in der Schlacht von sich gestoßen hatte, hatte ihnen bereits gezeigt, was für eine Macht in ihr schlummerte. Doch jetzt war es endgültig klar – Alenja war eine Schakruna. Das erklärte auch, warum sich die Yatu auf sie gestürzt hatten.

„Alle um mich herum sterben", flüsterte Alenja und sah mit Tränen gefüllten Augen zu Haron.

Er lief zu ihr und nahm sie in den Arm. „Ich werde nicht sterben. Das verspreche ich dir."

Jiari schloss die Augen und atmete tief ein. Etwas schauderte sie plötzlich und sie bekam Gänsehaut. Sie öffnete die Augen, blickte sich um und ließ ihren Blick über die Berge schweifen. Sie war sich fast sicher, dass sie gerade Akis Energie gespürt hatte. Es war nicht nur Akis gewesen, auch Fenns Energie war allgegenwärtig.

„Wir müssen los!", drängte Liam.

Thore sah Haron an. „Es gibt also noch Hoffnung, alter Freund. Viel Glück auf eurem Weg. Ihr werdet es brauchen. Wenn die Wächter von der Schakruna erfahren, werden sie versuchen, sie zu töten. Ich hoffe inständig, dass wir uns wiedersehen."

Sie verabschiedeten sich von den Wüstenwächtern sowie den Gunung und zogen los zum Hafen Makola, wo die Alexa ankerte.

Peri

Peri war schon immer eine Außenseiterin gewesen. Ihre Aufgabe in ihrem Volk bestand darin, die alte Bibliothek, Tua Maktaba, aufgeräumt zu halten. Sie liebte es zwar, Bücher zu lesen, noch mehr jedoch liebte sie es, Abenteuer zu erleben. Sie wollte den Rest Kamahtanahs entdecken. Doch die Luminór verließen ihre für Menschen unauffindbare Insel schon seit hunderten von Jahren nicht mehr. Es sei zu gefährlich da draußen, sagten sie. Die Menschen seien unberechenbar geworden, da sie den Yatu hörig seien und keinen eigenen Willen mehr besäßen. Sie seien Sklaven ihrer eigenen Angst.

Die Luminór spürten, dass sich die Dunkelheit immer weiter ausbreitete und Zuhrah langsam, aber sicher die Lebensenergie gestohlen wurde. Sie bereiteten sich auf ihr eigenes Ende vor – die Zeit des Lichtes würde schon bald vorbei sein, dunkle Tage nahten.

Doch seit einem knappen Jahrzehnt schien es Hoffnung zu geben. Das todgeweihte heilige Feld der Dahlia Suzi Hidup, auch Suzilia genannt, war zu neuem Leben erwacht. Der Blumengarten Zuhrahs. Diese Blume wuchs nur hier – auf Naofalladil. Zuhrah hatte die Blumen erschaffen, um mit den Bewohnern Kamahtanahs zu kommunizieren. Wenn dem Planeten irgendwo auf Kamahtanah Unrecht getan wurde, wurden die Blumen krank. Deshalb hatte es in den vergangenen tausend Jahren immer Wächter der heiligen Blume gegeben. Ihre

Aufgabe war es, das Feld auf Veränderungen zu beobachten. Seit der letzten Schlacht der Götter vor über tausend Jahren jedoch war das Feld verdorrt geblieben. Bis vor neunzehn Jahren eine kleine Blume schwach zu blühen begann, und ein weiteres Dutzend Suzilias erblühte vor etwa sechs Jahren.

Peri hatte damals schon darauf gedrängt einen von ihnen nach Kamah zu schicken, um zu sehen, was vor sich ging. Doch Fionn, der älteste der Luminór, hatte das Ganze nur für einen Scherz Akar Elus, dem Gott des Lebens und des Waldes, gehalten.

Als einzig überlebender Gott war er nun dazu verdammt, die letzten dahinscheidenden Jahrhunderte Zuhrahs' in Einsamkeit mitansehen zu müssen.

Peri saß gelangweilt auf einem Felsvorsprung und blickte auf das Feld der Suzilia. Mia, die Wächterin der heiligen Blume, saß neben ihr.

„Wir sollten etwas tun!", sagte Peri.

„Du weißt, dass Fionn die Menschen niemals unterstützen wird, Peri", antwortete Mia belehrend.

„Es sind nicht die Menschen, die die Suzilia erblühen lassen, Mia. Es ist Zuhrah! Sie schreit nach Hilfe. Und wir ignorieren es? Warum hüten wir die Suzilia dann überhaupt noch?", wandte Peri vorwurfsvoll ein. Mia schwieg. Eigentlich gab sie ihrer Freundin ja recht, aber in den vergangenen tausend Jahren hatten sich die Luminór damit abgefunden, dass der Planet sterben wird. Es müsste einiges passieren, um diesen Glaubenssatz zu erschüttern.

Die zwei starrten auf das Feld. Und dann geschah es plötzlich – noch mehr Blumen begannen zu blühen. Die wunderschönen, kelchförmigen, blauvioletten Blüten entfalteten ihre volle Schönheit. Sanft wogen sie in der Brise des Windes langsam hin und her. In der Mitte jeder Blüte glomm ein helles Licht und winzig kleine leuchtende Partikel schwebten aus ihr hinaus, als würde sie ihre Schönheit verbreiten wollen.

„Sieh!", rief Peri ungläubig. „Irgendetwas ist geschehen! Wir müssen sofort zum Ältestenrat!"

Sie betraten die Halle der Ältesten. Fionn saß am Kopf der Runde. Seine Accula saß neben ihm.

Nach Luft japsend wollte Mia gerade anfangen zu sprechen, als Fionn begann: „Es gibt Hoffnung."

Peri rollte mit den Augen, natürlich weiß er es bereits.

Fionn hob seine Hand und der Staub auf dem Boden wirbelte zu einem kleinen Tornado. „Zuhrah hat sich entschieden, zu uns zurückzukehren", sagte er und legte seine Hand wieder auf die Lehne. Schweigend blickte er in die Leere vor sich. Dann seufzte er und sprach endlich weiter. „Peri, tritt vor."

Aufgeregt und nervös fuhr sie sich mit der Hand durch ihre hellbraunen, struppigen Haare. „Du hast von allen jungen Luminór am meisten Bücher über die Völker und Sitten der Menschen gelesen. Für uns alte Luminór ist die Zeit der Schlachten mit den Menschen vorbei. Jedoch haben wir tausende von Jahren von Zuhrah gelebt und so werden wir ihren letzten Hilfeschrei erhören. Du wirst dich in die Welt der Menschen einfügen. Und du wirst herausfinden, was dort vor sich geht." Peri nickte ruhig. Innerlich machte sie Luftsprünge.

Es würde nicht ganz einfach für sie werden, sich unbemerkt auf Kamahtanah zu bewegen. Luminór sahen zwar fast aus wie Menschen, allerdings hatten sie schuppenartige, dunkelblaue bis dunkelbraune Verfärbungen auf ihren unteren Kieferknochen sowie von der vorderen Schulter bis zum

Schlüsselbein. Sie würde ein schwarzes Tuch um ihren Mund tragen, damit es nicht auffallen würde. Ihre Augen jedoch leuchteten unnatürlich hell, was schwer zu verbergen war. Aber das war ihr alles egal. Seit ihrer Geburt vor dreihundert Jahren hatte sie Naofalladil kein einziges Mal verlassen. Endlich würde sie Kamahtanah bereisen. Sie sollte Menschen aufspüren, die ihre Verbindung zur Natur, zu Zuhrah, gefunden hatten. Sie sollte herausfinden, ob es einen letzten Widerstand gegen den Vormarsch der Yatu geben würde. Anders als die meisten ihres Volkes glaubte Peri nicht daran, dass die Menschen immer unausweichlich den dunklen Weg wählen würden. Sie vertraute auf die Vernunft. Denn wenn Zuhrah nicht zurückkehrt und die Umnakekeli Kamahtanah einnehmen, dann wäre auch kein Platz mehr für die Menschheit. Doch allein würden die Menschen die Wächter nicht besiegen können. Sie sind auf die Hilfe ihres Planeten angewiesen. Und da war sich Peri sicher; Zuhrah würde kommen.

Nakatirya Mandogo

Lyare saß auf dem Boden des Schiffes an die Reling gelehnt und schärfte ihre beiden Scimitar, Schwerter mit leicht gebogener Klinge. Ihre langen, schwarzen Haare fielen zu einem Zopf gebunden nach vorne. Nakatirya stand neben Bary am Bug und sie blickten nach Norden. Sie hatte ihren Falken auf dem Arm und fütterte ihm rohes Hühnerfleisch.

Schließlich wandte Bary sich um. „Eineinhalb Jahre Nakatirya. Wir suchen ihn seit fast eineinhalb Jahren", wiederholte sich Bary. Nakatirya antwortete nicht. „Wir waren in Nicarpara und in Eisenheim. Wir waren auf Tanah, in Al Bahar und Paa La. Wo sollen wir ihn denn noch suchen?", sagte Bary aufgebracht, eine Antwort erwartend. Doch Nakatirya schwieg. Nachdem Eric vor eineinhalb Jahren die Hochzeit platzen ließ, hatten sie die Suche nach ihm in Nicarpara begonnen. Von dort sind sie nach Eisenheim, wo sie Söldner getroffen haben, die in der Schlacht um Dornburg gekämpft hatten. Einer von ihnen berichtete, dass er in Al Bahar Gerüchte gehört hatte, dass der Prinz Karvags dort gesichtet wurde – nach dem Tod Königin Ennas. Sie vermuteten also, dass Eric nach dem Ableben seiner Mutter nach Al Bahar gegangen war. Daraufhin waren sie nach Tanah gesegelt und hatten dort jeden Stein nach ihm umgedreht, ohne Erfolg.

Lyare stand auf, schob ihre beiden Scimitar in die an ihrem Gürtel angebrachten Halfter und mischte sich ein: „Vielleicht sollten wir die Suche aufgeben, Nakatirya. Deine Mutter wird dich auch so zurücknehmen. Du bist ihre einzige Tochter. Wenn sie stirbt, ist Kalasien führerlos. Und außerdem hat Eric uns allen einen Gefallen getan. Kalasien würde mit in dem Verrat hängen, wenn ihr zwei euch bereits vereint hättet."

„Kalasien wird sich niemals den Yatu anschließen!", stellte Nakatirya erbost klar.

„Aber genau das meine ich doch. Was, wenn er von dem Plan seines Vaters gewusst hat? Vielleicht hatte er wirklich einen triftigen Grund wegzurennen", wagte Lyare, ihr Unterfangen in Frage zu stellen.

„Selbst, wenn du recht hast", begann Nakatirya, „müssen wir ihn trotzdem finden, um es ein für alle Mal zu klären." Sie sah ihre zwei Freundinnen an. „Ich muss ihn finden. Als nächstes will ich nach Kamah. Wir können am Hafen Makola an Land gehen."

Bary und Lyare machten große Augen. „Aber dort sind die Yatu auf dem Vormarsch", entgegnete Lyare zweifelnd.

„Ihr müsst mich nicht begleiten", warf Nakatirya entschlossen ein.

Die beiden Mädchen seufzten: „Natürlich kommen wir mit dir", widersprachen sie fast schon beleidigt, dass Nakatirya dachte, sie würden sie allein gehen lassen. Zu dritt standen sie am Bug und blickten nach vorne. Ihr neues Ziel stand fest – Makola.

Feindliche Begegnung

Die Gruppe hatte Glück gehabt. Sie waren abseits des Weges zum Hafen geeilt und keinem Yatu mehr begegnet. Nun mussten sie nur noch Proviant kaufen und dann würden sie ihre Reise beginnen können.

Haron wollte mit Alenja nach Kalasien. Er erhoffte sich, dort Antworten auf die Frage zu finden, wo Alenja damals wirklich hergekommen war.

Schweren Herzens nahm er den Sattel und das Zaumzeug von Bragas Rücken. Liebevoll tätschelte er den Hals seines stolzen Wüstenhengstes. „Für dich, mein Junge, ist die Reise hier vorbei." Sie konnten ihn nicht auf der Alexa transportieren — und er wollte es auch nicht. Haron streichelte seinen treuen Begleiter nochmal, bevor er sich schließlich von Braga abwandte und auf das Schiff stieg.

Bushu – der seit dem Kampf verschwunden gewesen war, tapste, von wo auch immer kommend, zu Jiari. Mit zur Seite geneigtem Kopf sah er sie durch seine großen Glupschaugen an.

„Was macht er da?", fragte Jack.

Jiari zuckte mit den Achseln: „Ich weiß nicht. Er macht öfters so komische Sachen." Der Kleine ließ eine Pflanze neben ihr wachsen. Er schüttelte sein Köpfchen und ein vertrocknetes Blatt fiel herunter. Wieder blickte er zu Jiari. Er schien sich zu freuen. Bushu deutete mit seiner Hand erst auf das am Boden liegende Blatt und dann auf die neugewachsene Pflanze. Jiari

sah Jack an, zog die Augenbrauen hoch und fragte ihn wortlos, ob er wisse, was Bushu von ihr wolle. Ihr Freund schüttelte den Kopf. Bushu schnaubte. Er trat mit seinem Fuß auf die Pflanze, die er gerade hatte wachsen lassen. Sie verdorrte sogleich. Er neigte den Kopf nach vorne und eine kleine blaue Blüte öffnete sich. Wieder sah er erwartungsvoll und glücklich zu Jiari.
„Hmm“, grummelte sie und kratzte sich am Kopf. „Bushu, es ist wirklich schwierig zu verstehen, was du von mir möchtest.“

„Ich glaube, ich habe es verstanden“, sagte Jack schließlich. Bushu sah ihn aufgeregt und voller Erwartung an. „Ich glaube, er möchte irgendwo hin, wo es Blumen gibt.“, Bushu machte ein seltsames Geräusch und trat wütend ein kleines Steinchen weg. Jiari konnte sich das Lachen nicht verkneifen. „Nein“, versuchte Jack erneut. „Ich glaube, er versucht dir zu sagen, dass du die Energie umleiten sollst.“ Bushu ließ sich selbstgefällig und zufrieden auf den Boden plumpsen und schlug seine Füßchen gegeneinander.

„Jack, du könntest recht haben“, sagte Jiari und sah Bushu an. „Nur habe ich es leider überhaupt nicht unter Kontrolle, was ich da tue!“, fügte sie vorwurfsvoll hinzu. Bushu wich ihrem Blick sofort aus und starrte auf den Boden.

Jiari lag in Jacks Armen. Der Anblick ihres Bruders ging ihr nicht mehr aus dem Kopf. Seine Augen waren so leer gewesen. Seine Energie, die ihn so unverkennbar machte, hatte sich verändert. Sie wusste nun mit Sicherheit, dass Leon ein Yatu war. Doch sie konnte ihn nicht aufgeben. „Ich weiß, dass keiner von euch daran glaubt, aber ich werde einen Weg finden, ihn zu retten“, sagte sie, als sie mit Haron, Alenja und Liam auf dem Schiff saß und sie darauf warteten, dass Eric mit Essen zurückkam.

„Wie willst du das machen?“, fragte Alenja neugierig. Sie kannte sich nicht mit den Yatu aus, weswegen sie umso gespannter auf Jiaris Antwort war.

„Ich habe schon öfter darüber nachgedacht. Die Umnakekeli besitzen die Macht, die Energie aus unserer Seele zu nehmen, richtig? Aber dann muss es auch irgendetwas auf dem Planeten geben, das die Seele wiederherstellen kann.“ Sie machte eine kurze Pause und dachte an die alte Ravenna. „Es gibt zu allem einen Gegenpol.“ Die anderen schwiegen. Alenja wollte gerade wieder ausholen, als Jiari ihr den Wind aus den Segeln nahm und einwarf: „Ich weiß es nicht. Ich weiß nicht, wo ich die Antworten finde, die ich suche. Aber ich habe ein ganzes Leben, um es herauszufinden,“ sie sah Alenja fragend an. „Würdest du nicht das gleiche für Aki tun?“

„Doch. Ich würde für sie bis ans Ende der Welt reisen und wieder zurück.“

Haron, der sich bis jetzt in Schweigen gehüllt hatte, wandte schließlich ein: „Du solltest nach Paa La in die Baru Maktaba. Es gibt dort viele alte Schriften. Die Ältesten und wahrscheinlich Interessantesten jedoch sind in einer längst vergessenen Schrift der Luminór geschrieben.“ Jiari nickte.

Endlich kam Eric mit Proviant zurück. Sie machten die Leinen los und die Alexa legte ab.

Braga tänzelte verständnislos am Pier herum und warf seine Vorderläufe energisch in die Luft. Wir sehen uns wieder mein Freund, dachte Haron. Braga lief unruhig ein paar Mal im Kreis, bis er schließlich davon preschte.

Alenja saß schweigend und zurückgezogen im Schneidersitz am Bug und versuchte zu meditieren. Sie hatte alle geliebten Menschen verloren, außer Haron. Also probierte sie, sich abzulenken. Sie versuchte, sich frei zu machen von all dem Hass und Zorn, der in ihr tobte, indem sie sich auf das Rauschen des Ozeans konzentrierte, den Wind in ihren Haaren und die salzige Seeluft, die ihre Lungen füllte. Sie spürte das Bedürfnis, einfach in das kühle Nass zu springen und davon zu schwimmen. Seit sie ihre Verbundenheit zum Wasser entdeckt hatte, war sie noch nicht wieder am Bahkuwahari, dem großen Ozean Kamahtanahs, gewesen. Niemals zuvor hatte sie sich mehr eins mit diesem, für sie so besonderen Element gefühlt. Es war ganz anders als in der Wüste. Es fühlte sich so an, als würde die Natur oder irgendetwas anderes zu ihr sprechen — versuchen, ihr Trost zu spenden.

„Alenja", sagte Jiari leise und setzte sich reumütig neben das Mädchen. Sie machte sich Vorwürfe, dass sie Aki hätte retten können, hätte sie sich nur nicht von Leons Erscheinung als Yatu ablenken lassen. Alenja blickte regungslos weiter auf das Wasser. „Vielleicht habe ich es mir nur eingebildet, aber", Jiari zögerte, da sie sich nicht sicher war, ob sie die Worte wirklich laut aussprechen wollte. „Ich glaube, dass ich Akis und Fenns Energie im Gebirge gespürt habe. Es war gespenstisch. Als wären sie in einer Zwischenwelt und doch noch hier." Alenja zeigte keine Reaktion und Jiari entschied, dass es wohl das Beste war, sie in Ruhe zu lassen.

Liam steuerte das Schiff und Jack unterhielt sich mit Eric darüber, ob dieser mit ihnen nach Paa La kommen würde oder ob er andere Pläne hatte.

„Die Yatu werden uns folgen", sagte Eric. „Es spielt keine Rolle, wo wir hingehen. Sie werden Alenja suchen. Und wenn sie bemerkt haben, dass es Jiari war, die einige der Yatu zu Fall gebracht hat, werden sie auch nach ihr suchen."

„Wir segeln nach Tanah und verstecken uns einfach vor ihnen“, sagte Jack entschlossen.

„Sie würden uns irgendwann finden. Wir könnten uns nicht ewig verstecken“, erwiderte Eric.

„Dann müssen wir eben schneller sein als sie“, antwortete Jack.

„Schneller sein wobei?“, fragte Eric verwirrt.

„Ich weiß es nicht, Eric“, seufzte Jack nachdenklich.

Jiari sah Haron forschend an. Seine Energie verunsicherte sie immer noch. Als sie im Gebirge sein Schwert sehen konnte, hatte sie auf der Klinge seltsame Zeichen erkannt.

„Könnte ich dein Schwert mal sehen?“, fragte sie vorsichtig.

Haron zögerte, zog dann aber seine Waffe aus der Scheide.

„Beeindruckende Arbeit!“, sagte Jack fachmännisch. Auch Liam blickte zu ihnen. Er hatte Harons Schwert bereits in Dabo gesehen. Die Runen kamen ihm damals schon seltsam bekannt vor.

Jiari strich mit ihren Fingern über die Gravur. „Es ist Luminór“, sagte sie. „Und die Zeichen stehen für die Elemente.“

Die Symbole verliefen von der Parierstange in Richtung Spitze des Schwertes. „Wasser, Erde, Feuer, Luft und Äther“, sagte Jiari und gab ihm seine Waffe zurück.

લો

ટી

ધ

લર

એ

Haron sah sie fragend an. „Wo hast du die alte Sprache gelernt?“

Jiari zog die Augenbrauen hoch: „Ähm, na ja, also die konnte ich einfach“, antwortete sie verlegen. Wieder sah sie in seine Augen. Jiari war sich nun ganz sicher, dass sie ihn kannte.

„Du bist das gewesen!“, fiel es ihr auf einmal wieder ein. Haron sah verwirrt aus. „Du bist der Mann aus meinen Träumen, der von dem Schiff fiel und neben mir ertrunken ist! Ich erkenne dich!“, warf sie direkt hinterher. Sie war sich sicher, dass er es war.

Jack kratzte sich am Kopf, lief zu Jiari, stellte sich vor sie und sagte mit einem entschuldigenden Lachen: „Sie ist manchmal etwas verwirrt.“

Haron saß schweigend auf einer Holzkiste. Die Visionen, die ihm der Pa'lizir gezeigt hatte, rasten ihm durch den Kopf. Er hatte nicht mehr atmen können und seine Lungen füllten sich mit Wasser. Der Pa'lizir hatte ihm tausende schreckliche Bilder gezeigt. Schreckliche Dinge, die er getan haben soll.

Jiari fuhr fort: „Da waren Schiffe, die brannten.“ Sie zögerte kurz, erzählte dann aber weiter. „Schatten von Drachen über der Wasseroberfläche. Riesige Wesen. Und dann warst da – du.“

Jack nahm sie an der Hand und zog sie ein Stück zur Seite. „Jiari, ich denke es reicht“, flüsterte er ihr ins Ohr.

Haron versuchte sich zu erinnern, doch es war alles so verschwommen.

Jiari fügte traurig hinzu: „In meinem ganzen Leben habe ich noch nie so viel Schmerz in den Augen eines Menschen gesehen.“

Ich bin ertrunken, stammelte Haron, ohne es auszusprechen in seinen Gedanken. Es ergab irgendwie Sinn für ihn. Er sah Jiari an. „Was hast du noch gesehen?“

Die anderen waren überrascht, dass Haron auf ihre Geschichte einging. Jiari überlegte. Sie sah zur Seite und versuchte, ihren Traum Revue passieren zu lassen. „Nicht viel", seufzte sie schließlich. „Ich weiß nur, dass es schrecklich gewesen sein muss. So viele Tote im Wasser. Bushu war auch da." Haron sah zu dem kleinen Bushu, der auf der Reling saß und aufs Meer schaute.

Liam trat einen Schritt vor. „Es kann nur ein Traum gewesen sein. Akar Elu wurde seit der letzten Schlacht der Götter nicht mehr gesehen. Und das ist über tausend Jahre her."

Jiari war sich sicher, dass da noch mehr dahintersteckte, doch sie wollte jetzt nicht weiter nachbohren, also setzte sie sich hin und schwieg.

„Ich weiß es", antwortete Alenja mit Verspätung auf Erics Frage. „Ich weiß, wobei wir schneller sein müssen als die Yatu. Wir müssen einen Weg finden, die Menschen zu vereinen. Nur so können wir es mit den Wächtern in Giza aufnehmen. Wir könnten in Vidanir oder Paa La beginnen. Wir müssen herausfinden, wer nun in Al Bahar an der Macht ist und Kontakt aufnehmen. Wir werden die Kalesch überzeugen, dass dies der einzig mögliche Weg zum Selbsterhalt ist", Alenja holte kurz Luft. „Wir können es schaffen! Wir müssen es schaffen! Für all diejenigen, die ihr Leben bereits geopfert haben. Jiari kann Energie geben und nehmen. Sie hat den Gott des Lebens gefunden. Ich bin die erste Wasserschakruna seit über tausend Jahren. Was, wenn es im Verborgenen auch noch andere Götter gibt? Feuerdrachen, Erddrachen, Wasserdrachen. Was, wenn Fallinall, Bregon und Yara nicht die Letzten von ihnen waren? Oder was, wenn sie nie gestorben sind?" Alenja stand auf und ging zu Bushu. „Hey, Bushu“, sagte sie zaghaft und setzte sich neben ihn. „Ich glaube, du hast etwas für mich.“ Etwas hatte mit ihr kommuniziert und es war nicht das Wasser oder Bushu gewesen. Da war noch etwas anderes.

Bushus ohnehin schon riesige, schwarze Äuglein wurden noch größer und er lehnte den Kopf zur Seite. Alenja sah ihn an, ohne etwas zu sagen. Der Kleine drehte den Kopf zurück Richtung Ozean und zeigte keine weitere Reaktion. Es sah fast so aus, als würde er eine innere Diskussion führen.

Nach einigen Minuten hopste er von der Reling und stellte sich vor Alenja. Sein kleiner Brustkorb, welcher aus unzähligen Ästen bestand, begann zu wachsen. Die Äste formten eine Öffnung und Bushu holte etwas aus dem Astgewirr hervor.

Fassungslos sahen ihn alle anderen an.

„Das hat er die ganze Zeit bei sich getragen?“, grummelte Jack augenrollend. Was er zum Vorschein brachte war wirklich seltsam. Ein graublau schimmerndes Ei. Er streckte den Arm aus und hielt es Alenja hin. Sie betrachtete das Ei und nahm es schließlich vorsichtig in die Hand. Ein Windstoß ging von Alenja und dem Ei aus und das Wasser um das Schiff herum wurde von der Energie oberflächlich weggedrückt. Was für eine Macht, dachte sich Alenja.

„Ich glaube, das Ei hat gerade mit mir kommuniziert“, sagte sie schließlich zu ihren sprachlosen Mitreisenden. „Es lebt.“

Es blieb ihnen kaum Zeit, sich Gedanken über das seltsame Ei zu machen. Ein mächtiges Schiff erschien am Horizont und hielt direkt auf sie zu. Als es näher kam, erkannten sie, dass es dreimastig und dunkelbraun war.

„Piraten“, murmelte Liam grimmig. Jiari merkte ihrem Onkel deutliches Unbehagen an.

„Es könnten Sklavenhändler sein", warf Eric ein.

„Ich dachte, seit Dabo von den Yatu eingenommen wurde, wird dort nicht mehr mit Sklaven gehandelt, weil sich keiner mehr traut dorthin zu gehen?", fragte Jiari überrascht, Piraten hier anzutreffen.

„In Dabo nicht. Da hast du recht. Al Bahar jedoch hat ebenfalls eine große Nachfrage an Sklaven. Anders als in Kamah sowie den meisten Teilen Tanahs ist der Handel mit Menschen dort nicht verboten", antwortete Haron und starrte auf das sich nähernde Schiff. Es war erheblich größer als die Alexa und langsam konnte man mehr Details erkennen.

„Es ist Salar Afarid", grummelte Liam.

„Ja", erwiderte Haron, räusperte sich und strich sich durch seinen Bart. Anders als Liam, schien er kaum beunruhigt. Er wirkte eher nachdenklich.

Wie ein Blitz durchfuhr es Alenja. Hatte er gerade Salar Afarid gesagt? Der Pirat, der sie an Will verkauft hatte, als sie noch ein Baby war?

„Sie sind in der Überzahl", warf Eric nervös ein. „Sollten wir nicht versuchen, vor ihnen weg zu segeln?" Liam schien seiner Meinung zu sein und lief zum Steuer. Jiari nahm Bushu und brachte ihn unter Deck.

„Nein, wir bleiben und warten auf sie", sagte Haron bestimmt und sah zu Alenja. Sie nickte ihm schweigend zu. Haron wollte es also auf eine Konfrontation mit den Piraten ankommen lassen. Liam war dies nicht entgangen. Er wusste, dass Alenja in Dabo aufgewachsen war und er kannte die Geschichte, dass sie als Säugling von Piraten entführt worden war. Er zählte eins und eins zusammen, seufzte kurz und stimmte Haron dann zu: „Gut. Wir bleiben."

Immer näher schob sich das dunkelbraune Schiff an die Alexa heran. Jiari zählte neunzehn Piraten an der Reling.

„Na, wenn das mal nicht ein bekanntes Gesicht ist!", rief einer der Piraten und sah Haron an. Er hatte lange schwarze Haare. „Ich hatte Gerüchte darüber gehört, dass du in Dabo warst, während die Yatu es überrannt haben." Er machte eine kurze Pause. „Aber ich hätte es besser wissen müssen, als zu vermuten, dass du endlich gestorben wärst!", johlte er. „Ich habe in Dabo an diesem Tag viele gute Männer verloren", fügte der Pirat hinzu.

Er betrachtete die Alexa und ihre Crew, dann sagte er herablassend: „Ihr hättet fliehen können. Euer Abstand war nicht zu gering." Er sah Haron scharf an. „Doch ihr habt es nicht getan", fügte er mit neugierigem Unterton hinzu.

Haron hielt seinen Blick auf den Piraten gerichtet und fragte ihn: „Salar, sag mir, der Säugling, den du vor einundzwanzig Jahren an William in Dabo verkauft hast – das Mädchen, wo hattest du es her?"

Überrascht über die Frage, ließ Salar seinen Blick über die Alexa schweifen. Haron gab ihm keine Zeit zu überlegen. „Woher kam das Schiff, von dem du das Baby gestohlen hast?"

Salars Blick wanderte über die Gruppe. „Sag nicht, du hast das kleine Mädchen bei dir, so dass ich es erneut verkaufen kann, Haron?", sagte er mit einem schmierigen Grinsen auf dem Gesicht.

„Du weißt es besser, als dich mit mir anzulegen, alter Mann", antwortete Haron herausfordernd.

„Ich habe viermal so viele Männer wie du auf meinem Schiff. Glaubst du, ich würde es nicht darauf ankommen lassen?", entgegnete Salar.

Haron griff in den Beutel, der an seinem Gürtel befestigt war. Er nahm eine Goldmünze und warf sie dem Piraten zu. „Sag mir, Salar, wo kam das Schiff her und wer war bei dem Mädchen?", fragte Haron autoritär.

Salar ließ das Gold durch seine Finger tänzeln. „Ich weiß, du hast noch mehr davon."

„Das war nicht sehr schlau", sagte Liam zu Haron und sah ihn kritisch an.

„Er wird uns nicht angreifen", erwiderte Haron selbstsicher.

Salar lachte und begann schließlich zu sprechen: „Wir haben alle umgebracht, die mit dem Baby auf dem Schiff waren!"

Alenja griff nach ihrem Bogen. Eric eilte zu ihr und legte seine Hand auf ihre. „Nicht. Er will uns provozieren."

„Wer war damals mit ihr auf dem Schiff?", setzte Haron seine Frage nach.

„Es war wohl ihre Familie", sagte Salar lapidar und wischte sich mit der Hand die Haare aus dem Gesicht. „Ihre beiden Brüder hätten auch gute Sklaven abgegeben, aber sie waren zu widerspenstig und wir mussten sie töten."

Alenja befreite sich aus Erics Griff und spannte ihren Bogen.

„Halt sie still", zischte Haron Eric an. Jack lief zu ihnen und gemeinsam nahmen sie ihr die Waffe weg. Haron wandte sich erneut zu dem Piraten.

Salar ergötzte sich an Alenjas Wut. „Ich kann mein Glück ja überhaupt nicht fassen, Haron!", lachte er. „Du hast sie wirklich zu mir zurückgebracht."

Haron ging nicht auf seine Stichelei ein. „Wie alt waren die Männer auf dem Schiff?"

„Hmm, lass mich nachdenken." Salar rieb sich den Ziegenbart. „Da war der Vater – um die vierzig. Und da waren die

Jungs. Ich würde sagen sie hatten gute sechzehn Jahre, bevor sie das Zeitliche gesegnet haben."

„Ich habe Brüder gehabt?", flüsterte Alenja leise. Sie konnte sich nicht mehr beherrschen und fing an, die Jungs von sich abzuschütteln.

Ein weiteres Schiff näherte sich ihnen mit schneller Fahrt. Die Flagge trug das Zeichen der Kalesch.

Haron wurde unruhig und versuchte, mehr Informationen aus dem Piraten herauszubekommen, bevor sich die Situation zuspitzen würde. Er warf ihm ein zweites Goldstück zu. „Wo kam das Schiff her?", fragte er.

„Haron Buchari", sagte Salar. „Warum interessiert es dich überhaupt? Du wirst in wenigen Minuten sowieso tot sein." Auf einmal hörte Haron das Zischen eines Pfeiles. Er wandte sich um, doch es war nicht Alenja gewesen. Er drehte sich wieder zu Salar. Der Pfeil hatte den Kopf des Piraten durchbohrt. Leblos sank er zu Boden.

„Ich hasse Piraten", murmelte Nakatirya, während sie zufrieden ihren Bogen wieder senkte.

„Guter Schuss, Nakatirya", freute sich Lyare und zog ihre Schwerter.

„Es werden mindestens zwanzig Piraten sein. Auf dem kleineren Schiff zähle ich in etwa fünf Leute", sagte Bary.

Nakatirya hatte unterdessen ihren Bogen erneut gespannt und mit einem lauten Knall ließ sie den nächsten Pfeil auf das Piratenschiff sausen. „Ich habe die ersten zehn erledigt, bevor sie überhaupt wissen, wie ihnen geschieht", sagte sie und zielte erneut. Auch Bary war eine ausgezeichnete Bogenschützin. Sie stellte sich neben Nakatirya und gemeinsam schossen sie auf die Piraten, die Mühe hatten sich zu formieren, da sie nun von zwei Seiten unter Beschuss geraten waren. Das Piratenschiff nahm langsam Fahrt auf.

„Sie wollen fliehen", lachte Lyare und schob ihre Messer zurück in die Scheide.

„Nicht so schnell", mahnte Nakatirya ihre Freundin, die Waffen noch nicht niederzulegen. „Wir wissen nicht, was das für Leute auf dem anderen Schiff sind."

„Verdammt", rief Haron, seine Enttäuschung nicht zurückhaltend.

Alenja griff ihren Bogen und begann auf die Piraten zu schießen. „Was ist los, Eric?", rief sie ihm zu. „Nimm deinen Bogen und hilf mir!"

Eric stand wie angewurzelt da und starrte auf das andere, sich schnell nähernde, Schiff. „Nakatirya", flüsterte er ungläubig.

„Was stammelst du da vor dich hin? Schieß endlich!", rief Alenja aufgebracht. Unkoordiniert wuselten die Piraten auf dem Schiff umher, nicht wissend, auf welche Seite sie schießen sollten. Das riesige Schiff hatte sich in Bewegung gesetzt und nahm an Fahrt auf. Schon nach kurzer Zeit war es für Pfeil und Bogen außer Reichweite.

Wutentbrannt lief Alenja zu Eric und schubste ihn. „Was ist los mit dir? Was sollte das eben?"

Eric nahm ihre Worte kaum wahr. Hunderte Gedanken rasten ihm gleichzeitig durch den Kopf.

„Sie ist hier, um mich zu töten. Ich darf die anderen da nicht mit reinziehen." Er dachte über seine Optionen nach. Von Bord springen? Sich kampflos ergeben? Und dann platzte es aus ihm heraus: „Ich bin Eric Halvar von Karvag. Rechtmäßiger Thronfolger und Prinz der Vargalis."

Wie auf Kommando drehten sich alle Anwesenden schlagartig zu ihm herum. „Auf dem Schiff da vorne ist Nakatirya Mandogo, zukünftige Anführerin der Kalesch und meine", er stockte kurz. „Meine zukünftige Ehefrau." Schuldbewusst sah er in die Gesichter der anderen. „Aber sie will mich töten, weil ich sie nicht geheiratete habe – also genauer gesagt, ich unsere Hochzeit verpasst habe", fügte er leise hinzu und sah voller Scham auf den Boden. Liam konnte sich ein leichtes Grinsen nicht verkneifen. Haron, der sowieso schon am Boden zerstört war, weil Nakatirya dem Piraten einen Pfeil durch den Kopf gejagt hatte, ehe er alle Informationen aus ihm herausbekommen konnte, hielt sich einfach nur beide Hände vor das Gesicht und schüttelte den Kopf.

„Du bist Eric Halvar!", rief Jiari, die bis dahin unter Deck geblieben war. „Wusstest du von dem Verrat deines Vaters?", warf sie vorwurfsvoll direkt hinterher.

Schützend stellte Liam sich vor Eric: „Natürlich wusste er nichts davon!", sagte er und sah Eric an.

„Nein, ich wusste nichts davon. Ich war auf Tanah, um...", wieder stockte er, „...um Dinge zu tun." Er kam sich selbst albern vor. „Als ich zurückkam, war die vargallische Flotte bereits nach Dornburg aufgebrochen, also bin ich ihnen gefolgt. Bei meiner Ankunft habe ich dann gesehen, wie die Vargalis Menschen angegriffen haben statt der Yatu. Ich entschied, zu flüchten und dabei habe ich Huriol getroffen." Mit entschuldigendem Blick sah er Liam an. Huriol war der Söldner, den Eric vom Schlachtfeld Dornburgs gerettet hatte. Dadurch hatte er das Vertrauen der Söldner sowie Liams Vertrauen gewonnen.

„Und dann hast du dir gedacht, du versteckst dich vor der mordlustigen Kalesch in Sterneck?“, scherzte Liam und legte den Arm um Eric, um ihm seinen Beistand zu signalisieren. Eric nickte.

„Ich will euch da nicht mit reinziehen!“, sagte er sofort.

„Unsinn!“, widersprach ihm Liam. „Du bist einer von uns und du hast für uns gekämpft, also werden wir das Gleiche für dich tun.“ Jack zog sein Schwert und stimmte Liam zu. Haron stand immer noch kopfschüttelnd da.

„Unfassbar“, murmelte er.

„Versteck dich unter Deck!“, warf Alenja schließlich ein. Sie war zwar noch etwas sauer auf ihn, hatte ihn aber in den letzten Tagen ins Herz geschlossen und würde ihn auf keinen Fall für eine geplatzte Hochzeit sterben sehen wollen. Zumal sie nicht viel von der Ehe hielt.

„Nein, Alenja“, sagte er lieb und entschlossen. „Ich bin es Nakatirya schuldig. Sie jagt mich seit eineinhalb Jahren. Die Gesetze der Kalesch wollen es nun mal so, dass sie erst nach Kalasien zurückkehren darf, wenn ich tot bin.“

„Dann reden wir eben mit ihnen“, sagte Alenja entrüstet. „Dein Tod kann doch nicht die Lösung sein.“

Das Schiff war nur noch wenige Meter entfernt. Wind, Nakatiryas Falke, landete auf der Reling der Alexa.

„Wind!“, schrie Nakatirya, die nicht fassen konnte, dass der Falke ihr in den Rücken fiel. Wütend ließ sie die Augen über das Schiff gleiten.

„Ihr seid Kalesch von Kalasien?“, eröffnete Liam freundlich die Unterhaltung.

„Die Flagge ist wohl schwer zu übersehen!“, antwortete Nakatirya schnippisch. „Mein Name ist Nakatirya Mandogo.

Ich bin die zukünftige Anführerin der Kalesch und ich bin auf der Suche nach Prinz Eric Halvar von Karvag – dem Sohn des Verräters." Aufrecht und mit ihrem Bogen in der Hand, stand sie an der Reling. Bary und Lyare flankierten sie. Ihre Augen musterten die Reisenden und blieben schließlich, wie erwartet, auf Eric haften. Er hatte sich zwar seine kinnlangen, blonden Haare abgeschnitten, jedoch änderte dies nichts an der Tatsache, dass er seiner Mutter wie aus dem Gesicht geschnitten war.

„Wie ist dein Name?", fragte sie rabiat, eine Antwort erwartend.

Haron schaltete sich ein: „Was willst du mit Eric Halvar tun, wenn du ihn findest? Töten? Weil er dich nicht heiraten wollte?"

Nakatirya tobte innerlich vor Wut. „So will es unser Gesetz!", antwortete sie emotionslos.

„Pah! Euer Gesetz!", warf Jack ein. „Vielleicht solltet ihr Kalesch eure Gesetze nochmal überdenken!"

„Und wer seid Ihr? Dass Ihr es wagt, so mit einer Anführerin der Kalesch zu sprechen?", fauchte Nakatirya.

„Zukünftige Anführerin", korrigierte Alenja. Lyare griff an ihre beiden Schwerter.

„Schon gut. Jetzt beruhigen wir uns erst mal alle wieder", beschwichtigte Liam.

„Ich bin Jack Tallum, Sohn von Aron Tallum", antwortete Jack auf die Frage. „Mein Vater ist ebenfalls in der Schlacht um Dornburg gefallen. Auch ich bin kein Freund der Vargalis. Aber Eric hatte mit dem Verrat seines Vaters nichts zu tun!"

Nakatirya starrte Eric an. „Eric, ich weiß, dass du es bist. Sei ein Mann und verstecke dich nicht hinter diesen Leuten!"

Jiari trat vor. Sie hatte Wind auf ihrem Arm sitzen. „Ein wunderschönes Tier, das du da bei dir hast. Er folgt dir, warnt dich vor Feinden und würde dich bis in den Tod beschützen." Sie machte eine kurze Pause. „Und doch ist er jetzt hier. Bei uns. Und nicht bei dir." Sie sah Nakatirya an. „Denkst du, er wäre hier, wenn wir eine Gefahr für euch darstellen würden?", fuhr sie fort.

Nakatirya blickte zu ihrem Falken und seufzte: „Gebt mir einfach Eric und unsere Wege trennen sich kampflos."

Eric trat einen Schritt vor, doch Liam streckte den Arm aus und versperrte Eric den Weg. „Das können wir nicht tun."

Nakatirya zog entschlossen ihr Schwert. „Dann lasst es uns hier uns jetzt beenden!"

„Halt!", rief Eric und drückte sich an Liam vorbei. „Nakatirya, ich komme zu dir rüber und", er zögerte, fuhr dann aber mit fester Stimme fort, „und erkläre dir alles. Hör mich bitte an. Danach kannst du entscheiden, ob du dem alten Weg unserer Vorfahren folgen, und mich töten willst. Oder nicht."

„Eric", mahnte Liam. Doch Eric hatte bereits seine Waffen auf den Boden fallen lassen, war auf die Reling geklettert und machte sich bereit auf das andere Schiff zu springen.

Bushu, den Jiari unter Deck verstaut hatte, tapste hervor.

„Bushu, was machst du denn hier? Geh zurück", knirschte Jiari ihn an.

Der Kleine lief zu Eric, ließ eine Liane an ihm hochwachsen und zog sich auf seinen Rücken. Eric drehte den Kopf zu Bushu und lächelte ihn an: „Du willst wirklich mit mir in die Schlangengrube springen?", sagte er und sprang auf das Schiff der Kalesch.

Nakatirya, Bary und Lyare traten einige Schritte zurück.

„Was ist das?", fragte Bary mit großen, fragenden Augen. Eric näherte sich Nakatirya. „Denkst du, wir können ihr vertrauen?", flüsterte er Bushu zu.

Lyare hielt eines ihrer zwei Scimitar vor Erics Oberkörper und fauchte: „Das ist nah genug!"

Eric wandte sich zu seinen Freunden und dann wieder zu Nakatirya. „Ich erzähle dir nun die gesamte Wahrheit. Alles – Dinge, die nicht einmal meine Geschwister wissen." Er drehte sich wieder zu seinen Freunden. „Ich hätte euch längst die Wahrheit über mich erzählen müssen. Es tut mir leid." Er hielt inne und sah Nakatirya tief in ihre dunkelbraunen Augen. „Ich bin nicht Adolphus' Sohn." Sie sah ihn fragend an. „Kurz bevor meine Mutter gestorben ist, hat sie es mir gesagt. Es weiß niemand außer mir. Sie ahnte von Adolphus' Verrat und hatte einen Boten zu den Söldnern geschickt, um diese nach Karvag zu berufen. Bei der Rückkehr des Boten hat der König ihn töten lassen und die Söldner abkommandiert. Niemand glaubte dem wirren Gerede meiner Mutter noch. So hat sie mich nach den Söldnern gefragt. Wo sie bleiben, wann sie kommen. Auch ich habe sie nicht mehr ernst genommen. Doch Adolphus' Verhalten wurde immer seltsamer. Als sie mir auf ihrem Sterbebett gesagt hat, dass er nicht mein Vater ist, musste ich Karvag verlassen und der Wahrheit auf den Grund gehen." Reumütig sah er sie an. „Ich wollte die Hochzeit nicht verpassen, das musst du mir glauben. Doch als ich in Tanah war, habe ich eine rätselhafte Frau getroffen, die mir etwas gesagt hat, das den letzten Worten meiner Mutter zu ähnlich war, als dass ich es hätte ignorieren können."

„Was hat sie dir gesagt, deine Mutter?", fragte Nakatirya und ihr sonst sehr zickiger Tonfall wurde etwas freundlicher.

„Die letzten Worte meiner Mutter waren: Er ist nicht dein Vater. Folge ihm nicht in die Verdammnis. Vertraue auf dein Herz, du kennst den richtigen Weg in die Freiheit". Eric seufzte. „Ich musste Karvag verlassen. Ich hätte vor Adolphus nicht so tun können, als wäre alles normal. Und wer weiß, was geschehen wäre, wenn er es herausgefunden hätte."

„Sie hat es verschwiegen, um dich zu beschützen", sagte Nakatirya leise und ein Hauch von Mitgefühl spiegelte sich in ihrem Gesicht wider. Eric nickte stumm. „Was hat die Frau in Tanah zu dir gesagt?", fragte Nakatirya, die nun die ganze Geschichte wissen wollte.

„Sie wollte, dass ich mit ihr zu den Rebellen komme. Aber das konnte ich nicht. Ich musste zurück nach Karvag, um dich zu heiraten und um auf meine Geschwister aufzupassen", erklärte Eric. „Diese Frau akzeptierte meine Entscheidung widerwillig und ritt davon. Doch nicht bevor sie mir einen letzten Hinweis auf den Aufenthaltsort der Rebellen gegeben hatte. Sie sagte, ich finde die Rebellen in der Freiheit. Der Freiheit! So wie es meine Mutter zu mir gesagt hat!" Eric versuchte, der Gruppe beizubringen, dass dieses Wort mehr zu bedeuten hatte. „Vielleicht war es reiner Zufall, aber das glaube ich nicht. Ich bin also losgezogen, um nach einem Ort zu suchen, der Freiheit heißt. Doch niemand kannte solch einen Ort. Also gab ich irgendwann auf und wollte zurück nach Karvag. Das war der Moment, in dem ich feststellen musste, dass die vargallische Flotte den Hafen von Karvag bereits verlassen hatte. Die Accula meiner Schwester Hanna brachte mir eine Botschaft, in der Hanna mir schrieb, dass du mich töten willst." Er sah Nakatirya an. „Und dass ich nicht zurückkommen soll, da Vater, also Adolphus, mich an dich ausliefern würde."

Er lief einen weiteren Schritt auf Nakatirya zu und schob Lyares Schwert behutsam zur Seite. „Ich habe dich nicht verschmäht. In keinem Moment. Und wie könnte ich das auch. Du bist wunderschön, stark und hast ein gutes Herz." Er streckte seine Hand nach ihrer aus. „In diesen dunklen Tagen müssen wir stärker sein denn je. Wir müssen zusammenhalten, statt uns gegenseitig zu bekriegen. Lass deine Taten nicht von Gesetzen und Traditionen steuern, sondern von deinem Herzen. Wenn du mich wirklich töten willst, weil du es von ganzem Herzen begehrst...", er holte tief Luft, „...dann tu es." Sein Herz raste, da er keine Ahnung hatte, wie sie reagieren würde. Er hoffte inständig, an ihre Vernunft appelliert zu haben, doch konnte er ihre Reaktion nicht einschätzen.

Stille legte sich über die beiden Gruppen. Das einzige Geräusch, das wahrzunehmen war, war das Rauschen der Wellen und das Schaukeln der Schiffe. Alle warteten auf ihre Reaktion, doch sie stand nur schweigend vor ihm.

In Nakatiryas Kopf herrschte Chaos. Die Gesetze ignorieren? Ihm verzeihen? Kann ich ihm seine Geschichte überhaupt glauben? Er ist nicht Adolphus' Sohn. Das ändert alles. Sie sah Bushu an und fragte sich, was es mit dieser Kreatur wohl auf sich hatte. Mutter wird dies nicht akzeptieren. Ihre Gedanken blieben stehen. Mutter. Sie wird Kalasien abgeschottet halten. Sie wird nicht gegen die Yatu kämpfen. Wieder glitten ihre Augen über die kleine Gruppe auf dem anderen Schiff.

„Ich möchte dich nicht töten", brach sie endlich ihr Schweigen. „Aber ich möchte die Kalesch auch nicht in einen Krieg führen, den wir nicht gewinnen können."

Erleichtert atmete Eric aus und ergriff ihre Hand. „Wir müssen diesen Krieg gewinnen. Wir müssen es zumindest versuchen. Kamahtanah ist dem Untergang geweiht, wenn wir es nicht schaffen," sagte er.

„Aber die Umnakekeli haben den Planeten auch nach dem letzten Krieg nicht zerstört", wandte Nakatirya ein. „Warum sollten sie es diesmal tun? Sie töteten die Götter und die Schakruna. Danach zogen sie sich zurück."

„Ja, aber sie können den Yatu jederzeit einen Befehl zum Angriff geben. Keiner weiß warum und wo. Niemand ist sicher – auch nicht die Kalesch auf Kalasien", entgegnete Eric. „Willst du einfach nur rumsitzen und darauf hoffen, dass deine Insel verschont bleibt?"

„Warum hat Adolphus sich ihnen unterworfen? Wahrscheinlich, weil sie ihm damit zugesagt haben, Karvag nicht anzugreifen", Nakatirya bemerkte, dass ihre Worte womöglich falsch verstanden werden könnten. „Damit meine ich nicht, dass sich Kalasien den Yatu unterwerfen wird! Aber wenn wir herausfinden, was die Umnakekeli wollen, dann könnten wir es ihnen doch geben und es wäre vorbei!"

Eric sah hilfesuchend zu Jiari. Die Verbindung, die dieses Mädchen mit dem Planeten hatte, war besonders. Anders als bei Alenja. Sie wusste so vieles über Zuhrah und manchmal gab sie Eric das Gefühl, als wäre sie bereits tausende von Jahren alt, was natürlich Quatsch war.

Jiari war Erics Blick nicht entgangen und so griff sie unterstützend ein: „Ich verstehe die Kalesch. Ihr habt Angst", sagte sie. Nakatiryas Blick wurde wieder wütender. Eric sah es und überlegte sich sofort, dass es vielleicht doch keine gute Idee gewesen war, Jiari miteinzubeziehen, doch da redete sie schon weiter. „Alle Menschen haben Angst. Seit sehr langer Zeit. Angst ist nichts Schlechtes, sie hilft uns bei unserem

Selbsterhalt. Ein Mensch kann sich verstecken, Zuhrah jedoch kann das nicht. Der Planet wurde in den letzten tausend Jahren ausgelaugt, Ernten immer magerer und das Wetter immer trockener. Der Höhepunkt ist noch lange nicht erreicht. Wir wissen nicht viel über die Wächter. Uns geht es gut, wenn es dem Planeten gut geht. Die Umnakekeli jedoch fürchten sich vor Zuhrah. Ihnen geht es gut, solange Zuhrah leidet, weil sie keine Energie hat, sich ihnen in den Weg zu stellen. Sie stehlen dem Planeten Energie. Energie, die uns allen gehört, die sie aber für sich beanspruchen. Sie fürchten sich davor, dass Zuhrah ihre Kraft zurückerlangt und versuchen könnte, ihnen die Energie wieder wegzunehmen. Die Energie, die sie ihnen einst geliehen hat."

„Woher weißt du das?", fragte Bary erstaunt.

Jiari antwortete: „Ich habe in alten Schriften darüber gelesen, wie Zuhrah versucht hat, sich gegen die Wächter zu stellen — vergeblich. Die Tatsache, dass die Yatu wieder aktiv geworden sind bedeutet, dass es Hoffnung gibt, dass Zuhrah an Stärke gewinnt. Wir können weiterhin in Angst vor den Yatu leben. Mitansehen, wie unsere Ernten immer schlechter werden und immer mehr Teile Kamahtanahs unbewohnbar werden, sich die Menschen gegenseitig im Kampf um Wasser und Nahrung vernichten. Oder wir hören endlich damit auf gegen etwas zu kämpfen und fangen stattdessen an, für etwas zu kämpfen. Für unsere Freiheit, für unseren Planeten, für unser Leben. Es sind weder die Yatu noch die Umnakekeli, die wir fürchten sollten. Der Planet kann nur eine gewisse Menge an Zerstörung vertragen, bevor er stirbt — bevor wir alle sterben", sie holte kurz Luft. „Nach der letzten großen Schlacht sind etwa ein Viertel aller Arten ausgestorben. Sind wir Menschen denn so egoistisch, dass uns alle anderen Lebensformen egal sind?", fragte Jiari und sah Nakatirya an. „Die Umnakekeli waren einst Menschen. Die Yatu waren einst Menschen. Sie alle haben sich selbst über das Wohl des Planeten gestellt. Wenn wir uns jetzt verstecken, um uns in Sicherheit zu wiegen, sind wir dann besser als sie?", fuhr sie fort.

Wer ist dieses Mädchen, fragte sich Nakatirya und dachte über Jiaris Worte nach. Sie hat recht, mit dem was sie sagt, musste sie sich eingestehen. Wir Kalesch sind Kriegerinnen. Seit Anbeginn der Zeit haben wir gekämpft. Und jetzt verstecken wir uns.

Sie sah Eric an. „Ich will mit euch kämpfen", sagte sie entschlossen. „Aber die Tatsache, dass du nicht Adolphus' Sohn bist, ändert alles. Durch den Verrat Karvags ist alles durcheinandergeraten. Ich muss meinen Partner durch ein Turnier wählen. Und das geht erst, nachdem ich dich getötet habe. Solange sie Anführerin ist, wird meine Mutter Kalasien nicht in einen Krieg gegen die Umnakekeli führen. Dessen bin ich mir sicher." Bary und Lyare nickten ihr beistimmend zu.

Eric drückte ihre Hand. „Wir werden einen Weg finden die zwei Atolle wieder zu vereinen. Kommt mit uns. Lasst uns versuchen, einen anderen Weg zu beschreiten als den, den unsere Eltern gehen."

Nakatirya sah ihre zwei Freundinnen an. Wieder nickten sie ihr zu.

„Was ist euer Plan?", fragte sie. Die Gruppe schwieg. Augenrollend sah Nakatirya in die Runde. „Ihr habt also keinen Plan." Sie seufzte, fassungslos darüber, dass hier soeben epische Reden geschwungen wurden, über die Rettung des Planeten und der Menschheit und keiner von den hier

Anwesenden auch nur den Hauch einer Ahnung davon hatte, wie sie das Ganze bewerkstelligen sollten.

Liam sah Haron an. „Was hatte es mit den Fragen auf sich, die du an Salar gerichtet hast, bevor…" Er zögerte kurz und seine Augen huschten zu Nakatirya.

„Du meinst, bevor sie ihn getötet hat?", vervollständigte Haron Liams Satz. Liam nickte. „Nun, Alenja hatte vor Kurzem das Zeichen der Kalesch in den Sand gemalt. Sie kennt es irgendwoher."

„Wahrscheinlich aus Dabo", warf Liam ein.

„Nein, sie sagt, sie hat es nie gesehen. Bis der Pa'lizir es ihr gezeigt hat."

„Was ist ein Pa'lizir?", fragte Jack.

„Ein magisches Wesen. Lange Geschichte", antwortete Haron kurz angebunden. „Ich wollte herausfinden, von wo sie kam, bevor Salar sie entführt hat."

„Das ist dir wohl misslungen", nuschelte Eric und sah Nakatirya mit einem Blick an, der ihr zu verstehen gab, dass sie das verschuldet hatte.

„Nicht ganz", warf Haron ein. „Salar konnte sich wohl nicht mehr daran erinnern, aber als er Alenja damals nach Dabo gebracht hat, hatte er mir gesagt, dass das Schiff vermutlich nach Kalasien unterwegs gewesen war. Jetzt sagte er, dass Männer auf dem Schiff waren. Drei."

„Auf Kalasien werden keine Männer geduldet", warf Nakatirya ein.

„Richtig. Warum sollte also ein Schiff mit drei Männern an Bord eine Insel ansteuern, die sie nicht betreten dürften? Das ergibt keinen Sinn", sagte Haron. „Genau zu dem Zeitpunkt wurde Nicarpara überfallen. Vielleicht waren es Flüchtlinge.

Kalasien und Vidanir liegen am nächsten an Nicarpara. Aber wären sie in den Süden gesegelt, so wären sie nach Vidanir gekommen, wo sie mit Sicherheit Zuflucht gefunden hätten. Warum also Kalasien?"

„Meine Tante, die Verräterin, hielt sich in Nicarpara auf", sagte Nakatirya. „Sie hat sich den Rebellen angeschlossen." Haron dachte nach.

„Vielleicht war sie auch auf dem Schiff und wollte Zuflucht in ihrer Heimat suchen. Etwas daran scheint mir trotzdem noch nicht ganz stimmig", ergänzte er und fügte traurig hinzu. „Wären sie nach Vidanir gesegelt, so wären sie auf die Flotte Königin Illumas gestoßen und hätten vermutlich überlebt. Doch sie konnten nicht ahnen, dass Hilfe unterwegs war."

„Du denkst also, das Schiff, auf dem ich damals war, kam aus Nicarpara?", fragte Alenja schließlich. Haron nickte: „Das wäre zumindest möglich."

„Moment", unterbrach Nakatirya sie skeptisch. „Was sind hier eigentlich die unterschiedlichen Absichten? Ich dachte ihr wollt die Völker vereinen und die Wächter töten? Eric, du suchst deinen Vater und vermutest ihn bei den Rebellen. Alenja, du suchst deine Eltern? Jiari, du — ach, was weiß ich, was du willst. Und dieses seltsame Wesen hier?"

„Also erstens: Ich suche meine Eltern nicht. Ich werde die Yatu vernichten", platzte es aus Alenja heraus. „Zweitens: Wenn Eric die Rebellen finden will, ist das gut so. Denn wir brauchen ihre Hilfe. Und drittens: Das ist Bushu. Der Gott des Lebens und des Waldes."

Bushu blinzelte sie mit seinen runden Kulleraugen an und neigte den Kopf zur Seite. Nakatirya hob sprachlos die Augenbrauen. Sie wusste nicht recht, was sie mit all diesen neuen

Informationen anfangen sollte. Dieses kleine harmlose Wesen sollte der Gott des Lebens sein? Das wollte sie nicht glauben, wusste aber auch nicht, was sie darauf antworten sollte. Also schüttelte sie nur resignierend den Kopf. „Also gut. Wo fangen wir an?"

König Gereon

Bregon, dachte König Gereon sich, während er vor der gewaltigen Statue des Erddrachen stand und sie betrachtete. Seit über vierzig Generationen war es still um die Wächter und die Yatu gewesen. Und jetzt, zu meiner Zeit, erwacht das Böse. Er blickte in die großen, aus Stein gemeißelten Augen des Erdgottes. Ihr wart die Götter der Elemente, erschaffen von Zuhrah. Lasst ihr uns in dieser dunklen Stunde wirklich allein? Ich kann nicht glauben, dass ihr alle tot seid. Wie sollten wir Menschen dann je eine Chance gegen diese Monster haben? Wenn es so ist wie damals, dann wollen die Yatu die Schakruna töten. Aber es gibt keine Schakruna mehr! Was verdammt nochmal wollen sie also?

Er hörte schnelles, näherkommendes Hufgetrappel – einer seiner Boten war mit neuer Kunde zurückgekehrt. Gereon blickte auf. Der Reiter stoppte sein Tier kurz vor dem König und stieg ab.

Er verbeugte sich und begann zu sprechen: „Mein König. Es ist Palindall! Sie haben sich kampflos ergeben und stehen nun unter der Herrschaft der Yatu."

Der König starrte ausdrucklos in die Leere. Diese Nachricht kam für ihn nicht überraschend. Was wäre den Palandil auch anderes übriggeblieben. Doch die Tatsache nun offenbart zu wissen, traf den König schwer. Er legte seine Hand auf den Stein, aus dem die Statue gefertigt war. Warum hast du die

Wächter erschaffen? Und warum hast du uns dann mit ihnen allein gelassen, dachte er bei sich, ohne es laut auszusprechen. Er hob den Kopf und nickte dem Boten zu. „Danke. Schickt nach meinem Bruder."

Der König saß auf seinem Thron. Königin Anastasia war nicht anwesend. Der Tochter der Herrscherfamilie Palindalls' war der Schmerz über die Kunde der neuesten Geschehnisse zu stark.

„Michail", sagte Gereon, als er die düstere Miene seines Bruders erblickte. „Du weißt es also auch schon."

Michail eilte mit großen Schritten auf ihn zu. „Bruder, wir müssen handeln! Es ist nur noch eine Frage der Zeit, bis sie die Ebene der Hoffnung betreten. Wir können all die Menschen dort nicht ihrem Schicksal überlassen!", drängte Michail Gereon.

„Du weißt so gut wie ich, dass wir keine Chance haben", sagte der König kapitulierend. Er wusste, dass sein Bruder etwas anderes von ihm hören wollte. „Selbst, wenn wir die Yatu besiegen – wenn ihre Soldaten am Ende sind, was hält die Umnakekeli dann davon ab, nicht selbst einzuschreiten?"

Michail stand vor ihm und ballte seine Fäuste. „Wann schicken wir endlich Boten zu den anderen Königen und Herrschern?", fragte er verständnislos.

„Wir sehen aus wie Idioten, Michail! Verstehst du das denn nicht? Unser eigener Bruder hat sich mit den Yatu verbündet und ist uns in den Rücken gefallen! Wie sollen wir so vor andere Herrscher treten und sie um Hilfe bitten?", antwortete der König. Bei diesen Worten kochte Michails Wut fast über.

„Vielleicht kann Natascha ihn umstimmen", hörten sie auf einmal die zarte Stimme der Königin, die unbemerkt den

Thronsaal betreten hatte. „Sie war Adolphus' erste und wahre Liebe. Sie kann mit ihm reden. Und vielleicht kann sie ihn umstimmen", beendete Anastasia ihren Gedankengang. Die Männer drehten sich zu ihr um. Trauer umhüllte Anastasias sonst so lebensfrohe Augen.

„Natascha", wiederholte Gereon und stützte den Kopf nachdenklich auf seine Hand. Er erinnerte sich daran, wie schrecklich es für Adolphus gewesen war, sie zurückzulassen und Enna zu heiraten. „Wissen wir denn, wo sie ist?", fragte er in die Runde.

„Ich werde umgehend nach ihr suchen lassen", antwortete Michail. „Trotzdem müssen wir um Unterstützung bitten"

Gereon sah auf. „Also gut. Schickt Boten nach Vidanir und Kalasien. Al Bahar hat keine offizielle Führung, niemanden mit dem wir verhandeln können. Der Rat der Gelehrten in Paa La lässt eventuell auch mit sich reden. Schickt auch dorthin einen Boten. Schickt einen weiteren in die Pasirwüste. Die Stämme kamen uns schon in Dornburg zu Hilfe. Die Yatu stehen auch vor ihrer Türe. Findet heraus, wie es um Eisenheim steht. Michail, ich will, dass du nach Sterneck reitest und mit Liam Tisdal redest. Er kann die Söldner vielleicht dazu bewegen, wieder mit uns zu kämpfen."

„Jawohl, ich breche heute noch auf!", antwortete Michail, sichtlich erleichtert über den Sinneswandel seines Bruders.

„Anastasia", sagte Gereon. Sie sah ihn an und sprach weiter, „Versuche Natascha zu finden. Sprich mit ihr. Sie ist unsere letzte Hoffnung, Karvag hinter uns zu bringen." Die Königin nickte stumm.

Karvag war eine Festung und Gereon wusste das. Selbst mit ihrer gesamten Armee wäre es schwierig gewesen, die Insel

Karvag einzunehmen. Nun jedoch, da sie sowieso schon geschwächt waren und einen bedrohlicheren Feind aus Osten bekämpfen mussten, war es aussichtslos, seinen Bruder Adolphus auf seiner Festung anzugreifen. Die Vargalis waren mächtige Krieger. Ebenso wie die Kalesch. Ihre Flotte war nicht weniger gefährlich. Lediglich die Flotte Königin Illumas von Vidanir war mächtiger. Aber sie würden die Vargalis brauchen, wenn sie eine Chance gegen die Yatu haben wollten.

Gereon dachte über die Zeit nach, als er und seine Brüder noch Kinder waren. Drei naive Buben, die nicht wussten, was die Zukunft für sie bringen würde. Drei Gefährten, die gemeinsam durch dick und dünn gegangen waren. Bis das Alter sie schließlich in die Pflicht nahm und sie ihrer Bestimmung, als Söhne der Königsfamilie Awaheims Folge leisten mussten.

Gereon, der Älteste, wurde mit Anastasia vermählt, um das Bündnis mit Palindall zu bekräftigen.

Michail, das Kampf und Strategietalent unter ihnen, wurde zum Anführer der königlichen Streitmacht.

Adolphus, als jüngster, genoss am längsten seine unbeschwerte Jugend und verliebte sich in Natascha, die Tochter eines Bauern. Jahrelang hielten sie ihre Liebschaft geheim. Adolphus wusste, dass sein Vater es nicht dulden würde. Doch der König wusste davon. Denn Gereon, als pflichtbewusster Thronfolger, hatte es ihm gesagt. Und dann wurde das Königreich von einer entsetzlichen Krankheitswelle heimgesucht. Tausende ließen ihr Leben. Darunter auch ihre Eltern, der König und die Königin. Kurz vor seinem Tod hatte der König seine letzte Amtshandlung vollzogen. Er hatte mit König Hakon und Königin Tay von Karvag verhandelt, dass sein drittgeborener Sohn Adolphus ihre Tochter Enna als Ehegattin nehmen sollte. Denn da Enna die einzige Nachfahrin der beiden war, konnte sie keine Kalesch als Frau nehmen, wie es die Gesetze der Vargalis und Kalesch eigentlich wollten. So willigten sie ein und die Hochzeit von Prinzessin Enna Halvar von Karvag und Prinz Adolphus von Awaheim wurde besiegelt. Gerade noch rechtzeitig vor dem Ableben des Königs von Awaheim.

Es war ein Schock für die Brüder. Einer von ihnen sollte einfach weggeschickt werden. Die Entscheidung ihrer Eltern traf sie alle. Aber Adolphus am härtesten. Nicht nur musste er seine Heimat verlassen, er musste auch seine große Liebe aufgeben – Natascha war in Awaheim zurückgeblieben.

Nachdem Gereon den Thron von Awaheim bestiegen hatte war sie oft zu ihm gekommen und hatte ihn angefleht, als neuer König, seinen Bruder heimzuholen. Doch das hätte er nicht tun können und so musste er ihr ihren Wunsch wieder und wieder verwehren.

Gereon bemerkte, wie sich ein Klumpen in seinem Magen bildete, während er an diese Zeit zurückdachte. Doch er mahnte sich, kein Mitleid mit seinem Bruder, dem Verräter, zu haben. Nichts von alldem rechtfertigte seinen Verrat. Und nun werden wir sowieso alle sterben, dachte der König, sich der Sinnlosigkeit all dieser Taten, Gesetze und Pflichten bewusstwerdend.

Er fragte sich, wie die Welt wohl aussehen würde, wenn Enna jemand anderen geheiratet hätte. Hätten sie die Yatu in Dornburg besiegt? Er verwarf die Frage, da auch sie ihm sinnlos vorkam. Es braucht jemanden oder etwas, unabhängig von Status und Geburtsrecht, der alle Menschen, egal ob Tanah oder Kamah, zusammenführt. Jemanden, dem alle folgen.

Jemanden, der die Macht besitzt, uns alle vor der Dunkelheit zu beschützen. Doch die Strukturen sind zu verworren. Es gibt zu viele Herrscher, zu viele unterschiedliche Interessen. Die Menschen folgen ihrem Anführer blind, ganz gleich was seine Absichten sind. Manche hinterfragen die Absichten der Adeligen, doch keiner wagt es, sich dagegenzustellen. Die Rebellen haben es schon vor Jahrzehnten erkannt, überlegte er weiter. Sie haben prophezeit, dass dieser Tag kommen wird, an dem wir Menschen uns so weit voneinander entfernt haben, dass wir es nicht mehr schaffen würden, uns gegen die wahre Bedrohung gemeinsam aufzustellen. Er seufzte voller Reue: „Es muss immer erst wehtun, bevor sich etwas ändert."

Mika Tallum

In Sterneck hatte Mika Tallum den kleinen Arion mit einem Wickeltuch vor die Brust gebunden. Sie führte Bilo am Zügel, der mit ihren wichtigsten Dingen beladen war, und Manschi tapste missmutig hinterdrein. Sie sowie fast alle anderen Bewohner Sternecks waren nach Awaheim aufgebrochen. Die Angst vor einem möglichen Angriff der Yatu war täglich gewachsen und so hatten sie sich dazu entschieden, Schutz in der Stadt der Könige zu suchen.

Die Gruppe war bereits den zweiten Tag zu Fuß unterwegs und immer noch auf der Payauebene. Es war riskant gewesen, die Nacht auf der Ebene zu verbringen, jedoch war ihnen nichts anderes übriggeblieben und zum Glück war alles gut gegangen. Mika hoffte, dass sie es heute noch bis zum Moorwald schaffen würden. Sie machte sich Sorgen um die Alten und Schwachen. Der Weg über das Gebirge würde nicht einfach für sie werden.

Sie sah ihren Sohn Arion an und streichelte ihm liebevoll über seine weichen Härchen. „Komm her, Manschi, wir schauen mal, ob Bilo dich auch noch tragen möchte", sagte sie schmunzelnd zu ihrem kleinen, garstigen Begleiter. Manschi reagierte nicht. Also sagte sie das Zauberwort, das Jack ihr für Manschi mit auf den Weg gegeben hatte: „Essen." Sofort warf Manschi aufmerksam seine Schlappohren zurück, legte an Tempo zu und lief zu Mika. Sie und Jannek mussten herzhaft lachen. Sie nahm den Fellberg und hievte ihn auf Bilos Rücken.

Der Hengst zuckte nicht mal. Er war es auch schon gewöhnt, Manschi als Reiter auf sich zu haben.

„Ich hoffe, den Kindern geht es gut“, sagte sie mehr zu Manschi als zu Jannek. Doch der hatte sich schon zusammengerollt und seine Äuglein geschlossen.

„Meinst du, wir werden in Awaheim sicher sein?“, fragte Jannek nachdenklich.

„Nicht für sehr lange, fürchte ich“, entgegnete Mika. Sie blickte nach Osten, dorthin, wo die Payauebene in die Ebene der Hoffnung überging. Etwas am Horizont schien sich zu bewegen. Sie hob, die Sonne ausblendend, ihre Hand an die Stirn und sah angestrengt in die Ferne. „Was ist das?“, fragte sie mit lauter Stimme. Die Bewohner wandten sich ihr zu und folgten ihrem Blick. Etwas bewegte sich tatsächlich – und es kam näher. Es war zu schnell, als dass es umherwandernde Menschen hätten sein können.

„Sind es Reiter?“, fragte eine der Bewohnerinnen. Keiner antwortete.

Manschi sprang von Bilos Rücken. Er knurrte und krümmte den Rücken. Dann drehte er sich nach Westen und rannte, so schnell ihn seine kurzen Beinchen tragen konnten, weg. Mika sah ihm hinterher. „Manschi! Mist! Manschi, komm zurück!“

„Er kommt schon wieder“, beruhigte sie Jannek. Die Staubwolke kam immer näher.

„Sind es vielleicht Yatu?“, fragte jemand anderes.

„Yatu können auch nicht übermenschlich schnell rennen“, sagte Jannek. „Und kein Pferd dieser Welt trägt einen Yatu.“ Die Gestalten waren so nah, dass sie endlich Details erkennen konnten. Mika hielt die Luft an und drückte Arion schützend an sich.

„Was in Zuhrahs Namen?“, flüsterte sie ungläubig.

„Schnell! Steig auf Bilo und verschwinde!“, schrie Jannek ihr zu und riss sie aus ihrer Starre.

Riesige schwarze Wesen, die aussahen wie eine Mischung aus Hund und Wolf. Es war eine Horde Nerayuk, die sich ihnen unaufhaltsam näherte. Mika sprang auf Bilos Rücken, blickte ein letztes Mal zerrissen zu Jannek und trieb den alten Hengst dann an. Sie ritt Manschi hinterher – nach Westen. Aber auf einmal sah sie auch aus Westen etwas näherkommen. „Nein, nein, nein!“, schrie sie. Sie war sich sicher, dass es eine weitere Horde dieser Wesen war. Doch dann sah sie helles Fell, dunkles Fell, unterschiedliche Farben. Es war das Rudel Payauwölfe, das ihr in vollem Tempo entgegen stürmte.

Sie zügelte Bilo nicht. Lieber würde sie von Wölfen zerfleischt als von diesen grauenhaft aussehenden Gestalten. „Hab keine Angst, Bilo“, beruhigte sie den scheuenden Hengst und trieb ihn weiter an. Die gewaltigen Wölfe waren nur noch wenige Meter entfernt. Sie konnte ihre auf den Boden trampelnden Pfoten bereits hören. Mika schloss die Augen und küsste Arion auf den Kopf. „Ich liebe dich, mein Kleiner.“ Sie rechnete damit, in wenigen Augenblicken von den Wölfen zerfleischt zu werden. Doch nichts geschah. Sie öffnete die Augen. Das Rudel war an ihr vorbeigeprescht und rannte auf die Gruppe der Dorfbewohner zu. Sie stoppte Bilo und sah ihnen nach.

Die Nerayuk hatten die Dorfbewohner fast erreicht. Mit riesigen Sprüngen hechteten die Payauwölfe zwischen den Menschen hindurch und – stürzten sich auf die dunklen Wesen. Lautes Knurren, Heulen und Quieken durchhallte die Luft. Die Bewohner rührten sich keinen Zentimeter. Ein wildes Gewusel war entstanden. Die Wölfe waren deutlich in der Überzahl. Mit ihren massigen Körpern sprangen sie auf die Nerayuk und zerfetzten sie mit ihren riesigen Reißzähnen. Nach wenigen Sekunden war es vorbei. Die mächtigen Payauwölfe blickten kurz zu den Dörflern, doch liefen schließlich davon. Die Kadaver der dunklen Gestalten blieben zurück.

Mika war fassungslos. Es dauerte eine Weile, bis sie begriffen hatte, was soeben geschehen war. Jiari hat recht gehabt, schoss ihr der Gedanke in den Kopf. Der Planet ist auf unserer Seite.

Manschi, der es nicht weit geschafft hatte und sich im hohen Gras zusammengekauert versteckte, hob langsam den Kopf und blickte ängstlich um sich.

„Manschi!", rief Mika erleichtert, als sie ihn entdeckte. Sie eilte zu ihm und nahm ihn auf den Arm. „Es ist vorbei, Kleiner." Aus Norden kommend erspähte Mika eine Gruppe Reiter, die sich ihnen näherte. „Ritter aus Awaheim", hauchte sie aufatmend.

Die Reiter erreichten die aufgewühlte Menschenmenge und positionierten sich schützend in einem Kreis um sie herum.

„Ich bin Michail von Awaheim. Wer seid ihr? Was macht ihr hier? Und was ist hier passiert?", ließ Michail seine Fragen auf die Sternecker einprasseln.

Mika war indessen mit Bilo wieder an die Gruppe herangeritten und erhob das Wort: „Wir kommen aus Sterneck. Wir haben unser Dorf verlassen, in der Hoffnung Schutz in der Königsstadt zu finden." Sie sah Michail streng an, da ihr sein Ton gar nicht gefiel.

Er hatte ihre Anspannung bemerkt und reagierte etwas freundlicher: „Ich verspreche euch sicheres Geleit nach Awaheim."

Mika nickte: „Nerayuk haben uns angegriffen."

„Aber wie konntet ihr den Angriff abwehren?", fragte Michail ungläubig.

„Wir haben ihn nicht abgewehrt. Die Payauwölfe kamen uns zu Hilfe", berichtete Mika ihm.

Michail sah sie stutzig an. Als jedoch die anderen Dörfler ihr zustimmten und ihre Aussage bestätigten, blieb ihm nichts anderes übrig, als den Worten Glauben zu schenken.

„Die Payauwölfe haben also die Menschen verteidigt?", fragte er. „Das ist kein gewöhnliches Verhalten", fügte er nachdenklich hinzu.

„Vielleicht hat Zuhrah sie geschickt", sagte Jannek. Einige der Soldaten Awaheims lachten lauthals los. „Warum sollten sie sonst die Nerayuk töten und uns verschonen?", fragte Jannek, wütend über die Reaktion der Soldaten.

Mika ritt an ihn heran. „Wir leben noch, das ist das Wichtigste. Wir sollten schnellstmöglich hier verschwinden, wer weiß, was noch auf dem Weg hierher ist."

Michail stimmte ihr zu. „Sind alle hier unverletzt?", fragte er. „Können alle laufen?" Die Bewohner bejahten seine Fragen und so setzten sie ihre Reise nach Awaheim fort.

Nach einer Weile ritt Michail neben Mika. „Was auch immer hier geschehen ist, es ist ein Wunder." Mika nickte. Etwas an diesem Mann faszinierte sie. Seine langen braunen Haare, die Narbe an seiner linken Augenbraue, sein muskulöser Körper – seine gesamte Erscheinung hatte etwas Erhabenes. „Wie ist Euer Name?", fragte er sie mit einem freundlichen Lächeln.

„Mika, Mika Tallum", antwortete sie und Mika bemerkte, dass ihr Herz schneller als gewöhnlich schlug.

„Mika. Ein schöner Name. Wie heißt Euer Sohn?"

„Arion, benannt nach meinem Mann. Er ist in der Schlacht um Dornburg gefallen."

„Wir alle haben viel in dieser Schlacht verloren", antwortete er mitfühlend.

„Ja", entgegnete Mika.

„Wenn ihr aus Sterneck seid, könnt ihr mir dann sagen, wo sich Liam Tisdal befindet?" Mika schüttelte den Kopf.

„Was wollt Ihr von Liam?", fragte sie.

„Er hat die Söldner bereits in der Schlacht um Dornburg zu uns geführt. Wir hoffen, dass er dies für kommende Schlachten wieder tun kann", sagte Michail. „Wir brauchen jeden kampffähigen Mann, den wir bekommen können." Er sah Mika ernst an. „Es steht schlecht für uns. Wenn Ihr also einen Hinweis auf Liams Aufenthaltsort habt, so bitte ich Euch, sagt es mir."

„Er ist nach Dornburg zurückgegangen. Seine Nichte, Jiari, wollte nach ihrem Bruder suchen. Er war auch in der Schlacht. Aber sie glaubt nicht daran, dass er tot ist."

Michail sah sie überrascht und zugleich erschrocken an. „Dornburg? Ist er denn von allen guten Geistern verlassen?"

„Mein Sohn, Jack, ist auch bei ihm." Mika konnte in Michails Augen sehen, dass er davon überzeugt war, dass sie jetzt wohl auch tot sind. „Jiari, Liams Nichte, sie ist außergewöhnlich", sagte sie.

„Ja?", hakte Michail nach.

„Ja, manche sagen sie sei eine Schakruna. Ich glaube aber, sie ist viel mehr als das. Sie trägt eine Macht in sich, die beängstigend ist." Mika sah, wie Michail vor Neugierde platzte.

„Eine Schakruna? Wie meint Ihr das?", fragte er weiter nach.

„Sie kann Energie spüren und auf eine gewisse Art und Weise auch kontrollieren." Mika musste sich zusammenreißen, nicht zu viel preiszugeben, als Michails Fragen nur so auf sie hereinprasselten.

„Wir müssen sie finden!“, rief Michail plötzlich. „Wir müssen sie beschützen.“

„Nein, mein Herr. Ihr Weg ist ein anderer. Und beschützen kann sie sich sehr wohl allein. Ich denke sogar, dass im Moment der wohl sicherste Ort Kamahtanahs an ihrer Seite ist“, sagte Mika und schmunzelte.

Für den Planeten

Mit düsterer Miene betrat Königin Anastasia den Thronsaal. Aufgeregt beugte der König sich vor. „Hast du Natascha gefunden? Wo ist sie? Warum hast du sie nicht direkt zu mir gebracht?", fragte Gereon ungeduldig.

Sie schüttelte den Kopf. „Sie ist weg. Und das bereits seit mindestens sechs Jahren. Sie ist spurlos und ohne Ankündigung verschwunden", antwortete die Königin ratlos.

Enttäuscht ließ Gereon sich zurück in seinen Thron fallen und verschränkte die Arme vor sich. „Verdammt. Sie war unsere letzte Hoffnung darauf, unseren Bruder zur Vernunft zu bringen."

Plötzlich flog die schwere Pforte zum Thronsaal erneut auf. Michail trat ein. „Die Bewohner Sternecks sind zu uns nach Awaheim geflohen. Auf dem Weg hierher wurden sie von Nerayuk angegriffen. Liam Tisdal ist nicht unter ihnen. Er sucht seinen Neffen, der wahrscheinlich in der Schlacht um Dornburg gefallen ist. Keiner weiß, wo Liam jetzt ist." Er hielt kurz inne, um Gereon die Information verarbeiten zu lassen, dann fuhr er fort. „Das Verrückteste an der Sache ist, die Payauwölfe haben angeblich die Flüchtlinge vor den Nerayuk beschützt. Sie sagen, die Wölfe hätten die Bestien erlegt und wären dann friedlich von dannen gezogen."

„Nerayuk", wiederholte Gereon das Wort. Keiner der hier Anwesenden war je einem dieser dämonischen Wesen begegnet. „Es gibt diese Monster also wirklich. Und sie sind hier – in meinem Königreich." Ein eiskalter Schauer überlief ihn und er spürte, wie sich alle Haare am Köper gleichzeitig aufstellten. „Die Wächter haben in der Schlacht um Dornburg also wirklich noch nicht alles gezeigt, was sie haben", fügte er hinzu. „Wir müssen uns auf einen baldigen Vorstoß der Yatu gefasst machen. Die Boten, die wir zu den anderen Herrschern geschickt haben, werden zu lange brauchen. Wir müssen unsere Verteidigung sofort ausbauen", stellte Gereon klar. „Ich frage mich trotzdem, warum eine Horde Nerayuk allein hier auftaucht", warf er in die Runde.

„Vielleicht sind sie einer Spur gefolgt", wandte Michail ein.

„Aber welcher Spur? Was suchen sie?", fragte der König.

„Ich glaube die Frage lautet eher: Wen suchen sie?", antwortete sein Bruder ihm. „Mika, eine der Dorfbewohnerinnen, hat mir von einer Schakruna erzählt", er verhaspelte sich kurz. „Also sowas Ähnlichem wie einer Schakruna. Dieses Mädchen ist die Nichte von Liam und der Grund, warum er Sterneck verlassen hat. Was, wenn die Wächter von ihr wissen? Was, wenn sie nach ihr suchen?"

„Eine Schakruna?", fragte Gereon mit riesigen Augen. Er räusperte sich in seinen kurz geschnittenen, grauen Bart. „Erst die Wölfe, nun eine Schakruna oder was auch immer sie ist. Es scheint, als würde doch noch ein Funke Kampflust in unserem Planeten schlummern." Ein schwaches Lächeln huschte ihm über die Lippen. Der König sah seinen Bruder an. „Wir werden dieses Mädchen beschützen! Wir werden sie nicht an die Umnakekeli ausliefern! Nicht ohne einen letzten guten Kampf! Wir werden ihnen zeigen, dass sie sich nicht alles nehmen können, was sie wollen! Zuhrah hat ihre Wölfe nicht ohne Grund zu uns geschickt“, kraftvoll erhob er sich von seinem Thron. „Was meinst du, Bruder? Sind wir bereit für das Richtige zu sterben? Unsere Männer in den sicheren Tod zu schicken?“

Michail nickte entschlossen und entgegnete mit starker Stimme: „Für unseren Planeten!“

Yara

Nakatirya, Bary und Lyare hatten sich Eric und seinen Freunden angeschlossen. Und so waren sie nun mit zwei Schiffen inmitten des Bahkuwahari und überlegten sich, was ihr nächster Schachzug sein sollte. Dazu kam, dass sie immer noch nicht wussten, was es mit diesem seltsamen blau schimmernden Ei auf sich hatte. Es anzustarren, würde ihnen allerdings auch keine Informationen liefern.

„Ich will nach Paa La in die neue Bibliothek Kamahtanahs – die Baru Maktaba", sagte Jiari entschlossen.

Haron wandte ein: „Paa La ist eine Stadt des Friedens. Der Rat der Belehrten mischt sich nicht in Kriege ein."

„Dieser Krieg wird auch an ihnen nicht vorübergehen", sagte Eric.

„Vergiss nicht, Eric, sie haben nicht gesehen, was wir gesehen haben. Sie unterschätzen die Situation", warnte Liam. Haron nickte zustimmend und betrachtete Jiari. Ihre Worte gingen ihm nicht mehr aus dem Kopf. Es konnte doch kein Zufall sein, dass sie ihn, Haron Buchari, in einem ihrer Träume gesehen hatte. In ihrem Traum war er ertrunken. In dem, was der Pa'lizir ihm gezeigt hatte, war er auch ertrunken.

„Wir sollten nach Vidanir!", entfuhr es ihm plötzlich. „Königin Illuma wird mit sich reden lassen. Außerdem hatten die Vidan schon immer ein gutes Verhältnis zu den Rebellen. Vielleicht kann sie uns über deren Versteck Aufschluss geben.

Danach können wir immer noch nach Paa La." Jiari blickte unzufrieden zu Haron. Es widerstrebte ihr gänzlich, einen Krieg anzustacheln.

„Angenommen, wir schaffen es, alle Völker Kamahtanahs auf unsere Seite zu bringen. Denkst du, Haron, dass wir die Umnakekeli dann besiegen könnten?", fragte sie zynisch, die Antwort kennend.

„Du möchtest es bis zum Ende durchdenken. Das verstehe ich. Doch kennen wir die Wächter nicht. Wir müssen sie herauslocken, um zu sehen, mit was wir es zu tun haben. Das geht nur, wenn wir ihre Soldaten vom Spielfeld nehmen. Die Situation, wie sie heute ist, hat sich über Jahrtausende so entwickelt. Wir werden sie nicht innerhalb eines Jahres verändern können", sagte Haron und nahm wie immer einen Schluck von seinem Whiskey. Auf einmal sah Jiari unruhig nach Norden.

„Ich spüre es auch", sagte Alenja, die am Meditieren war, und folgte Jiaris Blick. „Es ist, als würde das Wasser mich vor etwas warnen."

„Ich will euch in eurer Entscheidungsfindung ja nicht unterbrechen", murmelte Jiari. „Aber was auch immer wir tun, wir müssen uns schnell entscheiden. Da kommt etwas auf uns zu — es ist dunkle Energie."

Sofort wandte Haron besorgt seinen Blick zu Jiari. „Die nächstgelegenen Ziele sind Kalasien, Nicarpara und Vidanir", stellte er fest. „Was meinst du mit dunkler Energie?"

Alenja sah Haron genervt an. „Es sind keine Freunde, Haron!"

„Nun, nach Kalasien können wir nicht", warf Liam ein.

„Lasst uns nach Vidanir segeln", wiederholte sich Haron. „Ich habe ein gutes Gefühl dabei."

„Liam!“, rief Jiari. „Wir haben keine Zeit zu diskutieren. So lasst uns eben nach Vidanir gehen.“

Die Entscheidung war getroffen. Sie segelten der unbekannten Bedrohung Richtung Südosten davon — nach Vidanir.

Eric war auf dem Schiff der Kalesch geblieben, um zu verdeutlichen, dass er nicht vorhatte zu fliehen. Er betrachtete Nakatirya. Streng und erhaben stand sie am Bug des Schiffes und blickte nach vorne. Ihre schwarzen Haare wehten im Wind. Sie ist wirklich wunderschön, dachte sich Eric. Irgendwie fand er, dass sie mit ihren langen dunklen Haaren Ähnlichkeit mit Alenja hatte. Er fand auch Alenja wunderschön.

„Jetzt bereust du es, dass du die Hochzeit verpasst hast, ha?“, stichelte Lyare und gab ihm einen Stoß mit dem Ellenbogen. Sie saß neben ihm und gemeinsam verspeisten sie einen Laib Brot. Er merkte, wie seine Wangen warm wurden.

„Natürlich bereue ich es, dass ich sie in ihrer Ehre gekränkt habe. Ich werde das wieder gut machen“, versprach er.

„Valerya ist eine sture alte Hexe. Sie wird die Kalesch auch weiterhin abgeschottet halten. Und so wie es aussieht, hat Nakatirya in dem Moment, in dem sie sich dazu entschieden hat, dein Leben zu verschonen, ihre Nachfolge als Anführerin verwirkt“, sagte Lyare schmatzend. „Weißt du, warum sie ihre Tante eine Verräterin nennt?“ Eric schüttelte den Kopf. „Als Valerya und Taykaraya noch jünger waren, war klar, dass Taykaraya, als Erstgeborene, die Anführerin werden würde. Doch sie verliebte sich in einen Unwürdigen und wurde schwanger. Taykaraya wusste, dass sie ihr Kind weggeben müsste, sobald es zur Welt kam, also entschied sie sich dazu, mit dem Vater des Kindes zu fliehen und sich den Rebellen anzuschließen. Valerya war rasend vor Wut. Sie konnte nicht verstehen, wie ihre Schwester den Kalesch solch einen Verrat antun konnte. Sie machte sich selbst auf die Suche nach ihr. Nicht aber, um sie zurückzubringen. Sie wollte das Kind töten und ihrer Schwester so den Weg zurück nach Kalasien ebnen."

„Wie schrecklich!", entfuhr es Eric.

„Für uns Kalesch sind unsere Gesetze das Allerwichtigste. Indem wir sie befolgen, gewinnen wir an Stärke. Aber nachdem ich deine Geschichte gehört habe, bin ich mir nicht mehr so sicher, ob diese Gesetze uns nicht vielleicht schwach machen. Schwach gegenüber dem Rest der Welt. Es wäre nicht richtig gewesen, dich zu töten. Ich bin froh, dass Nakatirya dich verschont hat." Eric nickte ihr dankend zu. Wieder wurden seine Wangen warm. Verdammt, das kann doch nicht wahr sein, dachte er sich und wandte seinen Blick beschämt von Lyare ab. Doch sie hatte es bemerkt und kicherte leise.

Nakatirya setzte sich zu ihnen und fragte neugierig: „Was gibt es hier zu tuscheln?" Aber die beiden schwiegen. „Dann eben nicht", sagte sie beleidigt. „Eric, da ist noch etwas. Wir haben jemanden getroffen, der nach dir gesucht hat. Er sagte sein Name sei Andragil Agadey."

„Agadey?", fragte Eric.

„Ja. Wenn es stimmt, was er gesagt hat, so wäre er der rechtmäßige Thronfolger von Al Bahar. Er hätte den Angriff der Aufständischen also überlebt. Er sagte, er sei geflohen. Als einziger Überlebender", berichtete Nakatirya.

„Hat er gesagt, warum er nach mir sucht?", erkundigte Eric sich vorsichtig.

„Da waren zwei Männer bei ihm. Ein langer, dünner weißhäutiger und ein großer schwarzer Mann. Der Schwarze hieß Mahan. Er sagte, du würdest ihn kennen", erzählte sie.

„Mahan“, wiederholte Eric den Namen. „Wie sah er aus? Beschreibe ihn mir.“

„Er hatte einen langen Krummsäbel mit goldenem Griff und trug einen dunkelgrünen Turban. Was mir noch aufgefallen ist, war diese Narbe. Sie ging von seiner Nase fast bis zu seinem…“

„Mundwinkel“, fiel ihr Eric ins Wort. „Er hat nicht gelogen. Das war Mahan. Er ist ein guter Mann.“

„Also auf jeden Fall sagte dieser Andragil, dass er nach dir sucht. Er sucht nach Verbündeten, die ihm helfen Al Bahar zurückzuerobern.“

Eric lachte. „Ich bin kein König, noch werde ich es je sein und ich habe auch keine Armee. Wie stellt dieser Prinz sich das vor?“

„Tja, das weiß ich auch nicht. Aber er schien verzweifelt und entschlossen zugleich. Das kann eine gefährliche Kombination sein“, sagte Nakatirya. Eric nickte nachdenklich.

Alenja und Jiari schienen angespannt. Beide hielten ihren Blick starr nach Norden gerichtet. In knapp zwei Tagen würden sie den Hafen von Vidanir erreichen.

Alenja hielt das Ei in den Händen. „Was meinst du, was da drinnen ist?“, fragte sie Jiari. Jiari war etwas verwundert. Alenja hatte seit dem verhängnisvollen Angriff der Yatu im Gribagebirge jedes Gespräch mit ihr vermieden.

„Du hast gesagt, dass es mit dir kommuniziert hat? Was sagt dir dein Bauchgefühl?“, warf Jiari die Frage zurück.

„Ich weiß nicht, was es ist. Ich denke nur, dass es weiblich ist und ihr Name Yara ist“, antwortete Alenja nachdenklich.

„Die Wassergöttin wurde Yara genannt“, sagte Jiari. „Aber Yara ist tot.“

„Woher willst du das denn so genau wissen?", fragte Alenja schnippisch.

„Ich habe es gesehen", entgegnete Jiari ruhig.

„Die Wassergöttin wurde in der letzten Schlacht der Götter vor über tausend Jahren getötet. Wie willst du das bitte gesehen haben?", fragte Alenja angriffslustig.

„Ich habe es in einem Traum gesehen."

„Ach, in einem Traum also", erwiderte Alenja sarkastisch.

Jiari sah sie an. „Wenn du denkst, dass ich an Akis Tod schuld bin, dann sag es mir doch einfach", keifte sie schließlich. Alenja schwieg. „Ich habe auch Bushu in einem meiner Träume gesehen. Und hier ist er. Wenige Jahre später", murmelte Jiari wieder etwas ruhiger, aber immer noch genervt.

Alenja schwieg weiterhin, bis sie schließlich wieder ansetzte. „Ich sage nicht, dass du an Akis Tod schuld bist, aber hättest du nicht gezögert, dann würde sie vielleicht noch leben."

„Ich weiß. Denkst du denn, dass es mich nicht beschäftigt? Ich habe meinen Bruder gesehen. Meinen totgeglaubten Bruder. Ich konnte ihm einfach nicht die Lebensenergie rauben. Ich hätte es mir niemals verziehen. Dafür muss ich jetzt damit leben, dass Aki und Fenn wegen mir gestorben sind." Beide schwiegen. Alenja sah den Schmerz in Jiaris Gesicht. Sie dachte wieder an die Zeit in Kidal. Wie glücklich sie und Aki dort gewesen waren. Warum konnte nicht einfach alles so bleiben? Und dann wurde ihr auch noch Enopay genommen. Sie dachte an Ciquala und daran, wie recht er gehabt hatte mit allem, was er ihr mit auf den Weg gegeben hatte: Du musst es in dir finden weiterzugehen und lernen, zu vergeben. Vergeben, dachte sie sich. Ohne sie hätte Aki die Pasirwüste nie verlassen. Eigentlich war es ihre Schuld. Sie und Jiari waren beide nicht unschuldig. Wie viele würden wohl noch sterben, um sie zu beschützen? Alenja streckte ihre Hand aus und nahm Jiaris. Überrascht sah Jiari auf.

„Wir werden einen Weg finden", sagte Alenja mit einem liebevollen Lächeln. „Gemeinsam."

Jack saß bei Bushu. Er hatte die Mädchen beobachtet. „Na endlich haben die zwei sich vertragen", seufzte er und sah Bushu an. „Ich weiß, dass du heilen kannst", sagte er schnippisch zu dem Kleinen. „Ich habe damals im Wald genau gesehen, was du mit Jiari gemacht hast. Hättest du nicht dieses eine Mal eine Ausnahme machen können? Wäre es so schlimm gewesen, Aki zu heilen?" Natürlich bekam er keine Antwort. „Hoffentlich geht es Mama und Arion gut." Prüfend sah er abermals zu Bushu. „Wüsstest du, wenn ihnen etwas geschehen wäre?" Wieder bekam er keine Antwort. „Ach, Bushu! Es ist wirklich unbefriedigend, mit dir zu sprechen!", prustete er verzweifelt und wandte sich von dem Waldgott ab.

„Hey, Liam! Denkst du, Eric geht es gut da drüben?" Jack machte eine andeutende Kopfbewegung in Richtung des kalasischen Schiffes.

Liam grinste. „Mit drei wunderschönen Frauen? Was denkst du?" Auch Haron musste lachen.

„Ich kann es immer noch nicht fassen, dass er Prinz Eric von Karvag ist", sagte Jack. „Oder ist er es eigentlich gar nicht, weil er nicht Adolphus' Sohn ist?", fügte er etwas verwirrt hinzu.

Jiaris Gesichtsausdruck verhärtete sich. „Sie kommen näher. Sie sind schneller als wir."

Wind war am Himmel aufgetaucht. Der Falke flog zu ihnen. Sein schriller Ruf hallte durch die Luft und er landete schließlich auf Nakatiryas Arm.

„Was ist los, Junge, was hast du gesehen?“

„Es sind Yatu“, sagte Jiari.

„Verdammt“, fluchte Haron. „Wie viele Schiffe sind es?“

„Mindestens zwanzig“, antwortete Jiari.

„Wann werden sie uns einholen?“

„In etwas mehr als einem Tag. Vielleicht auch weniger.“

„Bis dahin schaffen wir es nicht nach Vidanir“, stellte Liam fest.

„Hey!“, rief Nakatirya vom anderen Schiff rüber. „Was geht hier vor sich?“

„Da kommen Yatu-Schiffe hinter uns her!“, rief Liam zu ihr rüber. „Etwa zwanzig Stück.“

„Yatu-Schiffe? Woher wisst ihr das? Was wollen die hier?“, fragte sie und dachte nach. War diese kleine seltsame Gestalt etwa wirklich der Gott des Lebens? Suchten ihn die Yatu? „Folgen sie euch etwa, oder wollt ihr mir erzählen, dass das nur ein Zufall ist?“ Keiner antwortete ihr. Sie sah Eric an. Dieser wich ihrem Blick sofort aus. „Aha. Also kein Zufall. Dachte ich es mir doch“, raunte sie wütend. „Hört mal. Wenn wir euch folgen sollen, dann müssen wir euch vertrauen können. Erzählt uns jetzt die Wahrheit oder wir verschwinden!“, forderte sie energisch. Eric blickte, unsicher was er tun sollte, zu seinen Freunden auf der Alexa. „Gegen zwanzig Schiffe voller Yatu haben wir keine Chance. Wenn wir den Kurs ändern, schaffen wir es innerhalb eines Tages nach Kalasien!“, sagte sie.

„Wir können nicht nach Kalasien. Schon allein wegen Eric!“, rief ihr Liam zu.

Nakatirya wusste, dass er recht hatte. Sie würde aber sicher nicht in einer aussichtslosen Verfolgungsjagd darauf warten, dass die Yatu sie abschlachteten. „Wie könnt ihr wissen, dass sie kommen, und was wollen sie von euch?", fragte sie. Alenja stand auf.

„Alenja, nicht!", rief Haron und mahnte sie, still zu bleiben.

„Wenn sie jetzt gehen, vertun wir unsere Chance darauf, dass die Kalesch mit uns in den Kampf ziehen!" Alenja konzentrierte sich. Sie spürte, wie sie eins mit dem Ozean wurde. Noch nie hatte sie Wasser kontrolliert bewegt. Was im Gribagebirge geschehen war, konnte sie selbst nicht erklären. Aber sie musste es versuchen. Sie streckte ihre Arme aus. Zuerst geschah nichts. Jiari stand auf, gab Alenja das Ei und nickte ihr aufmunternd zu. Alenja hatte das Ei in den Händen und spürte, wie ihre Verbindung zu dem Element vervielfältigt wurde. Endlich tat sich etwas. Rechts und links des Schiffes stiegen zylinderförmige Wassersäulen auf, blieben wenige Sekunden stehen und platschten dann mit einem ohrenbetäubenden Knall zurück ins Meer. Sie sah Nakatirya an.

Erics Mund stand halb offen. Ehrfürchtig sah er zu Alenja. Ich glaube, ich habe mich gerade verliebt, dachte er sich. Alenja lachte, überrascht von sich selbst.

Nakatirya trat einen Schritt zurück und sah zu Alenja. „Du bist es, was sie wollen. Aber wie ist das möglich?"

„Jeder kann ein Schakruna werden", sagte Jiari sofort. „Es scheint, als wäre etwas in Zuhrah kaputt gewesen. Doch es ist erwacht und damit auch unsere Verbindung zur Natur. Man muss sie nur finden."

„Und die Yatu wollen sie töten?", fragte Nakatirya.

„Vermutlich", antwortete Jiari zögerlich.

„Wenn wir sie den Yatu ausliefern, hören sie vielleicht auf, die Städte Kamahtanahs anzugreifen", schlussfolgerte Nakatirya. „Ich finde schon, dass es eine Überlegung wert wäre."

Eric warf ihr einen bösen Blick zu. „Hast du es denn immer noch nicht begriffen? Das ist vielleicht unsere letzte Chance, den Planeten und damit uns alle zu retten!", fuhr er sie an.

Nakatirya sah Bary und Lyare auf Unterstützung hoffend an.

„Ich muss ihm zustimmen, Anführerin", sagte Lyare.

Nakatirya seufzte und legte den Kopf in den Nacken. „Mit ein paar Wasserfontänen besiegen wir keine zwanzig Yatu-Schiffe. Es müsste ein Wunder geschehen, um ihre Armee zu vernichten!"

„Kein Wunder", wandte Jiari ein. „Wenn Zuhrah auf unserer Seite ist, dann wird sie uns beschützen." Haron schüttelte verzweifelt den Kopf und nahm einen, selbst für ihn, riesigen Schluck aus seiner Whiskeyflasche.

„Das ist Wahnsinn!", rief Nakatirya. „Doch wir sind Kalesch. Kriegerinnen von Kalasien und wir schrecken vor keinem Kampf zurück! So lasst sie kommen!"

„Ja!", rief Eric, glücklich über diese Wendung. Jiari sah den angespannten Ausdruck auf Liams Gesicht. Sie legte ihre Hand auf seine Schulter. „Vertraue auf unseren Planeten, Onkel."

Sie nahmen volle Fahrt Richtung Vidanir auf. Haron hatte die Hoffnung, dass sie noch vor dem Erreichen Vidanirs auf verbündete Schiffe treffen würden.

Der nächste Tag war angebrochen. Die Stimmung war angespannt, da die Yatu sie jetzt jederzeit einholen konnten. Und dann sahen sie sie. Eine kleine Armada großer Schlachtschiffe näherte sich ihnen vom nördlichen Horizont. So schnell sie auch segelten, mit jeder Minute kamen die Feinde näher. Ihre Schiffe waren einfach zu schnell.

„Wir müssen versuchen, so nah wie möglich an Vidanir heranzukommen!", schrie Haron, sodass auch die Kalesch auf dem anderen Schiff ihn hören konnten.

Der Anblick war furchteinflößend. Die dunklen Schiffe wirkten wie eine schwarze Wand, die sich langsam und bedrohlich an sie heranschob.

Jack saß neben Jiari und drückte ihre Hand. „Was machen wir, wenn Zuhrah uns nicht zu Hilfe kommt?", fragte er Jiari. Doch sie war abwesend. Sie versuchte die Energie, die sie bei Leon gespürt hatte, auf einem der Schiffe ausfindig zu machen. Sie transferierte ihren Geist in Wind und flog hoch über den Yatu. Sie konnte sie sehen. In ihren dunklen Rüstungen, mit ihren kalten Augen. Sie hatten Bogenschützen und trugen Fackeln. Sie verließ Wind und kehrte in ihren Körper zurück. „Sie werden Feuerpfeile schießen!", rief sie.

„Und wir werden es ihnen gleichtun! Bereitet Löschwasser vor!", befahl Haron. Wenige Minuten später prasselte auch schon der erste Pfeilhagel auf sie nieder. Alenja hatte es geschafft, Wasserpartikel um ihr Schiff herum zu heben, wodurch die meisten der Pfeile erloschen, bevor sie einschlugen. Sie schützten sich mit Holzbrettern vor den Geschossen. Auch sie griffen nun zu ihren Bögen, doch sie würden keine Chance gegen so viele Yatu haben.

Auf einmal schien sich das Wasser um das Schiff herum zu bewegen. Tiefer, dumpfer Gesang ertönte.

„Seht!", schrie Liam laut, um den Lärm zu übertönen. Es war eine Gruppe gewaltiger Mantalodons. Urwesen aus der alten Zeit. „Ich dachte die wären ausgestorben?" Mantalodons hatten einen mächtigen Körper von über zwanzig Meter Länge. Dazu kam ein langer Schwanz, der sie nochmal zehn Meter länger machte. Mit ihren flügelartigen Flossen zu beiden Seiten schwebten sie durch das Wasser. Zudem hatten sie aber auch Pranken mit langen Krallen, die der Jagd dienten. Ihr Kopf war rautenförmig und ihr großes Maul bestand aus hunderten scharfer Zähne. „Gespenstische Wesen“, sagte Jack, sich deutlich unwohl fühlend. „Ich werde definitiv niemals in diesem Meer schwimmen gehen! Niemals!“

Die mächtigen Wesen schwammen auf direktem Weg auf die Schiffe der Yatu zu. Eines der Schiffe begann zu taumeln und die Yatu schossen nun nicht mehr auf die Gruppe, sondern blind ins Wasser um sie herum. Immer wieder sprang eines der Wesen über die Wasseroberfläche und riss ein Stück eines Schiffes ab.

Jiari atmete erleichtert aus. „Zuhrah!“

„Sie werden sie nicht ewig aufhalten können!“, rief Liam. Jiari konzentrierte sich auf die Yatu und entzog einigen von ihnen die Energie. Bis sie bemerkte, wie es ihr wieder schwindelig wurde.

„Jiari! Du sollst die Energie doch umleiten und nicht in dich herein!“, rüffelte Jack. Sie sah sich um. Bushu kam aus dem Nichts hervor und reichte ihr das graublau schimmernde Ei.

„Was soll ich jetzt damit?“, fragte sie ihn.

In der Ferne krachte es laut. Eines der Schiffe brach auseinander und versank in den Tiefen des Bahkuwahari. Ein weiterer Pfeilhagel regnete auf die zwei kleinen Schiffe nieder. Das Schiff der Kalesch wurde von mehreren Pfeilen getroffen und fing schließlich Feuer. Eifrig versuchten Eric und die Frauen die lodernden Flammen zu löschen. Doch es breitete sich rasend schnell aus. Das Segel hatte Feuer gefangen und brannte lichterloh. Jiari konzentrierte sich auf die Flammen. Feuer hatte eine so gewaltige, unbändige Energie und sie fürchtete sich davor, die Energie zu absorbieren.

Der brennende Mast krachte auf das Deck und verfehlte Bary nur um Haaresbreite.

„Ihr müsst von Bord springen!“, schrie Haron. Doch der Lärm übertönte seine Stimme.

„Nakatirya!“, schrie Eric. „Wir müssen springen!“

„Diese Wesen werden uns fressen!“, keifte sie, von den Feuerzungen in die hinterste Ecke ihres Schiffes zurückgedrängt.

Jiari sah das Ei an. „Bushu, du meinst, ich soll die Energie in das Ei leiten?“ Der Waldgott nickte. Sie konzentrierte sich auf die Flammen. Ihr wurde heiß und es fühlte sich an, als würde sie selbst in dem Inferno stehen und brennen. Sie hatte ihre Hände fest um die kalte Schale des Eis gelegt.

„Du hast es schon einmal geschafft“, redete Jack beruhigend auf sie ein. „Du hast meinen Geist in den Wolf transferiert. Das ist nichts anderes.“ Sie atmete tief aus. Sie ließ die Energie durch sich hindurchfließen. Das Feuer auf dem Schiff der Kalesch erlosch abrupt, als hätte ihm jemand die Luft zum Atmen genommen.

Jiari spürte das Lebewesen in dem Ei. Sie ließ ihren Geist wandern und fand sich an einem dunklen Ort wieder. Es kam ihr bekannt vor. Es schien wie der Ort, an den Bushu ihren Geist transferiert hatte, als sie in Sterneck die Kontrolle über ihre Kräfte verloren hatte. Es war eng und sie konnte sich nicht bewegen. Auf einmal zog sie ihren Geist erschrocken zurück. Es knackte und die Schale des Eies begann zu reißen. „Yara?“

Wieder hagelten hunderte Pfeile auf sie nieder. Die Schiffe der Yatu waren weniger geworden. Die Mantalodons hatten einige in die Tiefen gerissen, doch es waren immer noch zu viele. Und sie kamen näher. Sobald sie in der Lage wären, ihr Schiff zu entern, hätten sie verloren.

Jack, Liam, Haron und Alenja waren damit beschäftigt die kleinen Feuerherde auf der Alexa zu löschen. Jiari starrte das Ei an. Das Wasser um das Schiff herum begann zu tosen. Es knackte noch einmal und das Ei öffnete sich. Ein kleines graublaues Wesen trat zum Vorschein. Es war ein schuppiger Drache mit winzigen Flügeln, einem Schuppenkamm auf dem Rücken und kleinen Hörnchen auf dem Kopf. Jiaris Herz hüpfte und sie wusste nicht warum, aber dieses Wesen schien einen Teil der Leere in ihr zu füllen. Diese unendliche Leere, die seit ihrem Fieber immer mehr von ihr aufzufressen schien.

„Sie ist geschlüpft!“, rief sie euphorisiert. Die anderen wandten sich zu ihr um. Bevor sie reagieren konnten, spürte Jiari eine Liane an ihrer Hand. Bushu hatte sich den Drachen geschnappt und ehe Jiari reagieren konnte, hatte der Waldgott das kleine Wesen ins Wasser katapultiert.

„Bist du wahnsinnig?“, schrie Alenja. Sie rannte zur Reling und versuchte, Yara ausfindig zu machen. Die Wasseroberfläche wurde wieder ganz ruhig.

Alle starrten fassungslos zu Bushu und in den Ozean. Hatte er das gerade wirklich getan?

„Bushu! Es ist ein Drache, kein Fisch! Sie wird ertrinken“, schrie Alenja hilflos.

„Nein“, sagte Jiari schließlich und ein Lächeln umspielte ihre Lippen. „Wird sie nicht. Sie ist genau da, wo sie sein muss.“ Niemand außer Jiari schien zu verstehen, was vor sich ging. In dem Moment sprang eine gewaltige Gestalt aus den Tiefen des Ozeanes. Ein riesiger graublauer Drache mit mächtigen Schwingen. Große Schuppen bedeckten den Körper des

Wesens. Die Hörner verliefen gerade nach hinten und an den Enden waren sie leicht nach oben geschwungen.

Ein weiterer Pfeilhagel drohte auf sie niederzuprasseln. Der Drache erhob sich und ein Schild aus Wasser tat sich um die Alexa herum auf. Die Pfeile trafen zwar das Schiff, allerdings waren sie erloschen und deutlich ausgebremst.

„Die Wassergöttin", stammelte Liam, völlig überwältigt von der surrealen Vorstellung.

Das Schiff der Kalesch war durch das Feuer zu stark beschädigt worden und begann zu sinken.

„Wir müssen jetzt springen!", schrie Eric erneut. Nakatirya nickte ihm zu und sie sprangen in die aufgewühlte See. Eilig schwammen sie zu den anderen.

Die Wassergöttin glitt ebenfalls an die Alexa heran. Jiari lief vorsichtig zur Reling und näherte sich dem Wesen.

„Yara. Wie ist das möglich? Ich habe gesehen, wie du gestorben bist." Der Drache kam näher und drückte schließlich seine Nüstern gegen ihre Finger. Wie ein Blitz fuhr es durch Jiari hindurch – sie spürte den Ozean und das Wasser in den Wolken. Sie spürte sogar das Wasser, das in den Körpern der anderen gebunden war. Diese intensive Verbindung zu den Elementen hatte sie, außer bei ihrem Kontrollverlust, noch nie gespürt. So viel Energie. Zu viel Energie.

„Bushu!", rief Jack plötzlich. Er hatte bemerkt, dass Jiari von einer unsichtbaren Kraft übermannt wurde. Doch Bushu rührte sich nicht. Jack zögerte, er wusste, dass es nicht ungefährlich war, sich ihr jetzt zu nähern. Hastig sah er von Jiari zu Bushu und wieder zurück.

Das erste Schiff der Yatu hatte sie erreicht. Haron und Liam konnten gerade noch den Kalesch und Eric helfen an Deck zu gelangen, da schlug auch schon die metallene Enterbrücke des feindlichen Schiffes auf der Reling auf. Sie gingen in Verteidigungsposition und erhoben ihre Schwerter.

Jiari spürte, wie es ihr schummrig wurde. Jack fing sie auf und sie starrte ihn an. Ihr Augen leuchteten in einem dunklen Blau und sie schien in einer Art Trancezustand zu sein. Bushu ließ eine Liane um Jacks Fuß wachsen, brachte ihn zu Fall und zog ihn von ihr weg. Jack war sich sicher, dass das nicht Jiari war. Etwas hatte die Kontrolle über ihren Körper gewonnen. Ein Wirbelsturm breitete sich um sie herum aus und langsam erhob sich Jiaris Körper in die Luft. Mit blau leuchtenden Augen und wild im Wind flatternden Haaren schwebte sie über dem Deck der Alexa.

Das Meer begann erneut zu tosen und der Wind nahm immer weiter zu.

„Ihr habt sie alle getötet!", rief Jiari, oder was auch immer sie nun war. Sie hob ihre Hände. „Ich bin die Elemente und die Elemente sind ein Teil von mir." Eine Energiewelle ging von ihr aus, die alle Schiffe der Yatu binnen Sekunden in Stücke zerfetzte und alle anderen auf dem Schiff ohnmächtig werden ließ. „Ihr sollt leben!" Mit diesen Worten sank Jiari zurück auf das Deck und brach leblos zusammen.

Glossar und Stammbäume

Accula / Acculón: Wesen, die fast ausgestorben sind. Kinder von Bayu dem Luftgott.

Adolphus von Awaheim (König): König von Karvag, Ehemann von Enna Halvar von Karvag, Vater von Eric, Sam, Benji und Hanna

Akar Elu: Auch Bushu, Waldgott, Gott des Lebens und des Waldes genannt

Aki: Waisenmädchen aus der Pasirwüste, lebt bei Alenja und Haron

Alejandro Fortega: Vater von Alenja, Ehemann von Raya, lebt in Nicarpara

Alenja: Tochter von Alejandro und Raya, wohnt im Mädchenhaus von Will in Dabo

Alessandra Agadey: Schwester von Andragil Agadey

Alexa: Liams Schiff

Amir Agadey: Bruder von Andragil Agadey

Anastasia Akris von Palindall (Königin): Ehefrau von König Gereon, kommt aus Palindall, ist Königin von Awaheim

Andragil Agadey: Sohn der Herrscherfamilie von Al Bahar

Anja Agadey: Schwester von Andragil Agadey

Antara: Äthergöttin

Arion Tallum: Sohn von Mika und Aron Tallum

Aron Tallum: Ehemann von Mika Tallum, Vater von Jack Tallum, lebt in Sterneck, ist Waffenschmied

Awaheim (Königreich): Zum Königreich gehören: Sterneck, Palindall, Dornburg, Insel Bellvall, und die Städte auf der Ebene der Hoffnung: Stjordal, Dofrefjell, Reinheim und Tolga. Einst gehörten außerdem dazu: Dabo und Eisenheim

Bando: Söldner

Bary: Leibwächterin von Nakatirya Mandogo

Bayu: Luftgott

Ben Tisdal: Ehemann von Lara, Vater von Leon und Jiari, wohnt in Sterneck

Benji Halvar von Karvag: Sohn von Königin Enna Halvar und König Adolphus von Awaheim, Zwillingsbruder von Sam, Bruder von Eric und Hanna

Beschwipster Hase: Taverne in Dabo, gehört Will

Braga: Harons Hengst

Bree: Frau von William (Will), lebt in Dabo

Bregon: Erdgott

Bushu: auch Akar Elu, Waldgott, Gott des Lebens und des Waldes genannt.

Charlize: Freundin von Alenja, lebt in Dabo, wohnt im Mädchenhaus von William

Ciquala: Schamane von Kidal in der Pasirwüste

Dongól: Sprache, die in Teilen Tanahs gesprochen wird

Ebbie: Freundin von Alenja, lebt in Dabo, wohnt im Mädchenhaus von William

Enna Halvar von Karvag (Königin): Königin von Karvag, Ehefrau von Adolphus von Awaheim, Mutter von Eric, Benji, Sam und Hanna

Enopay: Lebt in Kidal, in der Pasirwüste, ist Kämpfer

Eric Halvar von Karvag: Ältester Sohn von Königin Enna und Thronfolger von Karvag. Bruder von Sam, Benji und Hanna. Soll Nakatirya Mandogo heiraten

Eva: Freundin von Alenja, lebt in Dabo, wohnt im Mädchenhaus von William

Fallinall: Feuergott

Fenn (Fennek): Pasirfuchs von Aki

Galawi: Eine Luminór, die einst in der letzten Schlacht der Götter kämpfte

Gereon von Awaheim (König): König von Awaheim, Ehemann von Anastasia Akris von Palindall, Bruder von Michail

Giza: Stadt der Umnakekeli

Hakon Halvar von Karvag (König: Vater von Königin Enna Halvar von Karvag, Großvater von Eric, Sam, Benji und Hanna

Hanna Halvar von Karvag: Tochter von Königin Enna Halvar und König Adolphus von Awaheim, Schwester von Eric, Benji und Sam

Haron Buchari: Hat keinen richtigen Wohnsitz. Momentan lebt er in der Pasirwüste. Keine Verwandtschaft bekannt. Verkauft Fulguriten in Dabo

Huriol: Söldner

Illuma (Königin): Königin von Vidanir

Jack Tallum: Sohn von Mika und Aron, bester Freund von Jiari, kommt aus Sterneck und arbeitet in der Waffenschmiede seiner Eltern

Jiari Tisdal: Tochter von Ben und Lara, Schwester von Leon, Nichte von Liam, wohnt in Sterneck

Joos: Sohn von Thore

José: Sohn von Manolo und Maria, lebt in Nicarpara, Bruder von Raúl

Jannek: Sohn von Ravenna

Kalesch: Frauen, die auf Kalasien leben

Lara Tisdal: Ehefrau von Ben, Mutter von Jiari und Leon, wohnt in Sterneck

Lasfaril: Leibwächter von Andragil Agadey

Leon Tisdal: Sohn von Ben und Lara, Bruder von Jiari, Neffe von Liam, wohnt in Sterneck

Liam: Bruder von Lara Tisdal, Onkel von Jiari und Leon, Söldner, sein Schiff heißt Alexa

Luminór: Volk, das seit tausenden von Jahren nicht mehr gesehen war. Luminór ist auch die alte Sprache, in der die ältesten Bücher geschrieben sind. Menschen verstehen die Sprache nicht mehr

Lyare: Leibwächterin von Nakatirya Mandogo

Mahan: Leibwächter von Andragil Agadey

Manolo: Freund von Alejandro, lebt in Nicarpara

Manschi: Haustier von Jack, Art: unbekannt

Maria: Frau von Manolo, lebt in Nicarpara

Mia: Wächterin der Dahlia Suzi Hidup

Michail von Awaheim: Bruder von König Gereon, Anführer der Streitmacht Awaheims

Mika Tallum: Ehefrau von Aron Tallum, Mutter von Jack Tallum, lebt in Sterneck

Nakatirya Mandogo: Zukünftige Anführerin der Kalesch, muss der Tradition nach Eric Halvar von Karvag heiraten

Narya Mandogo: Jüngere Cousine von Tay Mandogo - Halvar, Mutter von Valerya und Taykaraya, Großmutter von Nakatirya

Pa'lizir: Magische Wesen aus der Pasirwüste, Schakruna konnten sie früher reiten

Raúl: Sohn von Manolo und Maria, lebt in Nicarpara, Bruder von José

Ravenna: Dorfälteste von Sterneck

Raya: Mutter von Alenja, Ehefrau von Alejandro, lebt in Nicarpara

Reena: Onkel Liams einstige große Liebe

Salar Afarid: Piratenanführer

Sam Halvar von Karvag: Sohn von Königin Enna Halvar und König Adolphus von Awaheim, Zwillingsbruder von Benji, Bruder von Eric und Hanna, zweitältester in der Thronfolge

Schakruna: So hießen früher die Menschen, die die Elemente formen konnten

Sungura: Ist eine Accula, Haustier von Hanna

Tay Mandogo - Halvar: Ehemalige Königin Karvags. Ursprünglich eine Kalesch, ältere Cousine von Narya Mandogo, Mutter von Königin Enna, Großmutter von Eric, Sam, Benji und Hanna

Taykaraya Mandogo: Älteste Tochter von Narya Mandogo, eigentliche Anführerin der Kalesch, Aufenthaltsort unbekannt, gilt als Verräterin, weil sie Kalasien verlassen hat

Thore: Anführer der Gunung

Umnakekeli: Auch Wächter genannt. Wurden von Zuhrah erschaffen

Valerya Mandogo (Rya): Anführerin der Kalesch, lebt auf Kalasien. Mutter von Nakatirya, zweitälteste Tochter von Narya Mandogo, jüngere Schwester von Taykaraya Mandogo

Vannja: Freundin von Alenja, lebt in Dabo, wohnt im Mädchenhaus von William

Vargalis: Menschen, die auf Karvag leben

Vernon: Wurde nach Liam Tisdal Anführer der Söldner

Vidan: Menschen, die in Vidanir leben

Vidanir: Königreich auf Tanah. Königin Illuma herrscht dort

Wächter: Anderer Name der Umnakekeli

Will (William): Besitzer des Mädchenhauses, der Taverne Zum Beschwipsten Hasen und des Gasthauses Grimo in Dabo

Wind: Falke von Nakatirya Mandogo

Yara: Wassergöttin

Yatu: Gefolgschaft der Umnakekeli

Zuhrah: Das Bewusstsein des Planeten

Insel Karvag

∞ Volk: Vargalis

∞ König Adolphus von Awaheim und Königin Enna Halvar von Karvag, Söhne: Eric, Sam, Benji, Tochter: Hanna, Haustier: Sungura

∞ Königin Enna ist die Tochter von König Hakon und Königin Tay

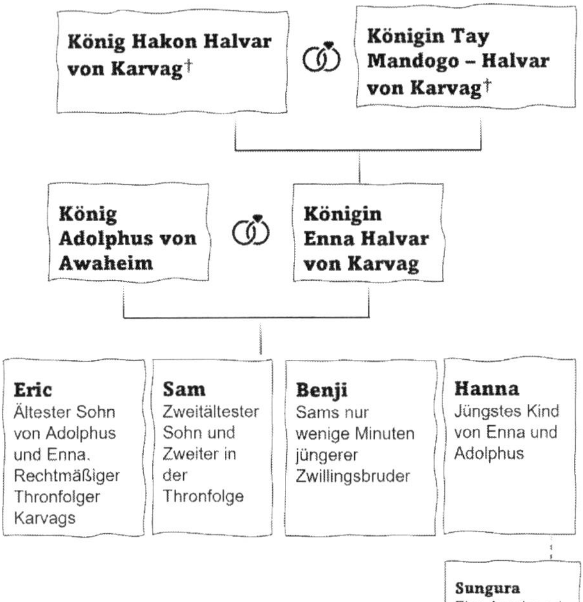

Insel Kalasien

- Volk: Kalesch
- Anführerin Valerya Mandogo, Tochter: Prinzessin Nakatirya
- Nakatiryas Leibwächterinnen: Bary und Lyare

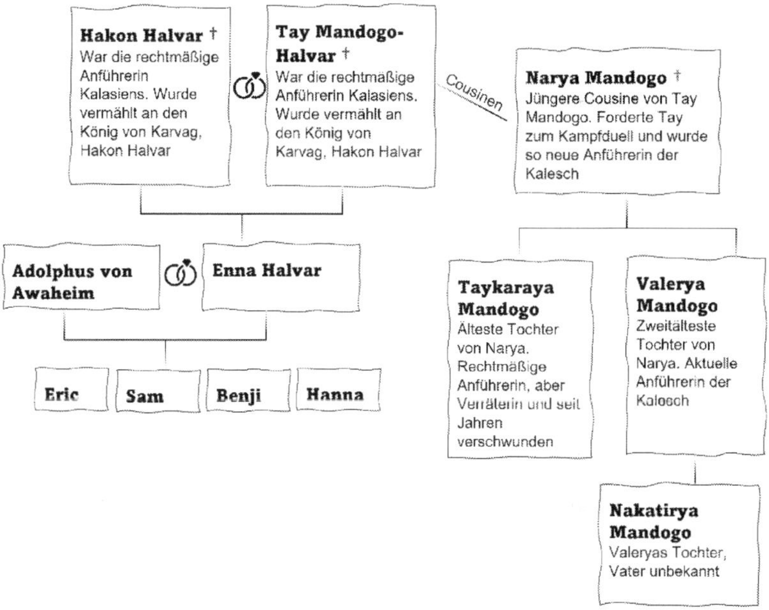

Königreich Awaheim

∞ König Gereon von Awaheim und Königin Anastasia von Palindall

∞ König Gereons Brüder: Michail (Anführer der königlichen Garde) und Adolphus (König von Karvag)

∞ Städte und Dörfer, die zum Königreich gehören: Palindall, Sterneck, Bellvall, Dornburg und die Dörfer auf der Ebene der Hoffnung: Reinheim, Stjordal, Dofrefjell, Tolga

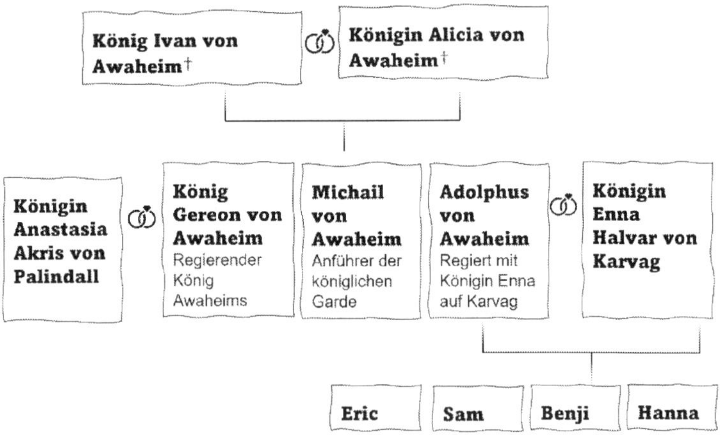

Al Bahar

- Volk: Bahar
- Herrscherfamilie: Agadey
- Stämme um Al Bahar: Ismail, Al Wasun, Taraq, Shardor, Rakhar

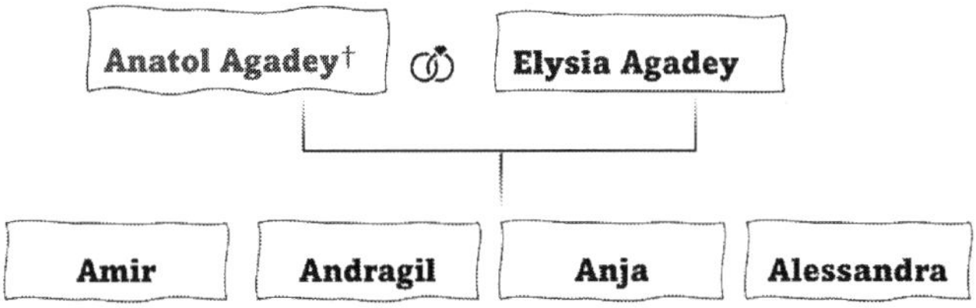

Über die Autorin

Geboren 1989, wuchs Caroline Redmer in einem kleinen Dorf nahe Stuttgart auf. Während ihres Studiums reiste sie viel durch die Welt und lernte neue Sprachen sowie Kulturen kennen.

2017 begann sie mit dem Schreiben des ersten Teils der Zuhrah-Saga: Erwachen des Planeten.

Durch den aktuellen gesellschaftlichen Wandel, hin zu einem nachhaltigeren Miteinander, entstand die Idee, eine Geschichte zu verfassen, welche dem Planeten ein Bewusstsein gibt und dadurch eine Stimme verleiht.

Das Abenteuer geht weiter...

„Was war das?", fragte Andragil eingeschüchtert und starrte in die Flammen. Doch die Sicht war zu schlecht, als dass er etwas hätte erkennen können.

„Das klang gar nicht gut", murmelte Lasfaril.

Mahan schüttelte langsam den Kopf. „Nein, das klang wirklich nicht gut."

Wieder ertönte der Schrei. Diesmal so laut, dass alle drei vor Schreck zusammenzuckten. Und da war noch ein weiteres lautes Geräusch. Es klang wie Luft, die von etwas weggedrückt wird. Der Rauch über dem Wald begann zu wirbeln und sich seltsam zu bewegen.

Dann sahen sie es – eine gewaltige Feuerfratze stieg aus den Flammen empor. Riesige Schwingen drückten das Wesen in die Lüfte. Ein weiterer schmerzhafter Schrei, ein weiterer Schlag mit den Flügeln und das Feuer im gesamte Payauwald war binnen Sekunden erloschen. Das brennende Wesen erlosch ebenfalls und zurück blieb ein majestätischer weißer Drache. Er schrie noch ein letztes Mal und verschwand dann in den zurückgebliebenen Rauchwolken.

„Was in Zuhrahs...", stammelte Andragil. Er sah sich um. Die Wachposten wuselten aufgeregt durcheinander. Sie hatten die Erscheinung also auch gesehen.

„Ein magisches Wesen", hauchte Mahan. „Ihrer Reaktion nach, scheinen die Wachen nicht damit gerechnet zu haben", stellte er fest und sah Lasfaril an. „Wir sollten hier verschwinden. Egal wohin, Hauptsache weg hier. Durch den Wald können wir nicht. Uns bleibt also nur der Seeweg", sagte er ungewohnt ängstlich.

Ohne ein weiteres Wort zu verlieren, rannten sie die Treppe hinunter Richtung Hafen. In Rekordgeschwindigkeit machten sie die Leinen los und liefen aus. Keiner von ihnen wollte noch hier sein, sollte dieses Wesen zurückkommen und seine Wut entfesseln.

...

Anmerkung der Autorin …

Liebe Leserin, lieber Leser,

ich hoffe, der erste Teil der Zuhrah-Saga hat Dir gefallen und Du konntest auf Kamahtanah etwas vom Alltag abschalten, um neue Kraft für Deine ganz eigenen Abenteuer zu sammeln.

Als verlagsunabhängige Autorin, bin ich auf Bewertungen angewiesen. Ich würde mich also sehr darüber freuen, wenn Du Dir ein paar Minuten Zeit nimmst, um auf Amazon in einigen Sätzen zu beschreiben, wie dir dieses Buch gefallen hat.

Viele Grüße und besten Dank

Eure Caroline Redmer

Printed by Amazon Italia Logistica S.r.l.
Torrazza Piemonte (TO), Italy

49211300R00233